魅丽文化 花火工作室

山浓情

轻黯 著

江苏凤凰文艺出版社
JIANGSU PHOENIX LITERATURE AND ART PUBLISHING

图书在版编目（CIP）数据

小浓情 / 轻黯著．-- 南京：江苏凤凰文艺出版社，2022.10
ISBN 978-7-5594-6741-6

Ⅰ．①小… Ⅱ．①轻… Ⅲ．①长篇小说－中国－当代 Ⅳ．① I247.5

中国版本图书馆 CIP 数据核字 (2022) 第 158707 号

小浓情

轻黯 著

责任编辑　张　倩
出版统筹　曾英姿
特约编辑　黄　欢　胡　蓉
装帧设计　纯白设计工作室
出版发行　江苏凤凰文艺出版社
南京市中央路 165 号，邮编：210009
网　　址　http://www.jswenyi.com
印　　刷　湖南天闻新华印务有限公司
开　　本　880mm × 1230mm　1/32
印　　张　10
字　　数　328 千字
版　　次　2022 年 10 月第 1 版
印　　次　2022 年 10 月第 1 次印刷
书　　号　ISBN 978-7-5594-6741-6
定　　价　48.60 元

CONTENTS

目录

目录

CONTENTS

第一章
浓情的浓

地铁声如风呼啸，车厢内的人群摩肩接踵地站着，许意浓就在其中。多年来，她已经练就不倚靠任何支撑在地铁内站立的绝技。

到站后，许意浓出地铁时跟人在门口撞了一下。互相道歉后，她背着包在人流中疾行，出地铁站习惯性左手拿卡，手伸向出口，这才发现左臂光秃秃的。

她遽然掉头，开始在密集的人群中逆行。

她的视线如鱼穿梭在无数双脚踩的地面寻探。这里是人流量巨大的地铁站，此刻亦是上班高峰期，她扫视着每个角落，一直走到先前跟人相撞的地方，才看到地上的零星碎光，明明微弱却仍晃了眼。

她疾步而去，弯下腰捡，对面赶时间的路人没及时刹住车，两个人相撞。

对方是个男人，相比之下结实多了。许意浓力不能敌，不慎跌倒，双膝跪地。她下意识地伸手撑在地上，手背又因对方的惯性被踩了一脚，疼痛感席卷至全身，原本精致梳理过的头发瞬间散乱不堪，整个人十分狼狈。

“对不起！”男人惊恐地用日语道歉，立刻伸手扶她。

许意浓起身时顺势拾起地上的东西：“没关系。”

男人再三确认她没事后，才肯离去。

许意浓这才摊开掌心，那里躺着的是一条受过无数践踏沾满灰尘的旧手链。她从包中抽出纸巾轻柔地擦拭，发现环扣坏了，先把它用纸巾包好收回包里，再看时间，仅剩十分钟了，赶紧踩着高跟鞋在地铁站里小跑。

许意浓跨进办公室照常与同事们打了招呼，然后放下包，匆匆坐下戴上防蓝光眼镜投入工作中。

三年前，她作为东京大学的硕士研究生毕业，进入了当地 TX 汽车研究院总部，跟了车型代号为 TX12 的新车项目。其间，她也从 BOM 助理工程师升为 BOM 主管工程师。时间一晃而过，车型小批量生产在即，前段时间市场部根据消费者的市场反馈临时对汽车配置做出调整，要在中配车型上增加主动刹车这项性能，所以 BOM 也要做出相应调整。

五天前，她作为 BOM 主管工程师已向所有研发工程师发出相关的调整通知。今天是最后期限，但电子电器部门负责传感器研发的工程师却迟迟未回复她的邮件。采购部门、售后已经陆续在催着交付最新的 BOM，她顶着压力回复“马上”，立刻又给电子电器部工程师发送提醒邮件。等了几个小时，再刷邮箱，仍是空空如也。

其间，一个后辈来请教了几个问题，她耐心解答的时候右手的指尖有节奏地在桌面上来回轻敲。待后辈离开，她直接拎起座机。

几秒后电话接通了。

“张哥，我的邮件你收到了吧？”许意浓直奔主题。

对方也是中国人，已在公司多年，资历上是许意浓的前辈，所以她尊称他一声“哥”。

电话那头的人漫不经心地“嗯”了一声：“怎么了？”

“今天是最后期限。”她再次提醒。

“今天，今天过了吗？”

许意浓握着电话话筒的手指一收。

那头的人语气敷衍：“下班前我会给你。”

许意浓轻笑一声：“好，中午下班前我等你的邮件。”说完，她抢在他前面挂断电话。

仅隔数秒，她的座机响起。她扫了一眼是回电，于是接通。

“许意浓，你什么意思？”对方开口就质问。

“张哥，大家都是打工的，我这边一早就被下游催，就差你这边的清单了，麻烦你也体谅我一下。”许意浓直言。

对方却避重就轻：“一码归一码，再怎么我也是你的前辈，你刚刚直接挂我电话是要威风给谁看呢？”

内网又收到下游的催促信息，许意浓的视线锁在电脑屏幕上。她不想在这个时候跟他起无谓的争执，也懒得理会这种把戏，好汉不吃眼前亏。

她语气轻缓地道："张哥，我也是事出有因急了些，挂你电话的确是我不对，不好意思，但这个清单……"

"我说了下班前给你。"那边的人急不可耐地打断她，"怎么？中文听不懂？"

许意浓低眉敛目，对方不给她再发声的机会，报复性地挂断电话。

听着那头的"嘟嘟"声，她放下电话，重新稳住下游后继续干活。

下午离下班还有两个小时，她再回拨那个电话，要么不接，要么就是旁人代接。

她用日语问："张桑呢？"代接电话的是个日本男同事。

对方告诉她："不在座位上。"

"去哪儿了？"

"不太清楚。"

一小时后再打，仍是代接。

许意浓："张桑还没回来？"

"是的。"

"那你知道他什么时候回来吗？"

"我不清楚。"

"好的，谢谢。"

许意浓放下电话，摘了眼镜出了部门，推开楼层通道的门，直接下两层到五楼的电子电器部，远远就看到了稳如泰山坐在位子上的张姓之人，他还在跟旁边的同事谈笑风生。

许意浓一边站在走廊审视，一边用手机拨打他的座机。只见他扫了一眼来电显示，然后示意身边的后辈去接。

于是她掐断电话走了进去。

"不用接了，我来了。"许意浓站定在他的座位前，礼貌一笑，"张哥，你既然在，倒也不必总麻烦别人来接我的电话。"

自知被拆穿，那姓张的却不以为意，只横眉瞧她，冷哼一声："我也没必要接一个对我不敬的后辈的电话。"

许意浓说的是中文，他回的却是日文，声音颇高，大有说给日本同事听的意思。周围的日本同事看似埋头干活，实则隔岸观火，一时间办公室陷入微妙的气氛中。

沉默似无由而来，过了片刻后，许意浓也用日语回："抱歉，张桑，我上午不该挂你的电话。"

此举无疑在给台阶示好，谁知对方倒来了劲，睥睨之态中带着警告，摆起前辈的架子：“年轻人，要谦虚。”

许意浓点头全然接受：“好的，张桑，我以后会改正的。但我想问一下，我要的东西你什么时候能发给我？”她抬起手腕让他看手表，再用指尖敲了敲表盘，“毕竟离下班只剩半个小时了。”

那姓张的显然准备跟她杠上。

他将手头的文件夹一合，看都没看她一眼，只道：“想要东西，让你的上司来找我。”

许意浓脸上还挂着笑：“一份清单，如果有什么问题直接跟我讲好了。我上司不负责这个，联系他最后还是要找到我，岂不是浪费大家的时间？”

他轻蔑一笑：“你？你算老几？”

TX汽车研究院很讲论资排辈，前辈压后辈这种事屡见不鲜。但许意浓今天就事论事，偏不吃这一套。

她敛去最后一分耐心。

“张桑，面子我可给足了你，请你搞清楚这是哪里。我不想跟你吵架，你不嫌丢人，我嫌。”

那人总算抬起了头。许意浓步步逼近：“大家都是混口饭吃，没有谁比谁高贵，耽误了事情你我都得吃不了兜着走。”她再一笑，“论职场规则你可比我老到啊，前——辈。”

他把笔一扔：“你这是跟谁说话呢？”

许意浓轻轻一歪头，用他上午的话回他：“怎么？听不懂中文？”

“你！”

许意浓一只手撑在他的桌面上，声色如旧地提醒道：“大家可都看着呢，请你注意面部表情。”

这样看着，其他人只当他们在用中文友好地交谈，殊不知两个人早已剑拔弩张。

被许意浓这么一说，张桑才发现同事们正各坐各位窥视他们。而她精致的脸上笑里藏着刀。

只听她道：“你觉得我年轻气盛也好，不懂事也罢，说什么前后辈，不过是看我年纪小欺负一下我。可你我都是主管工程师，你怎么不去想想我这个后辈为什么才来三年就能跟你平级？”她看着他欲怒却压制的模样偏不给他开口的机会，“你要混日子可以，请别拉上我。今天这个项目是我主要负责，其他工程师都已经把清单发给我了，如果我们对接出了问题你不怕被人看笑话就随意。以及，职场上各凭本事，要让人心服口服地尊重不是靠倚老卖老，用这招的基本都是失败者 。”

说完她收回手，头也不回地走了。

回到座位上的许意浓喝了几口水，仅隔几分钟电脑就传来提示音，是张桑发来的清单邮件。

她立刻拉开键盘，在离下班只剩五分钟时把清单整理好发给了所有下游。做完所有事，窗外已暮霭沉沉，她靠在办公椅上眺望着这座城市，始终觉得陌生。再回视自己的电脑屏幕，明明一尘不染，她却突然觉得这里日复一日的生活可真是了然无趣。

几个月后，TX12 车型产能爬坡，进入大批量生产的第二天。

许意浓从中国 A 市机场出关。

夜空如幕，星海深沉。许意浓的渔夫帽压着刘海遮住了双眼，她拖着大大的行李箱想进入某小区，毫无悬念地被保安拦住了。

深夜，一向浅眠的涂筱柠被手机铃声扰得闷哼，纪昱恒轻拍她安抚，随后抽出一只揽着她的手从床头柜上拿过手机，一看是物业打来的。

“纪先生，这么晚打扰您不好意思，但这会儿小区门口有位女士说是您的亲戚。”小区保安在电话里说。

涂筱柠动了一下，纪昱恒拉好她肩头的被子，刚要说话，那头的电话已被人抢过。

“哥哥，我爱你！”

他一下就清醒了……

许意浓去“逐影”报到的那天引起了一阵骚动。

“逐影”全称“逐影汽车研究院有限公司”，国内汽车自主品牌，是近几年中国汽车工业发展快速成长迅猛的企业之一，目前已跻身中国国内汽车制造企业的龙头，研究院更是汇聚了各大高校毕业的人才与海归。

只是“逐影”内部一直盛传一句话：“逐影”什么都好，就是男女比例失调。

所以许意浓的到来掀起不小的水花。

内网论坛瞬间发出一帖——“我这来了个妹子，还是个漂亮妹子。”

跟帖：“没图你说什么？！”

…………

几分钟后，楼主贴出一张照片。

配字：“颤抖吧！凡人们！”

跟帖：“我恋爱了！”

内网一度混乱……

而一无所知的许意浓正被行政部的男同事领向所属部门，一路上这同事话挺多，直到在走廊上迎面碰到一个人。

“巧了。”男同事告诉许意浓，“这位就是你的顶头上司于总了。”

许意浓遥望着对面西装革履的男人，待他走近，行政部男同事笑着唤他：“于总，我们正要去找您呢。”

那位于总驻足。

男同事抬手介绍：“这就是公司给你们BOM组新招的主管工程师了。”

对面的人看过来，许意浓习惯性地微倾鞠躬，恭敬地道：“您好，于总，我是许意浓，今天正式报到，以后还请您多关照。”

那位于总扫了一眼，问：“就是那个从国外回来的？”

“对。”

这位新上司点点头，惜字如金道：“有HR领你去部门，我去抽支烟。”

许意浓轻轻点头，突然问男同事：“你会抽烟吗？”

男同事一愣，即应：“会。”

她便朝于总近前一步，嫣然一笑：“正巧我烟瘾也犯了，于总，不介意的话，一起？”

这落落大方的姿态惹得男同事一脸惊诧。

相比之下，于总就淡定许多，又瞄了她一眼，伸手做出个“请”的姿势，示意女士优先。

三个人一起走进吸烟室，男同事挺有眼力见地发烟。

“谢谢。”许意浓接过烟环视四周，发现这个吸烟室不小，外面还有一个阳台。

发完烟男同事去摸自己的衬衫口袋，再摸向裤袋，均无所获，他没带打火机。

于总掏出自己的打火机点火，按了几次都没打着，他甩甩又试了试还是没火。

气氛一时凝滞。

倏然，“叮”的一声，清脆的火机开盖带着一缕回音打破沉寂，又被滑开，一只骨节分明的手猝不及防地出现在三个人面前，一气呵成的动作相当利索。

一团火焰送上，照亮了许意浓的眼。她清晰地看到了打火机外壳上的设计标志：“S.T.Dupont（都彭）”。

她抬头，这突如其来的人身形高挺到需要仰视，却在点烟时倾身。她的周身顷刻被一股男性清冽的气息覆盖，还没点燃，她就像已被熏了一般微微眯了眼。

静立少顷，她的红唇娴熟地衔住烟，左手背向身后，毫不拘泥地凑过去借对面人的手点燃了烟。

“谢谢。”

“不客气。”

男同事笑意盈盈，抬手轻拍在那犹如从天而降的人的肩膀上，调侃道：“你小子打哪儿冒出来的？”

打火机的火焰未灭，那个人帮他们一一点燃烟，最后才点燃自己的那支。他将烟含在嘴里，烟雾徐徐晕了他半边脸，朦胧虚幻，声音低沉道：“我一直在阳台。”

男同事又给许意浓介绍：“这是我们公司的乙方项目经理，王经理。”

许意浓顺势将视线投向对面，这才能好好打量这个人。

他长身挺立，着白色衬衫，领口微敞未系领带，可以明显看到凸出的喉结，鼻梁挺而直，眼型狭长尾部微挑，眉宇淡然。他没有身着正装的肃然低调，反倒衬得整个人气息张扬，尤其是他幽深的眼里蕴含着一股锐利。

随后男同事又反过来给他介绍：“这是我们‘逐影’BOM部新来的主管工程师，许意浓。”

他用右手手指从嘴唇间夹取下烟，左手闲适地插在西装裤袋里，先侧过脸呼出一缕烟雾，顷刻间他的周身白雾缭绕。他举手投足尽显漫不经心，再回首四目已相交。

许意浓笔直地站着，别具风姿，稍后迎着他的视线先伸出手：“你好，许意浓。言字‘许’，意思的‘意’，浓情的‘浓’。”

尚未消散的余烟让那双眼眸更显雅痞。他嘴角微勾，也伸出手。

他们手指相触：“你好，王骁歧。三横一竖‘王’，马尧‘骁’，止支‘歧’。”

指尖的温度短暂交替，当时许意浓的掌心有被东西剐蹭的感觉。她垂下头，看到了他左手无名指指腹的创可贴。

直到第二天，许意浓还感觉手上残留着那份被摩擦的粗糙感。

一早，许意浓很享受地吃着热气腾腾的早饭。这是她觉得回国后无比享受的事之一。

阿姨又端来刚出锅的油条，许意浓夹了一根，一咬，仰着头一边呼气一边说："好吃。"

"慢些，不知道的以为你是从国外逃荒回来的。"坐在对面的人开口说道，正是许意浓的表哥纪昱恒。

表哥大她四岁，从小就优秀，他的存在就像一道无处不在的光，到哪儿都熠熠生辉。她虽然也很好，可偏偏什么都比表哥差一点儿，就是差这一点儿总被母亲念叨："你看看你哥！"

所以打她记事起，她的世界里没什么别人家的孩子，只有一个非人类学神表哥。最夸张的是，她上小学的时候有一次放学被班主任叫住，老师递给她一张奥林匹克竞赛试卷："这个你带回去。"

试卷抬头印着"高中"两个大字。她当时想，自己虽然成绩名列前茅，但老师未免也太看得起她了，居然直接甩了一张高中的卷子，她可才上五年级啊！

她刚要谦虚地说只能试试。

"给你哥哥做。"老师接下来的话就像一道雷把她劈得外焦里嫩。

许意浓瞪大了眼睛看着老师。

"我女儿跟你哥哥同届，这卷子是我托人从省里搞来的，今年全国的高中生奥赛测试卷。都说你哥厉害，我想看看到底有多厉害，也好比一比差距。"

许意浓："……"

老师见她半天不接，推着眼镜问："纪昱恒是你表哥吧？"

"啊，是。"

许意浓就是这样在纪昱恒的"阴影"下"茁壮"成长的。

表哥如今是国内头部银行的高管，几年前带着老婆孩子落户到A市，据说还是他们领导前后做了很多思想工作才说动他调来A市的。这座人人挤破头想扎根的国际化大都市，他还得三邀四请，也是够厉害的。

她回国后无处可去，只能来投奔他，目前借住在他家。

在人才济济的A市有房有户口，有老婆孩子热炕头，是多么令人向往的生活啊。她现在比表哥差得可不是一星半点儿了。

“这阿姨手艺不错啊。”许意浓感叹着又咬了一口油条。

“她也是C市人。”

“难怪有小时候的味道。”

兄妹俩闲扯了一会儿，纪昱恒来回搅着碗里的粥问她：“第一天报到怎么样？”

“就那样呗，在哪儿干不是干。”许意浓看他搅了半天就是没喝一口，他不急她都看急了，“放心喝吧，烫不死你。”

纪昱恒恍若未闻，继续着动作又说：“国内职场环境跟国外大不一样，你要完全适应得花些时间。”

“这我知道。”许意浓闷头喝了一口粥，想了想还是说了，“我刚回来，好多材料转回来还要办手续，等忙完那些我就跟公司申请宿舍。”

“不要！”突然，一阵踢踢踏踏的小跑声传来。

一个小身影直朝许意浓扑来。她下意识地接住，对上一个小版纪昱恒。那是表哥五岁的女儿，纪乐愉。

小家伙紧紧抱着许意浓：“我不要姑姑走！”

她转头又向她的父亲央求：“爸爸，你别赶姑姑走好不好？我可以把我的房间让给姑姑住！”

纪昱恒：“……”

小姑娘可爱的样子让许意浓忍俊不禁，她抬手揉了揉小姑娘的小脑袋。

“你爸爸没有赶我走，是我自己要搬走。”

“走什么啊，家里又不是没房间，在外面住能比在家好吗？”表嫂涂筱柠紧跟在女儿身后到了餐厅，落落大方，款款而来的样子俨然一副女主人姿态。

她往纪昱恒身边一坐，招了女儿过来：“乐乐，姑姑一会儿还要上班呢，你别影响她吃早饭。”

“哦。”小姑娘不情不愿地过去，走之前还被许意浓轻轻地捏了一下柔嫩的小脸蛋。

纪昱恒将自己一直在搅的粥无声地移至妻子面前。

许意浓这才明白她哥刚刚为什么搅半天粥却不喝了，原来是给老婆准备的，怕她被烫才一直在搅。

她大清早的是做了什么孽，要被这样刺激？

“我还不是怕给你们添麻烦，老住这儿你们总归不大方便。”许意浓别开视线，顺着刚才的话题说。

“出去几年倒是真长大懂事不少，还知道不给我添麻烦了。”她客气地说，她哥却不客气地接，甚至回得十分坦然。

许意浓朝他翻了个白眼，涂筱柠则嗔怪地拍了丈夫一下，再看向她说：“别理他，这儿就是你家。你哥三天两头应酬，我在A市又没什么朋友，你住在这儿我正好有个伴儿。”

纪乐愉也点着小脑袋附和：“对呀，姑姑，爸爸好忙，经常不在家，我跟妈妈可无聊了。妈妈带我出去老不认识路，你留下来陪陪我们吧。”

纪昱恒看着母女二人一唱一和的样子不像是在挽留人，倒像是变相地控诉他。他不予置评，只安静地喝粥。

涂筱柠见他半晌没个声，还自顾自地喝起了粥，又打了他一下，示意他表态。

纪昱恒换左手拿勺子，右手移到桌下抓住涂筱柠总打他的那只手，扣在自己腰际让她动弹不得，才将视线重归许意浓那边。

“她皮糙肉厚，也就随便客气一下，你们娘俩还当真了？”他直接放下勺子，下一秒将她无情地拆穿，“这么说吧，就算请八抬大轿来抬她，她都不会搬走的。”

许意浓差点儿呛住。她立刻拍了拍桌子提醒道：“纪昱恒，请注意你的言辞啊！”

纪昱恒嘴角一勾：“辞职回国这么大的事你都能闷不吭声，你勇者无敌，所向披靡，你还怕什么？”

她哥不鸣则已，一鸣惊人。

这下许意浓是真的呛着了，狂咳不止。

涂筱柠忙喊阿姨倒水来，又怪丈夫：“你怎么回事？”

纪昱恒眼里盈笑：“不是你让我说话的？”

“我……我让你好好说话！”

“我哪句没好好说？”

许意浓完败，在座诸位没一个是他的对手。许意浓痛定思痛，决定先撤为上策。

“我吃好了，上班去了。”她擦了擦嘴站起来。

谁知纪昱恒也站了起来：“一起。”

许意浓：“……”

“乐乐，爸爸上班去了，今天妈妈送你去上学。你要好好上课，听老师的话。”走的时候，纪昱恒揉了揉女儿的小脑袋。

涂筱柠给他抚平衬衫，再整了整领带：“晚上要是没应酬就早点儿回来。”

“好。”他低头在她的唇上啄了一下，丝毫没管身旁站着的许意浓。

“爸爸拜拜，姑姑拜拜，姑姑今天下了班要陪我搭乐高。”纪乐愉乖乖地站在母亲身边朝他们挥了挥手。

“好的。”许意浓应下，对着她做了个飞吻，然后硬着头皮跟纪昱恒一起出门。

本来以为纪昱恒说的是一起坐电梯，看到他只按了个 B1，她提醒道：“哎？帮我按个‘1’啊。”

纪昱恒岿然不动：“我送你。”

晴天霹雳，许意浓笑中凝悲，不死心地问：“大哥，我们……同路吗？”

纪昱恒与她对视：“很巧，今天同路。”

“你不是很忙吗？”

“原本要参加的会议推迟了，送完你再去正好。”

面对疾风吧，纪昱恒斩断她最后一丝挣扎。

许意浓心如摆钟地跟着他来到地下车库，看到远处的豪车眼睛都亮了。她精神一振，有些谄媚：“亲爱的哥哥，您之前的车呢？”

“搬到 A 市前卖了。”

“到 A 市就换了这辆？”

“嗯。”纪昱恒亲手给她拉开副驾驶座车门，下巴微抬，“上车。”

许意浓麻利地抬脚上去：“好的，哥哥。”

到了车里，她这里摸摸那里蹭蹭，等纪昱恒坐上来，又忍不住说：“亲爱的哥哥啊，我有句话不知当讲不当讲。”

纪昱恒拉过安全带系上直接回：“不当讲。”

许意浓朝他做了个鬼脸：“无趣。”

“许意浓。”纪昱恒却直呼她的全名。

“啊？”

“现在就我们两个人，说说吧，为什么突然回国？”他一边说一边发动了车了。

该来的还是来了。许意浓一副觉得他很庸俗的表情，双手一摊：“享受了九年制义务教育的我，现在学成归来，自然要为国家建设献出绵薄之力，添砖加瓦啊。”

纪昱恒开着车稳如泰山，突然腾出右手开始操作中控台屏幕。汽车蓝牙已经自动连上手机，许意浓看他切换到通讯录，滑到“小姨”那一栏。

许意浓吓得“虎躯一震”，立刻号了一嗓子：“等一下！”

纪昱恒的手还悬着，许意浓一把握住他的手，用可怜的小眼神哀求道：“哥，帅哥，好汉！我，我坦白从宽，抗拒从严！”

纪昱恒嫌弃地抽回手：“说。”

气氛静默，许意浓耷拉着眼皮，任由长发遮住了脸。半晌，她才开口：“前几天我在网上刷到一个采访留学生的视频，有句话是这么说的，十个留学生里面，你扔下去一把石子，砸死两个不愁吃喝的，砸死两个你这样的学神，剩下六个人，有五个是抑郁。”她又笑了笑偏头看她哥，“我不想成为第六个人，所以回来了。”

纪昱恒轻轻踩了踩刹车。他也曾是留学生，知道独自在外漂泊的一切感受。

车内一时陷入沉默，话题没再继续。

车外是喧闹的城市声息，车里是兄妹俩长久的沉默，车子还在稳稳地前行，直到十字路口遇到红灯才停下。

许意浓的视线还落在窗外。这座城市在她脑海中的记忆随着时间推移变得不复以往。不知何时起，她好似一个格格不入的外人，在哪里都找不到归属感。

头被轻轻拍了一下，她像小时候那样回眸瞪视：“干吗？”

“有句话好像一直忘了跟你说。”纪昱恒注视着她，蓦然一笑，“许意浓，欢迎回家。”

“嘁。”许意浓别过脸去，重新整着头发，这次换她嫌弃了，“纪昱恒！你弄乱我的发型了！”

严格地说，今天才算许意浓第一天正式上班。她踩着高跟鞋踏入“逐影”研究院的时候，殊不知自己又成了全院的焦点。

技术层吸烟室里。

一群男人叼着烟站在阳台上眺望着研究院大门口。

大家看着一道倩影从车上下来，她优雅地捋了捋长发，左手挎着包，右手插在黑色女士西装裤内，本就绰约的身姿在高跟鞋的衬托下更显高挑，一举一动都自带干练的职场女性气质。

“乖乖，不怕狼不怕虎，就怕车标带字母。”不知谁先冒出一句。

有人赶紧掏出手机调大手机镜头对着那辆车拍了一张照片，然后再把照片放大。

而后各种感叹声接踵而至。

待人在视野中越来越近，有人咬着烟眯着眼还不死心：“来吧，兄弟们，买定离手，猜豪车里驾驶座上的人是她爸还是她男朋友？”

瞬间整个吸烟室里一片嘈杂。

角落里，王骁歧临窗而立，任由光肆意地倾泻全身。他指间夹着的烟安静地燃着，堆叠出一大截烟灰。

“王经理。”王骁歧的肩被人搭了一下，指间的烟灰全然掉落。那个人朝窗外扬着下巴，颇有一丝炫耀：“别一个人在这儿闷声抽烟啊，你们乙方那办公室可一只母蚊子都没有，怎么样，我们甲方的妹子漂亮吧？”

王骁歧目光如水，只淡淡一笑，不置一词。

“可惜啊。”耳边又是一声感叹，“美女可能名花有主喽。”

王骁歧抽完最后一口烟，长手一抬，将手中的烟蒂精准地抛进垃圾桶。他的声音在烟雾缭绕中不高不低，似笑非笑：“也有可能是她叫的快车。”

吸烟室静了一秒，众人如醍醐灌顶般再次沸腾起来。

“对啊！还有快车！”

许意浓一进办公室就连打四个喷嚏。

她看了看脚下的地毯，皱起眉头。

技术部的办公室很大，不止一个组。从她出现起，其他组为数不多的女员工发现她衣品洋气，装模作样地手捧着资料游移滚轮座椅开始私下交头接耳。

许意浓所在的是BOM三组，全组加上她是三男两女，昨天行政部男同事已经带她走过过场了。

她坐到自己位子上打开电脑摸索了一会儿，组里的人陆续到来，都跟她礼貌地打招呼。

“许工早。”

许意浓心一紧，许工？

想她爹这把年纪在单位还被人叫小许呢，她却已经被叫上了这么老成的称呼。她区区一个“90”后，真是承受了这个年龄不该承受的“优秀”。

不一会儿，BOM 三组的人来齐了，每个人落座的时候都发现自己位子上放了一个精美的礼品盒。

大家面面相觑，微信同时响起，是许意浓在昨天新建的组群里发了消息。

“各位，我初来乍到，一份小伴手礼聊表心意。”

紧接着她又发：“以后大家都是兄弟姐妹，叫我‘意浓姐’就好啦。我之前在国外工作，以后如果大家想买什么东西，可以找我，不要代购费。”

大家相视一眼，立刻在群里回——

“太客气了，破费了。”

“谢谢意浓姐。”

众人再朝许意浓那里看，正对上她的微笑。

不一会儿，BOM 三组小群里——

“我今天可算知道什么叫‘回眸一笑百媚生’了。”

“我刚刚偷偷打开礼品盒看了一下，是国外网红产品四件套——眼药水、润唇膏、蒸汽眼罩和面膜。”

“哟，这美女领导有点儿接地气。”

许意浓继续了解自己即将接手车型项目的一些基本情况，不一会儿她唤组里唯一的女员工：“小左？”

“小左”全名左畅，一毕业就到 BOM 三组了。她立刻放下手上的礼品盒走过去：“意浓姐。”

许意浓此刻鼻梁上架着眼镜，看上去很知性：“能不能麻烦你带我摸摸公司系统？我还不是很熟。”她一边问一边让出自己的鼠标。

“哦，好的。”左畅俯身接过她的鼠标，开始给她介绍车型项目的基本情况。

国内的汽车公司模式跟国外的公司差异十分明显，许意浓也算半个新人。可正当她紧盯着电脑屏幕凝神细听时，左畅的语速却在逐渐慢下来。

许意浓抬头发现小姑娘的注意力已经偏离电脑，于是顺着她的视线一瞧。

不近不远处站着一个人，也不知是什么时候来的。那人白色衬衫下身姿英挺，隔着办公桌伫立，露出半个侧脸轮廓与紧实的下颌线条。他低着头与人正色交谈。

“针对名称库的维护，你们还有什么需求？”

对方：“能支持批量导入和快速查询，每一个名称条目要包含零件名称的中英文以及所属系统。这些你们大概需要多久的开发时间？”

“两周后我们能给出样品展示，你们看看是否满足需求。”

“可以。”

许意浓觉得这办公室大归大，传声效果还挺好的，再看看左畅，魂已经飘了。她用笔敲着桌子问：“那是哪个组？”

左畅回神，告诉她：“坐着的是负责零件标准名称库的同事，站着的是乙方项目经理。”

“乙方人很少吗？怎么业务还要项目经理亲自来沟通？”许意浓又随口一问。

“还行，十个人。”左畅一边朝前面看一边向她解释，“不过王经理一向亲力亲为，经常自己出马。”

“是吗？”许意浓也再次抬头，“是哪家公司？跟‘逐影’合作多久了？”

“今年第三年，是‘一唯’。”左畅说完想了想，又问，“意浓姐，‘一唯’你知道吗？”

她摇头，“唯一”倒是经常听，“一唯”嘛……恕她直言，这名字听着有点儿像什么挂着企业孵化基地头衔出来的不正规公司。

左畅想许意浓才回国不了解国内公司很正常，就给她解释：“‘一唯’全称‘一唯信息技术股份有限公司’，是国内新晋崛起的IT（互联网技术）咨询公司，这两年势头挺猛。”她顿了顿，有些惋惜，“不过像王经理这种A大出身的只待在那儿做个项目经理，确实有些大材小用了。”

许意浓：“哦？”

左畅又寻思，这位新领导自己就是东京大学的研究生，所谓文人相轻，说不定人家就没把A大放在眼里，于是她又补上一句：“但这个王经理并不是硕士研究生，就跟A大本科比的话，我们‘逐影’的一众硕博生也是很能打的。”

许意浓看看她：“这你都知道？”

“谁让人家颜值吊打我们‘逐影’呢？颜值不够，学历来凑。”小姑娘俏皮地吐了吐舌头，忍不住向许意浓求证，“王经理很帅吧？

许意浓推了推眼镜笑了笑：“我吧，脸盲，觉得是个男的都长得差不多。”

这话左畅没法接。

许意浓已经拿回鼠标挪到桌面的企业通信软件上，言归正传：“你们就用这个软件在内网交流吗？”

左畅看着点头：“对，你的信息应该已经添加上去了。”

“好。”许意浓点开一看，她的名字果然已经出现在BOM三组的主管工程师那一栏。

左畅看她的头像处是空白的，又提醒道：“意浓姐，你要不要上传一下自己的头像？”

“一定要自己的照片吗？”许意浓问她。

“不一定啊，我就用了美少女战士。”

“行，那我待会儿再弄。”鼠标再往下滑的时候，BOM部的底部赫然出现一个突兀的名字，她将箭头移过去问左畅，“这位是外国同事？”

左畅低头一看：“哦，这是公司重金聘请的外国专家佐藤先生。”

“重金聘请？”

左畅点头：“他负责公司整车零件功能位置码的标准定义，进一步保证BOM这部分的准确性。”

许意浓来了兴趣。据她所知，目前这部分标准在国内自主品牌的车企中都没有真正落地的，反观国外的汽车品牌因为起步早经验积累深厚，早已沉淀了一套适应各自企业车型的零件功能位置码标准，也是合资车企BOM管理上的一大利器。“逐影”能认识到这个问题且重金聘请外国的专家，说明公司领导层知道自身缺陷，高瞻远瞩，看来她当初决定回国倒也没选错公司。

“那这位专家为‘逐影’解决了问题没有？”她十分好奇结果。

左畅却摇头：“可能是先进的零件功能位置码管理理念短时间内很难在本土企业生根，再加上佐藤先生的中文水平有限，跟公司里大部分技术部门同事的沟通存在很大的障碍，所以他到公司的这一年里，负责的零件功能位置码标准业务推行十分缓慢。”

“公司没有给他配备专门的翻译吗？”

“有的，但是公司里涉及这部分的同事和佐藤先生的理念有出入，他又固执，所以，还挺难有进展的。”左畅耸了耸肩，“不过像我们组只负责新车型的BOM交付工作，跟这个专家几乎没什么交集。”

许意浓再看看通讯录里那个佐藤仓介的名片。他应该是用的自己的照片做头像，看上去是个挺憨厚的小老头。

“好的，我知道了。”她让左畅去忙。

鼠标的箭头还停留在佐藤先生的头像上。许意浓心想，看来还是个固执的小老头哇。

她再抬头的时候，前方刚刚站着的那个身影已经不见了。

许意浓继续研究新系统，之后从手机相册里导了一张卡通图到电脑里，上传当头像。

同层对面乙方办公室。

“啧，你们看到隔壁新来的那BOM女主管工程师没有？”

“还没，据说很不错？”

突然有人拍桌打断：“被人提各种需求不够还要看他们的女人？没见过女的吗？‘骨气’两个字要是不会写让兄弟跟你说说。”

无人理会，有人在群里发出一张照片。

几秒后，只听刚刚拍桌的人开始打脸：“那什么，甲方BOM组还缺不缺人啊？如果实在不缺，我去隔壁扫个地也行。”

有同事哈哈一笑，朝门口下巴一扬：“来人！”

立刻有人配合：“在！”

“关门，放狗。”

“好的。”

话音落，王骁歧正好走进来。他审视着整间办公室：“你们很闲？”

四下寂静，众人秒㞞，作鸟兽散。

待王骁歧回自己的位子坐下，有人胆大地把座椅滑过去。

“老大，下次跟甲方沟通这种小事让我们去就行了，你这身份总抛头露面，不合适，不合适啊。”

其他人默契地附和：“是啊，是啊。”

王骁歧看他一眼：“你去或我去，有区别？”

“当然有啊！”

你去我们什么时候才能看到美女？！

但那人说出来的是：“王牌只能对王牌，你只要在关键时刻出现，用你的颜值掌控全场就行了。”

他看着王骁歧说这话的时候，一副不是很聪明的样子。

王骁歧也看着他：“你是不是没事做？没事我给你点儿事做。”

“有，有，有！我有！”

王骁歧长腿一抬，把他那张碍人的脸连同办公椅一起踹走了。

“干活。”他沉声吩咐。

大家哭丧着脸答：“嚯。”

办公室很快又陷入噼里啪啦的敲击键盘和鼠标声里。

被踹回座位的那个人也委委屈屈地重新打开电脑，摸了一会儿系统后不死心地打开自己的企业通信软件点到“逐影”的 BOM 三组，果然看到了一个新的名字——许意浓。

他细细一品，人如其名，好名，好名！

他再点开她的界面信息，正好刷新了一下她的头像。

他一看，觉得那个头像好熟悉，想了想赶紧再回到他们“一唯”的企业通讯录翻了翻。不一会儿，他同时打开两个聊天对话框，再在电脑桌面上把两个头像拉到一起，然后只听他一声“炸雷惊天下”。

“老大，我刚发现你跟隔壁新来的 BOM 美女工程师通信软件上的头像是一样的啊，都是动画片狮子王站在悬崖上的截图。‘逐影’研究院可有几千号人啊，你们办公室挨着，头像又撞了，这千分之一的概率全被你碰上了，这等缘分！”他兴奋地拍了拍手，“人间难得几回见，此处应该有掌声啊！”

大家立刻打开自己的企业通信软件，一看，果然两个人的头像一模一样，又下意识地看向当事人之一。

王骁歧刚给领导发完邮件，往座椅上闲散一靠，随手拿过手边的打火机，一边把玩一边很给面子地接了他的话：“来，我们给祁杨一点儿掌声。”

还在嬉皮笑脸的祁杨一滞，隐约感觉有一丝丝不对劲儿。

啊这？等等，老大搞错了吧？

“怎么是给我掌声？”他问。

王骁歧人畜无害地勾起嘴角，让他的心弦不由得一紧：“祝贺你‘喜提’加班一晚。”

“扑哧……”其他人笑喷了，两只手拍得那叫一个响。

祁杨傻眼了。

王骁歧隔着几个人头，又给了他一个关爱的眼神：“怎么，有空研究我的头像没空加班？”

“不是，老大，我……”

“那就两晚。”

一刀见血，刀刀致命。

祁杨凭一己之力完美演绎了什么叫死于话多。

第二章
前男友

这厢祁杨正在被王骁歧吊打，那厢一个叫林然的被甲方私聊了。

“兄弟，我 PLM（产品生命周期管理软件）系统搭建 BOM 的时候发现有一行零件的中文名称显示不正确，帮我看看咋回事呗。”

林然一看正是隔壁 BOM 三组的人。真是说曹操，曹操就到啊。

他回：“没有问题啦。”

对方：“那我共享桌面？”

林然刚在对话框打出一个“好”字，转念一想又改成：“我正好要去你们办公室找人拿签字版的 BRD（商业需求文档），顺便到你工位上来看一下。”

“好。”

林然把键盘往里一推，趁乱直接往外走去。

“这货今天尿频尿急吗？都出去几次了。”不过还是有人眼尖地发现了他。

“他肾虚。”其他人瞥了一眼，又把注意力放到蔫掉的祁杨那边。

大家暗笑不止地安慰着祁杨：“IT 人 IT 魂，爱加班才是人上人！”

祁杨对着王骁歧还在两行热泪上青天，王骁歧的座机适时地响了。接电话前他将手中把玩的打火机往桌上一放，不咸不淡地撂下一句：“再笑的一起连坐。”

大家只能憋住笑，拍了拍祁杨的肩，再捶一捶自己的胸口：“坚强，兄弟！我们精神上与你同在！”

“滚！”

林然风风火火地回来的时候王骁歧还在接电话。

“肾虚肾亏喝肾宝，中医药结合疗效好。”有同事调侃他。

林然听到不仅没恼，还心情甚好地坐了下来。他得意道：“啧，甲方人事经理的审美总算提升了，隔壁新来的美女果然不是盖的。”他一边说一边比画，“那脸、那身材、那气质，真是坐着都挡不住好看啊。一个字，绝！”

“你刚才去隔壁了？”有人反应过来。

他把鼻梁上的眼镜一推：“以工作之名。”

“啊！”

“真人比照片上好看多了。”林然还在回味，不由得问出一句，“我司没有不能和甲方谈恋爱这条规定吧？”

立刻有人呛他：“大胆！你是村里断了电还是没通网？人家今早可是坐豪车来的，你什么车就敢问这种问题？”

林然还蒙着，有人帮他答了：“他呀，每天骑共享单车。车把手左边挂着豆浆，右边挂着肉包，偶尔也换三丁馅儿。”

大家当即笑成一团，邻座的同事第一时间送来最真挚的慰问：“没事，共享单车它虽然只有两个轮，好歹也是车。”

王骁歧接个电话的工夫组里又闹腾起来了。他跟对方说完话把话筒一叩，打断他们直接通知：“领导通知今晚所有人加班。”

“啊？”上一秒还活蹦乱跳的小弟们以为自己听错了。

“J 车型的 BOM 历史数据需要使用特殊权限处理。”王骁歧抬起头又郑重地宣布，“上面说了，时间紧迫，数据修复不好，天天加班。”

在场的除了祁杨都哭了：“老大，不要啊！再去求求情救救孩子们吧。”

只有祁杨举双手赞成：“独乐乐不如众乐乐，领导英明！我同意！”

王骁歧扫过去一眼，他立刻又安分了。

王骁歧再次把打火机拿在手里，长腿一伸，办公椅往后移了移。他顺势站了起来，对着大家幽怨的小眼神直接说：“你们到点走就行，剩下的由我来做。”

大家还是哀号一片。

“晚上七点在办公室集合，我会给大家去申请加班工资。”最后，他一锤定音后走出了办公室。

一听到最后四个字，大家的眼睛又亮了。

是工资吧？他们没听错吧？

许意浓摸索了很久的系统后才摘下眼镜，准备休息一下。

她不是一个喜欢长时间对着电脑的人，在国外就养成了工作一段时间就站起来放松一下的习惯。通常休息的时候她会去茶水室一边喝东西一边听歌。

“逐影”的茶水室比国外公司的要大些，一共三个房间。第一间里饮水机、咖啡机，各种茶包一应俱全，中间是吧台和茶座，里间是两台自动贩卖机和一些小零食。

许意浓走到里间，一眼就瞄准了自动贩卖机。她选了一瓶冰的乌龙茶，拿出手机刚要扫码，就被人从身后拍了一下。

一转身，是一名女同事。只见她眉眼弯弯，唇红齿白，嘴巴一张一合地对她说着什么。

她开了降噪模式，所以不大听得清外界的声音。“不好意思，我……”许意浓赶紧摘下耳朵上的蓝牙耳机。

大概是动作急了些，她手上一个打滑，左耳机从指缝间掉了下去，耳机呈直线落地后又反弹出一个完美的弧度，再飞到自动贩卖机底座下。

那女同事跟许意浓面面相觑，目露难色，抱歉地道：“哎呀，怎么掉进去了？是我不好，不该突然拍你的。”

“没关系。”许意浓本没太在意，还想问她有什么事，却见她已经蹲下身去。

“我帮你看看掉哪儿了，能不能够着。”

“哎，不用。”她动作快得许意浓都来不及拦，一眨眼的工夫就看她已经猫着腰半趴着往自动贩卖机底座下寻找。

这让许意浓怎么好意思，赶紧去拉她：“没事的，我一会儿找保洁阿姨借个扫帚扫出来就是了。”

“我看到了，就在那儿呢。”女同事一心只顾去找耳机。她闷头说着，一只手抱着贩卖机机身，一只手直往里探。

许意浓看她一副认真的样子，更加不能若无其事，陪着她一起蹲下来，打开手机电筒朝贩卖机底座下照。

“看得清吗？”她一边照一边问。

女同事：“再往右照一点儿。”

许意浓就往右照。

“灯再近点儿。”

许意浓干脆也双膝跪地半趴下来，把手机照明又凑近了些。

“糟糕，我的手刚刚碰到它了，可好像把它推得更里面了。”女同事的手伸了一会儿，泄气道。

许意浓把头靠向她那边：“我看看。”

女同事给许意浓让出位子，手也一并抽了回来。她说：“我去找阿姨。”

“没事，我再试试。”许意浓全神贯注地朝贩卖机底座探着。看到耳机的时候，她下意识地伸手去够，确实有点儿远，她的手也够不着。

但同事已经跑开了，试了几下后许意浓索性放下手机再努力往里把手挤了挤。

听到脚步声，她以为是同事回来了，抽回手的时候还保持着半跪在地上的姿势。

“找到阿姨了吗？”

满室寂静，无人回应。

许意浓抬头，一双黑色皮鞋首先映入眼帘。刹那间，她迅速反应过来，这里是时不时有人来的茶水室。她立马就站了起来。

她用那只尚且干净的手整了整自己早已凌乱的头发，用小手指拂开额前挡住视线的刘海，迎面对上一双幽深的眼睛。

王骁歧正挡在里间茶水室的入口，直直地立在她身前。

他们在这样的场景下不期而遇，那一刻，许意浓亲身体会到小说评论里经常出现的那句“尴尬得能用脚趾抠出三室一厅”是什么感觉。

她整个人都僵住了。

王骁歧看着她的神态倒挺平淡的，连带着说话的声音也略显疏懒与从容。四下无人，他的声音显得异常清晰。

“许总，你们女员工的衬衫难道就没有宽松的尺码吗？”

许意浓闻言色变，眉头微皱：“王经理，你什么意思？”

王骁歧的目光在她身上一落又离开，轻描淡写地抛出一句：“你说呢？”转而径自面向另一台自动贩卖机，抬手开始按屏幕。

许意浓站在原地，本就模样狼狈，看着他选好饮料再拿出手机扫码的淡然模样，莫名觉得自己被挑衅了，于是下意识地反唇相讥：“王经理你作为乙方，这么跟甲方说话合适吗？”

王骁歧偏头，与她四目相交。他的眼尾略弯，语调舒缓道：“那甲方，你觉得我什么身份合适？”

这次换她问：“你说呢？”

过耳留声的还有自动贩卖机里的机械运作声。他立着，白衬衫和黑西裤衬得他身形很直。半晌后，他移了移脚，蓦地浅笑一声，眉眼间一如既往透着与生俱来的邪气：“前男友？”

突然传来“咚”的一声，他的声音被同时推滑到机器出口的饮料声盖住。那动静像是砸下来的，让许意浓不由得一惊，从头到脚麻木了。

这时，有其他人有说有笑地进到了第一间茶水室，如同结界被打破，又仿佛什么都未发生过，他们不约而同地别开视线终止了对话。

王骁歧俯身去拿饮料，许意浓则打算出去找刚刚那个女同事。她近前几步，可出口空间狭小，拿好饮料的王骁歧便侧了侧身给她让出一条道。

许意浓顶着“甲方”高贵的头颅与他擦身而过，连高跟鞋都踩出了与众不同的霸气。

“许总。”只是她刚踏进第二间茶水室，王骁歧便在身后唤了一声。

许意浓没有驻足，身后传来跟上来的脚步声。她知道是他，回眸的一瞬间，身上落下一件男士西服，宽大得将她整个人都罩住了。

她一头雾水：“你……”

“不谢。”王骁歧经过她时，下巴朝她衣领处微微一抬。

许意浓顺势低头，一看，她的脸颊瞬间红到了耳根，转而再发烫，仿佛可将空气燃烧。

她的 V 领衬衫暗扣因为刚刚趴在地上捞耳机崩掉了，衣领没有了原本的束缚松散地敞着，露出一片白皙的脖颈，稍不注意就会走光。前面还聚集着不少男同事，她赶紧用西服将自己包裹得严严实实。

再抬头，哪里还有王骁歧的身影。

这个场景似曾相识。

高三那年去上体育课，许意浓跟女同学在前面走，突然身后有人喊：“浓哥。”

她回头，是王骁歧。她回：“干吗？歧妹。”

自她在暑期集训的时候从尖叫的女生堆里冲锋陷阵，直接拿鞋拍死一只大蟑螂，王骁歧就开始叫她“浓哥”。

她当然也不甘示弱地回击：“哎，歧妹。”

一来二去，两个人就这么杠上了。

“帮我拿一下外套。”王骁歧优哉游哉地走到她身边，那双眼眸中透着桀骜，黑色的篮球服非但不显肤色暗沉，反倒衬出白净少年的意气风发。

但是许意浓凭什么要帮他拿衣服？她侧仰着头，看到他棱角分明的下巴，没好气地质问：“你自己没手啊？”

“班长！就等你了！快来啊！”不远处的篮球场传来男同学们对王骁歧的呼唤。

下一秒，王骁歧直接把外套盖在许意浓的头上：“听到没有，手要去打球。”

许意浓全身立刻笼罩上一股男生特有的气息。它如风清冽，又似水澄澈，竟没有什么汗味。

等她拽下衣服把自己的脑袋露出来的时候，哪里还有王骁歧的身影。

去操场的路上也有很多其他班的学生，不少女生在朝她这里看，嘴里嘀嘀咕咕的，更有甚者拉住她的一个女同学：“你们班王骁歧跟许意浓关系很好吗？”

同班同学仰头一笑，连连摆手：“不好，不好，他们两天一拌嘴，三天一打闹，我们习惯了。”

其他班的女生这才松了一口气，再齐齐将目光投向操场。

正逢王骁歧投了个三分球。他跟传球的男同学伸手碰了个拳，然后下场接过别人递来的矿泉水，在炎炎烈日下拧开。他抬手的同时仰头，唇似乎都没碰到瓶口，直接将水灌入嘴里，凸起的喉结随之滚动。

“少年英姿，怎及他风华正茂啊。”

不知是哪个女生应景地冒出这么一句……

许意浓身披西装，双手攥紧前襟，很快有淡淡的烟草味钻进鼻腔，脑海里的画面仿佛已过去经年之久。

后来她没找到那个女同事，也不知道保洁室在哪儿，加上披着男士西服到处晃太过招摇，便先回了办公室，坐到座位上赶紧从包里找出一枚胸针别在衣领上，这样衣服就跟之前无异了。她又站起来在偌大的办公室里环顾一周，仍一无所获。最后她只得找左畅简单地说了一下刚才在茶水间掉耳机的事，大致形容了一下当时那个女生的外貌特征试图寻找些线索。

左畅想了一会儿也没能确定是谁：“只能排除她不是乙方的，因为乙方全是男人，但这一层有很多部门，要找的话还有点儿困难。”

“我就想跟她说声谢谢，麻烦她帮我去找阿姨了，其实等阿姨来办公室清理垃圾桶的时候再找她借扫帚也是一样的。”正式上班第一天就发生这个小插曲，还不知道对方名字，许意浓十分过意不去。

左畅觉得新领导是乍看一副高冷样，但接触后不仅柔和还挺有人情味，便安慰道："在同一层的话总会有机会再碰到的。"

许意浓点点头，视线无意中扫到那件被她放在办公桌上的西服，几道明显的褶皱残留在背部与袖口处。她又看左畅："小左，你身边有没用的购物袋吗？"

"有的。"

"能给我一个吗？"

"哦，好。"左畅从自己办公桌抽屉里拿出一个给她。

许意浓接过后把那件西装叠好装了进去，之后又投入工作中。不久保洁阿姨来给他们清理垃圾桶，许意浓刚要向她提借扫帚的事，阿姨却先走到她座位旁问："许意浓？"

许意浓先是一滞，而后回应道："我是。"

"这是你的吧，下次小心点儿，那机器下面全是灰，多脏啊。我给你擦过了，你自己再擦擦。"阿姨一边说一边伸手在她桌上放下一个东西。

许意浓拿起仔细看，正是她掉落的那只耳机，忙问："阿姨您怎么知道是我的？"

阿姨正在闷头给她倒垃圾桶："有人来找我的。"

看来那个女生找到了阿姨。

"那阿姨您知道她是哪个部门的吗？"许意浓追问。

阿姨给垃圾桶套好新的垃圾袋："这我就不清楚了，我才来没多久，这里人还没认全呢。"

许意浓摸着耳机"哦"了一声："谢谢您啊，阿姨。"

"没事。"

许意浓拿纸又把耳机孔擦拭了一下，觉得自己运气还不错，刚到新公司就遇上个乐于助人的姑娘，下次碰到一定要好好跟她说声谢谢。

这一天简直是她人生中为数不多的得意时刻，上班是纪昱恒亲自送的，下班又是她的宝贝疙瘩表嫂开车来接，她许意浓何德何能啊。

到"逐影"门口的时候，涂筱柠的车已经打着双闪停靠在马路边了，纪乐愉小朋友从开着的车窗里朝她挥动小手："姑姑！"

许意浓快步走过去，打开副驾驶座车门探身跨入，动作可谓一气呵成。

"下班高峰期很堵吧？"她向后倾身伸手揉了揉安全座椅里侄女的头问涂筱柠。

涂筱柠一边看后视镜，一边重新发动车：“还好。”

“明天开始我可以自己坐地铁上班，我已经查过路线了。”许意浓实在不好意思再麻烦表嫂，她蹭吃蹭住还被接送，情何以堪。

“这里到最近的地铁站还要走一段路吧？”涂筱柠打着方向盘又说，“你哥其实平常不怎么开车，他行里给他配了公车接送，你以后可以开他的车上班。”

她表嫂敢说，许意浓却没敢答应，忙摆了摆手：“我才回来，很久没在国内开车了，还得适应一阵呢。可别到时候一不留神开错了，把他的爱驹给碰了，我可赔不起。”

但是表嫂热情依旧，笑着说：“车嘛，多开几回就熟稔了，就算是老司机也有剐蹭的时候，晚上我就跟你哥说。”

许意浓继续推辞：“真不用，嫂子。”

“你中午去逛街了？”正好涂筱柠又从后视镜里看到了她手边放的购物袋，就此岔开了话题。

“嗯？”许意浓低头看了看，说，“没，是向同事借了袋子放工作服。”

涂筱柠“哦”了一声后继续往前开，只是前面又堵上了，车没开多远就停下了。

许意浓跟坐在后座上的纪乐愉玩了一会儿，才在副驾驶座坐好，手里还拿着那只耳机来回摆弄。她把耳堵上的橡胶皮扒拉开再按进去又拉出来按进去，同时百无聊赖地看着车窗外，无意间瞥见路边似站着一个人，等仔细望去又空无一人。

前后仍然堵得水泄不通，时不时传来几声急躁的鸣笛。许意浓收回视线继续低头扒拉耳机，蓦然觉得这座喧嚣的城市已恍如隔世。

晚上家政阿姨有事请假，纪昱恒又有应酬，晚饭是许意浓做的。涂筱柠在她边上打下手，看着既佩服又惭愧：“你说你，明明是客人还让你做饭。”

“不会啊，是我在这儿白吃白住。”许意浓用勺子从锅里捞出煮好的罗宋汤，她先用手扇了扇，等凉了些递送到涂筱柠嘴边，“嫂子，你尝尝。”

涂筱柠抿了一口，赞不绝口：“很好喝！”

许意浓指了指冰箱：“我看牛肉、番茄、土豆什么的都有，就想到做这个汤了，也不知道你们喜不喜欢。”

“喜欢啊，乐乐就喜欢吃酸甜开胃的。”涂筱柠忍不住凑过去看，一阵香味扑鼻而来，“色香味俱全，看着就有食欲。”

涂筱柠又看许意浓在打鸡蛋搅拌，便问：“还要做什么菜吗？”

许意浓点头：“做一道我的拿手炒饭，番茄蛋炒饭。”

涂筱柠一听笑了：“为什么不直接番茄炒蛋盖浇呢？”

许意浓只说：“炒饭更香，我做得很好吃的。”

听许意浓这么说，涂筱柠也十分期待，看着她熟练忙活的样子问：“你在国外也经常自己下厨吗？”

许意浓将火适当调小了些，继续搅拌鸡蛋，点了点头说道：“国外的公司不管饭，物价也不低，总不能天天出去吃，我就自己在寝室里做便当带过去。”说着她又不以为意地耸耸肩，“不过并不经常，懒的时候也会直接用牛肉酱拌饭，再加根开袋即食的蟹肉棒随便凑合一顿，能吃饱就成。”

涂筱柠也低头继续干活，一边切菜一边说：“现在回家了，以后啊，你就不再是一个人了。”

许意浓手中的动作微微一顿。她回眸，看到灯光下表嫂系着围裙低头切东西的样子温婉又认真，有碎发垂到额前挡住了表嫂的视线，甩了几次无果后就放弃了。

直到许意浓伸手把她那缕头发捋到了耳后。

涂筱柠抬头，姑嫂俩相视，之后默契一笑。锅里的汤还在“咕噜咕噜”地冒着小泡泡，伴随着碗筷的碰撞声，热气腾腾，再无声漫延在整间厨房，暖人心脾。

这顿饭虽然只有她们三个人，却吃得异常开心满足。尤其是纪乐愉小朋友对许意浓的番茄蛋炒饭赞不绝口，嚷嚷着要姑姑天天做给她吃。

涂筱柠发现许意浓做的每道菜里都有番茄，好奇地问：“你是喜欢吃番茄吗？”

跟纪乐愉玩起来的许意浓抬头对她笑了笑：“对啊，我很喜欢。”

于是涂筱柠默默地在心中记上一笔，准备以后叮嘱阿姨买菜的时候多买些番茄。

光盘行动后，许意浓起身端碗要去洗，却被涂筱柠拦下，最后只得陪纪乐愉玩。突然，她伸手拉了拉侄女的羊角辫：“乐乐啊，你家挂烫机在哪里？”

纪乐愉正半趴在茶几上摆弄乐高，她想了想：“是妈妈经常帮爸爸熨衣服的那个长得像吸尘器的东西吗？”

许意浓觉得她太可爱了，又揉揉她的脸：“对。”

纪乐愉小手一抬一指：“在衣帽间。”

“唉？挂烫机呢？”涂筱柠哄完纪乐愉睡觉，习惯性地去衣帽间给纪昱恒熨烫第二天要穿的衬衫时，却发现挂烫机不见了。

她又去阳台找，觉得一定是被自己忘在那儿了。她刚走出来就听到开门声，一瞧，是纪昱恒回来了。

“回来了啊。”她先走过去接过他臂间的西服。

“乐乐睡了？”纪昱恒松开领带。

涂筱柠“嗯”了一声，伸手去帮他：“刚睡，睡前还在念叨爸爸没回来。”

她踮脚解领带的动作很吃力，忍不住嘀咕：“长得高也不会低个头，不知道人家个矮，手抬着会酸。”

纪昱恒知道她是在借题发挥，低头凑过来：“那这样？”

涂筱柠被他带着往后退：“哎，你别动。”

他却还在往她身上贴，这次是低到鼻间相对了：“这样？”

涂筱柠双手抵住他的胸口，嘴上嫌弃：“一身酒味别蹭我，我可洗好……”还没说完已经被他腾空抱起。

头顶的灯光落在他微仰的脸庞上，他的眸中映射着层层叠叠的亮光，英俊得依旧摄人心魄，嘴角带着温柔的笑意。

就这样换成他仰头她低头了，他的嗓音还带着酒后的喑哑：“这样呢？”

许意浓发誓，她是真的口渴了想去厨房找水喝的，谁知就撞上了这一幕。

许意浓受到了强烈的视觉冲击，第一反应就是滚回房间，却虚撞到了茶几。这一撞声响不小，她疼得弯腰捂腿，也成功地打破了她哥嫂夫妻恩爱的画面。

纪昱恒一边挨着涂筱柠的打，一边把西装罩在她身上裹紧，然后靠过去看许意浓。

“你怎么样？”

许意浓都不敢回头看她哥，蹲在那儿直摇手：“没事，没事。”

纪昱恒伸手拉她：“能不能站起来？”

“能的，能的。”许意浓无法直视她哥，自己站起来后感觉气氛有些尴尬。

纪昱恒清了清喉咙，先找了个话题：“明天你早起跟我去熟悉一下车。”

许意浓以为自己听错了，没想到嫂子真的跟他说了车子的事，想转身却不敢，仍保持背对他的姿势：“大可不必啊，哥！我可以坐地铁的。”

“总有要开车的时候，我跟你嫂子都没空的时候你也能去接乐乐放学。”

好吧，这个理由许意浓还真是无法拒绝，而且现在这种情形也不适合讨论这个。她嘴上说着“知道了，知道了”，趁腿没那么疼了就赶紧溜回房，“砰”的一声关上了门，不再做超大瓦的灯泡。

纪昱恒再回去搂老婆的时候被她狠狠地蹂躏脸：“都是你，都是你！”

纪昱恒的脸都被她揉红了，他扼制住她那双不安分的手：“你这打人的毛病什么时候能改？”

“谁让你总是那么讨厌！”

纪昱恒低头瞧她：“谁讨厌？”

“你讨厌。”

他一把将她打横抱起也不反驳：“嗯，我讨厌。”

直到他们的房间门也紧闭上，隔了一会儿许意浓的房门再次打开一条缝，确定没人在外面后，她才松了一口气走出来……

翌日一早，许意浓真被纪昱恒抓到楼下练车。许久没碰车真的会生疏很多，她上车系好安全带，忘了挂挡就开始踩油门，见车不动她又加大了力道。

油门瞬间空转，“嗡嗡”作响，坐在副驾驶座的纪昱恒看了她一眼：“踩这么大劲，车跟你有仇？”

“它不动啊。”

“你忘了挂挡。”

许意浓窘然，赶紧挂挡。她在纪昱恒的指导下好不容易把车开了出去，眼看着迎面驶来一辆车，一紧张就来了个急刹车。

即使系着安全带，因为惯性，纪昱恒的身子也猛地前倾了一下。他一开始没吭声，但在第N次被甩出去后终于开口了：“行了，今天就练到这里，下车，我们换位子。”

许意浓才刚找到一点儿感觉："啊？不练了吗？"

"嗯。"

"那明天呢？"

"明天再说，一会儿送你去地铁站。"

"哦。"

大概是先前被许意浓甩了太多次，下车的时候她看到纪昱恒那欲"怒"又止的样子，强憋着差点儿笑出声。

"逐影"。

今天仍是王骁歧提前半小时到乙方办公室，驻派到这儿的三年里，他都是风雨无阻，无一例外地准时。只是今天甲方办公室的灯居然罕见地在他到的时候已经亮了。

他打开灯，走到自己的办公桌前才发现位子上多了一个纸质购物袋，里面是叠得工整的西服，还有一瓶乌龙茶。

王骁歧拿出西服随手摊开，衣身上已经干净平整得没有一丝褶皱。他再拿出那瓶乌龙茶，瓶身上贴着一张便笺，上面写着"不谢"两个大字。字迹工整，很显大气，却也飕得飞起。

他朝对面亮堂的办公室里看了一眼，再抬手用指腹在那字上轻轻一碰，笔锋处堆积的水墨随即晕开，在他皮肤上残留下黑色的污点。

显而易见，这落笔尚未多久，人应该才走。

再见到那个女生是在之后的部门大型例会上，坐在BOM八组的区域，靠着会议室的门。许意浓一进去就跟那女生打了个照面，她先颔首一笑，女生也回之一笑。

"逐影"男女比例失调，BOM组的女性本来就不多，尤其是主管工程师以上级别。在许意浓来之前，八组的主管是整个BOM组唯一的女组长。八组主管手拿资料叠腿而坐，看到许意浓进来的一系列举动后，下意识地回头看了自己组员一眼，那女生立刻收起笑，低头打开手中的笔记本。

许意浓是第一次参加部门会议，正好借机认认脸。她在一行人里看到了那个国外专家，跟交流软件上的头像无异，是个笑容可掬的小老头。

于总来了，所有人到齐，部门会议正式开始。

所谓的大型例会就是各组按照顺序就自己在手项目进展及过程中所遇问题进行汇报，再由于总进行总结性发言。

会上到三组发言的时候，许意浓先简单地自我介绍了一下：“大家好，我是新入职到三组的许意浓，可能对各位来说，我的面孔还很陌生，不过来日方长，以后我们会互相熟悉的。”

于总正襟危坐在对面的中间位，适时地用笔尾轻敲了一下桌面示意所有人：“大家欢迎新同事。”

于是掌声四起，许意浓致谢后带着笑继续道：“项目上我刚接手，正在稳步推进中，最近更多的时间花在了适应公司系统上，就先谈谈对这部分的想法吧。如有什么不当之处，还请大家多包涵。”

她面前的笔记本合着，坐着的腰身挺直，一字裙下更显身材姣好，坐在后面的一众小男生眼睛都看直了。

“目前接触下来，我个人感觉 BOM 发布流程的审核节点比较多，我们组负责的 S 号车型最近 BOM 更改也十分频繁，这很影响工作效率。”她顿了顿，将视线投向于总，“所以我想，是不是可以申请提炼一个简化流程？”

话落，满室寂静。

她提的这一点其他组其实都心知肚明，只是大家习惯了也就慢慢接受了，不痛不痒的也从来没有人提出改进，没想到她第一次参会就一针见血地提出了系统小弊端。哪怕她说得对，也让人心里不太爽。

坐在不远处的国外专家听完翻译也开始打量许意浓这张陌生面孔。

许意浓身后的左畅感受着来自其他各组的视线洗礼，赶紧低头看手机，发现小群里早就刷起了屏。

“第一次开会就敢提意见，她真是不怕得罪这帮老人啊，有个性。”

“有点儿东西。”

于总手托着下巴认真听完，然后看向其他组：“你们怎么看？”

这时，一组的组长率先出声，当然没买账，却是笑着说：“我觉得这一块的原流程还好，毕竟在座各位都用到现在了。”

五组的组长也附和，话里有话：“这国内系统跟国外系统不太一样，很多东西还是需要慢慢适应的。”

都是老油条，自然也没太把她这个初来乍到的小丫头当回事。

于总听完将手中的笔一放，后背靠椅：“那就是你们都觉得这一块没问题，没必要简化？”

大家沉默了。

其实快速 BOM 发布流程也存在合理性，如果这是平时会上有人提出大家也就一致通过了，但偏偏是许意浓这个新人提的。不管她是有意还是无意，这天的初次露脸都不算低调，甚至在有些人看来还带有一丝挑衅的味道。

一票通过只会显得他们这群老人平日不严谨，他们怎么可能这么做，所以都默契地没有支持她。当然，他们也不明说反对，公然跟她树敌就显得太蠢了，这事还得让领导自己定夺。

于总再看向许意浓。她微微一笑，也是一副悉听尊便的模样。

他重新拿起笔："我们是业务部门，有问题是好事，一个团队每天保持一种状态是无法进步的。小许之前在国外顶级同业就职，企业文化与工作理念可能跟在座各位包括我都不一样，固有思维让大家在认知里觉得有些事就应该是这样，但是有差异发现差异，取长补短才是公司给我们注入新鲜血液的目的之一，所以她的提议试一下也未尝不可。"接着他向许意浓宣布："那么今后你就作为快速 BOM 发布流程的负责人对接一下 IT 组。"

当领导的，格局就是不一样。许意浓点点头："好的，于总。"

于是在这个普通的部门例会上，继"美女"后，她又被贴上了一张标签：高调。

会后，许意浓特意追上那个女生，对她说了一句"谢谢"。

女生先愣了愣，反倒有些不好意思："明明是我突然拍你，害你掉了耳机。"

许意浓说："反正已经找回来了。"她又问，"对了，那天你找我是有什么事吗？"

女生微微一笑："也没什么特别的事，就是听说你在国外待过几年，我也是在国外上的学，所以觉得你很亲切。"

还在说着话，前方突然传来一阵咳嗽声，是八组的女组长。

女生忙收起笑容，有些紧张地跟许意浓打招呼："许总，不好意思，我要去忙了，回聊。"

许意浓点头："好。"而后也回到办公室。

她迅速在内网找到"逐影"IT 系统的方案经理，提出了会上的需求。

IT 方案经理很快回复："我们要评估一下系统的合理性。"

许意浓："大概多久？"

IT 方案经理："我们优先处理你的需求，下午给你答复。"

到了下午，许意浓要的答复没来，倒是来了一个人。

当时她正伏案记笔记，桌面连同本子上的光被一道影子盖住。她抬头，王骁歧已利落地站定在办公桌旁。

“打扰了，许总，IT 部让我来跟你对接一下。”他的声音跟表情一如既往地冷淡。

许意浓很快反应过来，放下手中的笔，说：“可他们还没给我答复。”

她说话的时候，衣领别着的简单不失精致的胸针随着仰头的动作若有似无地闪烁着金属的光泽，衬着她微露的锁骨更为白皙。

她的头发中长，发尾微卷，用小巧的复古抓发夹随意捋了一撮到脑后夹起，大方知性中又带着一点儿成熟的女人味。

身高的差距让王骁歧微垂着头。在两人视线交会中，他说：“我就是你要的答复。”

他侧放的一只手上拿着几份资料，应该是在与其他组交流的过程中突然收到要与她对接的指示：“IT 部评估了你需求的合理性，后续由我们乙方对接实施落地，你现在可以直接跟我描述一下问题和需求。”

他言简意赅地交代了前因与后果，没一句废话，一看就是百忙之中抽空来的。

为了不耽误双方的时间，许意浓不再纠结，开始阐述自己的想法。严格来说，这才算是他们在“逐影”的第一次正面接触。

许意浓滑着鼠标：“就是这里，我认为就当前的阶段，并不需要这么复杂的流程。”

“停一下。”王骁歧再开口时许意浓发现他已站到自己身后，正微倾着身子凝视她的电脑屏幕。

她停了一下，又听到他说：“再往前一个步骤。”

她继续操作，他却提醒：“不是这里。”

她又调了一下，还是不对，他顺势抬手要帮她操控鼠标，两个人的距离随着他的动作更加拉近，包括他的气息也一并笼罩过来。

电脑屏幕的光线照在他细碎的头发上，带着些许蓬松。有股淡淡的洗发水味，清爽型的那种，而他线条分明的轮廓在光线映射下更显立体。蓦地，他没再凑近电脑，而是突然偏过头来，视线从屏幕转向她。

他突如其来的动作让许意浓正在操作鼠标的手顿了顿，也将视线从电脑上移开。两个人猝不及防地四目相对。

一秒后，她不明就里地发问：“还不是？”

他不动声色。她这才发现他一只手撑着她的办公桌，而另一只手悬空停在她右手的上方，是在等她腾出鼠标。

她便放开鼠标，同时将座椅靠后与桌子拉开些距离空出一个位子，他这才代替她覆上鼠标。他的手指骨节分明、干净修长，鼠标在他手里灵活地移动。

他的视线重归屏幕系统界面，一边操作一边道："你说，我在记。"

他并没带笔和本子，所说的记是用脑子。

许意浓"嗯"了一声，继续说自己的需求。

大概是好看的皮囊都能引起关注，两个人交流的工夫已经吸引了办公室里不少人的注意。

"根据你的需求，我的大致思路是参考当前的BOM发布流程，新增一个跟数据质量检查逻辑一样，但审批环节较少的BOM快速发布流程，这个流程限制只有你们BOM工程师可以使用。"王骁歧立刻给出了一个初步方案，无论是工作态度还是专业程度，都让初次跟乙方对接的许意浓感觉不错，就是不知效率如何。

"可以，那什么时候能出具体方案？"她更关心这个问题。

"最晚明天下班前。"王骁歧的手机响起，他直接给了她一个准确答复。

许意浓颔首："好。"

问题速战速决后，他是接着电话离开的，没迈出几步又被其他组临时招呼过去。来回几次，他就像颗从指间抛出的弹珠，一直弹来弹去，周而复始没有停歇。

左畅有事来请示，许意浓坐回自己位子上听左畅讲。她的手无意间摸到鼠标，那上面还残留着一丝余温，在她的触碰下慢慢与之融合。

许意浓抬头，那道身影又不见了，她也再次回到忙碌之中。

A市已入秋，晚风萧瑟，月朗星稀。

许意浓本以为下了班就能回去躺着，棘手的事又来了，母亲给她发了微信视频。自回国后她就以长期出差为借口来糊弄这段时间的视频通话，生怕精明的母亲看出端倪。每次视频地点都是在纪昱恒的小区楼下，好在她们并不是天天视频，一般保持一周两次的频率。

"我看国外也要降温了，你最近可得注意保暖，别要风度不要温度。"这天又是个视频日，吴老师老生常谈地絮絮叨叨。

许意浓漫无目的地在小区里晃悠。她避开了人多的区域，只在相对静僻的地方打转。

“知道了，吴老师，在外面也就上下班的时间，办公室里有空调，冷不了。况且我这不出差吗？哎，我爸呢？”没说几句许意浓就扯开话题。

“跟你一样，又出差去了。”吴老师一边说一边叹气，“你说你们爷儿俩，一个每天不着家，一个跑那么远，现在留我老太婆一个人在家孤零零的……最近你怎么样？怎么出差还没回去？”

许意浓抬头望月胡诌：“我呀，我挺好啊，这次出长差，多久还没个数呢。”

吴老师皱眉：“那你别在外面乱晃了，下了班就回酒店去。”

她继续鬼扯：“我没乱晃啊，还不是因为你每次找我的时候我正好在走路。”

“你这出差的地方是很偏僻吗？怎么边上都没声？”吴老师到底还是捕捉到了一些蛛丝马迹。

不过许意浓从小已经习惯跟她母亲打交道，她处变不惊道：“大型汽车研究院都在穷乡僻壤，能有几个是在闹市区的？买地不要钱啊？”

吴老师将信将疑地瞥她一眼，又凑近屏幕看她。

许意浓不免心虚，吴老师不会眼尖看出什么来了吧？

“你——”吴老师把这个字拖得有点儿长，“跟那个小董怎么样了？”

看倒是没看出什么，但母亲抛来一个更烦人的话题——相亲。

吴老师嘴里的小董就是许意浓的相亲对象，是吴老师学校初中部同事的儿子。他跟许意浓同龄，是证券公司投行部的，目前在国内工作，据说明年会调任到国外。

怎么会成为相亲对象呢？是有一天他母亲在吴老师办公室玩的时候闲聊，说起自家孩子的情况，顺口问了吴老师一句：“吴老师，听说你家闺女一直在国外？”

吴老师起初还没在意，应声道：“是啊，念完研究生就待那儿了。”

同事对她笑呵呵：“我儿子毕业后做了券商就东南西北地出差，这马上也要去国外。你家闺女我知道的呀，一直很优秀，小时候我见过一次，长得特别水灵，有没有谈朋友啊？”

吴老师一听，立刻在脑海里过了一遍。两个孩子的学历不相上下，以后都在国外工作，双方高知家庭，知根知底又门当户对，倒真挺合适的。于是两个人在互相交换了孩子的照片后一拍即合，立刻开始张罗相亲的事。

那段时间许意浓一直被吴老师洗脑对方身高一米八二，长相和工作都不错，机不可失。

许意浓当时看了一眼吴老师发给她的照片。嗯，是还不错，却也就属于不错了。她在视频的时候回复吴老师："本人不想找金融男。"

"为什么？"

"干金融的一年买车，两年买房，十年可退休，钱来得快。"她两手一摊，义正词严，"金融多渣男，入坑需谨慎。"

吴老师当即回答："这孩子我们看着长大的，根正苗红。再说了，你哥不也是搞金融的？那些渣的都是自身人品问题，跟职业没关系，你少给我胡说八道。"

最后许意浓半强迫半无奈，只得接受了男方发来的好友请求。但由于两个人工作都太忙，只能偶尔晚上聊一聊。对方挺有耐心的，有时候许意浓回复慢也不在意，经常会转发几个网上的搞笑段子给她，总体来说是个懂分寸又不失风趣的人。

"聊着呢，在你视频前还在聊今天吃了什么。"许意浓跟她实话实说。

"那你们聊吧。"吴老师听到了满意的答案，也不多打扰了。

许意浓又跟吴老师扯了几句便结束了视频。她如释重负，也不知道已经回国的事情还能瞒多久。

许意浓握着手机打道回府，那个小董又发来一个网上的段子。她随意地扫了一眼，没回。过了一会儿，微信又响了。她以为又是他，准备打开微信随便回一句，一看却是个好友申请。

许意浓点开，"王骁歧"三个字赫然醒目，备注写着：方案确认。

许意浓略有迟疑，最终还是按下了添加键。在她接受好友的那一瞬间，对方直接甩了方案过来，条条框框一一罗列，井然有序。

还附一条："你内网不在，烦请确认。"

这是还在加班？

作为甲方，许意浓也不甘示弱，立刻回了一句"稍等"，然后走到亮堂的地方认真地看了一遍。其间她又提出几个想法，王骁歧也很快回复："可以，我们再进行相应调整。"

许意浓："好。"

之后直到她回到表哥家，微信都是安静的。等她洗完澡爬上床，看到了几条未读消息，打开一看全是那个小董发来的。

第一条是一张加班图，电脑屏幕前放着杯咖啡。

第二条："投行人的世界是不分昼夜的，所以人生最大的落差莫过于你已经躺进被窝，而我还在加班。"

第三条："我有猜对吗？"

许意浓没有立刻回复，打算明早再回一条："昨晚睡着了，没看到，不好意思。"

她退出到微信首页的时候，又看到那个在一众头像中独树一帜的一团白，纯白的头像十分惹眼，右边挂着"王骁歧"三个大字。

可她怎么记得刚刚加好友的时候看到是纯黑的头像？

许意浓一只手擦拭着尚未干透的头发，一只手点开那个头像，确实是纯白的一张图，而对话框仍停留在刚刚的聊天记录。

她又点了点那个头像，想进他朋友圈看看，但不知是指尖沾了水还是触屏不灵敏，没能一次点开。于是她多按了两下，只见那头像左右摇了摇，聊天界面立刻显示："我拍了拍'王骁歧'。"

她赶紧按撤回，系统又提示："如果对方使用的不是最新版本微信，可能无法撤回。"

她整个人一滞，下一秒就听到新消息的提示音。

王骁歧发来一个问号。

第三章
干妈

“抱歉，刚刚是我侄女在玩手机。”许意浓快速回复，此刻小孩儿是个很好的甩锅对象。

她内心愧疚：乐乐，姑姑对不起你。

消息再发来的时候王骁歧忽略了被她拍一拍的事，直截了当地甩来最新方案。

“麻烦明日下班前给我反馈。”

许意浓双手捧着手机在键盘上打字，停了一下，扫了一眼屏幕左上角的时间，又将刚打好的字删掉改成“好”字发了出去。

之后她再没收到任何回复。

夜色深沉，茫茫如海，月亮似隐藏在了云后，如蒙上一层纱，星点铺洒在这灯红酒绿的人间。犯了烟瘾的许意浓久久难眠，辗转反侧数次，突然坐了起来。

不对，她的微信还没绑定回国后的新号码，也就是“逐影”通讯录上的号码，那他是怎么加的好友？

许意浓一陷入思考，烟瘾就更重了，最终下床走出房间，偷偷来到客厅，从茶几下面的抽屉里找出一包烟和打火机。这是她之前陪乐乐玩，小家伙拉开抽屉找玩具的时候她无意间发现的。

许意浓随意裹了件外套站到阳台上，把窗户拉开，任凭深秋的冷风吹进来。那风就跟瞄准了似的，直往她领口里钻。她缩了缩脖子收紧衣服，熟练地咬着烟，一只手按打火机一只手挡在烟头前拢火。点燃后，她长吸一口，瞬间感觉整个人从头到脚得到了释放。

许意浓往阳台的藤椅上一坐，左手再拿下烟，胳膊肘撑在旁边的小圆茶几上，大拇指挑开散乱的碎发，然后就此停在了发间。她悠然地吐出白雾，思绪跟着它袅袅缭绕，飘忽不定，衬得眼前的月色更为浓稠。她两根手指间夹着的烟不断地自燃着，忽明忽暗，像唱着今夜的独角戏。

渐渐地，月亮出来了，在云端皎皎，宛如水银泻落一地。许意浓赏着月光，蓦然低笑一声。

他乡纵有当头月，不抵故乡一盏灯。这月，终究还是中国的圆。

半夜，涂筱柠起身去儿童房看乐乐，刚要推门进去，却感觉周身有一股凉意，阳台那边飘来阵阵风吹到窗上。她走过去，尚未消散的烟味扑鼻而来。再一看，窗子居然开了一条缝，茶几上和大理石地面上还有散落的零碎痕迹。她用手一摸，沾到皮肤即化，是烟灰。

她把窗户关好，看完女儿后回到房间。一钻进被窝纪昱恒就顺势把她搂了过去，要亲她的时候却被她躲开了。

涂筱柠背对着他："你现在烟瘾怎么这么重？大半夜的还去阳台抽烟？"

在她起身之前，他也起来出去了一次。当时还以为他是去厨房喝水，因为他每次酒一喝多了，半夜就会口渴，没想到是去抽烟。

纪昱恒迷迷糊糊地"嗯"了一声。

虽然发音只有一个字，但能听出疲惫，涂筱柠也不再多说，翻了个身拱进他怀里。即便洗了澡，他身上在外沾染的烟酒味还没完全消退，她叹了口气，想他工作压力那么大，半夜出去抽烟也正常，于是伸出双手环抱住他，轻抚他的背，柔声说："睡吧。"

很快耳边就响起轻浅的呼吸声，涂筱柠又仰头吻了吻他，也闭眼再次睡着。

第二天，许意浓吃早饭的时候，老觉得纪昱恒在看她。

"看什么看，没见过美女？"趁阿姨走开，她跟小时候一样挤对他。

纪昱恒嗤笑一声："赶紧吃，还要练车。"

许意浓不情不愿地闷头喝牛奶，快速吃完后，拿上包跟纪昱恒一起下去。

为了节约时间，许意浓在电梯里对着镜面墙涂口红。纪昱恒一只手插在裤袋里，注视着提示屏幕上慢慢变小的数字，没头没脑地冒出一句："假烟你都抽得下去？"

许意浓手一瓢，口红画歪了一点儿，没来得及抹就转身反问："什么？假的？！你没事放假烟在家干吗？抽了会不会跟假酒一样出人命？"

"真烟抽多了也会出人命。"纪昱恒转头看她，正中下怀。

许意浓猛然醒悟，暗自悔恨大意了，着了他的道。既然如此，她索性破罐子破摔，把手中的口红往包里一扔，理直气壮地道："对啊，你的烟是我抽的，怎么了？谁规定烟只有男人能抽？再说我也是成年人了。"

她以为接下来将要面对他劈头盖脸的说教，谁知并没有，电梯"叮"了一声，到达底楼。

他只对她说了一句："口红太浓，跟火腿肠一样，学学你嫂子，素颜也好看。"然后跨步走出去。

许意浓被气了个半死。她表嫂明明也有化妆，只是口红颜色淡些而已。她赶紧又照镜墙，擦掉多出来的那处，再紧跟上去："纪昱恒你眼睛有问题吧，什么'火腿肠'？这个颜色很火的，你懂不懂啊？！还有你可别忘了，你追老婆我也有一半的功劳！"

昨晚加班加到身体被掏空，"一唯"那边一早依旧哈欠连天，他们组十个人里有两个是A市本地人，剩余八个人都住公司租住的房子，四个人一间，林然和祁杨都在王骁歧那屋。

"老大昨晚几点回来的？"有人的视线落向王骁歧的工位。

此刻王骁歧正拉开抽屉拿出一盒强劲薄荷味的口香糖。他屯了满满一抽屉，每次疲惫的时候就会拿出来吃一粒，说提神醒脑。

但很多人觉得这还不如风油精上头，不过抽过烟后他们偶尔也会从他抽屉里偷拿几粒嚼嚼，所以这糖总是以肉眼可见的速度变少。后来，王骁歧就习惯买的时候直接拿一打。

刚刚啃完三丁包的林然反问："老大昨晚回来过？"

"他不会真通宵了吧？"祁杨转而看向王骁歧那副圣斗士模样，忍不住叹气，"每天起得比鸡早，睡得比狗晚，时不时还熬通宵，他还是个人吗？就算公司给我们买了保险也不能这么造作啊。"

林然继续往嘴里塞东西："他显然不是啊，流水线的加班，铁打的王骁歧，而且堂堂A大高才生去哪儿不好，非来我们当时还名不见经传的'一唯'？"

祁杨摇了摇头："说来说去还是缺个女人。"他捶桌义愤填膺，"单身IT人实惨！"

林然还在吃个不停，他提醒道："老大可是个不婚主义者。"

"不婚也能谈恋爱啊。"祁杨看林然嘴里嚼的东西黑不溜秋的，又不大像巧克力，注意力不自觉地偏了，"你这吃的什么？长得跟加大版羊屎似的？”

林然扔给他两个独立包装的小袋。

“网红直播间抢的，来，给你也补补，IT精英人士防秃必备——黑芝麻丸。”他还故意捏着嗓子做了一轮推广，“有了它，妈妈再也不担心我加班啦。”

祁杨静看林然三秒选择当自己没问。他把话题又扯到王骁歧身上，头往前一伸问：“老大，你微信咋换头像了？非黑即白啊？”

从祁杨认识王骁歧起，他的微信头像就是纯黑的一张图，昨晚突然换成了纯白，害得祁杨发完消息以为发错了人。

王骁歧可是一个除了被公司强制才会在朋友圈发个广告，连员工群里的红包都从不抢的人，却换掉用了多年的微信头像，未免有些奇怪？！

祁杨问出了所有人想问的，正好王骁歧的微信上收到了一条消息，来信人是许意浓。

他低头看着她发来的最终确认方案，顺便回了祁杨一句：“祁杨，建议你看本书。”

“啊？”

“《沉默》。”

“扑哧……”一阵憋笑。

祁杨捂着小心脏，委屈得捧杯喝水，动作幅度大了些，水从嘴边溢了出来。

林然看到后拿纸给他擦：“看把孩子吓得。”

这次大家更是憋笑到内伤，祁杨嘴一抹要找王骁歧申诉，却见他盯着手机看，嘴角若有似无地挂着笑意，顿时更委屈了。

啊，一丘之貉！

许意浓这天一进办公室又狂打喷嚏。

组里一个男生抬头看过来：“意浓姐，你每天都打喷嚏，是有鼻炎吗？”

许意浓抽了纸巾揉着鼻子点头，觉得他挺细心的：“我有过敏性鼻炎。”

大家四处看：“那你是对哪儿过敏啊？”

她拿起资料去复印室，继续揉鼻子：“地毯。”

很多公司为了工作时间降噪，集中员工精神都会选择铺地毯，但时间一久，就会聚集很多尘螨且滋生肉眼看不到的细菌，像许意浓这样的鼻炎患者就深受其害。

喷嚏的开关一旦打开就收不住，到了复印室才好一些，那里都是瓷砖地。

许意浓一进去就看到有人猫着腰在摆弄复印机。听到脚步声，那个人抬头，竟是日本专家佐藤先生。

他看到许意浓，先站好笑着点了点头，算是跟她打过招呼，然后就礼貌地往旁边一让示意先给她用。

许意浓也朝他莞尔，心想这专家还挺接地气，复印这种小事不让助力干还亲自来。她向前几步，并用日语问他有没有什么需要帮忙。

经过上次的会议，佐藤先生对许意浓是有印象的，只不过没料到她也会日语。

他有些抱歉地告诉她是使用复印机时突然失灵吐不出纸来了，他按照屏幕上跳动的代码提示从机盖的注解上查询原因，奈何自己看不懂中文，所以摸索了半天。

许意浓立刻过去查看，原来是卡纸了，要从左侧机身打开清理纸张。她按照提示将一系列指示操作完毕，复印机终于恢复正常。佐藤先生连声致谢，又问她是不是学过日语。

许意浓大方地承认，也毫不拘泥地告诉他自己之前在日本工作和生活了许多年。

这让佐藤先生更觉意外，借此跟她攀谈了一会儿。当听到她前东家的名字时，他的眼睛不由得亮了亮，直到有其他人进来，他们的对话才终止。

午餐的时候，许意浓独自坐在冷清的日式料理区点了一碗乌冬面。

“逐影”的食堂是综合型的，虽然只有一层，但面积非常大，中餐、西餐与各式料理应有尽有，也算企业文化里的一大特色。左畅他们都嫌弃日料吃不饱，偏偏她今天又只想吃乌冬面，所以才落了单。她正闷头吃着，突然跟前来了个人，佐藤先生端着自己的那份餐笑眯眯地问能否坐她对面。

许意浓立即将自己的面往里挪了挪，用日语道：“当然。”

佐藤先生落座。

大概是他乡遇故知，吃饭的工夫佐藤先生跟她聊了很多。

许意浓是个很好的倾听者，也从中了解到，原来之前左畅说佐藤先生所负责的公司零件功能位置码标准业务推行缓慢，并不完全是因为别人口中所说的他太固执。

从佐藤先生的角度看，他认为文化的差异导致“逐影”大多工程师短时间内难以认可他所提出的一套标准体系。大家各有各的想法，众口难调，再加上语言上的沟通困难，矛盾越积越多，才走到今天这个进退两难的局面。

许意浓是个聪明人，知道这才是佐藤先生这顿拼桌饭的真正目的。她曾在日本最优秀的日汽研究院工作过，深谙其中门道，跟他沟通也毫无障碍，同时她又是学成归来为国产汽车事业献身的爱国青年。无论从工作经验还是专业度来说，她都是最合适的人选。

说话间她的手机响了一下，是短信提示。她轻扫一眼，是一条垃圾广告。但她顺势按了锁屏，再拿起手机，故意朝佐藤先生抱歉地指了指屏幕：“不好意思，老师，我突然有事，可能要先走一步。”

佐藤先生自然让她先去忙。

许意浓打着招呼煞有介事地离开。走出食堂，她把那条垃圾短信删除后才将手机塞进兜里。

看破不说破，这个好人要不要做，她得权衡一下。

一天总是眼睛睁睁闭闭就过去了，转眼又到了下班的点。经过一段时间的观察，许意浓发现大家都酷爱加班，哪怕没事也要再多坐一会儿，而谁准时准点走则会成为万众瞩目的焦点。

“在我的组，有事加班，无事回家。”起身收拾东西的时候，许意浓如此交代。

闻言，组里四个人的面上都掠过一丝异样。

许意浓把自己的键盘和座椅往里一推道：“我的人会干事，干好事就行，在我这里最不需要的就是作秀。”她将包往肩上一挎，“各位，明天见。”

只留给他们一个好看的背影。

几秒安静，四个人立刻默契地起身收拾东西，响应新领导的号召。

这也太酷太接地气了吧？！

于是 BOM 三组全员是在办公室其他组的羡慕下结束的这一天的工作生活。

许意浓并没有直接回去，而是打车去了一家花店拿预定的鲜花，再赶去了妇幼医院。

这里她第一次来，连摸带问才找到了妇产科病房区。

“VIP3，VIP3，VIP3……”许意浓嘴里念叨着，终于走到那扇门前。她整理了自己再摆弄好花，刚要抬手敲门，却听“咔嚓”一声，门从里面被人打开了。

她的动作一僵，没想到迎面出来的人竟是王骁歧。他仍着一身白，此刻手上正极不协调地拿着个奶瓶。

不知怎么回事，许意浓有一种自己手里娇艳欲滴的鲜花反倒衬得他霁月清风的错觉。而这会儿面对面地站着，就像是她要给他献花似的。

王骁歧的视线从她身上掠过，最后落在那束花上。

默契的是，两个人都没开口与对方打招呼。

“让你冲个奶瓶站门口磨蹭什么呢？”不一会儿有声音传来，门被完全打开，王骁歧身后赫然出现一个年轻男人。他嘴里念叨着什么，却在看到许意浓后顷刻消音。

他站定了看她，又看了看王骁歧，再回看她，最后欣喜地唤了一声：“哎呀！浓哥！”

“好久不见啊，郑子。”许意浓对他展颜一笑，把花束往前一送，“恭喜你当爸爸了。”

他伸手接过：“哎呀，你还整这个，浪费钱。”然后默默用屁股把王骁歧往边上一挤，招呼她，“快进来，快进来。”

同时他又朝里头喊：“爽爽，浓哥来了。”

果然VIP病房够大，外面是个小客厅式的陪护区，里间才是产妇区。许意浓未见其人已闻其声，里面的人喊着：“浓哥？是我大浓哥来啦？”

弄得她包都来不及放下便先往里跑。

病床上坐躺着一个产后略显浮肿的女人，在许意浓和她四目相对的那一瞬，两个人的眼眶都红了。

“你这个死丫头，终于从日本滚回来了！你怎么更好看了？一比我更丑了！”女人一上来就开撑，撑完又朝她张开双手，“快！过来抱抱我！我需要一个爱的拥抱！”

鼻子正发酸的许意浓转而一笑，过去给了她一个拥抱，同时也听到她靠在自己怀中带着些委屈的闷哼：“打死不生了，生一个都疼死了！”

许意浓轻轻地拍她的背安抚：“都是当妈的人了，怎么说话还跟小孩儿一样。”

她叫刘爽，是许意浓的大学室友兼闺密，也是为数不多知道许意浓回国的人。许意浓刚回来那段时间要落实“逐影”的入职手续，刘爽怀着身孕也不大方便出来，两个人就一直没来得及碰上面，这一耽搁就到了刘爽生娃后。

许意浓还是在朋友圈刷到了刘爽已生的消息，立刻问了医院和病房，约了今天来看她，所以一下班就带着花赶来了。

刘爽结婚那会儿许意浓没能从日本赶回来，如今她晋为人母，这等人生大事许意浓可不能再错过了。

两个人还未来得及好好叙旧，旁边婴儿床里响起几声哼唧，跟小猫一样。

许意浓不禁降低分贝，小声问刘爽：“是我吵醒宝宝了？”

“不会，做梦呢。”刘爽朝婴儿床那边扬扬下巴，“你去看看吧，你新鲜出炉的干儿子。”

许意浓便小心翼翼地凑过去看孩子，小小的一只，正皱巴巴地睡着，襁褓里的小身子还动了动。

“像周邺哎。”她仔细看了一会儿，得出结论。

“怎么都这么说？明明闺女随爸，儿子像妈啊，到了我儿子这儿就与众不同。”刘爽嘟囔，又跟告状似的向她控诉，“我跟你讲，他超级能吃，我母乳都不够喂，还得冲奶粉。臭小子，从小就那么虎，一点儿也不知道给家里省钱。”

不知是不是听到了来自亲妈的吐槽，小家伙的脑袋偏了偏，突然就醒了。许意浓刚要去逗他，不承想下一秒他就扯着嗓子哭了起来，哭声还挺洪亮。

刘爽头疼地叫：“哎哟，我的小祖宗，说什么来什么，怎么又饿了？”

听到孩子的哭声，周邺快步走到她们跟前，说：“我儿子醒了？”

刘爽立刻指挥他：“快把你儿子抱过来给我喂他，你奶瓶洗好没？赶紧给他泡奶粉。”

“这不是厕所我妈在用着吗？刚刚你又涨奶让我搭把手，我分身乏术哪里还得空？奶瓶让老王帮忙去洗，正巧撞上了浓哥……”

话到此处他打住了，夫妻俩貌似对视了一眼。

周邺立刻去抱儿子，还朝许意浓不好意思地笑了笑：“这有了孩子啊就是麻烦。”他轻柔地从婴儿床上抱起小东西，看着儿子的眼神瞬间就跟要化了一般，明明知道他听不懂还自顾自地低喃着：“是不是啊？儿子？”

刘爽这会儿也安静坐在那儿，温柔地看着爷儿俩，一家三口的画面十分温馨和谐。略显多余的许意浓也不再打扰他们，先退了出去。

很快，帮忙冲洗好奶瓶的王骁歧重新回到病房，正解了周邺的燃眉之急。他赶紧出来接过去泡奶粉，也顾不上招呼他们，只挥手随意往沙发那儿一指："你们先坐坐，我们把小祖宗哄睡就好了。"然后他急急忙忙又去陪老婆孩子了。

这下外面就只剩他们俩了，孩子一吃到奶，哭声就戛然而止，整个房间陷入无声的静谧。

许意浓无所事事地站了一会儿，觉得特傻，就往沙发那边去了。她坐着，王骁歧站着，两个人从头到尾连一个眼神交流都没有，只各自低头看着手机。

直到套房里卫生间的门打开，一个中年妇女走了出来，这安静的画面才被全然打破。她就是刘爽的婆婆，周邺的妈妈。

许意浓立刻站起来礼貌地叫人："阿姨。"

跟周邺的第一反应一样，她看到许意浓的一瞬间就下意识地去看王骁歧，而后摆摆手笑着示意她坐："意浓来了啊？你坐，你坐。"又细细地打量她，"真的是好些年没看到你了，越来越漂亮，是不是比读书那会儿瘦了点儿？"

太久不见，她对许意浓的印象还停留在高中时期。

许意浓只笑了笑，没出声。

周母又瞅向王骁歧，不由分说地怪他："骁歧你这孩子也真是的，人家都把老婆越养越圆润，你却把老婆越养越瘦！"

气氛一时间凝滞，许意浓面色微变要解释，谁知王骁歧的目光竟顺势朝她聚焦而来。快对视上时，许意浓躲开了。

他未置一词，淡淡地笑了笑，仿佛将那些跟他毫不相关的数落照单全收。

许意浓蹙眉重新抬头，他已经不再看自己，而是继续站在那儿听周母唠叨："你看看，周邺这臭小子都当爸爸了，你们呢？准备什么时候要孩子啊？"

话题似乎朝着难以控制的方向延伸，许意浓知道周母误会了他们是一块儿来的，便快速打住："阿姨。"

"哎。"

"我们……"

“妈！”好在被娃折腾完的周邺及时从里间出来了。

他一看到自家老妈站在那两个人中间，心里“咯噔”一下，所幸反应快，赶紧对周母说：“孩子醒了，我刚冲奶粉的时候好像下手重了，你帮我去瞧瞧有没有泡多。”

他果然成功地将母亲的注意力转移：“你说你还能干吗？泡个奶粉都不行，怎么当人爹！”周母一边嫌弃着一边往里去，嘴里还在碎碎念，“我真是走开一会儿都不行。”

这才又清静下来，周邺挠了挠头，抱歉地开口：“我妈她……”

许意浓的手往包里一探，摸出一个红包来。她说：“喏，给我干儿子的。”她递给周邺的同时也就此岔开了话题。

周邺伸手一挡：“浓哥，你这么搞可就生分了啊，我们之间什么关系还来这套？”他推拒着往回塞，“赶紧收回去。”

许意浓却执意要给：“你们结婚我没回来，这是作为干妈给宝宝的，除非你们不让他认我这个干妈。”

“这……”她这么说周邺就有些为难了，推搡中他若有似无地瞥了一眼某处，终是磨不过她收下了红包。

说起干妈这件事，还是很久以前的约定。那会儿刘爽刚跟周邺好上，热恋期黏糊得很，每天都是“我们家周邺长我们家周邺短”的。

许意浓笑刘爽“恋爱脑”，刘爽在寝室阳台上手托着下巴四十五度角仰望星空，毫不否认：“‘恋爱脑’就‘恋爱脑’呗，周邺就是我们家的，就像王骁歧是你们家的一样。”说着就用屁股撞了她一下，“说好了，以后我们可互为对方孩子的干妈啊。”

许意浓当时颇嫌弃地看她一眼：“都什么年代了，还兴这个？”

刘爽不依不饶：“就冲你跟你家老王是我跟我家周邺的媒人，这孩子干妈的头衔也非你莫属啊。”

许意浓都快被她绕晕了，不过真要说起来，自己的确算是她跟周邺的半个媒人。

论关系，一开始是许意浓跟周邺更熟，因为周邺是她的高中同学，也是王骁歧的同桌。同为班里种子选手的周邺当时填报志愿直接抄的王骁歧的，所以他们在大学同专业又同寝室，可谓形影不离。

刘爽是有一次被许意浓带去 A 大看篮球赛，才跟周邺看对眼的。

那晚星河璀璨，月明千里，两个少女各自怀揣着对未来的美好憧憬与向往，互诉衷肠。

年少时的记忆总是像风像雨又像雾，其中很多细节已经模糊，许意浓只记得最后她们约定要做对方孩子的干妈。这不，刘爽说到做到，多年后真给她生了个干儿子。

一阵手机铃声又将她拉回到现在，是王骁歧的手机响了。他开门出去接听，门虚掩着，隐约可以从缝隙里看见他站在走廊窗边，临窗而立接电话的侧影。

只剩许意浓跟周邺，周邺随口打岔："刚回来挺不适应的吧？现在住哪儿啊？"

许意浓将手随意地往风衣口袋里一插，另一只手拨开耳边的碎发才说："我表哥那儿。"

周邺的表情微微诧异："纪学长？他回A市了？"

纪昱恒在A大一直是个响当当的人物。据说当年他一入校就以迅雷不及掩耳之势屠了高校间的各大排行榜，包括学生们自己搞出来的什么男神榜，之后再无人能撼动，连他们那届的王骁歧进A大也没那么大声势。

许意浓点头默认。

"那……"周邺还要发声，却被刘爽一句话打断："呀，宝宝吐奶了。"

他简直一个头两个大，忙要去看孩子，跟许意浓又打了声招呼："你再坐一会儿，我马上就回来。"

许意浓则摆摆手道："你去忙吧，我就不打扰你们了。先走了，下次再来看宝宝。"

"瞎说什么打扰啊，等宝宝睡下就好了，你跟爽爽还没怎么说上话呢！"周邺极力挽留。

许意浓已经拿起自己的包，催促他："你快去看宝宝，别管我了，反正我现在回来了，叙旧以后有的是机会。你帮我跟小爽说一下，我就不进去了。"

周邺只得作罢，转而问许意浓怎么走。

许意浓将包挎在肩上："我坐地铁。"

她刚走到门边，门却被人从外面推开，是王骁歧握着手机回来了。

这次换许意浓稍稍往后一退让了让他，他与她擦身而过，经过时微风轻拂着她耳边的碎发。他径自从沙发上拿起自己的外套随意拎在手中，对周邺道："我还有事，先走了。"

许意浓脚步一顿，就听周邺说："巧了啊，浓哥也正要走，要不我送送你们吧。"

"不用。"

"不用。"

两个人异口同声。

周郸愣住，稍后干咳一声："那……那我就不送了，你们慢走。"

许意浓说了一句"再见"便往外走，王骁歧腿长，比她快一步，只见他往门上的扶手一搭再一拉，整个门完全敞开了。

许意浓抬头对上他的视线。

王骁歧站在原地，并未率先踏出去，并跟她说了今晚相遇后的第一句话。

"许总，请。"

空旷的医院走廊上，两个人并排走着，从起初杂乱无章的步调慢慢变得一致。

明明她来的时候还能碰到很多家属和护士，这会儿却半个人影都看不见，结合着病房区的安静气氛，莫名显得诡谲。

许意浓只顾闷头走，一路无言。

走出住院大楼，暮色已降，渐渐融进缱绻点碎的星河里。一阵风迎面袭来，冷不丁地钻进许意浓的鼻腔，滋生出一股凉意。

她敏感的鼻子受到刺激，忍了忍，实在没忍住，侧身捂住口鼻连打了好几个喷嚏。她赶紧从包里拿出纸巾捂鼻擦拭，一抬头发现身边的人还在。

他没由来地出声："郸子爸妈的感情早就破裂了，怕影响他学习硬是拖到了高考完才离的婚。那会儿他熬着没说，一个人撑了过来，所以很多事他妈妈并不知情。"

闻言，许意浓的心不免一沉，手上动作微滞，露出了被自己揉得通红的鼻头。

印象中，周郸的父母对他特别上心，高三晚自习，每天晚上他父母都会一起开车来接他。学校的大门一开，周母老远就在车里伸出头挥手喊："宝贝！宝贝！爸爸妈妈在这儿！"

弄得所有同学哄笑，有的男生还故意捏着嗓子学周母的样子："宝贝！宝贝！"

周郸被闹得要多丢人就有多丢人，抬脚往插科打诨的同学自行车轮胎上一踹。

他接着快步走过去，不等周母开口就没好气地嚷嚷："说了几次了！以后别来接别来接，我又不是小学生，大晚上自己回家还怕我走丢不成？"

周母点头说："好，好，好，下次不了，不了。"

可每次都答应得好好的，第二天两个人还是会出现在学校门口。父母沉重的爱就此成为周邺沉甸甸的负担。

谁又能想到彼时天天准时来接周邺下课的恩爱夫妻早就貌合神离，只是在孩子面前演戏呢？那一次次的一起出现，原来已经是一家三口的合体倒计时。

难怪大学里的周邺看起来不如高中时活跃，直到遇到了开朗的刘爽，笑容才又多了起来。

许意浓脚下的步伐不由得变得沉重。

人生况味，承载几浮，唯成长最苦。

最终她"哦"了一声，只说："没事。"

他们一起朝医院外走，保持着中间可以再站下两个人的距离。沉默又流转在周身，还有阵阵风吹至。许意浓拢了拢衣领，余光瞥见他的外套还在手上，这次没像刚才那般好好挂在臂弯里，而是双手插在兜里。衣服就着这个姿势随意搭在胳膊和裤袋的空隙里，稍不留神或者手动一动，衣服就会立刻滑出来。

"王经理不冷吗？"眼看他的衣服已经滑出三分之二，摇摇欲坠，许意浓开口了。

王骁歧收住脚步侧目，见她裹得像个粽子，反问："许总很冷？"

她矢口否认："没有。"继续迈步往前走，没走几步果然听到他的衣服掉落在地的声音。

她在心里"噘"了一声，到了医院门口，将脚步放缓，直到他再次跟上来。

"你怎么回去？"没走几步，王骁歧突然问。

"前面就是地铁站。"许意浓的下巴往前扬了扬，示意自己坐地铁，准备就此分别。

他"嗯"了一声，这会儿仍是刚才那副把衣服随手挂着的吊儿郎当的样子。他漫不经心地侧了侧身让她先走，然后继续保持跟她一个方向，淡淡地道："我也去地铁站。"

许意浓："……"

就这样，他们一起进了地铁站。

坐扶手电梯的时候，行人们都自觉靠右站，左边空出一条道以便赶时间的人快速下去。

许意浓先站上去，王骁歧则在她身后，随着电梯的下落，他们变成一上一下的高度。许意浓前面站着一对小情侣，跟他们一样一上一下被分开，但这对小情侣紧紧地牵着手。

过了一会儿，女生转身仰头看了看男生，男生的头低了低。不知二人说了什么，他手一伸就扣住女生的肩，让她靠到自己怀里，另一只手则宠溺地揉了揉她的脑袋再滑到她的腰际将之搂住。女生也回应似的用双手环抱住男生的腰，随后两个人嘻嘻哈哈地说话。

小情侣的黏糊被后面的许意浓全程目睹。

明明什么都没做的许意浓感觉自己像在偷窥别人的隐私，她不自在地转头移开视线。正好手机微信提示音响了，她从口袋里掏出手机解锁，一看是那个相亲对象小董。

小董："下班没？"

许意浓随手回了个"嗯"字。

小董："吃饭没？"

"关你屁事。"

王骁歧低沉的声音从身后乍然响起，吓了许意浓一跳。

许意浓没有再回小董，将手机锁屏往口袋里收的时候屏幕正好扫到了后面。她也没再继续往回收的动作，而是用指尖抵着手机背面将它竖起来些，这样屏幕就像面小镜子，能清晰地看到王骁歧站在后面接电话的样子。

他面无表情，也不知道在看哪儿，嘴唇正一张一合："关我屁事。"

"说人话。"

"在回来的路上。"

"公司。"

"加班。"

不一会儿电梯也到了底，两个人一前一后下了电梯。

跟王骁歧通电话的是祁杨。

他刚被大家怂恿着打了一通电话给王骁歧，因为几乎全年无休、酷爱加班的王骁歧这天居然准时下班了！所有人都觉得有情况。

"你在哪儿？"

"关你屁事。"

于是他换了种问法："哦，那让我们来有奖竞猜一下？"

"关我屁事。"王骁歧听到电话那头有不少偷笑声，"说人话。"

祁杨依旧贼兮兮："在……约会？"

"在回来的路上。"

所有人呼吸一窒："回哪儿？"

"公司。"

那头沸腾了："你……你……你回来干吗？"

王骁歧目视前方："加班。"

挂断电话后，所有人互相看看，祁杨第一个站起来准备溜。他一定要赶在王骁歧回来前下班！

他立刻收手机、关电脑，滚得头也不回："各位！明天见！"

"滴"的一声，许意浓刷卡进站，下班高峰期人很多，她和王骁歧很快就被人流冲散，她回头的时候没再看到他。

走到要坐的五号线，正逢地铁刚进站，待里面的人出来，许意浓跨步上去，却在转身的时候猝不及防看见王骁歧的身影。此时他的外套已经穿在身上，长腿直接迈进离他最近的门，也就是她所在的那扇。他一进来就响起提示音，地铁的门也合上了。

许意浓就站在门口，而王骁歧的出现把她的站位又缩小了。

这条线也是去"逐影"的线，两个人再次站在一起，不搭话很怪，于是许意浓仰了仰头先开口："王经理这是打算回去加班？"

王骁歧低了低头。他们本就在拥挤的地铁里靠得极近，从这个角度许意浓可以清楚地看到他细长的睫毛阴影打在下眼睑，头顶的灯光罩得他五官更显立体，脸部线条分明。

他应声："嗯，按照你的最终方案，我们已经重新写了程序，新修改的系统流程明天会上线。"

许意浓倒是没料到他加班是为了她提出的方案，刚要说话，地铁已经开动了。

旁边的人没站稳，受惯性影响，往旁边趔趄了一下，本能地拉住许意浓的包想借机站回来。谁知许意浓人轻，不但没能帮那个人停住反而被带着走了。

许意浓还没反应过来，就感觉后面有一股劲在扯着她往后退。电光石火间，王骁歧长手一伸在她身后快速一挡，同时他坚实的手臂在她的脊背上有力地一撑，有效阻止了她被拉离的动作，也顺势带住了那个扯她包的女生。

“对不起，刚刚我没站稳，你没事吧？”女生站好后赶紧抓住一个拉环，并向她道歉。

许意浓摇了摇头，只说“没事”。她将肩上的包拎放到前面来，重新站直的时候才从地铁窗户里看到王骁歧不知何时站到了她身后。

他个子很高，人又显眼，从玻璃映射出的影子里看，就像一面屏障，把她整个人都罩住了。

她对着玻璃里的他说：“谢谢。”

他对着玻璃里的她回：“不客气。”

地铁很快到达新站，又上来一群人，他们喊着“麻烦往里一下”。人流不断地增加，可许意浓再也没有感受到一丝拥挤。不管她怎么移，他都在她身后，还有偶尔喷落在后脖颈的气息，有些许热，还有几分灼人。

二人保持着这个姿势，直到许意浓还剩一站。王骁歧忽然开口：“给郸子的红包你包了多少？”

许意浓有些错愕地回眸，他面不改色道：“你当着我的面给人家红包，我就不能不给。”

她蹙眉，他有没有给红包关她什么事？再说了，她是干妈，这红包金额能随便参照吗？

“你问其他同学吧，我是干妈，比正常红包要大。”此时地铁提示下一站是她要下车的地方，她又说，“我要到了，麻烦王经理让一下。”

王骁歧往边上挪了挪腾出地方，许意浓站过去的时候地铁正好停下，之前能够不依靠任何东西站稳的她突然跟着一晃，手不小心撑在了他身上，那一瞬间的触感又硬又结实。

许意浓一看，自己的手放在了他胸口和腹部的中间位置。乍一看，大有她在“袭胸”的意思。

王骁歧一动不动地无声看她。

许意浓的手像被烫了似的赶紧收回，说了一句：“不好意思。”

地铁门一打开，她便闷头跨步出去了，连“再见”都忘了说。

地铁门重新合上，开动后她的身影渐渐消失在视野中，王骁歧这才拿出被调成了静音的手机。上面有好几个未接来电，除了祁杨、林然他们几个的骚扰电话，其中还有周郸的。

王骁歧回拨过去，周郸很快接通。此时他正从医院小卖部出来，望着不远处的地上停车场，开口就问："老王，你没走啊？车怎么还停在医院啊？"

新系统上线后，许意浓和王骁歧在"逐影"几乎就没什么直接碰面的机会，再有交集是在一个月后，"逐影"很正式的一个会议上。

领导层突然决定将"零件功能位置编码"的新体系试运行在BOM三组负责的S车型上，参会的除了负责业务的老板，还有各BOM组成员和IT部门的负责人。

王骁歧作为IT供应商项目经理，自然也得出席。他带着祁杨一进会议室就看到了坐在显眼座位上的许意浓，她仍然一副精致职场女性模样，正在跟身旁年长的男人说话。他推门而入的时候，她像是微微抬了一下头，随后又将视线移到原位。

"逐影"的IT负责人看到王骁歧立刻招手，示意他坐过去。他坐下后才看清坐在许意浓身旁的人，那是"逐影"聘请来的日本专家。如果他没记错，这个即将试运行的体系就是他专项负责的。

人员到齐，会议开始，"逐影"方跑上来没说几句就开始夸夸其谈。

"这个项目在佐藤先生的持续推进和不辞辛劳下终于有了眉目。该项目如果试运行成功并且落地，不仅在我们"逐影"，也将在国产汽车品牌里实现一个BOM管理的里程碑。"领导又将目光聚焦向许意浓，"说到这里，也要感谢我们BOM三组的许意浓，这个项目跟她本无太大关系，但她利用自己曾经在日企的人脉及自身相关经验，主动协助佐藤先生，参与到这个项目中。同时以不变应万变，根据国内的行情从中协调来回沟通，在她的努力推动下，体系不断向前，才最终有了如今这个让大家都认可的版本。所以小许啊，这次你功不可没，辛苦了。"

领导发话，许意浓笑着接受了各种视线注目。

没错，她最后还是跟佐藤先生合作了。

现实地讲，她辞职回来，除了一腔爱国热血，还有一番野心。

起初跟"逐影"接触，她与他们谈的职位是BOM主任工程师，以她的背景跳槽的时候顺带升一级在业内十分正常。只是人事经理当时回复，她的学历和履历的确相当漂亮，但目前公司里在主任工程师级别的都有着十年以上的从业经验，如果她刚来就空降这个位子，一是史无前例，二是她资历尚浅，难以服众。但是公司是十分赏识和认可她的，一旦日后有机会，就会把她推上去。

许意浓自然知道人事经理的话里有忽悠和画饼的成分，却也从侧面点拨了她，论资排辈这种事到哪里都存在。她的年龄摆在那里，确实年轻，不管去哪里都会面临这个问题。况且“逐影”这两年势头强劲，已经是国产汽车品牌里的佼佼者，开出的薪资也较为丰厚，所以在当时一回国面对多家同类型公司抛出的橄榄枝，她最终还是选择了“逐影”。她有底子也有能力，一个主任职位只是时间问题，她势在必得。

但机会都是事在人为，是创造出来的。正好佐藤自己找上门来，权衡之后她也就顺水推舟接下了。一开始有顾虑是因为这趟浑水她只要一踩就难免出“风头”，那次开会她还只是提了个小问题就被“组团”针锋相对了，这件事再一参与，后面的一切可想而知。但如果能借着这东风为自己日后的职场生涯开路，她倒也不介意冒个头。他是座不错的桥，也是个好契机。

既然来了“逐影”，她就要做到BOM部最强，不管以什么方式。

“这个项目之前推进缓慢，搞了一年。而且听说那日本老头自诩专家，一向固执己见。可‘逐影’那边的工程师有自己的想法，不大买他的账，两边矛盾重重，积怨已久，居然就这么被这新来的美女工程师给搞定了？”趁着台上的麦克风声音大，祁杨凑到王骁歧耳边小声念叨。

待领导说完，就轮到许意浓回应了。她表情从容，对着坐在长桌顶头主座的人微微绽开一个笑容。

“谢谢领导，要说辛苦，还是佐藤先生最辛苦。我初来乍到，这次充其量只是一个小助理。无论是从他那里还是其他工程师那里都学到了很多，非常感谢公司给我这次学习和历练的机会。”她一边说一边将视线轻扫向于总和其他各组，“我资历尚浅，只凭一次项目的参与不足以称道，在座的以我们于总为首都是前辈，以后还有很多要向大家取经的地方，吸收更多的经验，在这么优秀的环境里，我要更加努力才是。”

语毕，整个会议室鸦雀无声。几秒后，领导带头鼓掌，而后掌声四起。

祁杨在王骁歧耳边感叹一句：“这说话的段位，高啊。”

一般人被领导这么夸赞，首先就会故作谦虚地回：“哪里，哪里，领导言重，不辛苦不辛苦。”

她不仅没这么说，反而借佐藤把领导的这声辛苦给隐晦地接了下来，意在暗示领导：我可不是在白白给你打工，我确实是辛苦的。同时聪明地把佐藤推到前面，不争抢功劳。接下来又在领导面前刷了一波整个部门的存在感，不让自己的风头盖过顶头上司于总，既肯定了自己的努力又不得罪人，真是一举两得。

漂亮话主要是说给领导听的，只要搞定了上面，其他组的同事都是同级，她也就不必再管各自心里的小九九，言中有弦外之音又滴水不漏。

王骁歧顺着祁杨的话朝对面看去，正逢她收回视线，途中不偏不倚跟他一撞。她错眼避开，随手拿起面前的矿泉水瓶一拧，却因为涂了护手霜手打滑没能一下子拧开。她只得往怀里一带再用力拧，可还是没能成功拧开，最终她选择了放弃。

“于峥，这里我可要说你几句。”不知是不是捕捉到了这个细节，领导将话锋一转对向于总，“下属的潜能你这个直系领导都没能及时发掘，这次要不是人家小姑娘主动，岂不就要被埋没了？你呀，别成天板着一张脸只顾闷头死抓业务，像小许这样的海归人才，又是为数不多的女同志，你也要多关心呵护才是。”语气中有几分调侃，又夹杂了几分认真。

长方形的会议桌，领导坐在顶头主位，两边各自坐着 BOM 部门和 IT 部门，佐藤坐在他左手边第一个，于总第二个，第三个就是此次的功臣许意浓了，位列分明。

闻言，之前目不斜视的于总才将目光往许意浓那里偏了偏。沉默几许后，他蓦然将自己面前的矿泉水一拿再一拧，放到许意浓的笔记本旁边。

许意浓意外地转头，他也在看她，且嘴角噙着意味不明的笑：“领导刚说了，要给予女同志关心与呵护。”

这个时候他这话就回得很妙，也起到了调节气氛的作用，顿时有轻笑声响起，然后连同领导在内，大家都笑了。除了乙方。

许意浓则大大方方地回了一句“谢谢”。

“老男人，拍马屁的时候还不忘当众撩拨美女。”祁杨手托着下巴转着笔，略带嘲讽地嘀咕。

王骁歧依旧静坐着。与祁杨不同的是，王骁歧开会从不带纸和笔，因为他有过目和过耳不忘的最强大脑。会上的重点他比谁都记得清楚，即使过段时间拿出来问，他也能照答不误。这让他们这群做事的人不得不服，A 大到底是 A 大，果然有两把刷子。

这次会上该夸的都夸了，接下来就是如何让新体系在信息化系统中实施落地，这就轮到 IT 部门出场了。需求对接环节不需要那么多人在场，只要佐藤、试点部门领导和相关 BOM 组组长在即可，所以其他人离场后两个部门正式开启对接。

刚刚形同虚设的 IT 部负责人没等对面说几句就开口道：“关于你们

零件功能位置码标准库的需求我们已经做了整体了解，针对这个标准库该定义在哪里的问题，我们站在 IT 的角度，给出的建议是放在 BOM 系统。因为 BOM 系统对接下游各个生产制造系统，零件功能位置码本质上是 BOM 的一部分，在 BOM 系统统一维护和管理比较合适。”

他说话的同时，佐藤的翻译在一旁传达。等佐藤听完翻译，许意浓也用日语跟佐藤说：“这是 IT 部的建议，我的想法是，我们这零件主数据的源头在 PLM 系统，零件功能位置码与零件主数据有千丝万缕的联系。上次听您说后续功能位置码的名称和零件名称还会往一致的方向推进，所以我觉得放在 PLM 系统更合适。”

佐藤听完点了点头：“我跟你的意见一致，你照你的想法说，就说这也是我的意思。”

许意浓随即用中文对着所有人重复了一遍。

出师不利，意见不合，IT 部负责人不自觉地抬手松了松领带。他对面坐着的是业务部老狐狸于峥，于峥旁边是更老辣的日本专家，且冥顽不灵。许意浓虽是新来的，可从刚刚的发言就看出来了，显然不是个简单角色。

三只狐狸坐对面，他一个人就显得寡不敌众。他蹙眉，还在思忖该怎么回，身边一直沉默的王骁歧出其不意地发声：“PLM 基于对象的管理模式用来管理数模图纸有其天然的优势，但功能位置码标准库只是一个轻量化的二维表格，如果用它，我个人认为……”他视线似固定在对面某处，看不清表情，只有一个无懈可击的侧脸，“杀鸡焉用牛刀？”

对面所有人的目光几乎是同时朝着王骁歧投射而来。

祁杨的第一反应是将原本托着下巴的手改伸到后面假装挠痒，再顺势扭头借机用手微微掩脸。他在桌下先用手悄悄地捅了捅王骁歧，躲在手掌后的他几乎是咬牙提醒：“老大！那是甲方！那是甲方啊！”

请你控制住自己！

那边许意浓很快接话：“IT 规划系统，要有长远眼光，你们要考虑到后续跟零件名称库合并的需求，同时也要兼顾如何满足我们业务部门的诉求。”

王骁歧面不改色，十分平静地道：“业务部门当然可以随时提需求，但作为 IT 方案顾问，我们有责任和义务质疑业务需求的合理性。BOM 系统轻量化的管理模式和快速的加载效率，是功能位置码标准库最好的选择。”他不疾不徐，不卑不亢地继续说，“至于系统规划上，你们大可放心，后面的需求自然会有后续的系统方案。但如果 IT 系统的定位一开始就错了，试错的成本会很大。”

王骁歧稍稍停顿，朝身边的“逐影”IT 部负责人侧了侧身子，语气放缓道：“当然，如果贵公司能承受，我们照做就是。”他话没说死，留了余地。

可 IT 部负责人当即一掌拍在桌上，直接一票否决：“不行！这肯定不行！”

会议室瞬间沉寂到只剩下佐藤翻译助手的声音，因为许意浓和王骁歧谈判时的思路过快，专业术语过多，他都有点儿跟不上节奏。

气氛有些僵持不下，无声的硝烟在蔓延，BOM 三组的其他小喽啰已经看得目瞪口呆。这两个人刚才不相上下的气场简直强大到令人窒息，旁人哪里还有插话的机会？

于总调整了一下坐姿，他右手执着没脱掉笔帽的签字笔在皮质的黑色笔记本上来回轻划，却不发一言，无声地端详着一切。

片刻后，许意浓清了清嗓：“以我的经验，再对标我之前所在的日企，BOM 系统就只会专注于 BOM 的管理，而零件的功能位置码是在上游 PLM 系统管理的，这是业务的最佳实践。” 她适时地搬出了参照，据理力争。

王骁歧却不为所动：“日企是日企，在这里就要考虑中国企业的实情。日本那套能全部复制照搬，这个体系也不会时隔一年到今天才落地。”他目不转睛地看向她，“许总的经验确实丰富，如果此时此刻我服务的是合资品牌，要采纳你的意见也许没问题。但就事论事，‘逐影’是我们国家自主的汽车品牌，它有它自己的特色。我经历过八个 BOM 项目，评审过几十个研发系统方案，放在 BOM 系统这个方案是中国汽车行业的最佳实践。”

他的语速快而有力，这次也没等佐藤的翻译磨蹭地开口，直接用日语给佐藤复述了一遍。

王骁歧一出口就惊艳了对面一票人，流利的日语比佐藤的翻译还顺畅。

祁杨则被惊呆了，一时间他脑子里在惊叹：“老大会日语！他竟然会日语！他会讲日语！”

自己跟他共事了这么多年，又同寝室生活了两年，都不知道他会日语？！

第四章
我原谅你了

佐藤先生听完开始直接跟王骁歧对话，两个人一来一回，佐藤的翻译助手只好给在场其他人翻译他们的日语对话。

阳光透过落地玻璃窗倾洒入室内，有一层金光笼罩在王骁歧身上。他用词精准，有礼有节，眉宇间却又有不肯轻易退让的从容不迫，令人目眩。

暗流涌动，高低不下，到最后一个对话回合结束，于总听完翻译终于开口了。他像是找到了一个意外发现，先将视线定格在王骁歧身上：“原来王经理也会日语？”

王骁歧平静自若道：“大学里闲来无事的时候学过。”

于总微微挑眉道：“自学的能有这种水平相当不错了。”

这时，坐在他身旁的许意浓又捧起水瓶喝了几口水。

王骁歧淡淡一笑，没再说话。

紧张的气氛稍稍缓和，于总总结发言：“首先，无论从哪一方的角度，我们业务推动零件功能位置码体系的决心是一致的；其次，一个项目在落地系统的选择上大家有争议也是难免的，既然各自有想法，我看在这里讨论是决定不出个所以然来的，与其这样倒不如……”他朝许意浓看了一眼，“由小许你跟 IT 部通力合作，把这两个提案的优劣势列一列，整理一份汇报材料，过两天我们再向领导汇报一下。”

他又直视对面的 IT 部门负责人：“金总，你说呢？”

IT 部门负责人推了推此刻被照得反光的眼镜，轻咳一声：“也行，那就辛苦王经理了。”

许意浓皱眉欲言，于总那边已经一声令下：“那今天就这样，散会。”

本来可以一锤定音的事演变成待定，这偏离了许意浓原本的计划。

大家合上自己的笔记本起身陆续离开，许意浓出会议室的时候正好王骁歧他们也走了过来。两个人一起走向出口，差点儿撞上。

就像多年前的一场考试。

当时老师捧着试卷出现，许意浓扒下正听着的耳机进教室，谁知刚要走进去就被人挤了一下。

那个人很高，身影能将她整个人盖住。她不悦地抬头，就看到了王骁歧那张嚣张的脸。原来他们在一个考场，两个人是同步进的教室，但门没那么宽，就一起塞在门框里了。

许意浓皱着眉头试图用眼神“杀死”他，可这个人仗着自己腿长，硬生生把她给挤了出去。许意浓哪里敌得过他的力气，还没反应过来人已经退出去了。

她很生气，可王骁歧已经进去了。她捧着笔袋也快步进了教室，好死不死两个人的考试座位还在一起，他前她后，应该就是按上一次月考成绩排的。

她把笔袋往桌上一扔，一只手“啪”的一下拍在他的桌上，问：“王骁歧，你刚刚为什么挤我？”

王骁歧徒手擦了擦课桌上的灰尘，头也没抬：“是我挤你还是你挤我？”

“是我先进教室的。”

“那我还说是我先进的呢。”他总算抬起头，眼中透着不羁。

“女士优先，你知不知道？”许意浓说。

他懒洋洋地往桌沿一靠，说：“你是女士？”

许意浓当场气得心肌梗死：“你！”

他笑得人畜无害：“女生还是女士？”

她一下噤声……

时过境迁，又是同样的场景。许意浓刚要止步，他已经往后一退，显然就是让她先走的意思。

她也没客气，迈步向前，走的时候还不忘提醒一句：“为了不耽误整体项目进度，还请王经理尽早完成提案里你们 IT 的部分。”

王骁歧宠辱不惊，颔首道：“好的，许总。”

许意浓带人离去，留下了一缕馨香，像夹了油桃和洋槐的甜味，清新淡雅，并不冲鼻。

祁杨立刻凑了上来，抱拳道：“老大，厉害，请受小弟一拜！”

自他们驻派在“逐影”，王骁歧一向低调，都是甲方说什么他就应什么，几乎从不起冲突，有时候他们都觉得憋屈。今天还是第一次跟甲方正面对上，祁杨原本怕他把握不好度会得罪甲方，谁知道是自己想多了，这会在他的加入下堪称精彩。

许意浓之前已经惊艳四座，他却在之后无形地碾压了她，顺带打了一下日本人的脸。而且从头到尾他都有理有据、进退有度，让对方即使不爽也没理由发作，会后又切换自如，回到谦卑的乙方角色。这种低调的猖狂才高级，才帅啊！

王骁歧往外走没搭理他，他又追上去拍马屁道：“你今天吊打甲方的时候是没看到对面那一张张吃瘪的脸，简直笑死人，硬气翻身的感觉太爽了，这种状态请你继续保持！”说完还不忘埋怨他一句，“老大，你隐藏得好深啊，作为你亲爱的战友兼室友，我都不知道你会日语！”

王骁歧不冷不热地回：“你现在知道了。”

BOM三组一行人还在前面没走远，高跟鞋跟大理石的摩擦声响彻整个走廊。直到为首的那个身影右拐去了吸烟室，踢踏声才消逝。

王骁歧走得好好的，突然驻足，祁杨差点儿撞到他。

只见他手一伸，祁杨困惑地问：“干吗？”

“火机和烟带了没？”

祁杨摸摸裤袋和衬衫标袋：“没啊。”

王骁歧斜他一眼：“那你来开什么会？”

祁杨一愣，看着他离去的背影很快反应过来。那他自己怎么不带！为什么受伤的总是我？！

许意浓回到办公室，其他组的人正探着脑袋看热闹似的瞄她。

项目没能在会上一次性落地，还被乙方的项目经理当众“掉”了，其他组简直后悔自己没在场看到这个经典画面。许意浓一来“逐影”就连出几次风头，不归她管的项目也要去插一脚，确实该挫挫锐气。

组里的人瞪着其他组幸灾乐祸的同事，再看向坐下后一言不发的许意浓，想说点儿什么，可她已经拉开键盘开始写提案了。她聚精会神地盯着电脑屏幕的样子，仿佛并未将会上的事放在心上。

提案一写就写到了下班，许意浓看了一下时间，收拾东西走人。

这天刘爽给儿子摆满月酒，非说她这个干妈得出席。她当时问了一下哪些同学会去，刘爽说她这边只叫了大学室友，因为都在A市工作。

而周郦的大学同学大多是“码农”，忙得很，都说没时间来，其他同学又分散在各地，索性一个没叫。

其实许意浓只是随口一问，其他真没多想。她现在回国了，又是孩子的干妈，实在没理由不去。加上她跟其他室友也确实很久没见了，正好借这个机会聚一聚，最后就答应了。

到了酒店，刘爽跟周郦正抱着宝宝在大厅迎接。和上一次刚出生时看到的皱皱巴巴的样子不一样，这会儿宝宝已经能看出模样来了，许意浓欢喜地上前把他抱在怀里。

“看到没有，儿子，这就是你干妈，以后找媳妇儿就得找你干妈这么漂亮的，知道吗？”刘爽指着许意浓对儿子说。

许意浓瞥她一眼：“胡说八道什么呢，你儿子听得懂吗？”

“听得懂啊，他不正盯着你瞧吗？” 周郦还跟以前一样没个正形地附和他老婆，“啧，这小子从小就知道谁好看瞅谁，有前途啊。”

许意浓真觉得这夫妻俩是绝配。一会儿又有人来了，她就把孩子还给他们，自己先进去落座。

许意浓独自坐着玩了一会儿手机，突然感觉有人从后面戳自己的背。扭头一看是大学室友齐欢，她一身名牌，双手环胸正没好气地看着自己：“死女人，回来到现在也不来找我。要不是爽生孩子，什么时候才能见着你啊？还当我是姐们儿吗？”

许意浓站起来伸手把她一拉：“这不是见着了吗？”又细细地凝望她，“来，让我看看我们的大网红。”

齐欢故意推了她一下：“什么网红，就一直播带货的。”

齐欢应该是她们四个室友里最有个性的，因为会跳舞，大一时加入了学校舞团。一开始她只在校内活动上跳，后来经学姐介绍接了几场商演，赚到点儿钱后就开始利用课余时间跑外面的演出。当她们还在为省生活费犯愁时，她已经不用再伸手向家里要钱。

有一次齐欢跳舞的视频被人发到网上小火了一把，又积累了一些粉丝后，她就跟随网络大潮流玩起了小视频。上大四时大家都忙着考研找工作，她直接选择毕业后专心做直播。现在她已经是个小有流量的带货主播，早早就实现了财富自由，要多洒脱就有多洒脱。

许意浓摸了摸她比大学时更细的腰：“谦虚了啊，看你朋友圈天南地北到处飞的状态，都能跟那些霸总媲美了。”

齐欢反掐许意浓的小蛮腰：“你个学霸就少取笑我了。”说完也开始上下打量她，“哎哟，这从日本镀金回来，人更标致了。要不就别给人打工了，跟我一起做主播去。现在工资多少？我给你翻一番。”

许意浓言笑晏晏：“有句话怎么说来着？谈感情不谈钱，谈钱就别谈感情，天底下最不能合伙干的就是亲戚和朋友。”

齐欢“嘁”了一声：“活得这么明白，累不累啊？有钱赚不就行了？”

许意浓的眉眼依旧弯着：“人还是明白点儿好。”

她们聊着，其他人陆续来到她们这桌，有男有女，看上比她们也大不了几岁。大家干坐了一会儿，有几个稍微年长的男人开始打招呼。

“我们是刘爽的同事，你们是？”

齐欢立刻发挥主播的亲和力，笑意盈盈地告诉她们：“我们是刘爽的大学同学。”

他们都“哦哦”地点头，随后齐欢就开始了她的表演，很快就掌控住了整桌的局面。大家一下子从陌生人聊了起来，她又趁热打铁亮出微信二维码让人扫：“我经常出国，也在做代购的生意，大家感兴趣的话以后可以找我呀。”

一群人又“哦哦”地纷纷拿出手机开始加她的微信。

许意浓坐在她旁边简直佩服得五体投地，这才叫抓住一切商机吧？

这边气氛好得不行，那边周邺的母亲不合时宜地过来打断：“哎呀，打扰大家一下啊，这一不留神主桌那边就被我亲家安排满了……”

许意浓闻声抬头，一眼却看见了王骁歧。

他没穿外套，跟白天开会时的正装不同，上身是宽松的浅灰色卫衣，下身是黑色卫裤，像是随意搭的，在亮堂的灯光下既显嫩，看起来又格外亮眼。

许意浓不抬头还好，一抬头就被周母逮了个正着。她把双手一拍，有些惊喜地喊：“哎哟！意浓你在这桌啊？哎！周邺这孩子怎么排的座位，居然把你们分开了。”她又把王骁歧往许意浓那边一推：“来，来，来，大伙儿往里挪挪，腾个位，让他们小两口儿坐一起。”

许意浓：“……”

其他人一听，麻利地挪屁股腾座，真把许意浓旁边的位子给空了出来。

许意浓刚要站起来说话，周母已经把王骁歧往那座位上一按，又拍了一下他的肩膀：“你这个浑小子，自己老婆在哪桌都不知道啊？”

“阿姨……”王骁歧站起来准备解释，突然周母回了头，也不知道是在对哪里喊：“哎！来啦来啦！”

然后她急匆匆地跟大家打招呼：“不好意思啊，我那边还有亲戚要招待，谢谢你们来参加我宝贝孙子的满月宴。”

大家都说：“应该的，应该的，阿姨您快忙去吧。”

于是周母又去忙了，临走前还爱抚地摸了摸许意浓的头：“今晚可得多吃点儿，瞧你瘦的。”

整桌唯一知道他们关系的齐欢只能尴尬地去拆喜糖盒，其他人只以为他们是一对，还来回打量他们。

虽然不熟，可许意浓也不想被人误会，她觉得有必要说清楚。可正要开口，她转念一想，凭什么由她来说，于是朝王骁歧看了一眼。谁知道他在低头看手机，根本没打算解释，她便拿起手机给他发微信。

许意浓：“王经理。”

他没回，等了一会儿依旧没动静。

许意浓又发了一条：“王经理。”

这次他终于回了：“许总，以我们现在的距离，你直接说话我应该听得见。”

许意浓：“你不觉得你应该说点儿什么吗？”

王骁歧：“许总请明示。”

许意浓又看了他一眼。他依旧保持低头的姿势，只留给她一个线条分明的侧脸。

看他一副若无其事的样子，许意浓又联想到了白天会上的情景，不由得恼火。她继续发：“你是不是故意的？”

王骁歧只回了个问号。

仿佛证实了自己的猜测，许意浓把手机一放，不想再理他了。

这边他们在暗地里发微信，那边齐欢跟人又谈天说地起来。大家的注意力被她带偏，自然而然地忽略了他们。

蓦地，大厅的灯稍稍一暗，调成了暖色调，周邺和刘爽已经抱着宝宝上台了。大家又将视线转向舞台，许意浓就这么错过了最佳的解释机会，只能忍气吞声地干坐着。

台上周邺的父母居然在离婚后再次同框，一家人一起给宝宝切蛋糕。这温馨的画面看得许意浓难免有些感动，她发现了什么似的碰了碰齐欢的胳膊：“施言呢？她怎么没来？”

施言是她们的另一个室友，也是四个人里性格最内向的，话不多，最热衷的事就是戴着耳机去图书馆看书。她的书桌和床头永远摆满了各种书，喜欢沉浸在自己的世界里。

但即使她性格孤僻，她们做什么都会带着她，大家关系也都不错。是许意浓去了日本后发现她再没在室友群里发言，仿佛跟自己断了联系，连朋友圈状态也刷不到一条了。

齐欢从喜糖盒里拿出一颗蜜枣，撕开包装袋，把蜜枣送进嘴里后，再拿湿毛巾擦了擦手，淡淡道："有事没来吧。"

许意浓则去翻微信，打开施言的朋友圈送到她面前："我怎么感觉她把我屏蔽了？还是她朋友圈就是空的？你呢，也是这个界面吗？"

齐欢只在她的手机屏幕上扫了一眼，无关紧要地道："姐姐，我代购、微商、带货，乱七八糟的什么都做，夸张点儿说，微信好友多到可以绕地球一圈，哪有空管她的朋友圈啊。我跟她已经很久没联系了。"说着，她又抽了几张纸巾把嘴里的枣吐出来，嫌弃地吐槽，"妈呀，这枣齁甜齁甜的，糖尿病都要被吃出来了。"话题就此转移。

不知道为什么，谈到施言的时候，许意浓竟有一种齐欢往王骁歧那儿看了一眼的错觉。

宴席开场，桌上的男士拿起酒问王骁歧喝红的还是白的，王骁歧伸手将酒杯微微挡了挡，左手无名指上仍绑着创可贴："谢谢，我不喝酒。"

几个男人意味深长地看向他右手边的许意浓，一副秒懂的模样。他左手边的男人还凑过来跟他嘟囔了一句什么。

王骁歧听完不着痕迹地勾起嘴角，那个男人又作势拍拍他的肩，感叹："懂，懂，懂，都懂。"还做了个"妻管严"的口型，继续说，"唉，一样，一样啊。"

许意浓被人来回扫描了个遍，觉得他们叽叽咕咕好像在说自己，却又找不到证据。听到王骁歧在跟他们笑，她更加烦躁，站起来去拿饮料，却因为离自己距离远没能一次性够到。她的身体继续往前倾时，餐桌转盘突然被人一转，饮料跟着转到了他们这边。

许意浓的手腾在上空，眼睁睁看着王骁歧淡然地伸手拿了她想喝的橙汁，顿时觉得有些尴尬。她怎么就思维定式到忘了转盘是可以转的呢？

王骁歧似察觉到她的视线，突然看了过来，还把橙汁往她面前一送，状似无意地问："你也要？"

鬼才要！

许意浓理都没理他，故意去拿椰汁，还问齐欢喝不喝。

齐欢："我喝橙汁。"

许意浓“哦”了一声，转头往她杯子里倒满了椰汁。

齐欢瞪大眼睛。

大姐，我明明说的是橙汁！

许意浓喝了几口饮料便执筷子去夹菜，她伸向了最近的冰草，与此同时，也有一双筷子伸向冰草，一看是王骁歧，两个人立刻收筷。她又去夹旁边的海蜇，谁知道又跟他同步了。他把筷子一让，示意她先夹。

可她才不要他让呢，索性把筷子一放，不吃了。

一旁的齐欢将一切尽收眼底，不免惋惜地摇了摇头。要不是知情，他们这样，谁看着不像一对？这两个人要是还在一起，这寝室的第一顿满月酒哪轮得上刘爽啊。

不过他们的心理素质也是够强大的，前任坐一起还能面不改色跟没事人一样。如同彼时在大学里，他们每次吵架，只要其中一个人不说，大家压根儿看不出来，融为一体似的，堪称绝配。

要知道学生时代的许意浓和王骁歧简直是所有同学眼中的模范情侣，他们上大学前就在一起了。许意浓是因为高考发挥失常没能考上梦寐以求的A大，才到了她们学校新开大学。

犹记得刚开学那天，许意浓的出现轰动了整栋女生宿舍楼。倒不完全因为她长得漂亮，而是跟她一起进寝室的是个惊为天人的大帅哥。

他帮她拎沉甸甸的学生床铺几件套，跟其他男生一样提着那个大袋子走在学校。人家看起来像逃荒的，他却像来参加走秀的，就连那从颜色到外形都土到爆炸的尼龙袋在他的手上都瞬间变得高级起来。

等帅哥走了，她们好奇地问这个人是不是许意浓的男朋友。

许意浓摆摆手说不是，是她表哥。大家立刻兴奋了，纷纷问她要表哥的QQ号码。可她却说：“我哥这个人不能把他当正常人看。他既单调又无趣，还不玩交友软件，除了那张皮能看，可以直接把他当山顶洞人。”

众人：“……”

之后许意浓话锋一转，开始跟大家自我介绍。

女生们一旦聊起来就停不下来，当时刘爽跟齐欢话最多，两个人叽叽喳喳说个不停，许意浓和施言则坐在一旁安静地倾听。不同的是，许意浓是全程面带微笑地听，施言听了一会儿就低下头翻看自己的书了。

直到许意浓的手机响了，她接通后去阳台上伸头一探，然后就兴奋地往寝室外跑。她们还没反应过来，人已经没影了。

于是齐欢跟刘爽也凑到阳台上好奇地跟着看。女生宿舍楼下又惊现一个大帅哥，是的，就是那种即使她们站在高处都能看出是个帅哥的男生。他个头看上去挺高，不亚于许意浓的表哥，出众的气质让他即使随意往那儿一站，也引起了不少路过学生的注意。

不一会儿，许意浓跑了出来。她跳着扑过去抱住他的脖颈，男生单手就把她腾空抱了起来。大概是顾及边上有人，怕她害羞，他背过身去才低头亲了亲她的脸。

他们周围的人看不见，她们在楼上可是看得一清二楚。这对当时还是单身的她们来说有多大的杀伤力啊？！要知道那可是开学第一天啊？！

后来她们才知道，那才是许意浓的正牌男友，他叫王骁歧，是A大的学霸。

人家开学比她们学校早几天，还在军训呢，特意请假坐高铁来看许意浓。大家那叫一个羡慕。

王骁歧的样貌也很张扬，尤其是他那双眼睛，很绝，不能多看。哪怕明明是你在说话，注意力都会不自觉地被牵引着落到他身上。

熟了以后，她们总调侃许意浓："你家王骁歧长了一双含情目，自带钩子，会勾人魂，你可得看好他。"

并且他浑身上下有种莫名的痞帅，笑起来的时候配着那双摄魄的眼睛，总让人过目不忘，记忆深刻。可他只对许意浓那样笑，对其他人就很正常。

他们就这样开始了漫长的异地恋。但异地恋在学生时代最没有安全感了，高校里学业本就繁重，对方不在身边，又各自那么优秀，系里嫉妒许意浓的女生都在暗地里嚼舌根，说她跟王骁歧熬不过这四年。

可人家偏偏熬过了，感情还越来越好。她们作为室友，从一开始的不大看好，到后来越来越羡慕他们。

谁知许意浓念完本科又跑去了日本留学读研。她们都问她出国干吗，好不容易能结束异地恋，又来个异国恋，多累啊。而且王骁歧那么优秀，她也不怕被其他人盯上挖墙脚。

那时的许意浓笑得满不在乎，不着调的语气里透着坚定："他呀，他不会。"

那会儿已经跟刘爽好上的周邺也怪她们咸吃萝卜淡操心："他们情比金坚，还真不是一般人能懂的。你们是没看到，老王可是天天视频陪读，电脑全天插着电就那么开着，跟浓哥各自对着电脑看书做题，偶尔互相汇报一下去倒个水、上个厕所什么的。老王每天一坐就是好几个小时，只要浓哥不说结束，他能拒绝一切活动一直陪她看书。等浓哥困了要睡了，他也说等她洗漱完了再关视频，疼媳妇儿疼得可紧了，恨不得立刻飞去日本陪她。而且他已经在申请去东大的交换生名额了，还说以后浓哥要是准备留在日本工作，他也待在那儿。”周邺说这些的时候还酸溜溜地羡慕，“他们暗暗地瞒着家里谈了这么久，今年双方家长总算是见了面，商量了婚事。等这年一过他们会先订婚，读完研就结婚。看来我的同学里他们会是第一个结婚生娃的，从校园到婚纱，啧，多好啊。”

就在人人都以为他们即将走向圆满的时候，两个人却在离订婚临门一脚的时候分了手，让所有人都傻了眼。许意浓只轻描淡写一句“没缘分吧”，就再没提过这件事情。

之后许意浓独自在日本读研、工作，直到今年才回来。而据周邺说，王骁歧研究生没念完就从A大退学了，最后去了个不是很出名的IT公司，具体原因不详。

唉，这两个人熬过了异地恋，却没能熬过所谓的现实，让他们这帮同学意难平啊。

不知道是不是王骁歧坐在边上，这顿饭许意浓吃得食不知味，在想怎么找个借口早点儿走。反观他倒是胃口挺好的，还时不时跟旁边人闲谈几句。

齐欢生怕她会觉得不自在，故意岔开话题：“你给宝宝送了啥礼物？我给他买了个金算盘，寓意招财进宝，长大后升官发财。”

其他人一听，都说这个礼物好啊，有意义。

服务员又来上热菜，是许意浓喜欢吃的基围虾。她执起筷子，等菜转过来，回道：“我只给了红包。”

齐欢“啧”了一声：“你这个干妈也不给干儿子送点儿有意义的，钱多庸俗啊。”

基围虾转过来了，许意浓把筷子伸过去：“钱多实在，要买什么就买什么。”

旁人一听，也笑着认同她的观点，凑热闹地说自己也是送的红包，方便啊云云。只有王骁歧旁边那哥们儿顺势问他：“她是干妈，那你是干爹？”

许意浓刚要说“不是”，却听正捧着杯子喝橙汁的王骁歧“嗯”了一声。

许意浓眉头一皱，正在夹菜的动作戛然而止。

什么？他是孩子干爹？

“给郸子的红包你包了多少？

“你当着我的面给人家红包，我就不能不给。”

所以那天他在地铁里问她红包的事才不是做什么参考，而是因为他是孩子的干爹？

没人跟她提过啊，她要是知道，她也不提当干妈这回事了，而且大多数人潜意识里会把干爹干妈当成一家人。

这么一来，现在桌上的人更加确定他们就是一对了，连看她的眼神里都透着了然。

许意浓突然有一种从头到尾都在被他戏弄的感觉，再加上这顿饭又莫名其妙跟他坐在一起，让她越来越不舒服。

再与他对视的时候，她一个没忍住，直接回了一句：“有意思吗？”

此刻台上正在唱歌，声音只有他们听得见。王骁歧正在放杯子，闻言低了低头。

许意浓已经没有任何胃口，随手拿过左手边的毛巾擦了一下嘴，然后站起来跟齐欢说：“我去一下洗手间。”

正在吃大闸蟹的齐欢沾了满手的蟹油，对刚刚发生了什么一无所知，不过还是象征性地问了一句：“哦，要我陪你吗？”

“不用。”

许意浓一出宴厅就站到走廊的窗台边，推开窗户点燃刚从包里带出来的烟。可就跟中了邪似的，她才刚打着，火就被风吹灭了，用手拢都没用。

突然有火送到她面前，是王骁歧。

许意浓没接，仍固执地打着自己的火，王骁歧便点了自己的烟含进嘴里。他抽烟大多数时候就这么含着，极显散漫，而且他吸的烟最后不是原路吐出，而是从鼻腔里轻呼出来。

以前周郸还特地为此给她们科普过：“真正会抽烟的人，是在之前先吸一口空气入嘴，然后通过呼吸把这口烟从鼻腔里呼出去，烟不从喉咙里走就不过肺，只过过嘴瘾，俗称‘抽假烟’。”

当然，后来许意浓有在网上查过，发现周郸的科普纯属扯淡。

许意浓好不容易才点着了烟，王骁歧的烟已经抽了三分之一。他临窗而立，旁边就有垃圾桶，周身被尚未散去的烟雾萦绕。看她终于抽上了，唇瓣张张合合，动作娴熟，他取下自己的烟，用两根手指随意地夹着，对着垃圾桶顶的沙砾盘用大拇指轻摁烟尾，漫不经心地掸了掸烟灰：“什么时候学会的抽烟？”安静的走廊里，他没头没脑地冒出这么一句。

许意浓对着窗外吐烟，像没听见似的。他也就没再说话，只安静地站着把烟抽完。

夜色深沉，月光如水，最后他徒手掐熄烟蒂：“干爹干妈是可以分开认的，你不用太在意，等席一散，饭桌上那些人谁记得谁。”烟蒂仿佛还在他的手中挣扎着冒烟，“如果让你不舒服了，抱歉。”

窗外正对酒店的花园，此刻万籁俱寂。一汪池水吐纳着清辉，白雾如柳絮缕缕飘散，烟笼寒水月笼沙，忽而凉风拂面，他的声音也随之消逝，与稀碎的光点一道隐匿在这夜里。

许意浓指间的烟灰掉落。

年少时的他张扬，骄纵，轻狂，傲慢，从不会跟人低头，哪怕是她。

每次闹别扭，不管是谁的错，隔不了多久他都会当什么都没发生似的来找她。她不理，他就没话找话，直到她没好气地问：“我原谅你了吗？”

他会很淡定且欠揍地说：“没关系，我原谅你了。”嘴犟得就是死不认错，却对她软磨硬泡，最后弄得她再也没了脾气。

可时间仿佛让年少轻狂在他身上荡然无存，只剩下步入社会后的隐忍与沉稳。也许是出于长期作为乙方的职业素养，如今连道歉都能脱口而出，自然无比。

原来真的没什么是永恒的，包括个性。

雾气氤氲，冉冉袅袅，挡住了许意浓赏月的视线。

“王经理今天会上的样子可没现在这么平易近人。”她故意这么说，声音回荡在偌大的走廊里。

“彼此。”王骁歧低头将烟蒂按在走廊垃圾桶顶的沙石里，声音夹杂了烟后的低沉，看不清表情，“会上我是就事论事，没有针对任何人。”

许意浓仍望着那轮明月，悠悠地吐出一口烟：“孰胜孰负，乾坤未定。”

王骁歧似笑了一声：“也是。”立了半晌后，他抬步先行离去。

许意浓扔烟的时候才发现走廊的窗户不知何时被他从另一边给关上了。

回到宴厅的时候，她左手边的位子已经空了，齐欢还在吃大闸蟹。

“我这第二只螃蟹都快吃完了，你再不回来我以为你掉厕所里了。”她慢悠悠地说。

许意浓坐下来没出声，看着自己碗里的几只基围虾蹙了蹙眉。

齐欢伸手过来拿她右手边的毛巾：“我的毛巾脏了，你的借我擦一下啊。”

许意浓“哦”了一声，感觉不对又看向她，再看看其他人，大家都是用的右手边的毛巾。

她的视线重新落在自己左手边那条留有自己口红印的毛巾上，心里不禁“咯噔”一下。

外面不知什么时候下起了雨，王骁歧坐在车里，有零星的雨点从打开的窗口飘进来，滴在他搭在窗沿的手上，冰冰凉凉的，很快就打湿了他指腹上的创可贴。他顺势动了动，手指间的烟灰抖落，随风随雨不知飘向何处。

不知又坐了多久，他的手机响了，来电人是祁杨。一接通电话，他就听到祁杨刻意压低的声音：“老大，你微信怎么不回啊？田螺姑娘又来了……”

王骁歧只听着没出声，看到酒店门口开始慢慢出来人。

“喏，她已经把房子来来回回地打扫了两遍，不仅做饭给我们吃，还要帮我们洗衣服，兄弟们都要被感动了，人小姑娘可真是把你放在了心窝子里啊。”

不一会儿，一道身影在人群里出现。她站在门口跟齐欢拉扯了一会儿，最终跟着齐欢上了车。

“喂，喂，喂，老大？你在听吗？”

王骁歧“嗯”了一声，说：“我知道了。”抽完最后几口烟，他发动了车子。

回到公寓，他还在按指纹，门就被人从里面打开了。

“你回来了？”一个女人赫然站在他面前，看他的眼神闪亮，手上还拿着他的拖鞋，似乎已经等了他很久，而后面的客厅里则坐着一脸看热闹的室友们。

王骁歧“嗯”了一声：“跟我出来一下。”没等她回话，他的身子已经往楼道侧了侧，是不容商量的语气，“我等你。”

等人再出来的时候，王骁歧已经站在楼道上又抽了半支烟。没开廊灯，只能闻到烟草味和看到他手上的红色星光。

“你最近烟瘾很重？”她问，“我看到你客厅的烟灰缸里全是烟头，他们说一大半是你抽的。”

王骁歧没应，直接往下走：“走吧。”

两个人一前一后来到楼下。外面还在下小雨，他们都没撑伞，这种天气的雨落在身上怪冷的。他腿长走得快，她有些跟不上，在后面喊：“等等我。”

他没等她。

她又问：“我们去哪儿？”

他一路无话，直到走到小区门口才停下。不一会儿就来了一辆出租车。

司机靠边停下，开窗从驾驶座探出头：“帅哥，是你叫的车吗？”

王骁歧点点头，对了一下车牌号便伸手拉开了后座的门，然后回头示意她先上。

“到底去哪儿？你的车呢？”她还在问。

王骁歧只说：“先上车。”

她犹犹豫豫地上了车，刚往里挪座的时候只听车门一关，王骁歧根本没上来。

她要开门，却被他在外面抵住。

“什么意思，王骁歧？我等你到现在，你回来话都不多说一句就直接赶我走？你就这么排斥我？”她立刻打开车窗问。

“施言，我们怎么认识的不用我提醒你。之前看你是女生，我的表达很委婉，你没能听明白是我的问题，今天就直白一点儿。你听好了，在我这里，你连朋友都谈不上，请不要一而再再而三地打扰我跟同事的生活，下次我不会再对你客气。”王骁歧快速说完看向司机：“师傅，开车。”

因为还赶着接下一单，时间宝贵，司机也不想多事，赶紧落锁踩油门。只是车驶出去，后座的女生却不甘心地探头出去，几乎用尽全身力气喊：“王骁歧你浑蛋！不值得的人你从前都能当个宝，现在对你好的人你却视而不见，浑蛋！”

雨还在下，王骁歧的头发已经被打湿，碎发湿漉漉地贴在额头上。他置若罔闻，没再看那辆车一眼，径自往回走，漫漫黑夜里只剩他孤寂的长影。

他回到公寓，室友问：“人呢？”

王骁歧：“走了。”

大家正在吃她做的菜，一听都“啊”了一声。

王骁歧扫了一眼桌上的菜：“好吃吗？”

大家点点头，见他表情不对，立刻有眼力见儿地狂摇头。

果然，王骁歧紧接着就宣布：“以后谁再放无关紧要的人进来就给我搬二舍去。”

大家面面相觑后“哦”了一声。

人小姑娘人美心善，老来做田螺姑娘，怎么他非撵人家走，还一点儿都不怜香惜玉，长得再帅又有什么用？活该单身。

王骁歧往房间去，林然突然伸手往鞋柜上一指：“老大，人家的包还在啊，这咋整啊？”

看看，他刚刚叫走人就乖乖地跟着走，连包都忘了拿，他再高冷不还得给人送过去！

王骁歧头也没回，只把还在打车订单界面的手机抛给林然，吓得他赶紧扔下筷子接住。

王骁歧：“地址在订单里，你们叫个跑腿送过去。”

众人面面相觑。

散场后，许意浓被齐欢拉上了她的豪车。坐着全真皮的加热坐垫，听着那全方位立体环绕的音响，许意浓宛如置身私人家庭影院，有那么一瞬间觉得自己也是个富婆了。

等红灯的时候大概是觉得包放在背后不舒服，齐欢伸手将原本垫在背后当靠枕用的名牌包抽了出来，随便往后座一扔，包跟皮质座椅来了个亲密接触后一个打滑，掉在了铺在车上的地毯。

“我以为网红都是定制款劳斯莱斯幻影。”许意浓看她一动不动的样子，强迫症犯了。

“那是装给别人看的，买幻影的钱我去买基金信托不香吗？”齐欢一脸不屑。

许意浓摆弄了一会儿座位，问她怎么调位子，齐欢问干吗。

“捡包。”

齐欢摆手直说没事，又问：“现在住你表哥家？帅表哥还在银行？”

许意浓还在摸索座位，闷头“嗯”了一声。

遇到红灯齐欢踩了踩刹车，车一停许意浓就把安全带解开了。齐欢又问干吗，她已经倾身去后面把她的包捡了起来，一边掸掉上面的灰一边回：“干吗，给你捡钱。”

齐欢笑死，觉得她这个人有时候就是爱钻牛角尖。大学里就这样，做什么都有自己的一套标准，不容挑战。

“哎，我说真的，要不要考虑一下跟我干，我的工作室正好也需要人。”齐欢往驾驶座上一靠，“现在就是个数据化时代，说句不好听的你别介意，你跑那么远念书，即使顶着个‘海归’的头衔回来，干一年的工资可能都不如我开几场直播收入多。”

许意浓笑了笑，把她的包重新放好：“钱的确是个好东西，谁不爱呢？虽说三百六十行，行行出状元，大家都知道直播能赚钱，可我一没你的跳舞天赋，二没你能说会道的无形号召力。人啊，要有自知之明。真要人人都去干直播了，不个个成网红？”正好微信收到一条消息，她瞥了一眼还不忘来一句总结，“可那么多人去干直播，最后能红的只有那么几个。我始终觉得不管做什么都是财奔人而不是人奔财。”

绿灯亮了，齐欢重踩油门：“为什么是财奔人不是人奔财？不该是人奔财才更有动力吗？”

许意浓一看是小董发来的消息就没回复，直接去翻朋友圈：“人性之贪，欲望是无止境的，得到了又想要更多。奔财就跟夸父追日似的，什么时候是个头？奔得起吗？还是适可而止、一步一个脚印踏实吧。老子说得好，‘天之道，利而不害；人之道，为而不争。’”

齐欢忍不住翻了个白眼：“哪儿来的那么多心灵鸡汤，我看你是念书念傻了吧？”

许意浓置若罔闻，手在屏幕上划啊划，猝不及防看到了那个白色头像，下午转发了一条“一唯”的秋季招聘。她顺势点进他的朋友圈往下翻，除了被公司硬性要求转发的一些消息，他的朋友圈几乎没什么私人状态，只在二〇二〇年一月转发了一条科比去世时的新闻，他只写了三个字：愿安息。

她再点开状态详情，看到下面有两条评论。既然她可见，必然是他们的共同好友，于是她继续点开，一条是周邺发的：“时代终结，兄弟节哀。”

另一条是一个抱抱姿势的小人表情。

许意浓眼帘微垂，再继续往下翻。他每一条状态下面都有那个人的点赞。

嚼着木糖醇的齐欢还在哼歌，冷不丁听到副驾驶座上的许意浓冒出两个字：“其实……”

“啊？”

路边五彩斑斓的光交错映在许意浓的脸上，忽明忽暗。她语气平淡：

“施言的朋友圈确实把我屏蔽了，对吧？”

齐欢踩着油门的脚不由得一滞……

被送回去的时候，许意浓让齐欢别往小区里面开了，她自己可以走进去。齐欢把车停靠在路边，借了把伞给她，两个人就道别了。

此时雨势已经变小，许意浓撑着伞，形单影只，脚步缓慢，风雨萧索中言犹在耳。

“施言喜欢王骁歧，也不知是什么时候喜欢上的，反正你们分手之后，不记得是哪年的五月二十日……”言至于此，齐欢气结到拍了一下方向盘，“滴”的一声，鸣笛划破长空，引来路人反感的视线和小区里此起彼伏的狗吠，但她激动的情绪不减，“她卡在零点跟他表白了！后来她的操作有点儿多，我跟刘爽太硌硬，便直接跟她断了联系。”

末了，齐欢还补上一句：“不过周邺说了，王骁歧从头到尾都没搭理过她，只是她一厢情愿。”

其实齐欢不说，许意浓也比任何人都清楚一些事儿。王骁歧这个人从学生时代起就是个张扬的存在，即便他不去招惹别人，别人也会主动来招惹他，只是她压根儿没想过自己的大学室友也会惦记上他。

难怪施言的微信会把她屏蔽了。

突然，身后有一道亮光出现，由远及近，是一辆车开进了小区。许意浓本能地往边上靠了靠，没承想到离她几米之遥的时候灯闪了闪。她回头一看，竟是纪昱恒的车。

他在她身边停下，正好副驾驶座的车窗开着，她弯了弯身子凑上去调侃他：“哟，这不是纪行长吗？今晚这么有闲情逸致，自己开车回来的？不是说给你配了公车吗？”

纪昱恒一边手扶着方向盘，一边看她：“这么晚了，都是有家有口的，何必麻烦人家特意来回送一趟，公车这种东西能不用就不用。”

许意浓觉得她哥这思想境界真高，忍不住给他点个赞：“要是天下所有的领导都像你这样有觉悟该多好哇。”

纪昱恒开锁：“上车，带你从地库上去。”

确实还有一段路，许意浓不客气地收起伞，欣然地蹭他的车：“好的。”

兄妹俩开门回到家，纪乐愉居然还没睡，门一开就委屈巴巴地扑到纪昱恒身上，紧紧地抱着他的双腿，把他的西装裤都弄皱了。

“爸爸……”她的小脸埋在他双膝间闷声叫。

纪昱恒哪里受得了女儿这样，立刻蹲下身心疼地把女儿搂在怀里，捏捏她的小脸蛋："怎么了，嗯？"

小东西也不说话，只搂着他脖子趴着，像是在跟谁置气。

跟在她身后的涂筱柠说话了："明天轮到我们去乐乐学校的护学岗，本来不是我去吗？谁知道刚刚收到客户消息，说明天临时有事，约好的签字也只能提前，就只能麻烦我早点儿去单位，正好跟乐乐学校的时间冲突了。"

许意浓听得一知半解，忍不住插了话："什么是'护学岗'？"

涂筱柠跟她解释："就是孩子上学早高峰车来人往，人流量大有安全隐患，但学校师资有限，就由家长们轮流在学校门口站岗执勤半个小时，帮老师一起维护各种秩序，俗称'护学岗'。"

许意浓瞬间长知识了，她小时候可没有这些。她理所当然地看向纪昱恒："那让他去呗。"

纪昱恒抱着女儿微微皱眉："我明天正好有个重要接待，一早得去机场接人。"他的时间都得预约。

纪乐愉一听立刻抬头，眉头皱得紧紧的，还在挣扎着询问："爸爸也不能去吗？"

纪昱恒一时沉默了，很是为难。

纪乐愉一下变得更失落，小嘴一撇，特别伤心。

其他的小朋友每次都会在轮到自家护学的时候炫耀自己的爸爸妈妈，有一次有个同学的爸爸是穿着警服来执勤的，要多神气就有多神气，下课后大家都围着他要跟他做好朋友。这次终于轮到她了，爸爸妈妈却都没空了，她好难过。

"要不我打电话给同事，麻烦她帮我早点儿核保好了。"涂筱柠不忍见女儿失望，转身就去找手机。

纪昱恒则说："你去忙你的，我来想办法协调时间。"

许意浓看他们都在让步，一想自己不空着吗？她白吃白住了这么久，终于有用武之地了，立刻自告奋勇地上前一步："多大的事儿，你们都去忙呗，我去！"

刹那间，一家三口三双眼睛齐刷刷地朝她看过来。

许意浓点着头信誓旦旦："我可以做！"

于是第二天，她代替表哥夫妻去站岗。一开始她还觉得挺新奇，挺有意思的，但很快她就有点儿盯不住了，风把她的鼻子吹得通红，鼻炎直犯，开始狂打喷嚏。

不过因为许意浓的出现，纪乐愉小朋友也如愿以偿地受到了来自其他小朋友的夸赞。

“纪乐愉，你姑姑刚刚牵我过马路了，真好。”

“对的，纪乐愉的姑姑会对每个人笑，好漂亮呀。”

这话听得纪乐愉心里暖暖的。

还在挨冻的许意浓自然不知道自己受到了小朋友们的高评价，只想着什么时候能结束。

突然，又有一辆车在前面停下了。她赶紧快步去接小朋友，也跟从驾驶座上下来的人打了个照面，一时间两个人都有些错愕。

“于总？”许意浓真没想到会在这里碰上自己的顶头上司。

于峥也未料到会在这儿遇到她：“你？”

“我送我侄女来上学，顺便帮她爸妈站个护学岗，他们正好今天都有事情。”许意浓告诉他。

这时，他后座的窗户降下，一个小脑袋探出来，脆生生地叫了一声“爸爸”。于峥顺势打开车门把人抱了下来，是个看上去跟纪乐愉差不多大的小女生。

“我女儿，于欣。”他介绍了一下，又对女儿说：“欣欣，叫姐姐。”

许意浓笑着跟她打招呼：“欣欣，你好呀。”也像对其他小朋友一样伸出手。

可于欣不仅没叫她，也没伸出自己的手。

于峥蹙了蹙眉，低头拍拍她的小脑袋：“欣欣？”

谁知道小丫头也没理她父亲，背着小书包就往学校里跑，连再见都没说。

“小孩儿不懂事。”于峥有些抱歉。

她连连摆手：“没事，没事。”

于峥看了看她胳膊上戴的护学岗标志，又问：“你待会儿怎么去上班？”

许意浓实话实说：“坐地铁。”

他重新打开驾驶室车门：“我可以带你一起走。”

许意浓哪好意思麻烦他，直说：“不用，不用，我还有一会儿呢。您先走吧，于总。”

于峥已经坐回到驾驶座上，只留下一句：“我等你。”

毕竟是领导，再不答应就显得端着了，许意浓保持微笑点了点头：

“哦，好。”

等到执勤结束后，许意浓坐在了于峥的车后座上。

他在公司里很严肃，不苟言笑，除了部门开会和工作事项请示，许意浓只偶尔在吸烟室能碰到他，这样跟他独处还是头一次。所以许意浓也不知道能跟他讲点儿什么，而且她一直在用双手捂着鼻子打喷嚏。

他给她递去一盒抽纸：“鼻炎？”

“谢谢。”许意浓接过后点了点头，“嗯。”

等她用纸巾擦拭完，状态好了些，他才再次打破沉默：“我平常比较忙，没什么时间陪孩子，都是请阿姨照顾她，所以她性格挺犟的，刚才不好意思。”

许意浓把刘海别到耳后，不甚在意：“小孩子嘛，都这样，我侄女在家就是个小霸王。”

于峥沿着她的话问：“亲侄女？”

“表侄女。”

“她在几班？”

“（三）班。”

于峥若有似无地往她这边瞥了一眼：“欣欣也在（三）班，你侄女叫什么名字？”

许意浓腹诽，这么巧的吗？可真有缘分，便笑眯眯地告诉他：“纪乐愉。”

“是她。”

听着既像陈述句，又像感叹句，难道她家乐乐在班上这么出名吗？于是许意浓好奇地问：“您知道我侄女啊，于总？”

于峥“嗯”了一声，等红灯的时候侧首面向她：“她爸爸，你表哥，很帅。”

许意浓：“……”

之后又聊到了工作。

于峥问：“你在日本待了几年？”

“五年。”

“你在那里三年就当上了主管工程师，正是事业上升期，为什么在这个时间点选择回国？”

“那里始终没有归属感，趁着年轻多做些尝试。”

“是还年轻。”于峥手扶着方向盘，语气耐人寻味。

许意浓听出了一语双关。佐藤的项目跟她本来是风马牛不相及，可她参与了，还弄出这么大动静。虽然她是给部门争了光，还在会上说了一堆漂亮话，但毕竟风头盖过了他这位直系上司，如果他是个小心眼儿，日后借题发挥故意打压，她就是再有能力也只能受着。

“我跟佐藤先生是在一次复印的时候碰上的，可能我刚从日本回来，所以跟他聊得很投缘，接触之后发现他并不难相处。正是因为相同的在外漂泊经历，他在项目上无法推进的压力我也有同感。中外企业文化理念不同导致项目推进中很多想法不一致，他需要的不只是一个翻译，而是真正能理解他同时又能站在‘逐影’的角度来客观分析事情的人，而我的履历恰好符合他的需求。反过来我这样一个刚回来的‘嫩青’，能跟着专家和前辈一起参与项目并学习讨论，是我的荣幸。”许意浓适当地解释了一下，又以退为进地道，“于总，我一毕业就进了日企，多少有些死板和较真，以后工作上的不足还请您多提点指正。”

“哦？”于峥却淡淡一笑，“日本人不是挺擅长伪装的吗？”

“于总被坑过？”许意浓快速反问。

于峥转动方向盘：“开个玩笑，我接触过的日本人只有佐藤。”

许意浓话锋立转：“他是位值得敬重的前辈。”

“嗯，确实。”于峥点头，对话就此终结。

到了“逐影”附近，许意浓提前下了车，不然总觉得坐领导的车进公司怪怪的。于峥也配合地将她放下，两个人分别。

许意浓匆匆往办公室赶的时候在走廊里遇到了王骁歧，还是迎面相对。他身边还有他的同事们，她继续往前走与他擦身而过。两个人完全没有过多的眼神交流，只有他的同事恭敬且礼貌地唤她：“许总。”

“嗯，你好。”

只是她走进办公室刚坐下，就收到了他发来的微信，是一个名称为“IT部分提案”的文档，没有任何前后缀，就一个光秃秃的文档。

许意浓并没急着打开，手机往桌上一放先去开自己的电脑。过了一会儿，她要给BOM三组微信群发消息的时候才顺便打开刚刚的聊天框。手机界面上仍然只有一个文档，连一个标点符号都没再发过来。

她立刻把手机反扣在桌上，拉开键盘做事，没再去看一眼。

挑衅吗？刚刚在走廊里众目睽睽之下把她当透明人就算了，现在给她发工作文档不仅没有文字说明，还简单粗暴得连个前缀都懒得加？合着她没名字是吧？

第五章
笨笨王

提案汇报在两天后进行，领导层经过两个小时的内部商讨，最终因综合考虑到企业的战略发展，决定采用王骁歧的方案，是许意浓输了。

结果是于峥告知许意浓的，两个人并排站在会议室外的走廊里。

“上面要决定一件事自然是经过了多方考量，你有经验，有能力，但你没有考虑到实际情况。”他郑重其事，语气没有任何转圜的余地。

即便事已至此，也不代表许意浓认同最终方案：“系统是死的，但人是活的，我不认为 IT 的提案就彻底符合所谓的实际。”

于峥看着她，微挑眉梢：“输给乙方不服气？”

许意浓静默了。

于峥的视线又往走廊顶头的那道身影上偏了偏，语气始终不紧不慢，又耐人寻味：“还是，你没想到半路会杀出一个王骁歧？”

话里有话。许意浓淡淡一笑，避重就轻道：“我既不是刚出来工作不谙世事的小姑娘，也不是什么玻璃心，‘逐影’平台这么大，机会多得是，输一场又何妨？但我始终保留我的提案观点，从这次的失败中吸取教训，而能把项目完美落地才是我们的最终目标。”她也仰头看他，眼神纯良无害，“是吧，于总？”

于峥拧开手中的矿泉水，睨了她一眼：“心态好就好。”

许意浓也拧开自己的那瓶水，举起跟他的轻轻一碰，语调轻松：“我，一向拿得起放得下。”

于峥不禁在她身上注目，而她已经仰头将手中的矿泉水一饮而尽，他忽而嘴角一勾，也举瓶喝水。

跟他们这边两个人的略显冷清相比，走廊那头的“一唯”就热闹许多。

提案最终被采纳，“逐影”IT方正表情满意地跟王骁歧说着话，“一唯”其他人站在一旁，眼神忍不住往前面瞟，话题也自然而然地落在了惹眼的许意浓和于峥身上。

不知谁先叹了口气：“你们说说，论泡妞经验和手段，我们没有这些中年大叔多，论钱也没他们满身的铜臭味，论颜值更没人家那种成熟男人的魅力，那么世间美女被大叔们瓜分一点儿，还有老大那种不缺女人缘的帅哥瓜分一点儿，这……活该我们单身啊？！”他越说越想捶天捶地捶自己。

“当今社会，光棍儿越来越多，这些中年大叔就不能给我们这些优秀的单身男青年留条活路吗？”林然也义愤填膺。

祁杨倒悠闲地抛着手中的矿泉水瓶：“我倒觉得美女工程师不会那么没眼光，于峥于总，他离过婚还带着孩子，就算皮囊、条件，一切都不错，谁会想不开上赶着做人后妈去啊。”他脑海里又浮现上次开会时许意浓飒爽的模样。

“你还真别那么笃定，万一她就好大叔那口呢？”有人插嘴，“前两天我就看到这美女工程师跟于总一起来上班，从他车上下来的，不知道是不是为了掩人耳目，特地提前在‘逐影’外面下的车。”

祁杨踹了他一脚：“我们哪天不是一块儿走的？我怎么没看见？”

那人反踹祁杨，还顺带看了林然一眼：“就那天你们睡懒觉磨磨蹭蹭的，让我跟老大去早餐店给你们打包小笼包啊！不信你问老大！他也看到了。”

祁杨摸摸下巴思忖，这么一说好像是有那么回事。

正好和甲方谈话结束的王骁歧来了，室友立刻拉过人证，下巴朝前面一扬：“老大！那天我们亲眼所见他们坐同一辆车来上班的，是吧？”

王骁歧没应声，只顺着他的视线看过去。顶头站着的两个人旁若无人地喝水交谈，气氛看似挺和谐，从她脸上漾出的笑容就能看出她的心情丝毫没有因为提案被毙而受到影响。

耳边不断充斥着手下人的聒噪声

“不是说她有男朋友吗？开豪车那个？”

“‘逐影’不也有说那车是她爸的？那如果两个人都是单身，她跟这于总也不是没可能啊。现在都什么年代了，离过婚有孩子那都不是事儿，谁叫老男人他有味道呢。”

有人开始贼笑：“什么味道？”

那人哈哈一笑：“自然不是你我身上的穷酸味和纯情味，至少在男女之事上比我们有经验。”

祁杨立刻抱住王骁歧打住：“哎，哎，哎，这话题别带我跟老大，你们没经验，我们可不是啊。”

王骁歧眉目森然地瞥他一眼，言归正传：“方案今天正式确定，因为体系试运行的车型是 BOM 三组负责的 S 车型，为确保项目顺利落地，从明天开始，祁杨、林然、方洲还有我，将和 BOM 三组联合办公。”

原本能跟美女共事是个振奋人心的消息，可刚刚八卦了一下，祁杨突然兴致索然。他往王骁歧边上一靠：“老大，怎么都是我们那屋的？”他发现被点名的人都是一个寝室的。

王骁歧却避开话题丢下一句：“方便加班。”说完就走开了。

祁杨觉得天灵盖被一击即中。他只想仰天长啸：天哪，快来个人把老大收了吧，他满脑子除了加班还有别的东西吗？

二寝的人一边笑一边拉着他八卦：“老大有经验你怎么知道？”

祁杨说：“废话，他要是没经验，刚刚只瞪我一眼？早就把我暴揍一顿了。”

听他这么一说，大家恍然，有道理啊。

祁杨又放话：“老大他啊，要是没经验，那张脸可就白长咯。”

其实祁杨只知道王骁歧有个前女友。他刚进“一唯”时，作为应届毕业生他的运气还不错，进的第一个甲方就是一家知名国企，在当时算是公司的大客户了。跟那边的 IT 混熟了，有天一起吃夜宵的时候，有人突然问他：“王骁歧也是你们公司的吧？”

彼时他对王骁歧只是有印象，但两个人并未接触过，不算熟，只说：“是有这么个人，不过他是其他项目上的。”他顺口问了一句，“怎么？你认识啊？”

那人“嗯”了一声：“我是他的直系学弟。”

祁杨跟他碰了碰瓶：“哟，A 大的啊？”

那人点点头，谦虚一笑，说话的时候眼里有着某种向往：“他很优秀，当年他带领两个同学代表学校参加了国际大学生程序设计竞赛，在竞争激烈的世界各大高校中脱颖而出，获得冠军。那一年他万众瞩目，风光无限，只可惜……”话到此处，他把头低下来摇了摇，欲言又止。

这人吧，越是话听一半就越是被勾起好奇心，那会儿“一唯”在国内一票的 IT 咨询公司里并不算多出众，王骁歧这种 A 大出身的完全可以去更大的平台，尤其当祁杨听到他得过国际大学生程序设计竞赛的冠军，不由得感叹：“那我们‘一唯’这座小庙可是来了尊大佛啊。”

对方借着酒劲附和：“谁说不是呢。听到他去‘一唯’，我们一开始都没敢相信，连我们这帮水平远在他之下的学弟进的都是知名大公司，他绝对能进顶级 IT 公司。就算不去国外，待在国内也不应该是在小小的‘一唯’，一个本土公司。”

祁杨面露尴尬之色，那人立刻察觉到，又解释：“对不住啊，兄弟，我喝多了。我只是讲他啊，没别的意思。”

祁杨跟他再次碰瓶表示理解：“没事，没事，明白，明白。”又追问，“那他这种不该毕业就被各大公司疯抢吗？”

旁边的同事已经喝高了，开始划拳，那人才跟他凑近了些：“他研一的时候不知道发生了什么事突然退学了，他当年可是保研的，在 A 大，保研的名额多珍贵啊。当时我们都特别吃惊，学校传出了很多版本，也不知道哪个是真的。最惨的是，他相恋多年的女朋友那阵子也跟他分手了。”

祁杨这才知道王骁歧本科学历的真正原因，心里也十分震惊。但他对此事不予置评，只说：“正常，毕业季等于分手季，但应该不至于因为失恋而退学吧？”

那人抬手喝了一口啤酒：“那肯定不是这个原因，一个大老爷们儿哪有那么脆弱，所以这件事情才变得扑朔迷离。”他又摇了摇头，“总之他吧，唉，各种可惜。”

祁杨听完只笑了笑，继续喝酒吃肉，没继续深入讨论。毕竟他也是毕业就分手一族，不想触景生情。

哪知道那个项目结束后，祁杨就被公司分到了王骁歧的项目上，即现在的“逐影”，在他手底一干就是三年。不过祁杨这人虽然看起来吊儿郎当，却也知道分寸，当初从王骁歧学弟那里听到的那些话，他对别人可是只字未提……

祁杨这头刚说完，那头林然把手机一扬，撒腿就往王骁歧那儿跑：“老大！祁杨说你坏话，我给录下来了！你听！”

祁杨被暗算，一边骂一边狂追：“林然，你以后打游戏被打趴了我再去救你我就是孙子！”

翌日，双方团队正式进场对接。“逐影”方很重视这个项目，特意空出一个大会议室作为联合办公点。

祁杨这天特地打了发蜡。轮到他自我介绍的时候，他整了整衣服和领带，玉树临风地往BOM三组跟前一站：“许总，您好，我是‘一唯’的祁杨，祁是耳朵旁的‘祁’，杨树的‘杨’。”

许意浓以为他说完了，礼貌地点了点头，谁知还有。

“特别好记。”祁杨的语气抑扬顿挫，“祁杨祁杨！神采飞扬！”

许意浓和王骁歧顿时无语。

三组的人站在许意浓后面，有男的嘀咕了一句：“我怎么觉得……‘祁杨祁杨，其貌不扬’更顺口呢？”

其他三人一听，发出“扑哧”的忍笑声。

祁杨还有开口之势，被王骁歧及时制止。他往前一步将祁杨取而代之，正对着许意浓。

“我们‘一唯’跟‘逐影’的合作方式是人天模式，如果许总这边没什么问题，就直接开工吧。”

许意浓从业这几年，还是头一次碰到直接把钱摆到台面上来说的乙方，这么精打细算他还干什么IT，采购和财务不是更适合他？

但她微微一笑，只是笑里藏刀：“好的，王经理，希望项目能在你提出的系统里顺利运行，我很期待完美落地的那天。”

王骁歧站得笔直：“感谢许总的信任，我相信那天不会太远的。”

“合作愉快。”

“合作愉快。”

其他人看看她再看看他，两个人迟迟未伸手相握，而是直接各自转身带人入座了。

林然坐下后先叹了口气，祁杨坐他旁边，打开自己的笔记本电脑：“你叹什么气？我难得展示一把自我的机会都被老大拦腰斩断，发蜡白打了，我还没叹气呢。”

林然压低声音说：“你说老大他人帅又不缺女人缘，为什么还是单身呢？那么好的田螺姑娘他平时不屑一顾就算了，刚刚多好的跟美女握手的机会，连我都知道要伸出小手手！”

祁杨想当然地回：“你懂什么，那叫绅士。”

刚才那种情况在职场合作里很常见，如果不是非常正式的场合，对方又是异性的话，手是可握可不握的，除非人家女士先主动。

“不，真相只有一个！”林然故作深沉地总结，“老大他就是冷淡！”

祁杨：“……”

联合办公后，许意浓发现左畅每天在关于系统上的问题多了起来，动辄就唤：“王经理，麻烦你来帮我看一下好吗？”

仿佛对面的“一唯”只坐着王骁歧一个人。

“发现没有，许总的眼影是根据当天的内搭颜色来的。”而“一唯”这边的目光也每天都聚焦在许意浓身上。

许意浓的风格大多都是日系简约风，内搭纯色衬衫，半身裙或者连衣裙居多，从不落下的高跟鞋至少一周内不重样。而且她本身个就高，再踩高跟鞋就更加明显了。有人说她身材比例极好，是典型的腕线过裆。好几次她在茶水间笔直站着等咖啡的时候，有的男人进来都会故意绕开她走，因为身高不高的站在她身边，很容易伤到自尊。

祁杨躲在笔记本屏幕后面偷瞄。许意浓这天身着浅色西装，里面的白色衬衫无扣立V领上不算很正式地系着一条D家老花飘带丝巾，下半身是香槟色轻熟风的绸缎裙，眼影是相配的大地色，一双细白的腿并拢侧放于桌下，此时此刻正端详着自己的电脑屏幕，连那平时他快看吐了的键盘在她的纤纤玉指下都变得顺眼起来。偶尔她也会停下来侧耳倾听组员的意见，或者捧起手边的马克杯喝口水，杯沿残留的口红印沾染着细密而又分明的唇部线条，暗红而夺目。

祁杨不禁在心底喟叹：真是好脸、好腿、好身材，我见犹怜啊。

“啪”的一声，他的头突然被人从后面一扣直接撞上了自己的笔记本，脑门儿跟屏幕来了个亲密接触。

祁杨一转头，看到了哪儿都冷淡的王骁歧。

“要不要给你配副眼镜？”

走神当场被抓包，祁杨还皮厚地摇摇手，一副大可不必的样子：“不用，不用，我视力特别棒，上能当飞行员，下能百步穿杨。”

王骁歧的脚动了动，他立刻转回去再次进入超长待机的工作状态，鼠标一滑屏幕解锁，画面蹦出他刚刚休息时偷看的小电影。他眼明手快地去点右上角的叉，却没快过王骁歧掐上他后脖颈的手，这次不用转身就能感觉到阵阵杀气。

对面传来动静，许意浓循声看去，只见王骁歧笔直地站在那里，又是万年不变的白衬衫，因为工作的关系，袖口卷至胳膊肘。他一只手插在裤袋里，一只手像是搭在那个叫祁杨的背上，正眉目肃然地盯着他的电脑屏幕。

蓦地，他抬头，两个人的视线猝不及防地相撞。许意浓避之不及，竟无意识地打了一个喷嚏。

组员们很有觉悟地第一时间送来下属对领导的关怀："意浓姐，鼻炎又犯了啊？"

原本公司后勤放在会议室里的纸巾已经被大家用光了，许意浓从自己包里掏出一小包纸巾，只剩最后一张了。她对着他们"嗯"了一声，捂住鼻子擦揉着，拿下纸巾的时候鼻头已经敏感地红了。

同组的男生问她要不要去把空调温度调高些。

许意浓摇了摇头说"不用"，只交代："这里没抽纸了，你们谁得空的时候去找后勤部再领点儿过来，平时总要用的。"

"好的。"

刚被王骁歧教训了一顿的祁杨正准备老老实实地码代码，谁知道这手还没放到键盘上，座位又冷不丁被踹了一脚。

他又干吗了？！

"我已经关了啊，老大！"他转身压低声音委屈地申诉。

王骁歧依旧摆出一张扑克脸："下去给我买两包烟。"

祁杨一愣："现在？"

感觉王骁歧插在裤兜里的手有往外抽出之势，祁杨没等他回答就麻利地起身滚了："好的，先生。"

祁杨刚跑进楼下小超市，就听到手机响了。他从兜里掏出手机一看，是王骁歧发的消息。

老大："再买包抽纸"这条显示撤回。

老大："再买一打抽纸。"

乖乖，见鬼了吧，平常都是他给王骁歧发微信多些，收到的要么只是个好的手势表情，要么索性没有消息，就这样一个吝啬回复消息的人有一天竟然会为了抽纸这种小事主动撤回？

但他一声令下，谁敢不从，祁杨买完烟就去到超市里面的货架前。通常"逐影"只给自己的员工提供后勤服务，他们乙方的办公用品如果没有特殊申请一般是不管的，尤其像抽纸之类的东西都是自备，所以每次他们用完了会一次性多买些。

祁杨望着花花绿绿的货架，随手挑了一个顺眼的包装。办公室里全是糙老爷们儿，用东西也没什么讲究，更没什么固定品牌，都是谁买谁胡乱拿，爱用不用。

他将那打抽纸用胳膊夹在腋下，正要挪步去结账，微信又响了。

老大："拿最软的那种。"

祁杨一脸蒙，最软的那种……是哪种？

手机继续响。

老大："问老板。"

祁杨瞬间佩服。老大他会读心术？！而且他什么时候变得这么细心了？用个纸巾还分什么硬的软的啊？

他无奈地挠头，只得对着超市门口扯了一嗓子："老板！最柔软的抽纸在哪儿？"

老板是个大爷，上了年纪有点儿耳背，只听到柔软，便回："右拐第二排。"

祁杨走过去一看全是卫生巾，各种柔软。他有点儿上头，又喊："是抽纸啊，老板！抽纸！"

大爷："哦，那再前面一排。"

祁杨再过去，一排卫生纸。算了，他还是自己找吧。

祁杨好不容易买好东西，回到办公室，王骁歧不在。林然和方洲要出去抽烟，问他要不要一道，他气喘吁吁地把那打抽纸随手往自己座位下一放就走了。

许意浓去了趟洗手间，回去的时候看到王骁歧长身伫立在办公室外接电话。她的高跟鞋和光滑的大理石地面摩擦得踢踏作响，他一只手放在裤袋里，一只手举着手机侧了侧身，朝她这儿投来一眼。

身后立刻有急促的脚步声像是追赶她而来，还伴随着一阵烟草味。原来他是在看自己的下属，好像叫方洲。

王骁歧的时间观念很强，他给组员规定抽烟的休息时间不得超过十分钟。方洲、林然和祁杨到吸烟室的时候他也在，后来他先走了，一直站在走廊接电话，看到祁杨、林然回来，却没看到方洲，就知道方洲一定在吸烟室玩手游玩过头了。

他用眼神做出警告，给人无形的压迫感，无声胜有声。结果也很奏效，原本还在她身后的方洲一转眼赶超到她前面，还特意打了声招呼："不好意思啊，许总。"一个推门立刻蹿进去了。

为了方便进出，"逐影"所有会议室的玻璃门都是双向可推拉的，所以如果受力过大，门会在敞开后反弹回来。方洲虽是随手一推，但男人的力气到底是大，门大幅度地打开后很快就反折了回来。

许意浓刚往会议室里跨进一步，眼看门正朝自己撞过来。她下意识地抬手去挡，一只手却蓦然越过她的头顶有力地一伸，稳稳地撑住了那扇玻璃门。

她抬头，看到一条光裸的男性胳膊，因为抵撑的动作更显线条优美。身后传来王骁歧清晰的声音。

“许总，进不进？”

许意浓僵硬的身体重新舒展，悬空的手也顺势把门一推，做了刚刚没做完的动作。她旁若无人，头也不回地走进去，王骁歧紧随其后。

坐回位子上，骤变的温度让她的鼻子开始痒痒的，真有了要打喷嚏的感觉。她顺手在桌子右侧抽了两下纸巾，往鼻子上一盖刚背过身去喷嚏就打了出来。纸巾的触感竟异常柔软，她拿下一看，才想起自己的纸巾早用完了，手上拿的并不是自己的。

再看看桌上的抽纸包装，上面写着：贵族柔软保湿纸巾，跟红鼻子说再见。

“这纸哪儿来的？”这会儿他们组只剩她跟左畅在，她问道。

左畅正在干活，只瞥了一眼：“不知道啊，我刚刚也去洗手间了。”

“其他人呢？”

“有的回办公室拿材料，有的去茶水间了。”

这莫名多出来的纸巾让许意浓默了默，再往对面一看，发现对面桌上也是清一色的同包装纸巾。乙方的后勤用品都是自备，并不归甲方管，难道是他们刚刚看到她没纸巾了顺手给的？这么好心？

这时，左畅一个出声打断她的思路：“哎呀，完了。”紧接着她懊恼地捂脸颊，嘴里喊着，“真的完了。”

许意浓靠过去问：“怎么了？”

小姑娘快急死了：“我刚在系统中日常维护 BOM 的时候，不小心把燃油系统所有的零件行删除了，当时没在意还点了保存按钮，等发现后已经无法恢复了。”

这些数据不仅是她这一天工作的内容，更是她这一个多月以来陆陆续续努力的成果。第二天轻量化部门就要最新的 BOM，就算她今天通宵加班都补不回来啊。

这种误删的情况在工作中时有发生，许意浓以前也碰到过。她起身走到左畅身边说：“来，让我看一下。”

左畅立刻把座位腾出来，许意浓坐下查看，的确是被删除得彻底找不回来了。她试了几个在日本用过的方法，似乎也于事无补，耳边传来左畅的自责声。她看许意浓这边也不行，更急了，往对面看去，带着一丝哭腔：“王经理……”

这一声委屈里又夹带着楚楚可怜，同是女人的许意浓听得心都快化了。

嗯，怜香惜玉的王经理不一会儿就来了，小姑娘急匆匆地到他跟前讲着前因后果。许意浓听他们你一言我一语地讨论，刚要让位挪座，却已经被他的气息全然包围，整个人一滞。

不是在听小姑娘说话吗？他是什么时候靠到她这边来的？

近在咫尺的距离让王骁歧的鼻息在她的左脸颊一拂而过，而后他就像贴在她耳边说话一样，气息环绕。

“嗯，我看看。”

许意浓此刻跟王骁歧只隔一条右手臂的距离，因为欠身降低高度探寻的动作，除了他的侧颜，她还能清晰地看到他的脖颈。他的皮肤白得发亮，让人一时辨认不出是他原本的肤色还是被电脑屏幕光影投射后的效果。

王骁歧右手操控鼠标，快速地一边滑一边点，左手则从她的肩头越过覆在笔记本键盘上。他的指尖在她的眼皮子底下灵活地按了按，弹出一个窗口，出现一堆许意浓看不懂的代码，从上到下不间断地冒着。

左畅也凑过来，靠得很近地问：“这是什么？”

他没回答，只是俯身又降了些高度，单手开始码代码，速度快到许意浓都没看清。等视线再回到屏幕，上面已赫然多出好几行，而他工作的时候神情既专注又认真，他们的距离又在无形中被拉近。

明明只是站在旁边而已，可许意浓感觉自己整个人仿佛被他的身影盖住，从他身上散发出来的烟草味也越发浓烈，他这是一天要抽多少烟？

她刚想再往旁边退一点，给他更宽敞的发挥空间，他已经说：“好了。”

好了？她就眨了几下眼的工夫。

“你看一下，这是不是你要的东西。”王骁歧直起身子问。

左畅再次贴近，他稍让她几步，始终保持着距离，却差点儿挤到许意浓。

左畅看了看，顿时眼睛发亮：“是的，是的，就是这个。”她一副被拯救的样子，就差感激涕零了，“真的帮了大忙了，谢谢你啊，王经理！”

王骁歧淡淡道：“小事。”

许意浓这才退开些，得以舒展一下筋骨。她刚刚的坐姿要多僵硬有多僵硬，而左畅这会儿化身小迷妹，看王骁歧的眼神都亮亮的。

“还有问题吗？”王骁歧问一直盯着自己看的左畅。

她摇头：“没了，没了。”

他转身要走。

“王经理！”左畅却叫住他。

王骁歧回头。

“你帮了我这么大的忙，我请你……”左畅又立刻改口，“我请大家喝咖啡，你们都喜欢什么口味的？”

许意浓不由得抬头，看看她再看看他。

可有人不领情，只说：“谢谢，不用了。”

不等左畅再开口，他已经往回走了，这让小姑娘有些小沮丧。

许意浓从她座位离开的时候随口提了一句：“他们是乙方，拿我们的钱就该替我们做事。你刚刚已经谢过他了，没什么好再纠结的。”

左畅点头：“我知道，但如果这些没能找回来，我之前做的努力就都白费了。从我个人来讲，于情于理都该谢谢王经理。”

但小姑娘是什么心思逃不过许意浓的眼睛，她笑了笑，说：“嗯，做事吧。”

左畅应着，闷头工作，又往对面偷偷瞄了几眼，脸不知不觉红到了耳根。

之后许意浓收到了于峥发来的内网信息：“你来一下我的办公室。”

几分钟后，许意浓站在了于峥办公室门口。她抬手敲了敲门：“于总。”

于峥的目光从电脑上移到她身上。

“进来。”

她进去。

“把门关上。”

她关上了门。

他低头签了份文件：“周末H市开展汽车峰会，其他组参加过往届，这次由你们三组跟我去。”

许意浓眉梢微动。这个她感兴趣，日本的这种峰会她参加过不少，国内的还是头一次。他愿意带她去，说明佐藤项目的事没有让他对她心存芥蒂。但这件事情也不至于特意关门宣布，一定还有什么别的事儿。

她先点头：“好的。”又问，“地点在哪里？几点开始？我来安排交通和住宿。”

于峥告诉她地点和时间后就把资料一摊，将视线移回她身上。许意浓洞悉这眼神绝对不是在赞许她做事灵光。

果然，于峥合上文件：“从目前的市场行情看，传统燃油汽车已经进入到一个‘饱和’期，在国家越来越重视环境治理的趋势下，容易引发环境污染问题的传统化石会被日渐淘汰，从而推动了新能源汽车的发展。现阶段，新能源汽车中技术上相对成熟、最环保、最普及的当属纯电动汽车，但它蓄电池使用寿命短、储存量小，导致续驶里程短的劣势也显而易见，那么这个时候燃气汽车的优势就显现出来了。目前 J3 品牌中已有两家形成规模，随着你的老东家日本 TX 公司将世界首台氢燃料汽车量产，这意味着不久之后氢能源汽车也会在行业内引起一轮新发展潮流。”他语调缓慢道，“这个汽车峰会历年来都是国内规模最大、技术层次最高的交流盛会，邀请了中外的顶尖人才，TX 每届也在受邀名单内，但今年邀请的不是中国分部，是日本总部。”

话已至此，许意浓大概已经猜到几分。TX 不仅是亚洲车企的龙头老大，也几度成为全球汽车销量之首。氢能源汽车的量产再次让它对汽车工业发展起到推动作用，成为行业内的学习标杆。而国产车近几年势头虽猛，在市场上也能与一些合资品牌分庭抗礼，但由于起步晚，跟 TX 这种拥有悠久历史的资深车企还无法比肩。所以如果能跟 TX 的高层见面交流取经，对“逐影”来说无疑是一个难得的机会。

于峥坐姿微调：“听说这次 TX 公司的 CTO（首席技术官）会来，BOM 出身的同业专家，一位非常优秀的前辈。”

他点到为止，许意浓自然听懂了。峰会当天会有很多同业，他未必有机会与 TX 总部高层接触，所以想从她这里找突破口。

就说他怎么突然那么好心带她去参加峰会，都是职场规则，各取所需而已。

而她只说：“他是顶层领导，我以前虽在总部，却跟他交集不多，只有过几面之缘。但他的助理跟我有点儿交情，我可以先去确认一下消息是否属实。”她的确有门路，但绝不做没有把握的事，没确定前不会夸海口。

于峥颔首：“好，那你先去确认一下。”

“好的。”

许意浓安静地退了出去。

她一回到办公室就联系了老同事，这种交流型的活动不同于商业谈判，行程一般不会保密。果然，很快她就证实了TX的CTO会出席此次峰会，并且还会去H市分部调研，所以今晚就会抵达H市。她又询问老同事方便的话可否安排见面，只是正常的同业拜访交流，不会打扰太久。

那边让稍等，不久便给了回复：“可以，但行程已排满，只有明天下午两个小时的时间。”

许意浓立刻把消息反馈给于峥，他秒回：“订两张明早的机票，我们先去，其他人还是按原计划明晚抵达。”

许意浓正在打“好的”，他又补了一条：“我需要一个翻译。”

她看着这条消息，不禁笑了笑，这算是解释吗？就算他不说订两张票，她也会问需不需要她一同去帮他翻译。

她马上去订机票，发现需要的时间段已经没票了，问过于峥意见后只能改坐高铁。这样途中时间相对飞机会要久一些，看来第二天得早起了。

许意浓直到伸手拿起水杯喝水才发现水没了，她起身去茶水间，发现左畅不知何时抱着电脑坐在了对面王骁歧的身边，似在请教什么，两个人靠得很近。

不知是不是察觉到了目光，王骁歧突然抬头，许意浓迅速收回视线往门口走，还不小心撞到了桌角。她的脚尖明明疼得要死，却还是昂着头把高跟鞋踩得踢踏响。

到了门外，她才扶墙靠着，整个人都蹲了下来。

啊啊啊！脚差点儿撞废了，疼死她了！

第二天一早，许意浓在高铁站跟于峥会合，他比她先到。

“于总。”安检完她推着行李箱过去。

于峥：“吃过早饭了吗？”

“吃了。”

他颔首：“那走吧。”

许意浓跟在他后面，发现他除了公文包只拎了个纸质的购物袋，对比之下，她的小行李箱就显得很累赘。果然男人出门带一套换洗衣服就行。

许意浓跟在他后面走了一会儿，发现方向跟他们的检票口反了，她叫了一声：“于总？”

他脚步未停：“我还没吃早饭。”

许意浓觉得自己失策了，从交通到酒店她都安排得井井有条，唯独没想到领导早饭这件事情。

于峥回头就看到她若有所思的表情，放缓了脚步，似在跟她闲聊：“早上时间匆忙，还要送孩子上学，只来得及管她吃饱，管不了自己。”

许意浓自然知道家里有个小孩儿早上是如何手忙脚乱，纪乐愉小朋友就是个活生生的例子。但让她感到奇怪的是，送孩子的事不是可以夫妻俩轮着来吗？就像表哥表嫂一样，看这样子他是全揽下了？那还挺有责任心的。

“早知道我就给您带份早饭了。”许意浓嘀咕着，跟着他走进一家便利店。

他则说：“没必要，反正有地方也有时间买吃的。”

于峥往速食区一站就开始挑选，许意浓见他举棋不定的样子，便推荐了一个咸蛋黄味爆浆鸡排饭团：“我觉得这个还挺好吃的。”

“是吗？”他看她。

“是啊。”

他便拿了，又拿了一瓶橙汁。结账的时候许意浓跟他并排站一起，对服务员说：“麻烦给我来杯冰美萃。”

“冰的吗？”

“嗯。”她亮出手机支付码，“跟刚刚那些一起结了。”

于峥又看她一眼，她对上后粲然一笑：“没几个钱的，于总。”

“谢谢。”

“客气了，领导。”

饭团在加热，许意浓的冷萃先到，她看排队的人多了起来就退到门口的休息位。她把咖啡杯往桌上一放，杯盖打开，一只手用搅拌棒一通搅，一只手随意卡着腰直直地站着，完了也没用吸管，直接捧起对着杯口喝起来。

于峥回眸就看到了这个画面，身边是攒动的人头，而她身后透明的玻璃窗外是站里疾步来往的人群。明明只是一个普通的喝咖啡的动作，在她身上却有一种独特的味道，仿佛此刻周围的一切顷刻间都成了陪衬。

几分钟后，他接过服务员递来的饭团朝她走去。

“好了？”许意浓拿起咖啡问。

“嗯。”走近以后，于峥发现她这天的口红是鲜艳的玫红色。

从许意浓入职“逐影”第一次见面起，他印象里她都是浓妆形象，大概是人如其名喜欢浓吧。她在工作的时候总是不苟言笑，再配上这样一个形象，给人的感觉极具攻击性，有着与她实际年龄不符的成熟。

二人走出便利店的时候，他问了一句：“你多大了？”

许意浓以为自己听错了，又听他道：“二十七？二十八？还是……”

许意浓：“二十八岁。”

于峥似笑了一声：“还是小姑娘。”

许意浓想说点儿什么反驳一下，他已经咬了一口饭团，果然很爆浆，直接爆到了他脸上。

许意浓一个没忍住笑出了声。

于峥几乎是本能地先把身子往后一让，所以他的衣服幸免于难，但是脸上就遭殃了。听到笑声后，他看了看仍在原地的许意浓。

她立刻收起笑，赶紧从包里掏出一小袋湿巾，抽出几张递过去：“于总，先擦擦吧。”

于峥接过湿巾抹了几下脸，立刻有股淡淡的清香扑鼻而来，还挺好闻。

“脸上还有吗？”他擦完问她。

许意浓憋着笑：“没了。”又给他递去几张，“手也擦擦吧，领导，东西我来帮你拿。”

她从他手里拿过那饭团，带着她那杯冷萃的冰凉，指尖从他的手背上一滑而过。

于峥一边擦手一边给出评价：“这便利店挺实惠，饭团里料这么多。”

“所以啊，以后吃东西的时候一定要细嚼慢咽，不能乱说话。”许意浓借题发挥，等他擦拭完又把饭团还给他。

于峥勾起嘴角，接过饭团没再说话，低头没几口就吃完了。

两个人往检票口走，许意浓远远地就看到已经有人在排队了。

突然，她脚步一顿，目光落在了前方的某处。

熙攘的人群里，有个高挺的身影特别显眼。他一身深色运动服，脖颈上挂着一副跑步耳机，单肩背着一个黑色的休闲包，长身伫立在队伍的最后，双手随意地往裤袋里一插，正在倾听身旁的人嘴巴一张一合地说话。偶尔他也开口附和几句，还时不时地侧目看检票口上方屏幕上的时间。

他跟前面的人还留有一段距离，有人借机插队他也不为所动，任由那人去了。

等走近了，许意浓看看屏幕上的信息，再看看自己手机里的电子票，再三对照确认，发现自己就是在这个检票口。

她心里“咯噔”一下，这么巧？

“于总？”那边先出声，正是他身旁的男人，看起来跟于峥差不多大。

于峥也快步迎上去：“高总。”

两个人握手致意。

“你们也是去参加这届汽车峰会的吧？”那高总不经意间扫了一眼于峥身后的许意浓。

于峥颔首：“你们也是？”

“是啊。”

那身影也慢慢悠悠地跟了过来，跟他们打招呼：“于总、许总。”

“这位许总是？”因为这个称呼，那个高总开始重新审视许意浓。

许意浓刚要解释，于峥比她快了一步，代她开口：“我们部门新来的 BOM 主管工程师，许意浓，正负责我们公司 S 车型的开发，因为项目上的事情最近跟王经理的交集还不少。”

高总往身后瞧了一眼：“哦？”

于峥又向许意浓介绍：“这位是‘一唯’的副总裁高总。”

许意浓上前一步伸手：“高总，您好，幸会。”

那高总绅士地伸手跟她轻轻一碰，笑道：“难怪我们这一行老不见什么美女，原来都造车去了啊。”

许意浓也笑了笑，用把碎发拢到耳后的小动作把话题遮掩过去。

话题言归正传，变成领导之间的交谈。许意浓在于峥身边站着，时不时地喝几口咖啡，却总觉得有视线落在自己身上，抬头又寻不到任何痕迹。

几个来回后，王骁歧终于挪眼，两个人的目光隔空交会。突然，他视线下移，像停在了她下巴处。蓦地，他嘴角一勾，又低头看向手机。

两个领导仍在跟前讲话，许意浓被王骁歧那个若有似无的笑弄得莫名其妙。她又站了一会儿，突然明白了什么，侧过身去打开手机前置摄像头对着自己照了照，果然发现嘴角有一点儿残留的咖啡渍。

她赶紧从包里拿出湿巾擦拭，不洁物没了唇色也跟着变淡了。她又去包里找口红补妆，想了想，作罢，把手收了回来。重新站好的时候，她没来由地朝对面瞟了一眼。

那人继续立在领导身后看手机，跟个网瘾少年似的，当然看不到她的小动作。

过了一会儿，开始检票了，两位领导的对话中止，检完票，大家有秩序地进去。下楼的时候没有电梯，许意浓提着个小箱子踩着高跟鞋略显吃力，没走出几步，手上的重量就变轻了，她一看是于峥。

他帮她拎起箱子："我来，你在下面等我。"

"谢谢。"

"不客气。"

谁知他们前脚上了一等座车厢，后脚王骁歧他们也进来了，那位高总看起来十分惊喜。

"可真巧啊，于总。"

于峥也笑了笑："是啊。"

许意浓还在往前走找位子，那位高总先找到位子停下了。他的手一扬，邀请于峥跟他一起坐："难得有这样的机会，我们坐一起多聊会儿吧。"他又隔空指挥王骁歧："骁歧，你跟许总最近不是有业务上的往来吗？正好你们也坐一起交流交流。"

许意浓一听猛地回头，差点儿闪着脖子。她看到于峥已经被高总拉着坐在了后面，而王骁歧正朝她的方向一步步走来。

就这样，许意浓莫名其妙地跟王骁歧坐在了一起。

她靠窗坐，他靠着走廊，坐下后她就一边喝咖啡一边看窗外，他则戴上耳机和帽子合眼睡觉，根本没有如那位高总所说的什么交流。当然，他们也没什么好交流的。

全程有四个多小时，许意浓喝了咖啡毫无困意，玩了一会儿手机，肚子竟有些隐隐作痛。但看旁边那人睡得死死的，她也不想叫他，于是暗自憋着，中途还试着玩游戏转移注意力。

可这种感觉一旦来了根本憋不住，许意浓强撑了一会儿后越来越觉得不对劲。最终她选择放弃，只得伸手用指尖戳了一下他的肩膀。他不动，她又戳了几下。

他闭着眼突然抬手将她的手抓住，往胸口一按。

许意浓一愣，直到他手心的温度覆盖了她指尖的凉意，她才猛然抽回自己的手。这下他睁开了眼，眉间带着疲惫，眼神明朗后看到了她此刻不大好的脸色，还有那微启的唇瓣。

他摘下耳机问："怎么了？"

那是跟平日里工作接触时不同的语调。许意浓肚子疼得开始冒虚汗，声音听起来也闷闷的：“你让一下，我要去洗手间。”

他听清后起身，指尖触碰到手机，屏幕倏而一亮，界面上浮现着“周杰伦《七里香》”几个字。

许意浓心急地站起来，快速跨出去，不小心在他脚上踩了一脚，他白色的运动鞋上立刻落下一个尖头的高跟鞋印。而罪魁祸首浑然不知，已经火急火燎地跑向洗手间了。

洗手间里有人，许意浓在外面局促地站着，等了一会儿没有任何动静，而她的肚子却越来越疼，不适感难耐，额间的冷汗也越聚越多。一刻钟过去了，她开始有些撑不住了，轻轻地敲了一下门。

里面传来不悦的男声，听起来还挺年轻的：“谁啊？干吗？”

她的声音略颤抖，语气轻虚：“那个，不好意思，请问您还有多久？”

对方不大好说话：“怎么？世界皆你家啊？你管我多久？”

许意浓试图跟他商量：“实在不好意思，我真的不太舒服，您看能不能……”

可没等她说完已被打断：“哦，你不舒服，我也不舒服啊，你等我舒服了再说好吧。”

听他这话完全没有要出来的意思，许意浓也没力气再多说什么，只能用手强撑着腰挪步去其他车厢看看。可走了几步她就不行了，肚子绞疼得厉害，一瞬间五脏六腑像是被拧成了麻花。她扶墙蹲下，不停地做深呼吸。

突然，手机响了，是王骁歧发来的语音通话。她没接，第二次打来她才接。

“一直呆站在那里做什么？到后面一节车厢来，这里的洗手间空着。”

他不冷不热的声音从手机那头传来，跟工作中一样听不出任何感情。许意浓咬唇没说话，艰难地调整着呼吸，只想先熬过这一阵疼。

“是不是走不了？”她一直不出声，再开口，王骁歧缓了语调。

“嗯。”

接着，她在手机里听到一阵杂音和脚步声。

直到头顶上方蓦然一暗，王骁歧如风而至却默然不响。许意浓头低着，只能看到地上的影子慢慢变大了些，像是他俯下身来。影子手也随之即将触碰到她，毫厘之距时他又停下了，像一道幻影重新直起身子，动作也恢复如常。

王骁歧靠近卫生间的门，就听到了里面的声音。

“哎，有干扰有干扰！跟上啊，兄弟们！中路冲一波……”

这哪是在上厕所，分明是躲在里面打游戏，于是他抬起手。

许意浓还蹲着，就听到王骁歧对着那洗手间的门敲了几下。

里面的人又不耐烦地出声：“敲什么敲，刚没听懂人话啊？”

王骁歧压低声线：“不好意思，先生，我是本车乘务员，因为闻到了烟味，现在怀疑你在里面抽烟，请您尽快开门，否则我们将采取强制措施。”

许意浓听到他的话一滞，轻轻抬头。但他背对着，她没能看到他的表情。

那人一听，急了：“谁抽烟了，我没抽烟！”

王骁歧故意用手去拉门的开关：“先生，现在我们要开门例行检查，请您做好准备，三、二……”

“哗”的一声，门很快从里面打开，一个大学生样的男生一脸不爽地出现了，抬手指着王骁歧说：“好好睁眼看看，老子抽没抽烟！我要投诉你们侵犯我个人……”

但王骁歧比那个男生的个头要高出很多，加上他此刻清冷无比的表情，气场一下子就把那个男生给压了下去。男生话还没说完就被王骁歧截断，他居高临下，但还是客气地问了一声：“请问你厕所用好没？”

男生一愣：“好，好了啊。”

“那抱歉，得罪了。”王骁歧一只手就把男生给拽了出来，而他另一只手撑着洗手间的门回头看向许意浓：“还不快进去？”

许意浓也不记得自己是怎么进去的，狭小的空间将她与外面隔开，但依旧能听到外面的声音。

“哎，你不是乘务员装什么乘务员啊！门上明明没开锁的地方，你诈我啊！”

王骁歧倒挺有耐心：“不好意思，事出有因。”

“我告诉你，你要赔我精神损失费啊！”

“好，来，我们去那儿慢慢说。”王骁歧好像把他招远了些。

脚步跟着离远，声音也低到许意浓再也听不清。几分钟后，男生的声音才再次响起，却很客气：“哎！哥！哎！好的，哥！”

后来发生了什么她无从得知，但唯一能确定的是，他自始至终都守在外面。

等许意浓缓过来打开门出去，王骁歧果然还在，那男生早已不见踪影。

“好了？”他问。

“嗯。”她点点头。

气氛一时凝结，她也不看他，略带含糊地吐出两个字：“谢谢。”

王骁歧轻笑一声：“会上撑人的时候不是挺能耐的？刚刚怎么㞞了？”

许意浓觉得他站着说话不腰疼，脸旋即一垮：“我那是肚子疼没力气，换了你肠胃不舒服试试？”

不知不觉中四目相对，王骁歧嘴角的促狭之意渐渐淡去，敛声说了一句：“少喝冷的就没事了。”

许意浓的肠胃不能说不好，却也谈不上好，至少高中的时候还不错，就大学里脑抽跟着刘爽和齐欢吃什么减肥药被糟蹋了。其实她压根儿不胖，可当时她们说一个月就能瘦出好看的小蛮腰，她听了也蠢蠢欲动，再听她们吹了功效，耳根一软就傻傻地跟着吃了。

效果确实是有的，她的肚子肉眼可见地瘪了——因为每天都会拉肚子，一天至少三次，那段时间寝室的厕所简直不够她们闹腾。

她才进去没多久，刘爽就在外面扯着大嗓门：“大姐，你好了没？我也有感觉了！”

已经蹲下的许意浓：“你早干吗去了？！我裤子都脱了你跟我说这个？”

“快点儿，快点儿！”

“知道了！”

还有一次许意浓半夜发作去厕所蹲坑，情急之下没来得及开灯，蹲下后又够不着开关了。施言起床上厕所，一拉门冷不防看到地上披头散发的她。

施言当场尖叫一声被吓哭，直接骂她：“许意浓，你有病吧？！”后来好几天没跟她说话，任凭事后她怎么道歉都不管用。

直到王骁歧来许意浓的学校找她。他看到她消瘦的脸和营养不良的模样，问她最近是不是不舒服，还是课业太多，压力太大了睡不着？

她起先还闪烁其词，但架不住他的细问，最后心虚地道：“我说了你不能怪我。”

他怎么会上她的当：“你先说给我听听。”

她执拗地说：“你先答应我。”

他随便“嗯”了一声，她才支支吾吾告诉他：“我最近，在吃减肥药。”

他眉头一皱，耐着性子听下去。

“爽子和欢子说可以变成小蛮腰，我就试试了。”她还不知死活地把他的手往自己腰上一放，“你摸摸，是不是细了很多？”

他直接把她一拎：“胡闹！”

她还控诉：“你说了不怪我的！”

“我不怪你，你就上天了。”他板着脸把她抓过来扣坐在自己大腿上，“来，说说看，你吃了那玩意儿怎么瘦的？”

许意浓耷拉着脑袋不肯说，他伸手过来捏她的脸：“说不说？”

两个人还在较着劲，许意浓突然来了感觉，立刻从他身上跳下来：“哎，哎，哎，不行，不行，我要去趟厕所。”语毕便以百米冲刺的速度奔向厕所。

她蹲到腿麻了才出来，可刚走出来没几步她又不行了，又继续往厕所跑。来回三次后，王骁歧意识到不对劲，拉着她就要去医院。

一开始许意浓还闹别扭不肯去，说没事，最后他直接单手把她拦腰腾空一抱：“去不去？不去，信不信我今天就这么扛着你走出你们新开？”

“去，去，去。”她这才妥协，乖乖跟他去了医院。

医生检查后说是肠胃出了毛病，一听许意浓是吃的减肥药，忍不住说教了一番：“现在这种无良商家就是利用你们小姑娘爱美的心理，你们可不能盲目服用这些乱七八糟的东西，出了人命就只能后悔了。”医生再打量一眼王骁歧，对她说，“好看不能当饭吃，你们小年轻啊，别太注重外在的东西了，郎才女貌挺配的，别再瞎折腾身体了，看把你男朋友给担心的，先去挂水把拉肚子止住吧。”

王骁歧替许意浓接过病历本，道过谢后又带她去输液。她跟在他后面，虚脱到走路都有点儿使不上力，他察觉到后面的人放缓了脚步，拥着她慢慢走。

两个人先来到输液室，许意浓一看，说：“药还没拿。”

“你先进去坐着，我去拿。”王骁歧安置好她就要走，她却将他的手一拉，整个人这才软了下去。

“笨笨王，对不起，以后我再也不乱吃减肥药了。”那是她对他的专属称呼。

王骁歧没有再怪她，而是把她的脑袋扣在胸口自责：“是最近我太忙，陪你的时间太少了。”

许意浓摇了摇头：“是我自己瞎折腾，你忙你的，别因为我影响到学业。”

他的手揉着她的脑袋：“我不在的时候你也要照顾好自己，别让我放心不下。”

她那会儿很听话，点点头保证：“再也不了。”

“你坐着，我先去拿药。”

“嗯。”

之后许意浓输液，王骁歧就一直在旁边陪着。当时已经是学期末了，正是备考期末考试的时候，他拿手机看着题，偶尔接几通老师的电话，看到她睡着了，就刻意压低嗓音只“嗯”了几声。

许意浓迷迷糊糊睡着，感觉手有点儿冷，那只不输液的手动了动想找地方塞进去取暖。但她那天穿了件没口袋的衣服，没塞到就放弃继续睡了。醒来的时候她的手已经变得暖暖的，她一看，身旁的座位被别的病患坐了，他只能一直蹲着，把她的手按在自己脖颈热度最高的皮肤处一动不动，长久保持着这个姿势。

“想吃什么？”已经到了饭点，看到许意浓醒了，王骁歧用手先探了探她的额头。

“想吃旺旺雪饼。”许意浓没什么胃口，看到对面有个同龄的女生在吃这个，她也馋了。

“能不能吃点儿有营养的？换一种。”他没同意。

“不，只想吃这个。”

王骁歧：“……”

许意浓耍起了性子：“就要吃这个。”

最终他还是去给她买了。看到他拿着旺旺雪饼重新出现在输液室的样子，许意浓乐呵得像个孩子。等他靠近了，她伸手环住他的腰：“谢谢我家笨笨王。”

王骁歧拆开包装袋，还不忘叮嘱：“只能吃两片。”

许意浓头点得像招财猫：“嗯。”

王骁歧撕开一小袋，弯腰喂许意浓吃。他时不时地替她擦掉黏在嘴角的碎屑，吃完后她又耍起赖来：“再吃两片。”

“不行。”

许意浓撇嘴，王骁歧无动于衷，她再撒娇去拉他的手：“老公，老公。”

最后如愿以偿地换来两片雪饼。

只是自那次以后，许意浓的肠胃落下了后遗症，只要一吃冰的、辣的，就会肚子不舒服。后来他总不让她碰那些，一点儿也不让，再后来，就没人管她了……

“你真赔他精神损失费了？”思绪归拢，许意浓问。

王骁歧不甚在意地回：“他是躲在卫生间里玩游戏，我加了他好友，给他送了一套稀有皮肤。”

许意浓撇嘴：“为什么帮我？”

王骁歧往旁边一靠：“你一直站这儿，我只能去后车厢的洗手间，等我出来的时候见你还站着。”他的视线又落在她的脸上，“同时，作为乙方我也有义务提醒一下许总，高铁上不只有一个洗手间。”

果然他嘴里就没什么好话。

“我说了我那是没力气！”许意浓反驳道。

这时，走廊里有人经过，他们有点儿挡道了。许意浓说完，没等他，先往座位上去了。

过了一会儿王骁歧才回来，也没睡觉了。许意浓坐了一会儿，想了想还是说了一句：“今天算我欠你一个人情。”

王骁歧看过来，她又撇撇嘴：“不要算了。”

他气定神闲：“好。”

许意浓没想到他应得那么快，两个人一时间又没话了。

许意浓扭头看向窗外，开始欣赏风景。连续过了几站，她耳边突然响起另一个声音：“没睡会儿？”

许意浓侧首一看，身边的人不知何时换成了于峥。她不自觉地往四周看，于峥也跟着看了看，这才反应过来什么。他告诉她：“他们还有事情，比我们早两站下。”说完又问，“怎么，王经理走的时候没跟你打声招呼？”

“没有，可能我看风景太投入了吧。”许意浓无所谓地耸耸肩。

于峥双手抱胸而坐，似随口一提：“高总应该还不知道他驳回了你提案的事，所以刚刚让你们坐一起是他的无心之举。”

“我知道。”许意浓也看着他，“领导，我没有那么小心眼儿，否则在听到联合办公的时候就会拒绝。”

于峥勾起嘴角：“你觉得他怎么样？”

许意浓反问：“王骁歧？”

于峥默认。

许意浓心不在焉地给出评价：“业务能力不错，昨天还帮了我们组小左一个大忙。”

于峥眉目微动：“他能力很强，每一年我们的 IT 部都在高薪挖他，说他一个人足以抵几个人。”

“他一次都没心动过？”

“他对‘一唯’十分忠诚，也很得‘一唯’高层的器重。刚刚那个高总是‘一唯’的创始人之一，视王骁歧为心腹，在他们那里被称为‘太子党’。”

“太子党？”

“‘一唯’能在这么短的时间内从国内众多的 IT 咨询公司里冒头，自然有它的生存法则，而企业，人只要一多，就免不了拉帮结派。”

两个人闲聊着，广播提示将到达终点站。话题就此结束，许意浓微微陷入沉思。

两个人下车后打车先去酒店办理入住，但途中经过 H 大，于峥突然开口：“到饭点了，不如先在附近吃个午饭？”

许意浓看着来往不绝的学生，当然只能说：“好的，没问题。”

“您是 H 大的？”下车后，她取行李箱时问。

于峥伸手帮她拿：“怎么，不像？”

“不是。”

“走吧。”于峥帮她推着行李箱，带她往前走。走了几步他又问她，“你呢，本科哪里念的？”

“新开大学。”

“哦，那里离 A 市倒是挺近。”

许意浓“嗯”了一声，随口问：“您是本硕都在母校？”

于峥望着远处的教学楼不置可否。许意浓觉得他在回忆什么，便没再打扰。

到了一家小饭馆，就是一个普通的私人小店，一看就有点儿年头了。于峥停步推开门口发了黄的透明塑料挡风帘，让许意浓先进。里面以学生居多，而他们穿着正式，又推着个小行李箱，怎么看都与周围环境格格不入。

但老板一看到于峥就迎了上来，再端详了一下许意浓，微微一笑：“来了？”

于峥点头。

老板："还是老样子？"

"等等。"于峥将东西搁置在一张空桌的角落里，然后从桌上拿起菜单递给许意浓："你看看想吃什么。"

许意浓感觉那老板一直在盯着自己看，只说："我随便，于总。"

老板又笑了："姑娘，我这儿可没'随便'这道菜，要不你先看吧，好了再叫我。"说完便转身去忙了。

于峥让许意浓坐："先坐吧。"

她刚坐下，就听他一边倒水一边道："这里是我跟我前妻上大学时经常来的店。"

许意浓的坐姿不由得变得生硬。

前妻？

第六章
烫手

许意浓这才知道于峥是离异的，难怪早上是他送孩子。

“很吃惊？”于峥看到她翻菜单的动作顿了顿。

“只是有点儿……意想不到。”许意浓实话实说。

“以为我事业有成，家庭和睦？”

“这不是成功男人的标配吗？”许意浓笑了笑，低头继续看菜单。

于峥把倒好的水推到她面前。

“谢谢。”她的手指点了点图上的酸菜鱼，“我就点一道这个，其他还有什么好吃的由您来推荐吧。”

“你能吃辣？”

“能啊。”

“有什么忌口的吗？”

许意浓喝了口水：“没，我都可以的。”

于峥叫来老板又点了几道菜，之后抽出两双一次性筷子一一拆开，将一双递给她，趁着等菜的工夫闲聊起来。

“你是哪里人？”

“谢谢。”许意浓接过，“C 市的。”

“江南小城，鱼米之乡，难得有像你这么能吃辣的。”

许意浓觉得他又一语双关，他已经转了话题：“之前一直一个人在日本？”

“嗯。”

于峥也喝了一口水：“艰难吗？”

这是第一次有人这么问，许意浓的视线定格在不断冒出白雾的杯中，忽然就这么沉寂了下来。片刻后她才回答：“习惯了就好。”

“听说日本职场不大好待。”

许意浓不以为意：“有人的地方就有江湖，在哪儿都一样。”

于峥一只手摩挲着杯身，蓦地说道：“你到‘逐影’一开始应聘的是 BOM 主任工程师？”

许意浓不动声色。他是她的直系领导，知道一些她应聘时的信息不足为奇。

他又捧起杯子：“你这个年龄的外国人在日企已经很难有升职空间，所以你适时地选择了回国。虽然我不知道你为什么最终选择了‘逐影’，但不难猜测，你所接触过的人事经理应该都以你的资历为由，没有给你真正想要的职位，因此你才急于用佐藤的项目来证明自己。”

他一语道破，她抬起头。

“年轻对你而言是一种资本，但对公司而言是一个信号，从规避人才流的角度来讲，只要你是未婚未育的女性，即使再人性化的企业也免不了会被 HR 在众多激烈的竞争者中放在劣势的位置。”于峥注视着她，告诉她这个事实，“所以，刚刚有一点你没说错，无论在哪儿，职场都一样现实又残酷。”

许意浓也不否认：“是，很多职场对女性的偏见已经根深蒂固，但人的偏见基于人的认知，我不能改变大家的认知，只能自己抓住机遇不断向前。婚姻、家庭、事业如何分配权重都在自己，我认为一个真正成功的人不是在任何一方厚此薄彼，而是能将这三者的关系处理好且齐头并进，无论男女。”她又补上，“我是就事论事，没有别的意思。没错，从开始到现在，我的选择也并非只有‘逐影’一个，我们不仅是雇佣关系，也是相互选择的关系，你给我平台，我给你创造价值。”

许意浓注视着于峥，微微一笑道：“时间会是最好的证明，因为年轻并不是我最大的资本，时间才是。还有，职场上真正的偏见只面向懒惰的弱者，而不是性别。这是我之前在一个网络博主那儿看到的话，这会儿觉得还挺应景的。”

于峥只是陈述了一个社会现实，没想到她表达自己观点的时候还反将了他一军。明明就是半点儿亏都不愿吃还不忘强调自己是就事论事，挺要强的一个小丫头，也不是什么善类。不过，有点儿意思。

这时，菜上来了，于峥让她先来：“女士优先。”

许意浓也不跟他客气，直接拿起筷子开吃。

于峥看着切换自如的她，仿佛并没有被刚才的话题影响到心情，看了一会儿她无拘无束用餐的样子竟少见地笑了。

午餐结束，打车去酒店的路上有些堵，耽误了一点儿时间。因为日本人时间观念很重，许意浓怕时间紧张，去到酒店只在前台寄放了行李没办理入住，他们随后就往跟 TX 公司的 CTO 约定的地方去了。

许意浓坐在一旁翻译。她第一次看到于峥不似平日那般高高在上，在前辈面前俨然一副谦逊讨教的模样。她突然发现，通过这一次的 H 市之行，自己才算真正了解这位直系上司。

之前对他的认知只停留在“逐影”目前最年轻的 BOM 总监，还有组里人所说的工作狂魔，忙起来直接睡在办公室。可现在看来，他既精明又有明确的目的性，同时还有一点儿大男子主义。

许意浓猜测他失败的婚姻跟这些多少有点儿关系，只是可怜了孩子，那么小就在单亲家庭生活。

交流结束后，双方互换了联系方式，TX 方也婉拒了他们的盛情邀请，表示日后有机会期待能合作。于峥也未再坚持，将他们送走后外面已暮色垂垂，他抬手先看了一下表，才问许意浓：“饿了吗？”

许意浓果断摇头：“我感觉中午吃的还没消化呢。”

“要不走走？这儿就是市中心。”他提议。

“好的。”

于是两个人慢悠悠地走在豪华的 H 市街头，路边绚丽的灯光依次绽放，光影璀璨，处处彰显着这座国际化大都市的繁华。夜晚不是结束，而是彰显新一轮的开始。

中途许意浓的手机响了几声。她拿起来一看，是小董。

说起来，他们聊了有一段时间了，他每天的问候也不会迟到，却从不切入正题。许意浓本就没打算跟他有过多的交集，奈何他是她家吴老师同事的儿子，既然吴老师要他们处处，她照做便是，反正他也不是第一个被塞过来的相亲对象。

她想这种人内外条件都不错，应该是心高气傲的，面对自己长时间的不冷不热，总会觉得面子上挂不住，说不定一个不高兴就遂了自己的意率先提出算了吧。这样一来，自己既不用做恶人，也不算太丢吴老师的面子。

但现在看来，许意浓显然轻敌了。这个“小董”的战斗力比南孚电池还长，至今都没什么动静，还每天卡着她下班的点给她雷打不动地发消息。她觉得这人要么跟她想法一致，要么就是把她当备胎了。

她跟平时一样，只扫了一眼就锁了屏。于峥注意到，问了一句："男朋友？"

"不是。"许意浓否认。

"我以为是你男朋友查岗。"他笑了笑。

许意浓把手机往兜里一放，束之高阁："我没有男朋友，不过就算有，也不会被查岗。"

于峥侧目看她，有些好奇地顺着问："为什么？"

"我觉得恋人的相处是基于信任，如果出个差都要查岗，以后的日子还那么长，要怎么过？我是个崇尚自由的人，不会被任何人和事约束。如果不能接受这样的我，也别跟我谈什么感情。"许意浓说起这些话来没心没肺。

于峥继续走着："这就是你对另一半的要求？"

许意浓看着路上的车水马龙，眼底如同浮光掠影："谈不上要求，这是伴侣间的互相尊重，互相理解，互相信任。"她再次强调，"仅我个人而言。"

大概是光走路很无聊，于峥反倒来了兴趣："你，以前谈过吗？"

许意浓不知道话题怎么就扯到她身上来了，也坦言道："有的。"

"中国人？"

许意浓不觉好笑："我在日本念书和工作，可不代表我会对日本男人感兴趣。"

于峥的嘴角跟着勾了勾，听到许意浓还调侃了一下自己："都说大学毕业就是分手季，我也赶了一次潮流。"

"同学？"

许意浓点头："初、高中是同学，大学异地。"

于峥挑眉，显然是没想到竟有这么长的时间，几乎是下意识地问："因为出国？"

许意浓摇头，声音不自觉地低了几分："不是，他一直很支持我的。"

于峥觉得这个时候话题不适合再深入下去，便说："其实这样也挺好，至少在彼此心里留下了深刻的回忆，而不是走到最后被各种琐事牵绊，演变成另一种结局，连最后一点儿美好的怀念都没有了。"

从他的角度再回想学生时代的种种，如今只剩下幼稚，连曾经的山盟海誓都变得可笑。

注意到许意浓穿的是高跟鞋，于峥慢慢放缓了脚步。

许意浓知道他意有所指，只微微仰了仰头看着已经亮起星辰的夜空，淡然一笑，不置一词。

两个人陷入沉默。走了一会儿，顾及许意浓的脚，于峥叫了辆出租车。

车里，许意浓问了一下第二天的行程，毕竟峰会要后天才开始。

“明天我会去一趟H市分公司，你如果有兴趣……”

“有的。”许意浓毫不犹豫地道。她也是个分秒必争的人，“如果那边有空位我还能远程办公。”

于峥优雅地坐着：“跟我出差倒也不必神经那么紧绷，这次出来得比较突然，而且我还没谢你帮我约到了TX的CTO。”

许意浓坐在前面的副驾驶座上，稍稍侧身，谦虚地道：“哪里，我也只是试着约约看，歪打正着。”

于峥却望向窗外，开始感叹：“国产汽车还有很长的一段路要走，同样的价位，多数人宁愿选合资车或者进口车也不愿考虑国产车，因为在大多数国人眼里，国产车的性能等于落后。就像手机，用惯了苹果移动操作系统的人不愿再去尝试安卓，习惯使然让他们形成了固有思维。”他抬手略微松了松领带，“知己知彼才能进步与创新，TX能一路走到今天定有它的过人之处，所以能跟他们的CTO深度交流比听一场讲座要有意义得多。”

于峥回眸对上许意浓的视线：“我也坚信，国产汽车终有一天会崛起，‘逐影’将成为全球汽车行业的领军企业。”

许意浓觉得他谈到工作的时候特别认真。不可否认，他确实是个事业心极强的人，至少作为领导是合格的。

“会的。”她回应，因为她也相信国产汽车总会在全球汽车领域占有一席之地。

到了酒店下车，于峥问许意浓现在饿了没有，想吃什么。

她只说：“我能换双鞋再想吃饭的事情吗？”

她跟于峥走了一段，起初还没什么，越走越觉得脚疼。好在后来他叫了出租车，不然脚该废了。

于峥点点头：“好，那你好了告诉我。”

“嗯。”

两个人同步走进酒店。入口是旋转门，许意浓刚踏出一只脚要进去，却被一个打电话的男人抢在前面进了。她退步往旁边一让，鞋跟在大理石地面上打滑差点儿崴到。

于峥伸手扶了她一把："没事吧？"

许意浓抽回手，重新站好："没事，谢谢于总。"

"于总？"身后突然有人出声。

两个人回头，竟又是"一唯"的高总，而身旁比他高出一个头的王骁歧依旧惹眼，背包松松地挂在他一边肩膀上，轻松的样子与其说是出差，倒不如说是来旅游的。

对于他们的再次出现，于峥倒没觉得意外，因为这家酒店离举办峰会的场馆最近，性价比也最高，确实是首选。

"你们也住这儿？"既然又撞上了，就免不了再寒暄几句。

"是啊。"高总看看他们，客套地问，"你们用过晚饭了没？没有的话不如一起？"

于峥往许意浓那边看了一眼，对他说："我们刚从外面用餐回来，谢谢高总，有机会再聚。"

高总只得说："好。"然后客气地让他们先进酒店。

于峥致谢，四个人前后来到前台办理入住。

许意浓做完信息登记，前台很有礼貌地把房卡递给她。

"女士您好，您的房号是 7252，房间在七楼，上楼左手边电梯，早餐时间是六点到十点，直接刷卡进入餐厅即可。"

许意浓接过房卡："谢谢。"

这时，门童取了他们下午寄存的行李物归原主，许意浓刚伸出手，已办理好入住的于峥跟上来拿过自己的行李后也替她接过来，说："你去按电梯，行李我来拿。"

这是他这天第三次帮她拿行李了，作为下属她很不好意思，推却道："不用了，于总，我自己可以的。"

于峥不容置喙地迈步朝前走去："走吧。"

许意浓只得硬着头皮跟过去。

于峥的房间在她隔壁的 7251，两个人道别后，许意浓回到房间就把行李箱一扔，同时甩下脚上的高跟鞋，顿时感觉轻松了，低头一看，脚后跟果然被磨破了皮。她后悔自己没带双平底鞋备着。正拆着酒店的拖鞋，她微信响了，以为是于峥叫她吃饭，换好鞋拿起来一看，就愣住了。

王骁歧："8206。"

他居然给她发来一个房间号。

许意浓盯着手机屏幕看了五分钟才开始打字，但编辑了几次都删了，最后只发过去一个问号。

他秒回："不是欠人情？"

他又发消息过来："来还。"

许意浓来回看了半天，确定没眼瞎。她当即回复："王经理，我虽欠你人情，但还是你的甲方。"就差没把"请你说话客气点儿"几个字明晃晃地打出来了。

他又很快回复："嗯，也是。"

然后就没下文了，许意浓也没再接话。

没有了微信消息的吵闹，房间里重归安静，许意浓却心如摆钟。她在落地窗旁的太妃椅上坐了一会儿又站起来，再坐下去再站起来。反复几次后，她沿着房间走廊来回踱步。

许意浓满脑子都是：他什么意思？他要干吗？

突然，门铃响起，把许意浓吓了一跳。她趿着拖鞋看了看猫眼，又吓了一跳——王骁歧正跟座雕像一样立在门口。

她的手放在把手上，眼皮跟太阳穴似在狂跳。她屏息一瞬，定了定神后才打开门，手扶着门框，姿态高傲如旧，吐出一个字："你？"

王骁歧则淡定自若地看看她的房号再看看她，道："嗯，我。"

她问："你怎么来了？"

王骁歧一只手插口袋里，情绪难辨："既然许总不方便，那只有我来了。"

许意浓紧贴着门："你怎么知道我房间号的？"

王骁歧往她隔壁房间瞥了一眼："跟领导出差一般都是连号。"他又收回视线，慢条斯理道，"他房号是251，你总不是250吧。"

许意浓皱眉，这什么逻辑？谁说跟领导出差就一定是连号？而且"250"怎么听着这么别扭？感觉像拐着弯在骂人。

她正欲再开口，隔间蓦地传来门把手的松动声。她循声一看，竟是于峥那间。

许意浓心弦一紧，霎时头脑一片空白。眼看于峥那道门就要开了，说时迟那时快，她一顿操作猛如虎地把王骁歧拽进了自己房间。

"砰"的一声，正好与于峥的开门声完美重叠。

于峥感觉听到了声响，下意识地先往许意浓的房间看了一下，发现房门是紧闭的。他再看看另一边同样紧闭的隔壁房间，以为是这间客房的住客刚刚进去了。于是他走到许意浓的房门口，按了按门铃。

而一门之隔的房内，许意浓正把王骁歧推抵在门板上。

铃声连响了几下，许意浓浑身紧绷宛如做贼，王骁歧倒跟个没事人似的由她抵着。看她这副姿态，他眉毛微挑，轻启嘴唇："心虚什么？"

许意浓立刻怒目圆睁，抬手捂住他的嘴。

半天沉寂无声，于峥伸手轻轻地敲了敲门："小许？"

还是没得到任何回应，他掏出手机直接打电话。

之前被许意浓扔在床上的手机就此响起，许意浓万万没想到他会这么执着。听到手机铃声响起的那一刻，她简直无语到生无可恋。

感觉有道视线一直凝聚在自己身上，许意浓抬头，王骁歧正眼帘微垂看着她。而他的呼吸正隔着她的手一下一下地喷拂在她的掌心，由温变热。

那双幽深的眸子沉如暗礁，看得原本心里坦坦荡荡、敞敞亮亮的许意浓莫名觉得头皮发麻，焦躁不安。见鬼了，明明她什么都没干，怎么有种干坏事的感觉？

外面再次响起于峥的声音："小许？"

这下她回了，故意压着细嗓："哎，于总。"

于峥又敲了敲门："刚刚怎么没声？"

许意浓随口胡扯："哦，我休息了一会儿，不小心睡着了，不好意思啊，于总。"

于峥似没多想："脚怎么样了？能下去吃饭吗？"

许意浓脱口而出："那个……我还不饿。"说完又追加一句，"我在减肥，晚上经常不吃饭，于总，我今天也不吃了。"

外面安静少顷，于峥才应了一声："好，那你早点儿休息。"

"嗯，您也是。"

他并没有立刻离去，而是站了一会儿。直到清晰地听到他逐渐远去的脚步声，许意浓才长舒了一口气。

还没缓过劲来，她又猛然觉醒，发现自己还保持着一只手紧按王骁歧胸膛的姿势，手感硬硬的，另一只手则仍牢牢地捂着他的嘴。他的气息尚在她的指缝间穿梭、弥漫，而她的掌心早已由灼变烫，像是透过皮肤无孔不入地渗入血液里，让她的心无法自抑地一紧，跟真被烫了一样缩回双手。

万籁俱寂，只能听到彼此的呼吸声。可不知是距离太近还是怎么回事，许意浓觉得王骁歧的气息仿佛萦绕在耳际挥之不去，越听越像喘息，令她的耳根也不由自主地跟手一样发烫。

蓦地，王骁歧浓眉一展先动了动。许意浓如同惊弓之鸟一般弹开，跑到离他几步之远的安全距离，恨不得泾渭分明的那种。

“你干吗？”她警惕地问。

王骁歧欠了欠身，让刚刚被她钳制住的一双大长腿舒展了一下。闻言，他不觉好笑：“许总，好像是你拉我进来的。”他将目光不着痕迹地移回她的身上，“会上连瓶盖都拧不开，拽我的力气倒是挺大，而且谎话张口就来？”

许意浓眉头一皱，把矛头一转：“明明是你突然出现在我房门口，万一被看见，我……”她煞有介事地挤出最后三个字，“很难办。”

王骁歧轻笑一声：“难办？”他原本微曲的腿站直，整个人又变得高立挺拔，“是对于峥，还是那个结巴？”

许意浓一头雾水：“什么结巴？”

此时王骁歧头顶只有一盏小射灯，光线昏黄，映照着他全身。明明是昏暗的，被他踩在脚底后却恰似金光闪闪，令人恍惚。

他没再说话，许意浓却在静默中如梦方醒，他说的不会是……

她试探着问：“董懂懂懂你（小董的微信名）？”

王骁歧语气中带着嘲讽：“这还不是个结巴？”

可许意浓的关注点有点儿偏，她上前一步质问道：“那天在地铁站电梯上，你偷看我跟别人发微信？！”

王骁歧重新倚靠着门板，有些漫不经心，还吊儿郎当：“扶梯一上一下的，就你那身高，后面只要是个人都能看到。”

许意浓有被气到：“你说什么，王骁歧！”她就这么在无意之间叫出了他的全名，重逢后的第一次。

下一秒噤声，两个人面对面站着，画面恍若静止。许意浓为自己的失言感到懊恼，而他的眉眼依旧晦暗难懂，平静的脸上看不出任何情绪。她别过头，避开刚刚的事情直入主题：“说吧，人情要我怎么还？”

但没得到他的回应，只有按住门把手的声音。

王骁歧不知何时变成背对她，只说：“走吧，跟我去个地方。”

许意浓以为他直接要开门出去，又见他并没有打开门而是在等她，才说了一句：“等一下，我换双鞋。”

可她只有一双鞋，看着那双被她甩得东一只西一只的高跟鞋，她走过去重新穿上。脚完全踏进去的时候，她蹙了蹙眉，但转瞬即逝，最终踩着那双鞋跟他走出了房间。

“出去不能直接约在大堂吗？”在走廊里走了几步，许意浓冒出这么一句，语气略带不爽。

王骁歧脊背直挺：“在大堂里碰上领导，你准备往哪儿躲？”

“甲乙方正常讨论工作，有什么好躲的？”许意浓理直气壮地道。

王骁歧的脚步缓了缓，等着她跟上来：“那刚刚说被看到会很难办的人是谁？领导开个门就毫不犹豫地把我拽进自己房间的人又是谁？”

“在房间门口跟在大堂能一样吗？”许意浓反问。

两个人已经到了电梯口，他赫然驻足，害她差点儿撞上他。

他侧目：“有什么不一样？”

许意浓觉得他故意在跟她绕弯子，避开视线懒得再争辩：“那你又是怎么知道于峥的房间号的？”她答非所问。

电梯已到，王骁歧长腿一迈：“办理入住时他就在我们前面。”

许意浓无力反驳，闷头跟进去，电梯里的气氛低沉到两个人无话可说。

出了酒店，已经有一辆出租车在门口等候了。看王骁歧打开车后座门，许意浓问：“去哪儿？”

王骁歧看她一眼：“不会把你卖了的。”他还不忘补上一句，“许总。”

许意浓没好气地瞪他一眼，好好说话会死吗？

她坐进去才发现副驾驶座上有个人，王骁歧打开副驾驶座的车门后也发现了。

司机不好意思地跟他打招呼：“小兄弟，不好意思，这位客人跟你们去的方向一样，他先下的单，我就顺便带一下，跟你们拼个车，麻烦你跟小姑娘在后面挤挤呗？”

人都坐在位子上了，王骁歧还能说什么呢？他关上副驾驶座车门，打开后座车门俯身坐了进来。许意浓不自觉地往里挪了挪，望着窗外一路都没说话。

H 市的夜色亮丽且妩媚，跟从前无异。她曾以为再也不会来这座城市了。

也不知看了多久的风景，随着司机的一声提醒：“到了。”

车停下，王骁歧先下车。

地点远离闹市区，还挺偏，许意浓探身出去看到“×××养护院”几个大字。她忍不住问：“怎么是这儿？”

王骁歧手扶着车门等她：“不然你以为去哪儿？”

许意浓不耐烦地下车整了整裙摆，故意呛他：“所以呢？大晚上带我来这儿做义工吗？”

王骁歧关上车门，抬步往里走，只说：“走吧。”

许意浓不情不愿地走在他后面。进去后发现这家养护院环境一般，而且在H市这样的一线大城市可以说是比较差的了。

前台的小护士正在打瞌睡，听到脚步声便醒了。她看着他们问：“你们是家属吗？来探访老人的？”

王骁歧应了一声，许意浓的心跟着沉了一下。

小护士把登记本往台上一放：“来，登记一下。”她看了看时间，提醒他们，“我们八点半结束探访，晚上老人家都要休息的，你家老人不休息，别的老人也要，以后最好早点儿来。”

王骁歧签完字说：“知道了。”

小护士收回本子合上：“你们走路、说话动静小点儿啊，别待太久了。”

“嗯。”

许意浓在一旁听着，突然定住了。等王骁歧再次挪步，她不再慢吞吞，而是快步跟上，生怕跟丢了似的，一出声便是止不住地颤抖：“是……”可那个词像卡在了喉咙里，怎么都说不出口。

王骁歧只往前走不说话，她甚至看不清他的表情。

许意浓不知道自己是怎么跟他走进那间房的，一进去就有一股难以言说的味道扑鼻而来。一共四张床，中间连遮挡的帘子都没有，四位老人的床之间只隔了一个座位的距离。

这会儿老人们都已经躺下了，有的已经睡着了，有的在不停地咳嗽，还有的在小声哼哼，也不知是哪里疼。

两个人均不自觉地放轻了脚步，王骁歧径自走向靠窗的那张床。

窗户紧闭着，是那种很老式的金属外推窗，上面的漆早已掉落，外面的风从四处的缝隙里呼呼地灌进来，根本挡不住什么。即使隔着一段距离，许意浓都能感觉到被微风吹起的发丝在脖颈间来回轻滑。

突然，又响起一阵咳嗽声，这个熟悉的声音让许意浓的心不由自主地跟着一紧。她顺着王骁歧的视线看向最靠里的那张床，当老人的脸映入眼帘时，她的嗓子一下就干涸了。

王骁歧无声地弓下身子悄悄地凑过去，很轻地唤了一声：“奶奶？”

这一声让许意浓的眼底瞬间涌上一股酸意，她紧紧扶着床才能勉强支撑自己站好。

老人的睫毛先动了动，才慢慢睁开眼。

“是歧歧吗？”她从被子里伸出手问。

王骁歧把右手递过去抓住：“奶奶，是我。”

“歧歧来了？”奶奶的脸上立刻洋溢起欣喜的笑容，紧握着他的手就要坐起来。

王骁歧将她扶起坐好，再拿了个枕头让她靠着。

“手怎么是凉的啊？”奶奶的另一只手腾空摸着什么。

王骁歧便把自己的左手也递过去。他说：“外面风有点儿大，一会儿就好了。”

奶奶听着有些心疼，手上抓握的力道变大，似想用自己的体温快速将他的手焐热，一边焐还一边问：“你上班这么忙，怎么来了呀？”

“今天不忙，就来了。”王骁歧的掌心覆在奶奶的双手上，片刻后又告诉她，“奶奶，浓浓也来了。”

奶奶先是一愣，缓了一会儿才问：“浓浓回来了？”

王骁歧对着奶奶的时候是笑着的：“嗯，回来了。”

奶奶的双手悬在空中，像在寻找许意浓：“哪儿呢？”

眼前的画面让许意浓心头刺痛，喉咙哽咽，满身的傲气在此刻偃旗息鼓。她强忍着泪意靠过去，开口叫了一声：“奶奶……”

记忆如潮起。在许意浓的印象里，奶奶一直是硬朗又精神的小老太太，第一次见到奶奶还是高一时开家长会，王骁歧的父母一个都没来，来的只有他奶奶。

老师当时问：“王骁歧的爸爸妈妈呢？”

奶奶大概来得急，微喘着气，有些抱歉地跟老师打招呼：“孩子爸爸妈妈工作忙，实在抽不出时间，只能我这个老太婆来了。”

也是那次，他们才知道王骁歧这个人，别人眼里从H市来的“魔城小开”，其实是被工作忙碌的父母扔回了老家C市，寄养在奶奶家。在这座城市里，只有他跟奶奶。

之后也断断续续见过奶奶几次，后来她跟王骁歧在一起了，见奶奶的次数也越来越多，奶奶十分疼她，拿她当亲孙女的那种。

最后一次见面是许意浓要出国前，就在那座老宅子里，奶奶紧紧拉着她的手，很是不舍：“在外面不比在家，一定要照顾好自己啊。”

她也靠在奶奶身上安慰她：“哎呀，奶奶，我就出去读个研究生，中途只要放假就会回来的，一回来就来看您好不好？”

奶奶抚着她的头连声说“好”，突然起身去房间里翻自己的床头柜，不一会儿便拿着一块上了年头的红布重新坐到她身边。那块布里包着个东西，奶奶一层一层地摊开，最后，一个和田白玉镯出现在她眼前。

她一下就明白了奶奶的意思，伸手推拒：“奶奶，这可不行。”

奶奶却执意给她：“在我心里啊，你就是我的孙媳妇，这个早晚都要给你的。拿着，拿着。”

许意浓不肯接：“奶奶，真的不行。”

互相推了一会儿，奶奶当然抵不过她的力气，故作生气状：“你不拿奶奶不高兴了啊。”

许意浓为难地看向一旁的王骁歧。他倒好，拿着水杯慵懒地倚靠着门框，一直安静地看着她们，也不吱声。

她用眼神示意他赶紧说话救场，谁知他不以为意地一笑：“拿着吧，本来就是你的。”

许意浓瞪他一眼，让他帮忙却帮了个倒忙。

没办法，许意浓只好收下了那个镯子。奶奶帮她戴上，末了举起她的细胳膊看了又看，满心欢喜：“你看，圈号不大不小正合适，戴着多好看啊，你就是我的孙媳妇啊。”

许意浓害羞地迎上王骁歧炽热的目光，脸更红了。

可是，没有什么是不变的。

很多曾经的誓言随着他们的分手烟消云散，说好的每次回来都会看奶奶也变成了不能兑现的谎言。唯一还在的，只有那个镯子和C市那座屹立不倒的老宅。

有一次过年回去，许意浓戴着那个手镯回到那栋老宅，站在奶奶家门口，却一直没敢敲门。她想：奶奶是不是还像往年一样忙着准备年货张罗着过年呢？在这年味愈浓的喜气日子里，她出现是不是太扫兴了？

许意浓站了一会儿，最后把那个包好的镯子放进门口的牛奶箱里再牢牢地关上，终究没有去敲那扇门。

下楼的时候，楼下的一排老车库前有小孩儿在玩鞭炮，他们追逐打闹着，每张脸上都挂着笑，好不热闹。只有许意浓形单影只地走着，风将鞭炮残留的碎纸屑和火药灰吹散到她脚边，红得刺眼。

离去前，她蓦然回首，朝奶奶家的窗户望了一眼，在心底轻声说了一句：“对不起啊，奶奶，我不能做您的孙媳妇了……”

许意浓一直以为奶奶健健康康地在C市老宅里生活着，从未料到再见面会是如今这副场景。奶奶双鬓白霜，垂垂老矣的模样哪里还是记忆中那个在广场舞队精神矍铄，笑声不断的小老太太？

眼前的奶奶老了许多，时光并没有优待她，而是将她摧残得饱经沧桑，再也不复昔日的峥嵘神采。

而奶奶却拉着她，一个劲地让她坐：“浓浓回来了？回来就好，回来就好，让奶奶看看你，好好看看我们浓浓。”

她越发苍老的手紧紧握着许意浓的手，然后再捧起她的脸，轻轻地抚摸，从眉毛到下巴。

“怎么瘦了啊？”奶奶蹙着眉心疼地问，一双眼睛明明是盯着她的，却空洞无神，毫无光彩。

许意浓的心摇摇欲坠，神色也随之一暗。她任由奶奶继续摸着自己的眉骨，默默腾出一只手在奶奶面前晃了晃，再晃了晃。

奶奶继续着手上的动作，对此并没有任何反应。

许意浓的泪水毫无预兆地掉落，她震惊到心脏骤缩，接着一颗心疼得颤抖，整个人难以呼吸。她看向王骁歧，喃喃自语：“奶奶，奶奶的眼睛怎么……”

王骁歧立在她身后，声音和眉目一样深沉：“白内障，错过了最佳治疗时间，现在只剩光感了。”

他的话宛如凉风袭来，让她顿感全身清凉。她的泪水轰然决堤，簌簌地滴落在奶奶的手背上。

奶奶立即嗔怪王骁歧：“你呀你，说这些干什么？奶奶本来就上了年纪，眼睛早就不行了。”她又给许意浓擦拭眼泪，她的指尖跟从前一样温热，“没事，没事，奶奶的眼睛本来就不好，以前不是还老让你给我穿针引线来着？”

许意浓凝噎难言，心绪难平，奶奶还在哄她：“不哭了，不哭了。”把她再拉近些，捧起她的脸轻轻地摩挲，“歧歧说你在国外搞科研项目，签了保密协议，没结束就不能回来，我起先以为也就两三年，谁知道这个项目一搞就搞了五年？外国人怎么这么能折腾人呢？我们一个肉嘟嘟的小姑娘出去，回来都只剩皮包骨了。”奶奶说着，声音也哽咽起来。

看到奶奶这样，许意浓心里更难受了。她看了王骁歧一眼，抹了把眼泪，哑着嗓子顺着奶奶说：“项目已经结束了，现在可以回来了。”

“还走吗？”

奶奶小心翼翼的姿态让许意浓的视线再次模糊，她反握住奶奶布满皱纹的手：“不走了，再也不走了。”

奶奶眼中泛着泪光：“好，好，不走就好，可算是回来了。你们苦尽甘来，总算能待在一块儿了，以后好好过日子，好好过。”

许意浓眼眶里蓄着的泪无法自抑地再次滑落，有的淌在脸颊，有的挂在鼻尖，那是一种突如其来的仓皇与狼狈感。纵使她这几年独自在外早已百炼成钢，却终究抵不过奶奶的真情实意。

原来奶奶并不知道他们早就分开了，这五年里的点点滴滴她一无所知，奶奶竟一直在等她回来。可物是人非事事休，不仅是他们，还有曾经的种种都大不一样了。

许意浓张了张口，想告诉奶奶真相却无从说起。她平日里的大大咧咧在此刻都化为乌有，唯剩不敢直面的胆怯。

“一个人在外面这么多年，挺难的吧？”奶奶又揉了揉许意浓的头发问。

许意浓心里五味杂陈，她吸着鼻子，带着低低的鼻音：“还好。”

“你呀，跟歧歧一样，总是报喜不报忧，我知道一定很不容易。”奶奶又拍拍她，“苦了你啊，孩子，现在回来了，在哪儿工作啊？”

许意浓告诉她：“A 市。”

奶奶一下子又高兴起来，这个时候她的眼睛才像恢复了一点儿光彩似的：“那好，那好，跟歧歧在一个城市啊。”她止不住地感叹，“哎呀，真好，你们还是在一起的好。”

许意浓眼神暗淡，内心酸涩不已。

她不知道这个善意的谎言能维持多久。

这一夜重聚，几乎都是奶奶在询问她。她知道这五年奶奶是想她想得狠了，这短暂的相处时间里她们仿佛有说不完的话。

可还是被突如其来的护士给打断了。

“四号床，快八点半了，家属探访时间结束了啊。”护士走进房间，一脸严肃，正是先前前台的那个。

许意浓觉得自己还没跟奶奶说上几句话，便尝试跟护士商量：“能不能再通融一会儿？”

护士一听，脸一拉：“不行，刚刚让你们进来的时候就说了八点半结束探访，原则上晚上都是不能进来的，已经算给你们宽限了。”她又敲敲自己腕间的手表，“看看这都几点了，你们不能没有时间观念啊。”

许意浓还想争取，被王骁歧拦下：“好的，我们知道了，马上就走。”

护士站在门口催促：“快点儿啊，其他老人都要睡觉的，以后你们能白天来就白天来。”

奶奶闻言，忙松开手：“你们快回吧，时候不早了。”

许意浓十分不舍，她看看四周的环境，胸口一痛：“奶奶，这里……这里的人，对您好吗？”

奶奶点头：“好的，我挺好的。”像是怕许意浓不信，还撸起袖子给她看，“你看我这结实的，比在C市的时候还胖些呢。”

奶奶继续宽慰她：“这人哪，年纪大了，子女又忙，可不能成为他们的负担，是我自己提出来要进养护院的。这儿真的挺好的，平常跟大家伙儿聊聊天，天气好的时候到院子里去晒晒太阳。我这老太婆除了眼睛不灵光，其他都好，比其他人都结实。”

许意浓的眼睛仍胀痛不已，光看护士的态度，她就不大相信奶奶的话。

奶奶似察觉到了，又劝她：“乖啊，奶奶真的过得很好。”

奶奶又让王骁歧过来：“歧歧，你来，快带浓浓回去，听话。”

王骁歧靠过来，再次握了握奶奶的手：“奶奶，那我们先走了。”

奶奶将他的手一把抓住，跟许意浓的手覆在一起：“对喽，都乖乖地听话，先回去，下次再来看奶奶。”她把他们的手紧紧地搭在一起，“这么多年都撑过来了，不容易。以后啊，你们在一起把这日子过好，你们好，奶奶就开心了。”

许意浓手上附着他的体温，熟悉又陌生。她其实想第一时间抽开的，碍于奶奶的手也在，她怕被发现什么，只得继续将戏演下去，任由那温度把自己的整只手都包围。等奶奶的手一松开，两个人就都默契地抽回自己的手，如同什么都没发生一般继续跟奶奶道别。

再有不舍也终究还是走了，走廊上静得只剩他们的脚步声。许意浓一直跟在王骁歧身后，沉默许久。

走出养护院，外面夜色如墨，王骁歧蓦然驻足，视线不知落向何处，只有声音如头顶的黑夜一般空旷荡然：“奶奶年纪大了，眼睛不好后我怕她再受刺激，一直没有告诉她我们的事情。”

他在向她解释。许意浓望着他坚挺的背影，却无心追究这件事，而是嗓音晦涩地开口：“奶奶什么时候进的养护院？”

王骁歧拿出手机叫出租车，再从口袋里摸出烟和打火机：“你走之后的第三年。”

许意浓看着他手上的动作：“可她在C市的时候明明好好的。”

他叼着烟点燃，迎风而立，显得整个人很冷冽，声音也随烟雾而来，缥缈不定：“以前是以前。”他轻吐出一口又将烟拿下，“没什么是亘古不变的，更何况人。”

现实的话一击即中心房，跟此时刮在脸上的冷风一样令人生疼，连眼睛都被紧随而来的烟呛得氤氲起来。

“那眼睛呢？怎么会耽误治疗？”许意浓心潮起伏间恨不得刨根问底，她实在不能接受奶奶失明的事实。

王骁歧掸了掸烟灰，错开视线：“奶奶眼睛的问题有一段时间了。一开始她只以为是上了年纪的老花眼，没太当回事，后来体检医生建议她定期复查。但她一辈子节省惯了，觉得是医生小题大做，就一直隐忍着没提。直到我回去的时候看到她走路经常撞到东西，才发现她的眼睛出了问题。再带她去医院时，就被告知已经错过了最佳治疗时间。”

“等你回去才发现？”许意浓耳中“嗡嗡”作响，不禁大声质问，“难道平常都没有一个人回去看过奶奶吗？”她只觉不可思议，甚至无法想象。

王骁歧的父母是C市最早一批做床上用品起家的，在当地越做越大后，他们的心也跟着大了，便转战到大城市H市，还成立了自己的公司和品牌。一时间开了多家连锁专营店，从H市到C市以及周边城市都有不小的名气。有段时间甚至还垄断了这一行，富甲一方。

事业的蒸蒸日上导致夫妻俩无暇顾及孩子，他们忙得根本管不了王骁歧，就把他往C市奶奶家一扔完事。这一扔就是几年，他们像是没这个儿子似的，也不怎么回来。用奶奶的话说，是他们工作实在太忙了，根本没时间回来。

许意浓想不通，到底是有多忙，才会把自己的孩子交给老家年迈的老人，几年都不闻不问！她不明白是赚钱重要还是亲情重要，他们除了给了王骁歧物质上的支持，还给了他什么？他跟留守孩子又有什么区别？

只是许意浓以为他们即使对儿子不上心，至少对老人该是关心的。哪怕只有一点点，毕竟那是生养他们的人。她觉得，不管发生什么，也不能将老人放在一旁，硬生生让她的眼睛错过了最佳治疗时期。等奶奶真的看不见了，生活不能自理了，他们才把老人从老家接过来，却仍然置之不理，不闻不问，直接把她丢进养护院。

一支烟抽完，最后一点儿红色星火在这暗夜里消失殆尽，王骁歧的经久不语已经证实了她的所有猜测。

“不能给奶奶换家条件好点儿的养护院吗？”许意浓问。

王骁歧却说：“奶奶的赡养权不在我这儿。”

许意浓胸闷难耐地站在原地，甚至有些颤抖。可她已经没有任何立场说些什么，只能缓了缓，等心情平复下来后问：“明天，我还能来看奶奶吗？”她生怕回了A市，她就没什么机会再来看奶奶了。

远处开始有亮光，从一个点开始，越来越近，越来越亮，笼罩他们全身。周围的一切也跟着亮堂起来，是王骁歧叫的出租车到了。

他掐了烟迈开脚步迎上去，同时说了一句：“下次有机会吧，目前不太方便。”

凉风吹散头发，许意浓明知自己会被拒绝，心还是不由得沉下几分。

也是，现在的她能以什么身份来看奶奶呢？她只是一个外人而已。

两个人坐上车，这次副驾驶座是空的，王骁歧坐了进去，许意浓坐在后座，两个人又是一路无言。

许意浓望着窗外灯红酒绿的花花世界，心如空山，只有手上的余温犹存，仿佛提醒着她今晚发生的一切不是一个梦。

思绪飘忽，突然听到王骁歧让司机停车。许意浓不解地看向斜前方，看到他打开车门，一条长腿跨了出去。

许意浓见他一声不吭地下去了，立刻倾身追问：“你去哪儿？”

他动作微顿，回眸一顾，却因光线太暗看不清表情，只听他说：“去买点儿吃的。”

许意浓这才想起他好像也没吃晚饭，攥着的手松开了些，又听他说道：“我很快回来。”他又跟司机打招呼：“麻烦稍等我一会儿。”

司机略显不耐烦：“快点儿啊，这儿一般不让停车，还占着人行道，万一交警来了可就麻烦了。”

许意浓透过车窗看着他快步往一家蛋糕店走去，几分钟后便拎着一袋东西出来，步履依旧匆匆。

副驾驶座车门再次打开，带进来一阵风，狭小的车内顿时变得清冷起来。

等他上来，司机又开始嘀嘀咕咕地抱怨，意思是他耽误自己时间了。直到王骁歧说“不好意思，结账的时候我会多加二十”，司机这才老老实实安静下来。

许意浓在后面听着，眉头微蹙。

停下来等一下就加二十？他什么时候变得这么好说话了？

以前的他一向不好说话的。

大学里有一次他们跟周邺、刘爽一起组团出去玩，到的时候天已经黑了。出了车站，王骁歧随便拦了一辆出租车就带着他们坐上去。当时周邺跟刘爽才谈没多久，黏糊得不行。他们便照顾周邺和刘爽，王骁歧坐副驾驶座，许意浓则陪他们坐后面。

一到车里，刘爽就跟许意浓讨论她做的攻略。司机看他们的打扮，从她们的话里立刻断定他们是从外地来玩的学生，于是开了一会儿突然说："前面体育馆在开演唱会，怕粉丝太多交通堵塞，交警封了路，我换条路走啊。"

当时他们都没当回事，在接学校电话的王骁歧看了一眼手机屏幕后，对打来电话的人说了一句"我现在有点儿事，回头再跟你说"，便把电话挂了。

许意浓在后面看到他打开了手机相机，悄无声息地拍了副驾驶座前方的司机信息，再状似无意地问："封路？谁的演唱会这么大排面？"

司机含糊地摆摆手："挺有名的，都是你们小年轻喜欢的，我都快成老头子了，哪里认得啊。"

王骁歧笑了笑："是吗？那肯定是个大明星，我查查城市新闻就知道了。"

司机看他真在查新闻，试探地问："这……这也能查到啊？"

王骁歧点头："能啊。"又看他一眼，"还能查到出租车投诉电话呢。"

许意浓他们这才反应过来是司机欺负他们从外地来的，故意绕路了。

司机当即装傻："你说这话什么意思啊，小兄弟？"

王骁歧握着手机："叔叔，我知道你挣钱不容易，但我们头一回来这儿，你这么挣学生的钱是不是有点儿说不过去？"

司机决定装傻到底："我听不懂你在说什么！"

王骁歧知道他是不见棺材不落泪，直接把一上车就打开的定位举到他面前："叔叔，非要我把话给挑明吗？"

司机看了看，继续狡辩："我一开始就跟你说了！那边有演唱会封路！你的意思是我故意绕路坑你们咯？"

王骁歧本来还想给他一个机会，但这会儿也懒得再跟他争论。顾及两个女生的安全，他先把手机一收："行，那你开吧。"

待他们下了车取了东西，他才打了投诉电话。

还没开远的司机很快便折返回来追上他们，还语带威胁：“嘿，真投诉了是吧？你们往后几天还想不想在这儿安生地玩了？”他来回打量着他们，又盯着王骁歧说，“你们几个可都是外地人，小兄弟，你爸妈是不是没教过你，出门在外要识时务啊？”

王骁歧立刻把许意浓往身后一拽牢牢护住，周郧见状，也有样学样地把刘爽拉至身后。

只见王骁歧拿着手机：“叔叔，你知不知道现在是大数据时代？而我恰好是学计算机的，对网络这种东西比较精通。我刚刚已经把你的话录下了，你车内的司机信息也都拍了下来。只要我现在发给同学，就可以迅速查到你的所有消息，并且这些信息会随着视频一起公布到网上。你们这儿可是个全国知名的旅游城市，出租车司机绕路还人身威胁这种新闻一旦爆出来，会有什么影响你心知肚明。”他再晃了晃手机，“你要不要试试，是你当地势力来得快，还是我的手速快？”

司机当场被他吓住，忙把刚收的钱递过来要退给他们：“哎！我怕了你了小兄弟，你刚刚就当我说的话全是放屁，你们这一单的钱我不要了行不行？你把我的投诉撤了，撤了好吧？收到投诉我可是要扣证待岗的呀！我全家老小可都指望着我挣钱吃饭呢！”

王骁歧当然没接钱，他说：“没有人的钱是从天上掉下来的，这个社会谁又比谁容易？你刚刚欺负威胁没有社会经验的学生时怎么没想过后果？”

语毕，他牵着许意浓走得头也不回，任凭那个司机呼喊。

目睹了一切的刘爽直呼：“酷毙了，帅呆了啊，老王。”

她还嫌弃地推了一把周郧：“你学着点儿啊！人家老王多有警觉性，一上车就开定位，你呢？一上车只知道睡觉，到哪儿睡哪儿，你是猪吗？”

周郧连连点头：“对，对，对，老婆说得都对。”

只有许意浓心有余悸。她觉得出门在外多一事不如少一事，回头看看那辆出租车再拉了拉王骁歧的手：“要不，还是算了吧？”

他态度强硬：“机会不是没给他，这种给城市抹黑的司机如果不曝光，只会助长不良风气，后面会有更多受害的游客。”

他就是这样，一旦认定对错的事情就不会轻易改变。哪怕是她出言相劝，也依旧会坚持自己的原则。

只是时过境迁，当年满身傲气的王骁歧似已不在，更多的是沉默与妥协。只有上一次跟她争论系统方案的会上，他才像回归了曾经的自己，却也只是一瞬。

沉默又在车里肆意地蔓延。

到了酒店，两个人先后下车。许意浓走得有点儿慢，王骁歧走得也不快，进了酒店在电梯门口等候的时候，他突然把手中的纸袋递到她面前。

许意浓一个愣神，没反应过来。

王骁歧启唇："今天，谢谢。"

许意浓抬头看到他紧致的下颌线，半晌后问："谢什么？看奶奶？"

他也在看她，便道："和没有拆穿我。"

许意浓再看看他手中那个精致的纸盒："你来我往，欠你的人情清了。谢礼就不用了，而且我已经很久不吃甜食了。"

要换了以前，只要被拒绝，他肯定就把手收回去了。现在却没有，他的手仍悬空："不是还没吃晚饭吗？垫垫吧。"

他还记着她没吃饭。

许意浓依旧没接，他突然走近，缩短了跟她的距离，声音一如既往地低沉："要我送到你手里？"

这时，又来了其他从大堂过来等电梯的人，许意浓觉得在人前拉扯有些不好，就硬着头皮伸手接了。

站了一会儿，她又想起什么："你不是也没吃饭？你的那份呢？"

王骁歧已经将手插进裤袋，看着电梯楼层提示淡淡道："我晚上不吃甜食。"

电梯到了，许意浓猝不及防被后面的人推进电梯。像是一批跟团来的游客，都拖着大包小包的行李，一下就把电梯占满了，也把她挤到了角落里。

王骁歧因为让了几个中年妇女，没有多的空位进来了。

"不好意思啊，小伙子。"她们抱歉地跟他打招呼。

"没事，我等下一班。"王骁歧正对着电梯内道，等最后一个人进去，刚刚绅士地帮她们拦住电梯门的手才移开。

电梯慢慢合上，他的身影随着那缩小的缝隙越来越小，直至看不见。他们就这么被人潮分开了，都没来得及说声再见。

许意浓手上拎着那个纸袋，耳边充斥着那些大妈的感叹声——

"刚刚那个小伙子可真帅，嘿。"

"可不是，个头也高，模样没得说，还有礼貌，一直细心地替我们挡着电梯门呢。”

“是啊，我儿子要占其中一样我都会开心死。”

从头到尾许意浓都窝在角落里如同听客，无人留意到她。直到大妈们先下去了，电梯里才清静下来。

许意浓回到房间，脚都快废了。她脱下鞋，发现脚跟磨破的地方更大了，估计第二天会长泡。换上拖鞋后，她看了看手中的纸袋，随手往茶几上一放就去给手机充电了。可是蛋糕的香气透过那个纸袋很快飘散在整间房里，让没吃晚饭的她越闻越饿。等卸了妆洗了脸，她最终没忍住，还是把纸袋打开了。

是一个透明盒子装的小蛋糕，挺精致的，有一圈水果，中间还插着巧克力片。

“花里胡哨。”许意浓边吐槽，边把蛋糕拿出来，这才发现那巧克力片上还写着一行字——生日快乐。

明明这天不是谁的生日，也明明知道王骁歧是因为赶时间在蛋糕店随手拿的，许意浓却还是不由自主地愣了一下。

第七章
我走过来了

许意浓拿起勺子舀了一点儿蛋糕送入口中，奶油的香甜味从舌尖散开，很快密布在整个口腔，越发浓郁。接着，她又把那片写着“生日快乐”四个字的巧克力片吃掉了。

她已经好多年没吃过蛋糕了，出国后每年生日吴老师都会发来叮嘱语音：“宝贝生日快乐，今天要记得自己去买个蛋糕吃。”

她虽然每次都回“好”，却总是没买。前两年她经过蛋糕店的橱窗还会看看那些漂亮的成品，后来索性去都不去了。

因为她觉得年纪越来越大，这种事有什么好值得庆祝的？还特地买蛋糕庆祝，傻不傻？从此她也没有了过生日的习惯……

又吃了几口蛋糕，她就没再吃了。

大概是太久没吃奶油了，她才吃一点儿就腻了。而且她觉得他买的蛋糕中看不中用，一点儿也不好吃，吃多了嗓子里齁甜齁甜的。

于是她随便把蛋糕往桌上一放，打开一瓶矿泉水猛灌了几口就去行李里翻烟抽了。

夜阑人散尽，没过多久，房间里到处弥漫着浓郁的烟草味，烟灰缸里不知不觉都是堆砌的烟头。说起来许意浓以前还挺讨厌这呛鼻的烟草味，也不记得是从什么时候起沉溺其中戒都戒不掉。她觉得这会儿如果有点儿红酒就更好了，只可惜这家酒店提供的酒都是果酒，她不喜欢。而那个只吃了几口的蛋糕就那么安静地躺在桌上，她没扔，眼睁睁地看着上面的奶油慢慢软化，变得瘪塌塌，再也没有先前的精致美丽。就像这夜再美，终会随着天亮而消逝。

许意浓移开视线，把最后一个烟蒂摁灭在烟灰缸里，拢了拢酒店的睡袍后倒在了床上。她望着天花板，再伸出手掌张开，灯光从她的指缝中流淌下来，星星点点洒在她的脸上、身上。她慢慢缩回手，挡在了自己的眼睛上，屋内安静得能听到自己的心跳声，一下又一下。

她的脑海里不断浮现养护院里奶奶的模样，眼眶越发灼热，将双手覆盖在脸上抹了抹。她突然坐起来，像是被什么东西牵引着，起身去把那个蛋糕拿了起来。她走到电视柜旁蹲下，打开下面的小冰箱打算放进去冷藏。可她发现那冰箱里虽然放满了饮料，却没什么冷气，连灯也是暗的。

她重新站起来，给前台打电话。

“你好，我是7252客人，我房间的冰箱好像坏了，麻烦派人来帮我看一下好吗？”

“好的，我们这就安排，请您稍等。”

很快就有人来了，许意浓看她摆弄了一会儿，最后却抱歉地告诉她：“不好意思女士，这个冰箱确实出了问题，目前不能正常使用了。”

许意浓问：“是什么原因？”

工作人员解释：“我们是一家老酒店，可能是有些设施没及时淘汰，所以……但是这种情况很少发生的。”

不知为什么，这个牵强的理由许意浓听着竟莫名生出一股烦躁来，问道：“那你们每次清理房间都不检查的吗？就这么把有问题的房间交付给下一位顾客？老店的服务不是应该更严谨吗？”

工作人员忙道：“不好意思女士，确实是我们的问题，但这一时半会儿确实也解决不了。附近马上就要搞汽车峰会，这两天酒店客房全满，要搁平时碰到这种情况，我早就给您换房了。”

许意浓再看看那个冰箱，只觉得自己真是点儿背，她平复情绪确认：“不能修好了吗？”

“要等明天了。”工作人员看看那个蛋糕，又说，“如果是要放东西冷藏，我们可以帮您处理。您什么时候想要就打电话给我们，我们再给您送来，您看可以吗？”

许意浓听着觉得很麻烦，摇了摇头说：“算了。”

这件事情就这么不了了之。等工作人员离开，她自己都有些莫名其妙。她一向不喜欢为难人，刚刚竟为了一个蛋糕咄咄逼人，脑抽了？

她没再去看那个蛋糕，扭头掀开被子躺到床上。

不就是一个蛋糕吗？本来她也不喜欢吃，大费周章干吗？睡觉！

第二天一早，许意浓跟于峥直接约在大堂碰头。

“没睡好？”虽然她化了妆，但于峥觉得她略显疲惫。

她也没否认：“有点儿认床。”

于峥看她一眼，继而往外走：“往后出差的机会还有很多。”

许意浓跟上：“嗯，以后习惯就好了。”

两个人来到“逐影”H市分部，那里的BOM接待了他们以后于峥还要去跟中层会面，许意浓很识趣地道：“我找个能办公的地方待着就行。”

于是分部的BOM总监立刻安排人带许意浓去备用办公桌。

走之前于峥还叮嘱了一句：“我这边可能不会太早，到了饭点你就跟这里的同事一起去食堂用餐。”

许意浓笑了笑，打趣道：“领导，我不是个小孩子了。”

于峥的嘴角也略带笑意，没再说什么，往会议室去了。

他们兵分两路，许意浓坐下后摸到电脑，很快进入工作状态。她回复了几封邮件，又登系统搭了几个BOM，同时审批了组里几个流程，再盯了一下项目进度，一系列事情处理好已经到了中午。

分部的同事热情地要带许意浓去食堂用餐，她看了看时间说：“谢谢，但我中午已经有约了，我出去吃。”

那位同事“哦”了一声，把自己的工作牌给她：“那你把我的工作牌随身带着，不然回头保安不让你进来。”

许意浓接过：“好的，谢谢啊。”

“不客气。”

许意浓把工作牌塞进包里就出去了。

她叫了一辆出租车，目的地是昨天那家养护院。她始终放心不下奶奶，想再去看看奶奶。

可是到了那里，她想进去却没有昨晚那么容易。这天前台换了一个年长的护士，看到许意浓后问她是来询问床位还是来探访老人。

许意浓忙说：“我是家属，来探访的。”

护士：“哪位老人的家属啊？”

许意浓报上奶奶的名字。

护士抽出一个文件夹翻了翻，停在某一页，又看了看许意浓：“你是老人的什么人啊？”

没想到护士盘查得这么仔细，许意浓一时哑然。

护士把文件夹往台上一摊："现在老人们都午休了，这个老人的探访人里我对你也没任何印象，没家属带着我可不能随便让你进去啊。小姑娘。"

许意浓上前一步解释："我昨晚来过，前台是另一个值班护士，她可以证明我是家属。"

护士问："我们晚上值班的护士有两个，你说的是哪个？"

许意浓一时无言以对，知道不好随意糊弄。她想了想，把心一横，硬着头皮说："我……我是老人的孙媳妇。"

护士再抬头："那你老公呢？"

"他今天没时间，所以让我来看老人家。"

护士手一摊："那你出示一下结婚证，老人的孙子我倒是有点儿印象，看到照片就知道了。"

"我没带。"许意浓面露难色，还说得有模有样，"这东西跟身份证不一样，谁会随身带着啊。"

护士却一板一眼："那不行，你别看我们这儿是私立养老院，那也是有规章制度的，总不能来个人说是亲属就放进去，那不就乱套了？要出了什么事我也是有责任的呀。"她一边说着，一边翻之前的探访簿记录找登记信息，"这样吧，我给你老公打个电话确认一下，身份核实好了就让你进去。"

这个护士这么较真负责，倒是出乎许意浓的意料。看护士低头要拨号，许意浓怎么可能让她打电话给王骁歧？

许意浓在心底叹了口气，决定另辟蹊径。下一秒，她跟变脸似的秒换了一副表情，同时伸手制止护士的动作："等一下！"

护士按数字的手一顿，露出不解的神情。

许意浓的眼眶渐渐泛红，声音中还带着一丝哽咽："姐姐，都说家丑不可外扬，不瞒你说，我跟我老公早就离婚了。"话到此处，她故意抬起头，像是倔强得不让眼泪掉下来一般，还深吸一口气，"可是奶奶待我这个孙媳妇特别好，把我当亲孙女一样，我也把她当亲奶奶。那个家只有奶奶真心待我，我跟他好几次吵架，看在奶奶的面上我都忍了，可再忍也还是过不下去，最后走到了离婚这一步。他的心也是狠，让我净身出户，净身出户啊。"她的声音里带着一缕颤音。

都是女人，护士听得心也跟着揪了起来，心想这什么男人啊。

许意浓捂着胸口继续"卖惨"，情绪说来就来。她抬手抹了抹眼睛：

“以前受的那些委屈既然离了婚也就算了，可他……可他不让我见奶奶。你是不知道，我问了多少亲戚朋友才知道奶奶被安置在这儿，找得我都快绝望了。”情绪上来了，她往前台一趴，泫然欲泣，“姐姐，你看我大老远来一趟，就让我进去看看老人尽个孝吧。我不会耽误太久的，看看她就走，好吗？”她那双灵动的眼里蓄着晶莹的泪水，只要一眨眼就会滚落下来，可谓楚楚可怜。

人心毕竟是肉长的，这一出还真让那个护士动容了。从许意浓的外貌和穿着打扮怎么看都是个体面人，不到万不得已应该不会走到这一步，护士也就把规矩收起来了。

她扬了扬手：“好，好，好，行了，进吧，注意时间啊。”

许意浓眼睛一亮，忙应允：“好的，谢谢姐姐。”

“哎，快去吧。”

许意浓按照昨天的记忆摸进奶奶所在的房间，奶奶此时正在睡觉。

她轻手轻脚地靠过去，没有吵醒奶奶，把奶奶的被子掖到颈下盖严实了，确保密不透风，然后才坐在床沿凝视奶奶的睡颜。

奶奶睡得很熟，她坐了很久都不忍打扰。走之前她俯身靠在奶奶旁边，举起手机自拍了一张跟奶奶的合照，然后抚了抚奶奶的手，低喃了一句：“奶奶，对不起。”

许意浓独自走出奶奶的房间的时候，看到走廊里挂着的公示白板上记录着几行数据——

第一行：本区本周健康老人 45 人。

第二行：本区本周病痛老人 10 人。

第三行：本区本周去世老人 3 人。

看到最后一行，许意浓的心中骤然荒凉一片，密密麻麻的痛感纷至沓来。她的手攥紧，长长的指甲硌得掌心生疼。因为她觉得自己透过这短短的三行字，已经看到了奶奶的往后余生。

手机乍然振动，许意浓低头一看，是于峥打来的。她朝奶奶的病床望了一眼，奶奶还在沉睡。无力感与挫败感笼罩她全身，如同被人扼住了嗓子，却又无可奈何。她狠了狠心，紧握着手机，终是离开了。

离房间远了些，她才接起电话。

“出去了？”于峥问。

“嗯。”此刻许意浓心情沉重，没什么别的心思，只想应付完他赶紧挂断。

“下午这边没什么特别的事了，如果你昨天没休息好就可以不用来了，直接回酒店吧，等晚上其他组员来了再一起聚个餐。”于峥倒不是要催她回公司。

“不用，明天全组参加峰会，我还有几个 BOM 流程没审批，不及时处理好会影响试制业务。”不过许意浓断然拒绝了。

这让于峥有些意外。其他抛开暂且不谈，她的工作态度于峥倒是挺欣赏的。他说：“好，那你路上注意安全，我在这儿等你。”

“好的，于总。”

许意浓挂断电话时已走到前台，那护士见她出来，和颜悦色多了，还主动问她：“走了啊？”

许意浓点点头，说了一句：“嗯，谢谢。”

“没事。”

许意浓走出几步又折返，一副欲言又止状：“姐姐，我今天来的事情，你千万别……”

那护士一副心里有数的样子：“我懂，肯定一字不提，你放心吧。”

见目的达到，许意浓这才转身离去。

这一天过得很忙碌也很浑噩，组员们晚上都抵达了 H 市，许意浓却以有事为由缺席了聚餐，其实就是想自己静一静，不想被闹腾。

她回到酒店，昨天的蛋糕原封不动地躺在原位。只是过了一天一夜，它早就失去了昨日的新鲜模样，她也没去检查那个冰箱有没有修好。反正好与不好，这个蛋糕都坏了。

其实很多东西都是这样，即使能拥有，却终究短暂，注定留不住。

许意浓疲惫地把外套脱下扔在太妃椅上，换上浴袍后又卸妆洗了脸，随手从茶食台上拆了一盒泡面，准备对付一下这天的晚饭。趁烧水的工夫，她拿起了烟和打火机，此时门铃却被人按响。

是她回来时在前台叫的打扫卫生的阿姨。早上出去匆忙，她忘了关掉“休息勿扰”的灯，酒店就没给她打扫房间。

阿姨一进来，看到她桌上的烟灰缸里很多烟头，再看她嘴里还衔着烟，忍不住说：“姑娘，你还年轻，抽太多烟对身体不好。”

许意浓闻言看过去，以为是阿姨嫌烟味冲，立刻将刚点着的烟摁灭在烟灰缸里。

“不好意思啊，阿姨，熏着你了。”她忙去开窗户通风。

阿姨一边擦拭桌子一边说没事，又问：“你们这些小年轻，是不是在大城市工作压力太大了啊？需要抽烟、喝酒来解压？其实还有很多种方式，去唱唱歌、旅旅游啊，还有谈谈恋爱。”

风从外面吹进来，吹得许意浓发丝飘动。她捋了捋头发，只笑了笑：“是呀，但可能每个人解压的方式不同吧。”

阿姨不再多言，闷头继续做事，看到桌上那个剩下的蛋糕，她顺手一端。

许意浓以为她要扔了，下意识地开口阻止：“阿姨！那个不要扔！”

阿姨擦好桌子后把蛋糕放下，又去擦拭另一边：“我只是把它挪开一点儿好擦桌子，顾客没说不要的东西我们是不会自作主张扔的，你放心好了。”

许意浓唇瓣微启，为自己刚才过激的行为失神，最后无声地点点头。

阿姨也不忘提醒她：“不过这个蛋糕我看已经不新鲜了，你还是不要吃了，别吃坏了肚子不值当。”

许意浓“嗯”了一声，环臂靠在落地窗前，望着外面的长夜灯火。

突然，房门被敲响，许意浓一看，大开着的房门口除了阿姨放置的保洁推车，还多了一个于峥。

“于总？”许意浓以为他有事，立刻把外套重新套上裹严实后才走过去，“你们吃完饭了？”

她已经卸了妆，这还是于峥第一回看到她素颜的样子，跟平日里的浓妆完全不同的感觉，少了几分高冷，多了几分减龄的学生气，好像看上去更容易亲近了。从他的角度，还能看到她身后的茶几上放着一盒拆过的泡面。

他收回视线，微微挑眉：“不跟我们一起吃饭，却一个人窝在房间里吃泡面？”

许意浓被当场抓包，讪讪地道：“刚刚确实有点儿事情。”见他也没揪着不放便打岔，“您找我有事？”

“也没什么事。”于峥插在风衣口袋里的手抽出来，递来一包创可贴，“我看你昨天走路不是很舒服，今天还没换鞋，应该是只带了一双高跟鞋，我想，明天峰会你应该会需要这个。”

没想到他这么细心，竟注意到了这些，许意浓不好意思的同时也有些犹豫。

于峥有所洞悉，爽朗一笑：“刚吃完饭跟他们一起经过便利店，小左说要买木糖醇，我也就顺便进去买了酸奶消食，没让找零就拿了这个。”他把东西往她面前一送，“拿着吧，明天站比坐的时间多，既然带了你们来，我就要关照好你们每个人。”

许意浓到底还是伸手接了过来：“谢谢于总。”

“不客气。”他收手，“早点儿休息，明天见。”

“明天见。”

许意浓站在门口目送于峥回房间。她一转身，正对上阿姨的笑脸：“我这边打扫好了。”

那笑容里包含了一种难以言明的暧昧，许意浓了然，心里很不舒服。但她也不好多说什么，只能说：“麻烦您了。”便侧身让阿姨出去了。

门关上，许意浓的世界又重回清静。

于峥既是领导，也是个男人，连陌生人都会因为他晚上的造访产生误会，若是被同事撞见了又会有什么看法。而且他离过婚又是单身，她可不想有什么闲言碎语传出来。

许意浓注视着手中的创可贴，觉得自己以后跟于峥还是保持些距离比较好。

翌日，汽车峰会如期而至。各大汽车品牌齐聚一堂，场面十分盛大，也来了不少该领域的国内外专家。

峰会没开幕前是参加者自由交流时间，很多人会趁着这段时间抓住机遇去拜访，高谈阔论，仿佛处处都透着机遇。

许意浓这天身着一套白色连体裤，外搭同色系的女式西装，既显腿长又显干练，十分惹眼。

他们进场没多久，组里人就说要去上厕所散开了。许意浓本想趁着还没正式开始到处看看，谁知刚起这个念头，于峥便看了过来：“人多，跟紧了。”

许意浓其实挺想说：“大哥，我在日本的时候这种级别的大型峰会应该不比你参加的少，一个大活人还能丢了不成？”

明人不说暗话，她想跟他打个招呼说单独行动：“于总，我……”

“于总！”谁知她刚开口就被对面过来的一行人打断了。

好吧，许意浓硬生生把话憋了回去。

男人们这一来二去地寒暄起来没完没了，没几个来回的交谈是不会轻易结束的。

许意浓安静地站在于峥的斜后方，领导在交谈时她只能像个女陪同一样耐心地倾听。虽然她的脚跟已经贴了创可贴，却也耐不住长时间站立。为了让脚稍微舒服些，她得时不时地调整站姿。

于峥在交谈的过程中，会稍稍用余光扫一眼周边，瞥到她不时晃动的身影便适度调整了节奏，缩短话题，提前结束了这场交谈。

正事谈完，那些人才注意到于峥身旁站着的美女，便问："这位是？"

于峥介绍道："我们部门新来的BOM主管工程师许意浓，也是我们公司很有潜力的海归新人，她的老东家是日本TX。"

一听到TX，所有人眼睛都亮了，开始有意无意地跟她交流，并了解她的履历。

"TX旗下公司众多，不知许工之前就职于哪家？"

"我之前是在日本总部研究院工作。"许意浓微笑作答，努力给他们留下印象，同时也顺势礼貌地给他们递上自己的名片。这样引得大家都开始互相交换名片，她也一一收好，稳妥地放置于包中。

现在看起来这只是一场普通的社交，但说不定哪天大家就会从陌生人变成合作伙伴，甚至是同事。不管什么时候，人总要留一手，是机会，兴许也会是后路。

这里交友时间刚接近尾声，那里广播便宣布峰会即将开始，请大家有序进场，按号入座。

大家便说说笑笑地一起进入主会场。

许意浓跟着于峥来到他们公司的座位区，在中后段位子。她目测了一下到前台的距离，大概就是演唱会的内场后区的位子吧。前区想都不用想，肯定是安排合资品牌的大佬们坐。她敛眸，光从座位安排就能看出国产车的地位。

她一边走一边核对座位号，一看于峥的位子就在她旁边，她故意提前停下坐在了其他组员的位子上，跟他隔开两个人的距离。于峥注意到了，却只看了她一眼，随后安静入座。

不一会儿，左畅他们来了，被许意浓占了座的男生以为是她坐错了，还把自己的电子号亮给她看。他害羞地挠着头说："意浓姐，你是不是坐错了？这个好像是我的位子。"

许意浓看了他的手机一眼，可是装得一把好蒜："啊？这是你的位子啊？"她再往原定的位子看了看，一脸抱歉地道，"哎呀，我坐错了，但我穿着高跟鞋脚疼，就不挪了吧。要不你就坐我那个位子呗，这又不是在电影院，而且我们是内部调剂，不会有人说什么的。”

男生本来是想跟组里其他男生坐一起，一会儿峰会演讲开始可以一起偷偷打游戏，坐于峥旁边他还怎么打？

可许意浓都这么说了，他也不能不让，只得哭丧着脸跟个小媳妇一样，缩手缩脚地坐到于峥身旁当乖宝宝。

人陆续进场后，主场馆内放眼望去黑压压的，都是人头。

不久峰会便开始了，开幕式后就是演讲。果然，不管哪个国家，这种峰会都大同小异，基本流程都是知名的几个公司派个什么“O”上去演讲，CEO（首席执行官），CTO，COO（首席运营官）各种“O”，反正尾巴都带个“O”字就对了，能瞬间把格调提升一个档次。

演讲完毕下面的人就是鼓掌再鼓掌，演讲的内容也换汤不换药，反正许意浓没听出什么有特色和新意的。听到后面她都有些犯困，开始打起了瞌睡。

直到主持人突然来了一句：“现在有请一唯信息技术股份有限公司的汽车行业技术顾问，王骁歧先生上台演讲，有请。”

掌声四下而起，响得许意浓困意全无，她抬头朝前面望去。

只见王骁歧从第二排的位子起身，一袭黑色正装下是平整的衬衫和领带，衬得他的身影清俊笔挺。他一双长腿迈着步子，一边走一边顺势单手扣上腹间的那粒西装扣。走上讲台后，他从主持人手中接过话筒，再走到讲台中央停住，从容且稳重，一套动作行云流水，一气呵成。

左畅仿佛是在许意浓耳边低呼，带着如痴如醉的感叹：“哇，王经理好帅。”

“大家好，我是来自一唯信息技术股份有限公司的技术经理王骁歧。”王骁歧说了开场白，声音在话筒里自带磁场，身体微微退向一旁，让屏幕上的PPT（多媒体演示文稿）全然呈现在大家眼前。

一行标题首先映入眼帘，下方还细心地附上了英文翻译。

“这是我今天所演讲的主题。”

舞台高光聚拢在他身上，清俊耀眼，熠熠生辉。他跟之前那些上台中规中矩演讲的人不一样，拿着话筒的样子毫不拘谨，甚至非常放松，仿佛一切都在他的掌控之中，另一只微垂的手操控着蓝牙遥控笔，PPT翻页。

屏幕上所有的文字与数据都是中英双语，他的演讲也随着PPT的翻动正式开始，声音沉稳有力，说的是英文。

“进入二十一世纪，车辆开发流程体系正在发生剧变，国内汽车研发制造厂商面临着市场需求、产品规划、产品数据管理、BOM管理、试制管理等多方面的挑战。我们一直在思考，一辆汽车从战略远景到消费者能在4S店买到，这个核心过程如何才能得到高效管理，我们在PLM系统中找到了答案。

“汽车研发并不轻松，是一项既复杂又浩荡的工程，互联与数据在市场推动未来竞争是大势所趋，我们会致力于提高创新，将数字化技术与产品的研发、生产紧密结合，提升汽车研发效率，缩降企业成本，最终让广大消费者受益，买到质量更好、价格更适合、性价比更高的汽车。

“我们‘一唯’会按照市场行情适时、及时、灵活地为企业制订符合一切变化的信息化解决方案，助力并推动中国汽车企业数字化转型。”

王骁歧一口流利的英语震撼全场，静可闻针落。

这种大型汽车峰会演讲并没有语种限制，除了极个别大公司会用英文演讲，大多数人还是会选择用中文，反正有同声翻译。

他这天虽不是第一个全英文上台演讲的人，却是最惊艳四座的人。

掌声雷动，所有人都在为他鼓掌。

“看看，这就是格调的最高境界，这就是我们跟A大出身的差距。”

“哎，有一种距离叫，他在台上，我们在台下。”

“怎么办，峰会一结束，我觉得我以后都不好意思随便喊王经理来帮我看电脑问题了，有点儿大材小用了啊。”

“我也……”

组员们在嘀嘀咕咕，许意浓却全神贯注盯着台上，仿佛回到了曾经的某个瞬间。

而更让她关注的，是他这天穿的西服。这套笔挺的黑色西服，如果她没看错，正是上次她还给他的那一件。

峰会中场休息，大家聚到休息区。男人们都去抽烟了，只剩下左畅和许意浓两位女士。

左畅远远就看到被人围在酒水台的王骁歧，于是转过身热情地问许意浓：“意浓姐，你想喝什么或者吃什么吗？我去帮你拿。”

许意浓其实对什么都不感兴趣。她往前面随意地扫了一眼，看到被簇拥在中央的某个身影，再看看左畅兴奋的小表情，瞬间了然。

她没打击小姑娘的积极性，挑了饮料：“橙汁吧。”

“好的。”左畅应下，往那个人多的地方去了。

许意浓站在原地注视着左畅。她借着拿饮料的机会想往王骁歧身边凑，奈何围着他的人太多，她只能在外围打转，根本挤不进去，更找不到机会凑过去。

“哎哟，许总你也来参加峰会了啊？”这时，有人靠了过来。

许意浓一看，是“一唯”那几个跟她组合作办公的人，原来他们也参与了这次峰会。

“是啊，你们也来了？”她微笑。

林然点头附和：“对，来给我们老大当后盾。”

“他的演讲很不错，从主题到内容都让人受益匪浅。”许意浓如此评价，很给面子。

“许总，没去餐饮台喝点儿东西吗？”祁杨捧着一杯香槟，关切地问。他主要比较惋惜美女居然落单了。

许意浓礼貌地告诉他：“我们组的小左已经去帮我拿了。”

正好左畅打道回府。她拿了两杯橙汁回来，表情看似无异，却遮不住眼底的失落。她把其中一杯橙汁递给许意浓：“意浓姐，你要的橙汁。”

许意浓伸手接过：“谢谢。”

“哎？你们也来了啊？”左畅看到“一唯”的人后又活泼了起来。

“是啊，小左妹妹，你说巧不巧？人海茫茫的大峰会，怎么偏偏就我们两组遇见了呢？一定是特殊的缘分牵引着我们总跟你们BOM三组相遇。”祁杨玩世不恭地调侃道。

“早知道昨天就一起来了，你们也没在办公室里吭一声。”左畅才不接他这种撩拨话呢。

祁杨反应挺快：“没事，没事，一起来错过了，但是可以一起回去啊。”

左畅也就随便这么一说，没想到他当真了，只得假借喝橙汁把话题搪塞过去。

“是吧，许总？”祁杨这厮又转头问许意浓。

许意浓举杯抿了一口果汁，继而大方地展颜应道：“可以啊。”

谈笑风生间，祁杨突然对着许意浓身后一扬手，唤了一声：“老大！”

王骁歧结束了那边的谈话，祁杨怕他找不到他们，索性扬手。

看王骁歧往这边过来，左畅的眼里又不可自抑地泛起了亮光。许意浓端杯喝了口果汁，透过杯子弧度的玻璃面看到左畅还抬手整了整自己的头发。

“老大，今天你老帅了！前无古人后无来者的帅！”

待人走近，“一唯”的人一上来就一顿夸奖，谄媚地举杯要给他敬酒。

王骁歧先前已经被各路人马围了一圈，有认识的也有不认识的，这种场合都是习惯性地来者不拒，微信加了一堆，酒也喝了几轮，就是借口来这儿躲些无关紧要的应酬，自家人的恭维酒自然不想再喝。他根本没打算接他们的酒，只给了祁杨一个眼神。

祁杨瞬间明了，见风使舵：“来，来，来，兄弟们把酒干了，一贺老大演讲成功，二谢老大带我们来见世面。”说完带头把杯中酒一饮而尽。

话都被他说了，其他人只能跟着喝。本来应该细品的香槟在他们这儿变成牛饮，好不热闹。

王骁歧身着那件整洁到焕然一新的黑色西装伫立着，看着下属们瞎闹腾。他脊背挺得笔直，浓眉墨染，在刚刚那场成功演讲的光环下可谓风光无限，赫然成为今日主角。

许意浓围观了一拨又一拨人给他庆贺，作为合作方，他人都到跟前了，她岂有不敬一杯的道理。于是她也顺势往前凑了凑，举起杯子：“王经理今天的演讲很有深度，有学到东西，敬你一杯。”

王骁歧手握高脚杯，看向她，眉宇间英气逼人。

许意浓这天的打扮仍是干练大方却不入俗套的简约风。

见王骁歧不动，许意浓微挑眉梢：“王经理不会是嫌弃我以饮料代酒吧？”

这下王骁歧倒是接了话：“谢谢许总，我也该敬你一杯。”

许意浓“哦”了一声：“敬我什么？”

“谢你……”，他举杯轻轻地跟她的杯子一碰，发出“叮”的一声脆响，“捧场。”

许意浓举了举杯，在他饮酌的同时也喝下了杯中的橙汁。

祁杨他们在旁观看着，这两个人不在一块儿的时候倒不觉得有什么，一站到一起除了赏心悦目，还有一股谁也不服谁的暗流涌动。尤其那次会议之后，这种暗暗的较劲是个聪明人都能看出来。

综上所述，祁杨觉得能力型俊男靓女什么的只适合搞事业，不适合谈恋爱。

左畅也借机跟着许意浓敬王骁歧。她双手捧杯近前一步，甜甜的笑中又带有一丝小女生的崇拜：“王经理，你今天的演讲好棒呀。”

王骁歧礼貌地点头，尚未收回的酒杯再次举起，却只是悬空微微一抬示意："谢谢。"

左畅立刻收住要往他那儿递杯相碰的动作，挤着笑硬是喝下了几口果汁，好在接下来祁杨的话缓解了她的尴尬。

祁杨不知道抽什么风，突然提议："这么好的日子，又这么巧大家伙儿都在，不如晚上我们两组一起组个局吧？"

左畅当然想说好，但是领导不发话哪有她先说话的道理。她只能按捺着雀跃的小心脏，安静地观察许意浓的反应。

许意浓上次在会上被王骁歧驳回方案的事已经在"逐影"尽人皆知，也成为其他组茶余饭后的笑料。更有甚者说她这"海归"连个乙方的项目经理都搞不过，能力不过尔尔。而且从她平时对王骁歧不冷不热的态度来看，的确也像心有芥蒂，左畅觉得这个局许意浓多半会推却。

"好啊。"谁知许意浓接下来的回应出乎了左畅的意料。

"地方你们定，东由我们来做。"许意浓毫不拘泥，答应得十分爽快。

"一唯"众人一听，立刻两眼放光地看向王骁歧，疯狂暗示：老大！看看孩子们吧！能不能跟妹子一起吃饭就等你一句话了！

大家正翘首以盼，好巧不巧王骁歧的手机响了。他接过电话，话题中断。

是高总，他问："你人呢？"

"在休息室。"

"来一下大厅，有几个人带你见见。"

"好。"

王骁歧挂断电话后跟她们打招呼："我还有点儿事情，先失陪了。"

许意浓颔首。

这就代表组局的事黄了，"一唯"的几个人在心里捶胸顿足，他们只是单纯地想跟美女们吃个饭而已，怎么就这么难？！

王骁歧却没有立刻离开，而是对着许意浓留下一句："不过刚刚许总客气了，应该由我们'一唯'做东才是。"他又看向祁杨说："晚上你统筹安排一下，一切许总说了算，回头把定位发我。"

被点名的祁杨立刻应下，一副包在他身上的表情："好的，老大！"

交代完，王骁歧便转身离去，许意浓都没来得及回句话。望着"一唯"剩下的其他人，她只能对着祁杨笑了笑："那就麻烦你了。"

祁杨摇摇手："不麻烦，不麻烦，应该的。"

而许意浓身边的左畅从她答应后就开始魂不守舍，下半场的峰会都有些心不在焉，根本没再好好听。

峰会结束后，于峥好像还有事情，让他们打车先走。

离开前，许意浓还是找机会跟于峥提了一下晚上跟乙方聚餐的事，毕竟他们是他带出来的，还是得汇报一下行程，顺道说了一句："于总，晚上您也一起来吧。"

于峥边走边问："在哪儿？"

"应该就在酒店附近。"许意浓拿起手机，"一会儿我把定位发您？"

于峥径自往前走，也没看她，语气略淡："再说吧。"

许意浓"哦"了一声，看前面有人在等他谈事，就不再跟着："那您先忙。"

目送他离去，许意浓手里的手机突然响个不停。她低头一看，自己已经被拉进一个群里，群名——大哥别杀我！

她一进去就被"欢迎甲方""甲方好"的动图刷屏了。

许意浓："……"

王骁歧也在群里，却始终没说话。

发完欢迎的表情包，祁杨便开始在群里问她想吃什么。

她回复："都可以。"

祁杨："@王骁歧，我们老大说了一切您说了算！"

许意浓知道自己不挑一个地方是逃不掉了，于是打开定位搜索了一下酒店附近的餐厅，再查了一下评分，选了个口碑最好的音乐餐吧发到群里。

然后问他们："这家好吗？"

许意浓一向不是个磨蹭的人，做事也不拖泥带水，更不喜欢跟人长时间讨论吃饭的事情。一是她觉得这种小事没必要太纠结，二是觉得没必要把时间浪费在这上面。

当然，更重要的原因是，许意浓在大学里体会过室友施言的各种离谱操作。

每次大家讨论吃什么的时候，施言都无所谓地说："我都可以的。"

有一次齐欢半躺在床上提议："今天我们点'麦劳劳'吃怎么样？"

这是当时她们对"麦当劳"的爱称，当然肯德基也有，还是刘爽自创的。

正在下面玩游戏的刘爽一听，挤眉弄眼："为啥吃'麦劳劳'？我想吃'肯德德'！"

语出惊人，大家瞠目，几秒后寝室里爆笑出声。

大家正在打闹，只有施言不苟言笑地冒出一句：“我不吃油炸垃圾食品。”

于是她们换了一家，她又说：“我不能吃动物内脏。”

刘爽便问：“那你能吃什么？”

施言：“除了内脏我都能吃。”

许意浓就说：“那就吃地锅鸡吧？”

施言摇头：“那个我觉得太油了。”

刘爽说：“那去吃寿司，寿司最不油了，还清淡。”

施言还是摇头：“我不喜欢吃寿司。”

齐欢双臂环胸对着施言，把选择权交给她：“那你说呗，想吃什么，我们都可以的。”

施言继续低头看书：“我随便。”

其他人顿时无语。

后来，在选择吃饭这件事上，许意浓能不废话就不废话，她不想给其他人造成任何困扰。

“一唯”的人没想到她定得那么快，一看还是个音乐餐厅，八点前是正常餐厅，八点后就是酒吧，这么欢快的吗？

再看许意浓发来的“好吗”，他们当然秒回：“好！不见不散！”

出了峰会场馆，许意浓先回酒店换了衣服，顺便把地址发给了于峥，不过没得到回复。

房间这天已经被打扫过了，桌上的那个蛋糕还在。许意浓望着那早就软了的一摊，王骁歧这天演讲时万众瞩目的样子与多年前的碎影重叠。

“咚咚咚”，房门被敲响，左畅的声音响起：“意浓姐，你好了吗？我们可以走了吗？”

许意浓收回视线，先去开了门。小姑娘显然在房间里精心打扮过，涂了珠光眼影，抹了粉色的口红，还换了一条很显身材的连衣裙，只要有点儿小肚子的人就无法驾驭的那种，看上去十分可人。对比之下，许意浓就显得很朴素，有些自惭形秽。

“等我换件衣服。”许意浓邀请她先进来。

“那我去看看其他人。”左畅没进来，一溜烟跑了。许意浓发现她还特意换了一双高跟鞋。

许意浓关上门，从行李箱里拿出一套没那么正式的衣服换上，再找到化妆包补了个妆。她平常会根据当天的衣服颜色搭配眼影颜色，一般是那种比较适合办公室的哑光色调，所以她的眼影盘都是不带珠光的。

许意浓从镜中望着自己，突然发现披散的发间又多了几根白头发。她用指尖捻出来，是从发根到发尾的银白。人家长白头发是压力大或者辛苦，她却是遗传，是吴老师家族祖传的，并且邪门的是传女不传男。姨妈、吴老师都是少白头，早早就开始染发，到了她们这一辈，也是纪昱恒没有，偏偏她有。

许意浓上高中的时候白头发就陆续冒了出来，而且越来越多。有一天她回家就把所有白头发给拔了，后来长出一根就拔一根，久而久之都养成习惯了。

到了大学，刘爽她们不知从哪儿听来的，说有白头发不能拔，拔了会长出更多的白头发。许意浓觉得胡说八道就没信，不仅拔了还每拔一根就攒起来夹在书页里。有一次王骁歧来，两个人在图书馆自习，她翻书的时候被他看到了。

“怎么这么多白头发？”王骁歧还以为自己看错了。

许意浓把书往他那儿一摊，故意卖惨：“老了啊。”

谁知王骁歧一听就笑了，嘴里也没句好话：“嗯，也正常，不老还是个人吗？”

许意浓想到高中时因此被人笑话，新仇旧恨交织在一起，伸手去掐他的腰，手劲还特别重：“你还幸灾乐祸？”

王骁歧也不躲，直接扣住许意浓的手：“多好啊，你老了、丑了别人都不要你，只有我要你。”

许意浓碍于在图书馆，只能继续掐他。

王骁歧继续笑，不顾场合地把她整个人往怀里一带：“放心，不管你什么样我都陪你。”

再后来的某一天，许意浓突然收到了一大罐黑芝麻粉。一看寄件地是C市，她大吃一惊，不会是吴老师寄来的吧？

可那粉被磨得非常细腻，不掺任何杂质，一看就不是出自吴老师和她家老许头之手，而且这两个大忙人才没空给她磨芝麻粉呢。

正纳闷着，她接到了王骁歧的电话：“黑芝麻粉收到没？”

许意浓恍然：“你让奶奶寄的？”

“嗯。”

“奶奶给我磨的？”

“手磨的，你尝尝。”

许意浓打开尝了一口，甜甜的、糯糯的，特别好吃。她说：“奶奶还往里放好了糖？”

“不放糖你肯定不爱吃。”王骁歧又叮嘱，“以后每天都记得吃几勺。”

许意浓的心里顿时滑过数道暖流，但嘴上仍怪他：“偏方你都信？再说这东西网上买买就好了，你还让奶奶特地给我现磨。”

电话那头的王骁歧当时好像也是笑着的：“宁可信其有，不可信其无，网上那些哪有奶奶亲手做的好？”他又郑重其事地道，“我老婆，什么都要最好的。”

许意浓还是习惯性地把那几根白头发拔下来扔进垃圾桶，以前拔掉白头发要隔很久才冒出新的，现在隔三岔五就长出来了。

她对着镜子补了补口红，抿匀，再将口红扔回化妆包里。

可惜啊，奔三了，她早就没了左畅身上那股爱折腾的劲头了，是真的开始老了。

意外的是，这顿聚餐王骁歧没出现，左畅眼里的小星星瞬间熄灭了。

许意浓只觉得这家店的菜挺好吃的，看来网上的评分诚不欺她。她还好奇地问了一下祁杨为什么群名叫“大哥别杀我”。

祁杨笑着说：“许总不知道这首歌肯定是不玩吃鸡。”

这个游戏许意浓知道，表嫂经常玩，有时候缺人还会拉着纪昱恒一起玩。为了显得自己不那么土，她说：“我玩过，只是不经常玩而已。”

林然凑上来：“那下次一起组个队呗，我们带你吃鸡！”

许意浓面不改色地喝水：“好啊。”

一边吃一边聊，不知不觉就到了八点，餐厅灯光骤暗，一时间笼罩在暧昧的灯影里，每个人的脸上透着不均匀的五光十色。

随着前方舞台上有歌声响起，餐厅正式化身酒吧，男男女女都动了起来。

“一唯”的人趁着兴头开始点酒，许意浓自诩在日本什么大风大浪没见过，再加上这里现在黑灯瞎火，群龙无首的几个小乙方还能翻出什么浪花来，便由着他们没阻拦。

很快，服务员便端来一堆东西。

饮料：红牛、雪碧。

酒品：野格、伏特加、江小白。

许意浓组里的小男生们一看就傻了眼：“现在乙方的路子玩得这么野？”

许意浓瞬间觉得自己落伍了，国内现在喝酒花样这么多吗？而接下来祁杨的一堆操作简直让她这个“海鳖”开眼了。

第一杯是江小白兑雪碧，第二杯是野格兑红牛，剩下的伏特加是雪碧和红牛都兑。

只见祁杨把三种混合酒在桌上摆满，然后把桌子一拍道：“来吧，兄弟姐妹们，让我们喝起来！”

许意浓的小弟们你看看我，我看看你，这时候再逃也太跌他们甲方的份了，便硬着头皮问：“要怎么办？”

“一唯”的人顾及有两位美女在场，怕吓着她们，就挑了个简单的游戏。

祁杨：“就明七暗七吧。”

许意浓一脸蒙，什么七？

林然简单解释了一下：“就我们一圈人报数，逢七的比如‘7’‘17’‘27’就是明七，但是七的倍数，像‘14’‘21’‘28’这种就是暗七，不管明的还是暗的，都不能报出来，就喊‘过’。如果喊出来了就接受大家一个提问加喝酒，别人喊错了没发现跟着喊的也要接受提问加喝酒。”

许意浓心想：这不是很简单吗？

祁杨紧跟着补充：“报数得一个接一个，一旦停顿陷入思考一样罚酒。”

许意浓觉得那也还好。

在场一共八个人，游戏开始，许意浓每次都能轻松通过，倒是“一唯”的人自己先喝上了。

第一个输的人是林然，许意浓组里的小男生贼兮兮地送上一杯雪碧兑江小白：“然哥，来吧，说个你们 IT 行业的小秘密给我们听听。”

林然豪爽地喝了酒，开始卖关子：“想知道我们 IT 行业的小秘密？”

大家摆出一副认真脸。

他扬了扬头：“那就是，我们 IT 男不仅头不秃头发还贼茂盛，哈哈哈！”

大家：“……”

方洲也乐呵呵地凑上来：“再友情附赠你们一个小秘密！我们也不穿格子衬衫，以我们老大为首，白衬衫在身，帅就一个字，我只说一次！”

林然袖子一撸接着道：“IT 男里比我们老大精英的没老大帅，比他帅的还没出生。”

许意浓还没喝酒就被呛到了。

这两个人是在说相声吗？

第二轮开始，又是“一唯”的人叫错，这次是方洲。

大家把提问机会留给了左畅，谁知她跑上来就问：“王经理有没有女朋友？”

一旁的祁杨挑着眉提醒：“哎哟，妹妹，这题超纲了啊。”

左畅给方洲送上一杯酒，跟他们掰扯道：“游戏规则里没规定提问的要求吧？那不就随我问吗？”

确实没有规定怎么提问，大家哑口无言，也就随她去了。

方洲接了酒，却也没明说：“我们老大吧，女人缘特别好。”

左畅显然不满意这个答案：“不行啊，方洲哥，你这不算回答，得罚酒。”

方洲怕了她，一副求饶的表情：“要不你重问一个问题呗。”

左畅真的重问了：“那王经理喜欢什么类型的女生？”

方洲差点儿吐血，这问题换汤不换药啊。他哭笑不得地道：“他喜欢什么类型的我不知道，喜欢他的倒是什么类型的都有。”

左畅欲有追问之势，祁杨捧起一杯酒往她面前一放，顺势打断了他们的对话。橘色灯光下，他笑得无比谄媚：“再问你也要喝酒了啊，妹妹。”

左畅不情愿地噤声，游戏继续。谁知这次偏偏就是左畅叫错了数字。

大家开始起哄，这下换方洲给左畅递酒。他指着一排酒问她：“来吧，三种酒自己选一种，每一款入喉都让你纵享丝滑，透心爽，心飞扬！”

岂料左畅扭捏了起来，她说自己喝不了。

“一唯”的人问：“为什么？”

左畅支支吾吾：“我……我不太方便。”

男人们好像懂了些什么，无非就是女人每个月那点儿事呗，这样就确实不能为难小姑娘了。但游戏规则摆在这儿，祁杨就提了一句：“不能喝的有人代喝也行。”

三组的男人们还在犹豫派谁代喝，许意浓已经抬手抽出了一杯。一束灯正好打过来，落在她身上，她仰头把酒一饮而尽。

“啪”的一声，她把空酒杯往桌子上一放，看向对面“一唯”的人：“来，问吧。”

“一唯”的三个人一愣，被帅到了。这意思是，她把问题也接下了？

于是祁杨十分“众望所归”地清了清嗓子，问：“男朋友开的什么车？”

许意浓直言：“我没有男朋友。”

这下大家互相对视，包括许意浓的组员。

静默片刻，祁杨拍了拍桌子高声喊：“来，继续！”

几轮过去以后，许意浓慢慢开始脸发热，从耳根开始。她刚刚帮左畅喝下的那杯量还挺足，这酒跟饮料兑过之后甜甜的，跟鸡尾酒似的。一开始喝真没什么感觉，并且她只喝了一杯，倒不至于醉吧？

许意浓随手拿过一罐冰的雪碧焐脸降温，一走神反应就慢了半拍，口误叫错了数，这下轮到她自己喝了。

这次的问题是：“那个开豪车的人是？”

许意浓拿酒的手一顿：“什么豪车？”

左畅：“就你第一天上班坐的那辆啊。”

“那是我表哥的车。”她又看向左畅，“你们怎么知道我第一天上班的事情？”

左畅这才把当时她来报到，内网上帖子沸腾的事告诉她。

组里的男生则说：“主要我们大‘逐影’男女比例失调，所以听说有美女来都很期待。有人看到你来上班时坐的是豪车，就误以为是你男朋友。”

许意浓一边听一边晃了晃手中的酒杯，只当笑话一听而过。她平时没空去刷什么内网论坛，觉得既浪费时间又很无聊。

她把酒喝下，游戏继续。

王骁歧陪高总应酬完才到那个音乐餐吧，下出租车的时候看到后面也停了一辆出租车，从上面下来一个人，是于峥。

两个人就这样打了个照面，互相点头示意。

“于总。”

“王经理。”

于峥显然也是刚从其他地方过来的，他手拎着西服问：“你怎么也才到？”

王骁歧告诉他：“有个小应酬。”然后礼貌地让道让他先走。

于峥看了王骁歧一眼，手往西装裤袋里一插：“今天的演讲不错。”

王骁歧谦虚地道：“谢谢，在你们面前班门弄斧了。”

两个人站着聊了一会儿工作，突然看到有几个人从餐吧里勾肩搭背地走出来，没走几步其中一个人就吐了，直接吐在了路边。

于峥顺着那几个人看了看餐吧闪烁的门头，笑着问了一句："这地方，是我们小许挑的？"

王骁歧背着光，声音平淡地道："不清楚。"

于峥的手机忽而作响，他跟王骁歧打了个招呼："不好意思，接个电话。"

王骁歧示意请便，于峥便举着手机往边上走远了些。

餐吧里，大家还在玩。

许意浓自那次失误后又叫错了几次，接连几杯酒下肚，她开始觉得不对劲了。那些酒虽然被饮料稀释了，但后劲儿很足，一旦上头，脑子就开始发沉，再加上餐吧里暖气开得很足，人越来越多，整个人感觉胸闷气短。

乙方的人也叫错了几次，左畅抓着机会问："王经理平常有些什么爱好？"

"王经理""王经理"，一晚上她全是围绕这个话题。

祁杨喝酒前先用矿泉水漱了个口，用肩膀碰了方洲一下："这题你来？"

方洲晃了晃酒杯："我们老大的爱好啊……"他语调拖得又长又慢，思忖半晌后幡然醒悟，"他最大的爱好就是翻《英汉词典》！"

甲方几个男生忍俊不禁，嘀咕道："《英汉词典》有什么好看的？"

左畅也一脸不信的表情："真的假的？"

方洲"啧"了一声："骗你干吗？"他推祁杨，"不信问他。"

祁杨荡漾一笑："这你就不懂了吧，妹妹，有些人的爱好就是那么千奇百怪。他的爱好确实是看《英汉词典》，没事就翻，都快翻烂了，不然你以为他今天凭什么能站在台上用英语出口成章？"他把酒一口喝了，再看看左畅调侃，"这世上你不懂的多了去了，尤其是男人。"最后两个字他加了重音。

左畅脸一热，看了他一眼。

许意浓一言不发地听他们在耳边嗡嗡嗡，酒精上头让她难以再坐下去，她觉得自己急需去外面喘口气才行。

于是她找了个借口："我去趟洗手间。"

左畅问要不要陪她一起去，她站起来说"不用"，径自离了席。

在去厕所的途中，许意浓掉转方向去了门口。一到外面就有风吹来，吹得她长发飘散，却也没缓解多少。酒劲上头，她只觉头重脚轻，想找个支撑物靠一靠，于是用手拍着脸顺着光源往前面的路灯走。

她暗忖：她堂堂一甲方，酒桌上居然没玩过乙方，到底还是低估了他们。

许意浓朝着路灯走去，脚下越发有点儿飘忽，像踩在棉花上，一时竟使不上什么力来。

于峥起初只瞥到一个身影从餐吧里出来，只当又是喝多了的人，待那人走近了才发现是许意浓。

他一看到她走路的样子就知道是喝多了。而她不知是不是已经看到了他们，正朝着他们的方向走来。只有几步之遥的时候她脚一绊差点儿摔着，他下意识地要迈步过去扶她，可还没触碰到她，她已经与他擦身而过。

于峥保持听电话的动作一滞，转过身去，只见刚刚还有些走不稳的许意浓直直地走向了王骁歧，最后在他面前定住。

昏黄的路灯下，许意浓背对着他，看不到表情。王骁歧笔直地站立，正一动不动地注视着她。

许意浓脑子里如同糨糊般黏稠，却在看到前方的一道身影后回到了某个记忆点。

那是大学里帮辅导员庆生，那天大家情绪高涨都喝了酒。许意浓看在老师的面子上，男同学怂恿她喝酒便没拒绝，谁知喝光了一瓶啤酒。

那啤酒度数不低，最后散场的时候她走路都有些飘，刘爽她们要扶她，她却逞强说："不用，不用，我好着呢。"

正走着，齐欢突然来了一嗓子："哎哟，浓哥，你家老王来了。"

许意浓还以为齐欢在骗她，嘴上嚷嚷着："哪儿呢？哪儿呢？你们可别骗我啊！"

刘爽把看反了方向的她掉转过来，她再往前一看，王骁歧真的站在那里。

许意浓瞬间笑得无比开心。那段时间王骁歧在忙什么比赛，他们已经很久没见面了。看到他来了，她更加不要刘爽她们扶了，只想快点儿到他身边去。

许意浓双手往外一扬，让她们散开："你们都给我让开，我……我可以自己走过去！"

刘爽笑她："那你走，走个直线到你老公那儿去，别走歪了啊！"

许意浓一只手往腰上一撑："走就走，谁怕谁啊。"另一只手指着脚下的路，"我现在就走直线啊，你们可瞧好了，我肯定……"

她打了个嗝，继续说道："肯定走直线到我老公那儿！看好了！不要眨眼睛！"

齐欢催促道："屁话那么多，你倒是走啊。"

她就真的走了，可只有她自己觉得是直线，在其他人眼里简直是歪七扭八，晃晃悠悠，乐得刘爽和齐欢那叫一个前俯后仰，拍手称绝。

中途王骁歧要过来，还被她制止了："老公你别动，我能过来的！我马上就过来了！你等等我！"

王骁歧就不动了，站在原地等着她。

路灯下，他的影子被昏黄的光拉得老长，安静地等待着前方那个一定会到的傻瓜。

此刻，许意浓仰着头，王骁歧却没低头，灯光在他们的头顶闪耀。他个高，光照得她看不清他的脸，只剩下个轮廓。

她仰头望着，突然咧嘴一笑，眼里倒映着路灯的微光。她说："我走过来了。"

王骁歧没说话。

许意浓挪着小碎步靠过去，倏地双手往他西服口袋里一放再一收。

那些动作、话语，与多年前重合。

许意浓一头扎进王骁歧怀里，抱着他闷声说："你看，我走过来了。"她又打了个嗝，心满意足地低喃，"你站多远我都能走过来的，笨笨王……"

长街流光，汽车飞驰，行人们步履匆匆，画面犹如定格，直到一阵凉风袭来，吹乱了他们的衣角与发丝。王骁歧终于动了，他脱下西服披在她的脑袋上，而后长手一伸将她打横抱起，拦下一辆出租车便带着她消失了。

一切快得仿佛发生在一瞬间，还站在原地打电话的于峥仿佛彻头彻尾成了一个看客。

第八章

又成同学了

许意浓感觉自己的头发在被轻抚，脸也跟着什么在振动，意识一片混沌。她在一阵颠簸中感受到肚子里翻江倒海，突然整个人挣脱着弹坐起来。

她低着头，双手扶着前面的座位，仿佛下一秒就要吐出来。

司机从后视镜里看到忙喊：“哎，哎，哎！姑娘，麻烦你忍一忍啊，可千万别吐我车上，我一会儿还要接单的！你吐了我今晚生意还怎么做啊！这段因为修路所以路上坑坑洼洼的，开过了就好了啊，再忍忍啊！”

许意浓听到后捂着嘴，强忍着难受。

蓦地，左侧的车窗被降下来，风吹进狭小的车里，吹乱了她的长发。她侧首，一个身影映入眼帘。

夜色随着车的行驶在飞速后退，车身屏蔽了这个城市的喧闹与嘈杂。王骁歧一双无处安放的大长腿屈着，静静地坐在那里，与外面张牙舞爪的世界显得格格不入。只有那间隔不断的路灯光影，在他脸上明一阵再暗一阵地交错。

她凝望了一会儿，迷蒙的双眼闭上再睁开。反复两次后，她嘟囔出声：“是你啊……”

王骁歧好像是“嗯”了一声，又好像没有，像是她出现了幻听。

车身颠了一下，反胃的感觉再次从许意浓身体里的某个角落涌上来。她赶紧扒拉着窗沿，把头伸了出去。

冷风从头吹过脖子，渗透到她衣下的皮肤，那透心的凉爽像是在刹那间打开了毛孔，也舒展了四肢百骸，让她如获新生般地将那股吐意再次压制了下去。她不由得贪恋这种感觉，于是继续趴在车窗上，把下巴往手背上一抵，尽情享受着车外的清风拂面。

许意浓莫名地心安。她踏实地把眼睛闭上，只剩光感在前面晃。

直到车子驶入一条隧道，视线骤然陷入一片暗淡，光感微弱。它仿佛是条时空隧道，带着她和记忆一起回到了很久以前……

那一年纪昱恒参加全国高中生奥林匹克数学竞赛荣获一等奖，高二就以优异的成绩被保送A大，一夜之间轰动了全市。市一中特地把学校的名人堂空出一扇橱窗，贴上了他自入学以来取得的骄人成绩和各大参赛奖项，又附上了他学生证上的清俊照片供学弟学妹们膜拜，简直横扫千军，倍儿有排面。

那会儿许意浓在市一中的初中部，课上听老师讲得最多的一句话就是："你们啊，要是没有你们纪学长那脑子跟天赋，就给我安安分分地好好听课！"

后来但凡一到全市统考，就有同学对着那橱窗里的名人堂拜："各位师兄、师姐在上，请受学弟一拜！保佑我这次进全市前一百名啊。"

而许意浓每次经过那扇橱窗，看到被贴在里面的纪昱恒她就暗暗发誓，总有一天她许意浓的名字和照片也一定要出现在这名人堂。

为了早起方便，许意浓一直是留短发，秀气与英气并存。初三的某个课间，聚在一起聊天的女生里冒出一句："你们不觉得我们班许意浓跟那个光荣榜上的纪师兄长得很像吗？"

大家都扭过头看她，并开始讨论："真的，简直异曲同工。"

许意浓赶紧低下头躲开她们的视线。她好不容易逃脱了总让她带试卷回去的小学老师，好不容易脱离了"表哥是纪昱恒"的"光环"笼罩，可不能再在中学里跟纪昱恒扯上半毛钱关系了。

于是当同学们问许意浓跟纪学长有没有亲戚关系时，她都是极力否认，并且从那以后她就留起了长发。

她是许意浓，她要做自己，而不是做一个前缀为"学霸纪昱恒的妹妹"的人。

头发刚长到耳垂的时候，许意浓终于有点儿女生的样子了。

那天阳光甚好，照得她心情也不错，于是从衣橱里挑了一件当时风靡一时的韩剧女主角同款彩虹毛衣，然后骑着自行车美滋滋地上学去。她的车是一辆赛车，还是纪昱恒的坐骑，因为觉得挺酷炫，纪昱恒一上大学就被她拿过来了。

谁知道这天才刚骑了一会儿她就感觉越来越吃力。意识到不对劲，她下来一瞧，才发现是后轮胎扎了钉子漏气了。她自认倒霉，只得推着车到附近车行先去补胎，这一耽搁害得她上学险些迟到了。

她骑着补好轮胎的自行车，风驰电掣地来到学校。可早读课的铃声已经响起，学生们都准时进了教室，校门也在铃声中缓缓关闭，仅剩下一个狭小的空间。

她脚下一个猛蹬，卡着那道缝飞一般地骑了进去，速度快得门卫大叔都没看清人脸，只在后头一边追一边喊："嘿！你这丫头，哪个班的啊？迟到了还往里闯，学校里不允许骑车！快给我下来！"

傻瓜才会乖乖停下来。许意浓左拐再右拐进入教学楼区，一路骑到学生车库才下来。她停好自己的车再锁好，便往教室一路狂奔。

谁知迎面遇上一个比她更慢的。

那个人一席黑色连帽卫衣，单手推着一辆极其酷炫的赛车，是在阳光下还会闪烁亮晶晶珠光的那种，一看就贵。

那个人身形修长，走路却慢吞吞的，明明已经晚了却不紧不慢，反倒悠闲自在得很，压根儿就不管迟不迟到。

许意浓囫囵地扫了他一眼就与他擦车而过，谁知她没能跑出去，像是被什么东西给拽住了，有一股反力在拉着她。

她转身一看，差点儿背过去气。她心爱的小毛衣居然钩在了那个人的自行车刹车把手上，随着他们的背对而行，拉出了一大截毛线。

一时间，震惊、狗血、心疼、倒霉等"百感"齐涌上头。她这天是踩狗屎了吗？运气这么差？

相比之下那个人就显得淡定许多。他把车倒推到她身旁，将车脚一撑，停了下来。

许意浓一愣，这几个意思？

他也不看她，只将下巴对着那被毛衣勾缠的车把手微微一点，提醒她："解开。"

许意浓不觉好笑："我解？"

他这才抬头，许意浓清楚地看到他的脸。

长得倒是人模狗样，只是说起话来跟他给人的第一感觉一样，跩得很："那我直接扯了。"语毕他就抬起手。

这还得了？！她心爱的衣服不直接报废了？

这件衣服可不仅仅是她喜欢的电视剧女主角同款，还是她心灵手巧的姨妈对着女主角的图片，一针一线亲手给她织出来的十四岁生日礼物。她平常都不舍得穿，偶尔拿出来穿那么一回就遇到了这等糟心事，让她既想捶他也想捶自己。

“等一下！”许意浓立刻制止他的动作，生怕他真的去扯，“我解，我解！”

她赶紧闷头从他的车把手上解开自己的毛衣，可是取下来后已经被拉扯出来的线头却再也缩不回去了，任凭她怎么抚平都无济于事。

她懊恼极了，可是这又能怪谁呢？还得怪她自己不小心。

早读课的铃声已经正式响起，许意浓撇撇嘴没再管他，拉好衣服自认倒霉地跑开了。

她一溜烟进了教学楼，偏偏初三年级的教室都在顶层，她一步跨两级，终于踩着第三遍早读铃声的尾巴进了教室。庆幸的是，这天班主任没准时到，她迅速坐到自己的位子上，累得上气不接下气。

许意浓觉得下次学校让匿名提建议的时候有必要写上装电梯的请求。

她喘了一会儿，猫着身子偷看完一章漫画的同桌终于跟她搭话了：“你怎么来晚了啊？还喘成这样？”

许意浓往课桌里塞书包：“别提了，今天出门不利，各种倒霉，说来话长。”

同桌八卦：“那你长话短说呗。”

许意浓从书包里抽出课本，“哗啦啦”翻开：“长话短说就是……”

这时，她的余光瞥见窗口走过两个人影，侧目一望，翻书的动作一滞，耳边传来同桌的催促声：“是什么？快说啊，说啊。”但很快就消了音。

直到班主任带着人走进教室，同桌一边推搡着许意浓的胳膊，一边发出半吊子的韩式惊叹：“哦！漫画中的长腿少年从书里走出来了啊！”

班主任走上讲台，抬手用书角先敲了敲黑板说：“来，大家安静。”

教室里瞬间鸦雀无声，老师推了推镜框：“给大家介绍一下。”她示意那个大高个进来，“这是从H市转来的王骁歧同学，因为户口问题现在迁回原户籍所在地上学，以后大家就是同学了，鼓掌欢迎。”

台下响起一阵掌声，只有许意浓一动不动。

班主任又给他指了后排一个座位：“你就坐那儿吧。”

许意浓身子一僵，心想完了，整个教室只有她后面的座位是空的。

随着那个人从讲台上迈步而下，教室里先是一阵安静，很快就窃窃私语起来——

“这都四月份了，只剩两个月就中考了，他现在才转学，可真有勇气。”

“你看他全身从上到下都是名牌。”

王骁歧从许意浓的座位上一晃而过，然后止步放下书包坐在了她后面。

同桌难掩兴奋地对许意浓做着口型：“赚了，赚了。”

许意浓嘴角牵强地扯出一抹笑，低头继续翻书。此刻的她需要静一静。

谁知道班主任喊了一声：“许意浓。”

她条件反射地站起来：“在，老师。”

“下课后你带新同学去教材室领一下课本。”

许意浓硬着头皮点头：“好的。”

可是她错了，错在她是一班之长！

老师同时也交代了一下身后那位：“王骁歧，下课你就跟班长许意浓走啊。”

身后传来一声不咸不淡的应答：“嗯。”

许意浓不禁嗤鼻，他可真是惜字如金呢。

下课后，许意浓领着王骁歧去往教材室。初春微醺，阳光暖人，学校绿化带里的花草舒展，鲜艳得肆无忌惮，惹得蜜蜂蝴蝶争相扑簌。

许意浓快步走在前面，经过花丛的时候，有几只蜜蜂过来了，在她周围飞来飞去。她挥手赶了赶，倏然听见一声轻笑，带点儿讥诮的味道。她转身，对上那张清高脸。

她觉得他刚刚是在嘲笑自己，可她没有证据。再想起她的毛衣，不免有些恼火。

好，你行，我也不是吃素的。

于是许意浓把手一伸，对着不远处的教学楼一指：“直行左拐右拐再右拐左拐直行，就到了。”她仰头看看王骁歧，“懂了吧？”

不说话她就当他默认了：“我还有事，你自己去教材室吧。”说完便打道回府。

走了一阵没听到身后有动静，她又回头看，除了还在乱飞的蜜蜂，哪里还有半点人影。

哟，走得比她还快，她倒要看看他能不能自己找到全校地形最错综复杂的教材处。

回到教室里，男同学们盯着许意浓身后的课桌看，是在研究桌上的那几支笔。那笔一看就很高级的样子，不是他们平时用的几块钱，撑死十来块，而是见都没见过，外面文具店买都买不到的样式。

有见过世面的同学看了看，说好像是国外的品牌，很好写也很贵，一支就要大几十块。

当时正好有同学在给自己用完的水笔装新的笔芯，批发价，八毛钱一支，一听就觉得自己的笔不仅不好用还特低级，马上凑过去八卦地问："不就写写字吗？他用这么贵的笔啊？"

于是这个课间，大家就王骁歧这个空降生展开了讨论。

"我们市一中初中部什么时候开过初三关键期收转校生的先例？而且还是我们堂堂大（1）班！"

市一中，C市市区尖子生齐聚一堂的名校。人人都说初中人在市一中，一只脚跨进"985"；高中人在市一中，你跟状元肩并肩。可见市一中的名号有多响亮。

王骁歧一个转校生能在这个时候直接空降卧虎藏龙的（1）班，他的成绩是有多能打？

这时，有同学从教室外匆匆忙忙跑进来："问到了！"他扶着课桌敲了敲，"你们知道这王骁歧什么来头吗？"

大家齐齐望向他："什么来头？"

那个人还在大喘气，有男同学不耐烦地催促道："快说！"

那同学顺了顺气："天盛纺织听说过吗？"

同学甲一脸嫌弃地道："废话，家纺界的扛把子，满省的连锁店。我去周边旅个游都能看到好几家，我家四件套全是这个牌子，床上用品我妈、我姥、我奶只认它家，拥有无数中老年狂热粉。"

其他同学："哎，我家也是啊！"

"我家也……"

那个打探到小道消息的同学咽下口水望了望天："天盛的老板姓王，王骁歧也姓王。"他再低下头两手一摊，"你们懂了吧？"

大家静默了片刻，不知谁冒出一句："所以他是……天盛的小太子爷？"

那同学点点头，一时响起好几声惊呼。

又有同学问："那天盛家纺城……"

天盛家纺城，坐落在C市一角，全国前三大家纺城之一，C市驰名商标。

那同学耸耸肩，语气十分肯定："嗯，也是他家的。"

又是一阵惊叹，那同学趁热打铁再放出一个劲爆消息：“据说他爸为了让他插进我们班，直接给学校扩建了两栋新大楼，初中部、高中部各一栋。”

这下大家被震惊到咂舌，望着他们教学楼后面正在挖地基的新教学楼顿时醒悟。

也有女生围在一起讨论：“怪不得他身上的气质跟其他男生不一样。”

这话男生们就不爱听了：“一个走后门的关系户，能有什么气质？满身的铜臭气质吗？”

气得女生们直翻白眼，卷着书就要打他们：“说什么呢？！”

男生们眼明手快地站起来四处逃窜。

那厢在哄闹着，这厢看完一章少女漫的同桌一抬头就看到了左手边的许意浓。她诧异地道：“咦，你不是，不是带着新同学去教材室了吗？这么快就回来了？”

许意浓低头抽出一本英语习题册，随口“嗯”了一声。

同桌看看后面，再看看外面，又张望四周：“那个新同学怎么没回来？”

“搬书呢，哪儿那么快。”

“那你作为亲爱的班长怎么不搭把手？”

许意浓翻开本子开始做题：“你要是现在往教材室走，还来得及帮他一把。”

同桌秒㞞，低头翻她的漫画道：“那我还是看我的小人书吧。”

教室里闹哄哄的，并没有因为多来了一个新同学发生任何改变。

突然，教室前面的广播响起一阵电流声，一个熟悉的声开始试音：“歪歪歪，外外外……”

那是学校专门负责广播播报的人，一个退了休的男老教师，什么都好，就是普通话不太标准。

大家只当又是常规操作的试广播，都没当回事，继续做着自己的事情。直到那个夹杂着些许口音的浑厚声音响起：“现在播报一则领物启事，播报一则领物启事，请初三（1）班徐一龙筒靴速到学校教材室领取你的遗失物，请初三（1）班徐一龙筒靴速到教材室领取你的遗失物……”

大家一愣，然后齐刷刷地把目光聚焦到许意浓身上。

许意浓觉得自己脑袋快炸了，万万没想到自己反被摆了一道。

还有男同学调侃：“班长，你怎么把新同学遗失在教材室了啊？还不快去领啊，徐一龙？”

至此，许意浓和王晓歧算是结下梁子了。

王晓歧这个人话不多，喜欢独来独往，不是很合群。

在接下来紧张的冲刺复习里，很快全校又迎来了新一轮的月考。大家都以为这个天盛的小太子爷会放个大招一鸣惊人，结果也确实惊人，因为他直接吊了车尾，完全就是个普通班学生的水准。

很多人嗤笑，还以为来了个什么人物呢，原来也就如此。

这么一来，观望了他一阵子的男生们断定他就是一个纯关系户。学校在初三这种关键时刻强塞进来这样一个人，对他们这种全凭考试进班的学生来说，真是有失公平公正，所以男生们心里多少有些不服气。

有的人会趁着晚自习下课的时候搞点儿恶作剧，比如拿着厚厚的纸巾盖在王晓歧没带走的高级水笔头上。一夜工夫，笔里的墨水全被吸干，第二天成了一支无法再用的废笔。而恶作剧的男生们都幸灾乐祸地等着看王晓歧恼羞成怒又无可奈何的模样。

谁知王晓歧早上来到自己的位子，只扫了一眼桌子，就连纸带笔扔进了垃圾袋里，然后从书包里拿出一盒。

大家傻眼了。

他把笔往桌上一放，再把书包往课桌里一塞，自顾自地抽出课本开始早读。那挑衅的样子仿佛在说，笔他有得是。他不仅不㞞，还嚣张得一塌糊涂，这样惹得男生们更加不快，索性跟他彻底划清界限，再无任何交集。

许意浓虽然跟他是前后座，但除了收作业、传试卷，两个人井水不犯河水。

月考告一段落后，有一天晚自习下了课，同桌又拉许意浓去校外的借书店。那所谓的借书店也不知道是从什么时候冒出来的，仿佛一夜之间遍布 C 市初高中院校附近。同桌的漫画书、小说全是从那儿借的，店里的书用同桌的话来说那叫一个应有尽有，只有你想不到的，没有你借不到的。

借书店一开始是押金制，后来变成会员制，二十元起充，一本书五毛钱一天，隔天再加五毛钱，一度超越奶茶店成为学生们最喜欢光顾的地方。

许意浓也是通过同桌才知道有这么个地方，虽然她对这个地方一点儿也不感兴趣，却总被同桌拉着一起去借书。因为书店生意太好了，为了防止有人囤书居然开始限量，规定一人一次只能借一本。同桌最近借的漫画书又分好几册，为了能无缝对接地看书，她拉着许意浓也办了会员，这样她就多了一个借书名额。

“我劝你还是少看这些漫画、小说什么的，等中考完了有的是时间看。”许意浓不明白同桌为何如此热衷于这些，就像她不明白其他女生追星一样。

她出生于教师家庭，姨妈是大学高数老师，母亲是市三中高中部的英语老师，从小给她和表哥灌输的思想就是人在什么年纪就该做什么事儿，而现在就该是“两耳不闻窗外事，一心只读圣贤书”的年纪。

同桌骑着自行车，不当回事地道：“劳逸结合啊，反正我又不会影响到成绩。”

许意浓撇嘴，算了，观点不一致，强掰也徒劳。

两个人骑车来到书店，店里早就人满为患，生意火爆。有几个其他班的男生在前台刷卡的时候看到了许意浓，立刻抬起胳膊捅捅身边的同学，朝外扬着下巴：“嘿，那不是(1)班的班长许意浓吗？她也会来这儿？”

其他男生一看：“啧，这就是好学生跟我们的差距了，我们看小说那叫不务正业，人家看小说就叫放松消遣，该第一还是第一，学习、解乏两不误。”

那书店老板娘也是个好事的，一听什么“第一”，就抻着脖子往外看：“哪儿呢？市一中的第一名我看看？”

男生们就嬉皮笑脸地纷纷朝许意浓那儿看。

许意浓被突如其来的视线看得浑身不自在。她停好自行车后对同桌说：“人太多了，我们一会儿再进去吧。”

同桌本来就是请她过来帮忙的，也不想让她为难，忙不迭地点头把她往周边的小吃店拉：“走，我请你吃关东煮。”

许意浓觉得与其跟电线杆一样戳在这儿干等，还不如先去其他店。

“你要辣的还是不辣的？”同桌拿着纸杯一边挑关东煮一边问她。

“辣的。”

“老板，您这儿能不能做番茄蛋炒饭？”旁边突然有个声音响起。

同桌比许意浓先抬头，然后低呼：“是王骁歧。”

许意浓当然也看到了。只见王骁歧把书包随意地挂在车把手上，人没下车，车身半斜，一只脚撑地，正跟隔壁那家店的老板说着话。

老板双手一边蹭着身前的围裙，一边走出来道："什么？番茄蛋炒饭？"

"嗯。"

老板有些奇怪："我这儿只有番茄盖浇饭和蛋炒饭，小子，你这番茄蛋炒饭是种什么吃法？"

王骁歧将车身扶正，一副要走的样子："您这儿不能做的话我再去别家问问。"

老板一听笑了："我在这片开店十几年了，送走了一届又一届的学生，我家没有的别家也不会有，你再问都是浪费时间。"老板打量王骁歧，拦下他说，"这样吧，你想吃我给你做就是了，但是这种饭炒下来就是个两不像，会比炒饭湿一点儿，又比盖浇饭干一点儿。"

王骁歧直接递出一张红票子："给我做两份。"

老板接过钱，笑了笑，转身回了店里。

"番茄蛋炒饭，王同学吃个饭还挺有个性。"同桌也在许意浓耳边嘀咕。

许意浓刚要问同桌"好了没"，王骁歧偏头，跟她的视线一撞。

这一对视就让她想起上次他以领失物为由用广播把她叫回教材室，结果让她帮他搬了一摞书回来的事情。越想越不爽，她索性毫不掩饰地送给他一个白眼，又继续跟同桌说话。

挑好了关东煮，许意浓同桌去付钱的工夫，又传来一阵清脆的自行车铃声和女生们的欢声笑语。

许意浓闻声一看，是同班同学曹萦萦。已经付完钱的同桌把那杯巨辣版的关东煮送到她手里，朝曹萦萦所在的方向感叹了一句："哟，稀客，校花也来了。"

是的，曹萦萦就是全校同学公认的校花。她长发及腰，外形也娇柔淑女，笑起来细眉弯弯，异常甜美，非常完美地符合一校之花的形象。

尤其她那标志性的乌黑马尾长辫，每当体育课跑步的时候，那头长发就在她的背后左右来回地拂动，风再一吹，发丝飞扬，整个队伍里都弥漫着一股浓郁芬芳的香味，久久缭绕，飘散不去。有男生如是说，这就是青春期的味道。

只有排在曹萦萦后面，被甩了一脸头发的许意浓的同桌觉得毫无美感可言。每次跑步她都得全程不停地躲闪，生怕把那些头发吃进自己嘴里。下了课一回到位子上，她就一边喝水一边恨铁不成钢地道："你说你以前好好的，留什么短发啊，还骑个赛车，更像个假小子了，学校里有几个女生是骑赛车的？像曹萦萦她们都骑那种很乖巧的淑女车，你要一直是长发，再骑辆正常点儿的自行车，校花还能有她什么事啊？”

许意浓每次都是左耳进右耳出，也不敢苟同。毕竟她也觉得曹萦萦长得好看，还有人家那一颦一笑，比大大咧咧的她可真的淑女太多了。

这里是校外的小吃休闲一条街，学生们下晚自习的聚集地，曹萦萦跟她的朋友们此刻出现也并不奇怪。她们的车都停在一家名为“咕嘟先生”的热门奶茶店门口，看来是来买奶茶的。

奶茶店就在关东煮店隔壁的隔壁，她们下车往店里去的时候，自然注意到了炒饭店门口的那道身影。几个女生的目光似乎都在往那儿瞟，紧接着开始窃窃私语，不一会儿又不约而同地笑起来。而后曹萦萦眉眼带笑，有些害羞地小跑着进了奶茶店。她的长马尾就在背后晃啊晃，特别显眼。其他女生再笑着追上去，途中还在情不自禁地往某处看。

“啧啧啧。”旁观全过程的同桌吃完她的蟹肉丸，嘴里发出了感叹声。

许意浓捧着自己的纸杯看看她，只见同桌仰头呼出一口刚吃完关东煮的热气，像念诗一样的语气，抑扬顿挫地道：“啊！我总算闻到了青春期的味道。”

许意浓低头夹起关东煮也吃了几口，一边吃一边催促：“吃完赶紧去书店。”

“好的。”

等她们吃完要走的时候，曹萦萦在其他女生的推搡中从奶茶店出来了，手中多了一杯奶茶。只见她朝王骁歧所在的方向靠近，俏生生地喊了一声：“王同学。”

…………

后来同桌一直在捏着嗓子矫揉造作地学曹萦萦说话：“王同学，王同学……”

许意浓扔了空纸杯，一言不发地往书店走去，同桌赶紧跟上。

到了书店，里面的人少了许多，但许意浓进去前还是把卫衣的帽子给戴上了。她看着同桌熟门熟路地走向一个书柜，继而从书架上快速拿下两本漫画，捧到怀里如获至宝地道：“还好没被人抢走。”说着赶紧往她手里塞了一本，“谢了，我的好同桌。”

许意浓顺势扫了 眼，她以为只是 本普通的漫画书，也没多想，直接拿着往前台去刷卡。

刷卡的时候，老板娘时不时地打量她们。许意浓只当是先前那群男生起哄引起了老板娘的注意，所以稍稍侧了侧身避开了视线。

许意浓那本先刷好，她对同桌说了一句“我在外面等你”就出去了。

谁知刚出门就差点儿跟一辆自行车撞上，随后她听到一阵刺耳的急刹声，吓得她手里的书都掉了。

她一看竟是王骁歧。这会儿他是车把手左边挂着书包，右边挂着炒饭和奶茶。那杯奶茶因为他的急刹车还在猛烈摇晃，纸袋上明晃晃地来回闪着“咕嘟先生”四个大字。

许意浓赶紧弯腰去捡书，但王骁歧比她手长，快她一步捡起了书。他没有立刻把书还给她，而是先看了看书的封面，再看了看她。

许意浓一把抢回了书，语气不善：“人来人往的，骑车也不看着点儿路。”

王骁歧的视线还落在那本书上。蓦地，他轻笑一声，冒出一句：“跑那么快，生怕别人不知道你做了亏心事？”

许意浓心想：我借本漫画书而已，算哪门子亏心事。又瞪了他一眼。

王骁歧熟视无睹，不以为意地继续踩着他那辆拉风的赛车扬长而去，车把手两边的东西也跟着晃啊晃的。

许意浓暗暗地想，车把手上挂这么满，要是他骑车的时候东西掉下来就搞笑了。

等他走了，许意浓抬手给刚刚掉落在地的书拍了拍封面上的灰。同桌磨磨蹭蹭还没出来，她随手翻了几页，一目十行地在页面上扫视着。突然，她的目光定格在了一处，立刻往后翻了翻，再往前翻了翻。

跑那么快，生怕别人不知道你做了亏心事？

耳边仿佛又响起王骁歧刚才的话，这下她彻底明白了他的意思，整个人宛如被巨雷劈了，五雷轰顶。

“烦死了，竟然被人插队了。”同桌很快出来了，看到许意浓一动不动地站在门口，伸手推了她一下，“好了，我们走吧。”

许意浓猛地一个转身，吓了她一跳。她还捂着胸口，许意浓就已经把书扔给了她。她忙伸手去接：“哎，哎，别丢啊，书弄坏了可是要赔的。”

许意浓气得脸已经红到了耳根：“你怎么在看这种书？”

同桌看了看四周，不解地问：“少女漫画怎么啦？”

许意浓差点儿被她气死：“我一直以为你看的是那种普通漫画。”她觉得自己在助纣为虐，再看看那个书店，回想着老板娘刚刚来回扫视她们的神情，幡然醒悟，“明明知道我们还未成年，刷卡的时候那个老板娘也知道这种书不适合现在的年纪看，却还放在书架上不做任何制止。不是不能赚学生的钱，但不能没有底线吧？”

同桌看她一板一眼的样子，双手抱着书嘟囔：“也……也没那么严重吧？”

之后许意浓让同桌把书还回去，同桌觉得她太上纲上线了，不肯还，许意浓便将自己那张卡从口袋里拿出来一并塞到同桌手里。

“那你自己看着办吧，以后我再也不会来帮你借书了。”许意浓说完推着自己的自行车就走了，也没再等同桌。

就这样，同桌跟她冷战了，两个人一连好几天没说话，直到那天东窗事发。

课间，有男生女生跟往常一样追逐打闹。男生在教室里跑的时候撞到了许意浓她们那排的桌子，桌子晃荡一偏，同桌塞在书桌里的书就掉落在了过道上。当时同桌和许意浓都不在座位上，同学们各忙各的也没在意，谁知道被从后门走进教室的化学老师看到并捡了起来。他捡起书后随手翻了翻，脸色突变，也没再往讲台上走，直接拿着书转身离开了。

等同桌上完厕所回来往书桌里一摸，这才发现书不见了。她里里外外找了个遍都没找到。

许意浓擦完黑板回到座位上，就听到她紧张地问：“你有没有看到我的书？”

这是两个人冷战后第一次说话，许意浓起初还没明白：“什么书？”

同桌都快急死了：“就那本书啊。”

许意浓这才反应过来，刚要说没有，就听到外面传来高跟鞋蹬地的声音，随后班主任风风火火地出现在了教室门口。

大家一脸困惑，下节课不是化学课吗？怎么班主任来了？

班主任板着一张脸走上讲台，抬起手敲着讲台，语气是少有的严厉：“所有人，现在，立刻，马上，给我回到位子上！”

大家瞬间各就各位，教室里也一下子安静了。这突如其来的严肃气氛让许意浓预感有大事将要发生。

班主任推了推镜框，而后将一只手撑在讲台上：“来，大家先转头往后看。”

大家听话地往后看，又听班主任问：“你们看到了什么？”

有人说：“黑板报。”

其他人忍俊不禁，班主任再次敲桌：“都给我严肃点儿！我再问一遍，你们看到了什么？！”

这下没人敢再开玩笑了，忙说：“中考倒计时。”

班主任：“还剩多少天中考？”

“五十天。”

“嗯，还剩五十天就要中考了，却有人在这个时候给我搞事情！”班主任的音量赫然拔高，然后把什么东西摔在了讲台上，大家闻声回眸。

班主任看起来很生气，胸口不断地上下起伏：“我们班，市一中初中部的（1）班，一个个都是重点培养的好苗子。可有人竟不好好备战中考，居然还给我看这种东西。”她说着把书举了起来。

其他同学不明就里地伸头往讲台上看，许意浓和同桌看到那书的封面时身子一僵。尤其是同桌，当场瞳孔放大。

“学校外面那个什么书店，我也有所耳闻，但我万万没有想到，我们（1）班的学生也会凑在里面不学好。这种残害学生的店我们已经上报给学校了，学校马上就会联系有关部门处理。而这本书，我今天也要查个水落石出。”班主任长叹一口气，表情非常失望，“书是化学老师在我们教室的地上捡到的，从谁那里掉出来的无从得知。这本书到底是谁的，我希望那个人能老老实实地站出来，否则等我去书店查到，就不仅仅是找家长谈话那么简单了。现在我给你五分钟的思考时间。”

时间一分一秒地过去，同学们面面相觑，用口型互相问：“谁啊？”

而许意浓和同桌屏息凝神，同桌的脸色开始慢慢发白，嘴唇都快要咬破了。这个时候她万分后悔当初没有听许意浓的话，可已经来不及了。

“还剩三分钟。”班主任背着手在讲台上来回踱步，那沉如鸣钟的声音一下一下敲在人心头，“人，敢做就要敢当，我不希望我教出来的学生是一个有错不敢认的人！”

同桌不由自主地看了看许意浓，许意浓也看了看她，发现她已经被吓得面无血色，手臂也在微微颤抖。她低语，还夹杂了一丝哭腔：“我……我这次死定了，早该听你的话的。”

许意浓心里也五味杂陈。事到如今，她也不知道该怎么办了。

许意浓轻轻地动了一下，想伸手握住同桌的手先稳一稳她的情绪。谁知手还没伸过去，就听到后面传来一阵动静，是人站起来时椅子与地面发出的摩擦声，还有随之而来的认罪声。

“我的。”

那声音异常清晰，响彻整间教室。

四周寂静了一瞬，下一秒全班同学纷纷转过头，所有的目光从她们身上掠过，定格在许意浓的身后。她和同桌则愣在座位上，一时间看到了各种各样的表情：有男同学们的不屑一顾，也有女同学们的惊讶，还有曹萦萦脸上那显而易见的难以置信。

好不容易缓过神，许意浓如芒刺背，刚要作势扭头，班主任犀利的声音已落下。

班主任扬手指着许意浓身后的那个座位，咬牙切齿道："王骁歧，你，你给我出来！"

一阵风从身后吹来，吹乱了许意浓耳旁的碎发。她并没有看到王骁歧当时的表情，只看到他那孤傲如旧的背影和从容不惊的步伐。而那走向班主任的高挺的背脊，自始至终没有弯一下。

王骁歧在学校火了，以一种不是很光彩的方式。

那几天的课余时间，大家讨论的话题几乎都围绕着这件事情。

"学校这次动真格的了，我今天上学路过那个书店时看到已经关门了，就一晚上的工夫，可真够速度的。"

许意浓一早到了学校，听到同学们仍在议论纷纷。

有人插嘴："可不是，王骁歧他爸昨天还被请到了学校。据说，只是据说啊，他爸当着老师们的面扬手就甩了他一个耳光。"

女同学们听了，一片哗然。

许意浓从书包里拿书的动作顿了顿。这时，门口晃过一个人影，是王骁歧来了。刚刚还聚在一起的同学们立刻停止八卦，一个个装模作样地竖起书本躲在后面偷瞄。随着他的靠近，许意浓注意到他的左脸颊靠近脖颈的位置确实有点儿红。

她收回视线低头翻书，他经过她位子的时候又带来一缕微风，之后就是一阵翻书的窸窣声。

同学们还在交头接耳，同桌突然用胳膊肘碰了碰许意浓，又凑过来跟她悄悄说："我觉得，王同学，也许，想救你。"

许意浓二话不说送给她一个死亡凝视，同桌作为罪魁祸首立刻㞞了，闭上嘴安分地埋头看书。

事发之后，许意浓把那天晚上在书店门口遇到王骁歧的事一五一十地告诉了同桌，同桌这才恍然大悟。她平常跟王骁歧没有半点儿交集，人家怎么会在关键时刻站出来替她顶罪，而且这可不是个小罪。但如果把这一切放在许意浓身上，她就能理解了。

许意浓当然也不会无动于衷，那晚王骁歧在书店门口只遇到了她一个人，并不知道她是帮同桌借的书，那么这个锅他就是替她“背的”。而她这个人最不喜欢欠人情了，尤其在知道王骁歧还被他父亲当众甩了一个巴掌后，她觉得自己有必要当面跟他说清楚。

于是那天下了晚自习，她偷偷跟在了王骁歧后面。

可他走了一条小路，是学校附近施工学区房新开辟出来方便运输水泥和黄沙的，满地坑坑洼洼，崎岖不平。前几天还下了一场雨，到处都泥泞不堪，非常不适合骑自行车。并且那羊肠小道也没什么路灯，人迹罕至，只有被铁围栏围住的施工楼那儿透出一点儿微弱的光，一片萧条残败之景，很适合拍恐怖片。

许意浓从没骑自行车骑得这么累，车轮那儿凹一下这儿陷一下的，屁股在坐垫上来回磕碰，着实有点儿疼。

“要跟到什么时候？”

她正上上下下颠簸着，前面骤然响起一道声音。因为四下安静，道路又空荡，居然还带了些许回音。

许意浓吓了一跳，停下车，手捂着胸口，一抬头就看到王骁歧单脚撑地，半扶着他的赛车并斜转着身子往她这里看，似乎早就发现了她。

两个人隔空对视，许意浓顿时觉得自己像个猥琐的跟踪狂。头一回干这种事情，她头皮有些发麻，窘迫之余酝酿了一会儿，而后清了清嗓子直入主题：“那件事，谢了。”

“不用。”王骁歧没有半点诧异，相反语气平淡，“就当是赔你的毛衣了。”他那平静的状态像是早就知道她此行的目的。

许意浓微愣，倒是没料到他还记得这一茬儿。他们的初次见面的印象的确不太美好，但严格说来毛衣被勾坏她自己也有责任，他根本犯不上用“顶罪”来还，况且始作俑者也并不是她。

“其实……”

“别多想。”他跟她同步发声，重新直起身子，桀骜里透着这个年纪的少年特有的不着调，“女生跟男生不一样。”

他那只放在脚踏上的脚顺势踩了踩，曲柄立刻“哗啦哗啦”地开始空转，伴随着他那若有似无的声音，在这暗夜里仿佛悬空而响。

“而我，皮厚。”

他明明说了不止一句，可偏偏“别多想”那三个字余音不断，尤为刺耳。

这让许意浓觉得自己像个刻意上赶着来解释什么的智力障碍者，瞬间也把那险要全盘托出的真相咽于腹中。

一件本质上跟她就没关系的事情，因为她做滥好人趟了浑水，好死不死又在半路撞见他，这下反倒把自己弄得里外不是人。

一时间多种情绪交织在一起，不知从身体的哪个角落一股脑全冒了出来，跟拧麻花似的密密麻麻地缠在她的胸口挥之不去，却又跟哑巴吃了黄连一样说不出个所以然来。

此时穿堂风还很配合地吹了过来，吹得许意浓齐肩的短发毫无形象地群魔乱舞，也冷得她打了个激灵。

“嗯，那就扯平了。”她按捺着心里乱七八糟的情绪，把自己的自行车快速掉转了方向，人也背过身去，语调跟周身的空气一样，没什么温度，“这件事就到此为止，以后我们两不相欠。”

趁机划清界限，她也不想跟他有什么瓜葛，本就不是一路人。

说完许意浓跨上车，头也不回地走了，又被颠了一路。她一边骑车一边骂自己傻，没事找事，闲的！

回到自家小区，她意外地发现家里的灯亮着。她将车在车库里停好，三步并成两步地跑上了楼。

果然，家里有人。她家吴老师的高跟鞋就摆放在门口，罕见地比许意浓提前到了家。

说起吴老师，那还是十分优秀的。她是市三中高中部的英语老师，早早地就评上了特级教师，专带尖子班，送走了一届又一届学生，可谓桃李满天下。每逢她带的那届高考放榜，家里的门槛都恨不得要被致谢的学生跟家长踏破了。

吴老师年轻的时候是个工作狂，从当老师那天起就一门心思扑在了学校里。在许意浓的记忆里，她总是早出晚归，连双休和寒暑假也安排得满满当当。她对自己家的孩子反倒没什么时间和精力管了，因此引起了家里老人的不满。

许意浓的奶奶好像一直跟吴老师不大对盘。许意浓上小学时，她家老许嫌弃学校食堂伙食不好，一直让她去奶奶家吃饭。

有一年清明节家庭聚餐，她们家只有许意浓到场，本来就不大喜欢她的奶奶当即板着脸，在饭桌上眼睛不是眼睛鼻子不是鼻子地阴阳怪气，借题发挥：“意浓啊，不是我要说你妈，她这当老师真要当得‘蜡炬成灰泪始干’啊？看她每天忙成那样，也不说往省里调了，这市一中我瞅着她也没去得了哇，哪一次不是被人挤了名额？”

奶奶越说越起劲：“做女人哪有像她这样的，家里什么事都不管，一天到晚把学校当家。这就算了，你是老师你吃这碗饭，好，你忙，我也认了，那自己的孩子呢？就这么撒手不管了？往我这儿一扔，每天还要我管饭，也没见她贴我老太婆伙食费啊，我那点儿退休工资自己养老都不够哟。”她紧跟着冷哼一声，“别人家的孩子我看她管得那叫一个起劲呢。”

在场的两位姑姑自然听出了意思，但都是明事理的。大姑率先开口：“那大哥大嫂确实都忙，孩子又要长身体，在学校吃总归不如在家吃健康，我大哥不是每个月也会给您生活费吗？意浓一个小女生能吃得了多少？不会吃穷的。您就少说几句吧，妈。”

其实就是正常的一句话，奶奶听着却变了味，觉得自家女儿帮着外人挤对她。她不悦地把筷子往桌上一放，话题扯得更远了：“说都不让说了？要不是她当年只顾着评什么教师职称，每天起早贪黑不顾身体，连自己怀孕了都不知道，头一胎怎么会说没就没了？”她又愤恨地拿起碗在桌上敲，“那可是个男胎啊！本来是我老许家的长孙！”

奶奶那一下下的敲碗声就像敲在了许意浓心上，让原本还在吃饭的她一下子蒙了，嘴里的食物卡在喉咙里难以下咽。

大姑见状不对，立刻朝大姑父使了个眼色，自己又抬手拍了拍母亲的背给她顺气，主动缓和气氛：“哎哟，妈，陈年烂谷子的旧事您提它干吗？现在意浓都这么大了不是？”

大姑父一边附和，一边去搀老太太：“是啊，是啊。”

奶奶还在生气：“你们说说，清明节连个回来祭祖吃饭的工夫都没有，她是个什么大人物啊？不知道的还以为她是C市最好的金牌教师呢，教书育人教得自己的家都不要了。”她说着，声音不由得哽咽起来，“我是造了什么孽摊上这么个儿媳妇，当初就不该让她进门，以后我下去了有什么脸面见你爸啊！”

小姑父呷了口酒，腿在桌下抖啊抖的，跟看戏似的提了一嘴：“那您的儿子不也没回来吗？”

这下老太太不认了：“那不一样！这男人跟女人能一样吗？他的工作可是离不了人的！”

小姑父笑了笑：“合着您儿子忙工作就是真忙，其他人忙工作就是不顾家了？这不对吧，妈。”

奶奶更生气了，直接拍桌：“怎么的？你们今天一个个都要跟我造反吗？”

大姑和大姑父忙站起来劝，好说歹说把她先骗下了桌，扶着回了房。小姑则掐着小姑父骂他嘴贱。

奶奶离席了，许意浓却并没觉得有多清静，耳边还嗡嗡地残留着聒噪声，总觉得奶奶还坐在她身边似的。她望着满桌丰盛的菜，像在看一堆垃圾。

她轻轻地放下碗筷，看向对面的小姑：“小姑，奶奶刚刚说的是真的吗？”

小姑跟小姑父对视了一眼，然后执起筷子夹了一些菜往她碗里添，只说：“吃饭，吃饭。”

许意浓没动，重复了一遍：“是真的？”

小姑没再说话，桌上只剩碗筷碰撞发出的声响。她默认了。

许意浓这才知道，原来她不是父母的第一个孩子。她上头原本还有一个哥哥的，怪不得奶奶一直看吴老师不顺眼，也不喜欢她这个孙女。

这些话她回去后跟父母只字未提，因为她觉得没什么意义，不管她是父母的第几个孩子，她许意浓都活生生地在这个世界上了。

后来她也不再去奶奶家吃饭了，哪怕学校食堂里的饭菜再差，她都觉得比奶奶家的好吃。

再说到她爹老许，忙碌的状态跟吴老师是半斤对八两。他早年是一家知名私企的财务主管，但他一向胸怀大志，觉得一辈子待在民营企业撑死也就到财务总监了，没什么远大前途。于是他就自考注册会计师，进了他们C市当地最大的会计师事务所，到处跑企业审计，一去短则两三天，长则一周以上。

他每次回家都待不了多久，接到电话就又得走。不过他走之前会给许意浓很多零花钱，还会叮嘱她：“要吃什么自己买啊！千万别不舍得，爸爸下次回来再陪你。”

这些话她后来也就听听而已，因为食言的次数太多了，她也就不再当回事了。

许意浓的童年就是这样的，属于经济条件尚可却缺少父母陪伴的放养状态。上初中前她还小，只能像跟屁虫一样跟在表哥纪昱恒后面，他去哪儿她都要跟着，没少被他的同学打趣。

“小表妹，以后让你哥上大学、工作了也带着你呗，就拿根绳把你绑裤腰上。”

其他人就笑：“哈哈哈——”

许意浓的性格不淑女，甚至有点儿男生气，多半就是因为从小跟着纪昱恒扎在男生堆里玩影响的。

许意浓打开门踏进家里，发现鞋柜边上摆着好几双运动鞋，一看就是学生的。

“你就是吴老师的女儿吧？在一中初中部（1）班？”看到她回来，本在客厅里坐着的一个女生率先站起来跟她打招呼。

许意浓点点头，这才明白吴老师为什么会在家。

“厉害了妹妹，下一届一中的冲刺班稳了，A大的明日之星啊。”一个男生长叹一声，也站起来说，“唉，我们望尘莫及的一中啊，初中就输在了别人的起跑线上。”

“你回来了？”这时，手捧试卷的吴老师从书房里走出来。

许意浓“嗯”了一声，听到吴老师解释：“这是我们班上几个英语相对薄弱的尖子生，晚自习下了课再来我这儿补一补。”

“哦。”

“书房我一会儿要用，你回自己的房间复习吧。”

“哦。”

许意浓便往自己房间走去，吴老师又跟上几步叫住她：“浓浓。”

许意浓回头。

“你们班最近那件事，对你的学习不会造成什么影响吧？”吴老师问。

许意浓自然知道母亲问的是什么。好事不出门，坏事传千里，这种事情学校之间传得最快了，吴老师会知道她一点儿都不奇怪。

她说：“不会。”

“那就好，现在可是你的关键时期，千万不要被无关紧要的人和事影响了。”吴老师叮嘱她，又问，“那个男生跟你的座位离得近吗？如果近我就找你们班主任说去，把他调远一点儿，那种孩子你还是少接触得好。”

“不近。”许意浓说完又补上，“很远。”

如果被吴老师知道王骁歧就坐她后面，指不定会闹出什么幺蛾子。多一事不如少一事，反正就快中考了，以后桥归桥路归路，他们更无任何交集。

“那行，你自己心里有数就好。”

对吴老师来说，这半辈子骄傲的事无非三件：第一件，自己带的每一届学生升学率都保持在学校第一；第二件，自己优秀的亲外甥高二就被保送 A 大；第三件，自家女儿从小懂事自觉，成绩优异，常年稳居前几名。

她对女儿也很放心，压根儿就没担心过她的中考。

母女俩简短地说了几句话，许意浓回到了自己房间。她戴上耳机看起了书，做了两道题后放下笔望了望窗外。

夜色缥缈如雾，此刻街巷的人变得越发稀少。晚风开始呼啸，声音凛冽，窗户玻璃有轻微振动。夜幕里只剩几盏微弱的灯火，给这沉重的夜横添了几分暖意。

很久以后，许意浓也会莫名想起十五岁时这个月黑风高夜，因为那是她跟王骁歧剪不断理还乱的开始……

从那以后，许意浓跟王骁歧更加形同陌路了。她一门心思扎在中考复习里，而他依旧每天吊儿郎当没个正形。

那件事情令他声名大噪，所到之处也议论纷纷，几乎都是这样的——

“我觉得会不会是老师误会了什么？”

“他又帅又高冷，看着不像会看少女漫啊。”

“这个看脸的世界。”同桌手托着下巴感叹。

许意浓挺想让同桌闭嘴的，因为在这件事里她是最没有发言权的。

四十几天说慢也不慢，中考最终如期而至。许意浓考完最后一门的时候觉得就像参加了一场集体做作业的活动，一回家就上网对答案，开始估算自己的分数。

彼时，上大一的纪昱恒给吴老师打来电话，询问她的考后情况。姨甥俩还没说几句，许意浓就把手机给抢了过去，并直接宣战：“纪学长，我成为你校友这件事没什么悬念，我的目标是——超越你。”

那会儿她真的是不知天高地厚啊，这种话张口就来。

纪昱恒人淡如菊，只在那头笑了笑：“荣幸之至，我在 A 大等你。”

他是那一年 C 市的中考状元，中考成绩只差总分二十五分的战绩至今无人能超越。许意浓特意刷过他那一届的中考试卷，只能勉强跟他打个平手。要超越他，其实还是有点儿难度的。

吴老师在一旁听着兄妹俩说话，打了个岔，对许意浓说：“你呀，话别说得太满，还是等分数公布吧。”并告诉她一个事实，“我不是打击你，这每逢中考、高考啊，突然杀出的黑马也不少，反倒是老师眼中的种子选手关键时刻会掉链子。我当了这么多年的老师，这种情况见多了。你呢，A 大再说吧，我更不指望你像你哥那样成为状元，只要能稳进一中的冲刺班就成。”

仿佛在吴老师眼里，许意浓生来就比表哥矮一截。

大概也是年少轻狂，越不被认可就越想证明自己，已经预估到分数的许意浓索性放出豪言壮语：“我这次要是在 C 市排第二，就没人能排第一。”

吴老师闻言，扬了扬眉：“行吧，那我静候佳音，等着你给我长脸。你要真是第一，以后我也好在学校吹牛，说我们吴家前后出了两个状元，是文曲星高照，厚待我们老吴家。我还要大大方方地告诉你奶奶，让她知道，她的孙女可一点儿都不比男生差！”

又扯到奶奶了，许意浓话锋一转问表哥：“我要是真考了第一，纪大学长你给我什么奖励啊？”

“你要什么我就给什么。”

“真的？”

“绝无虚言。”

许意浓笑道：“好，那我这两天可要好好想想咯。”

“好，静候你的好消息。”

“一定。”

时间飞逝，中考成绩出来那天，许意浓才发现自己有两大失误。第一大失误，她估算错了语文作文分数，比她预估的少了整整十分；第二大失误，她自信过头了，非但不是全市第一，也不是全校第一，甚至都不在前三。而全市第一和全校第一都是……王骁歧。

她拿着报纸反复确认第一名的名字，就差看出一个窟窿来了。她觉得是自己眼睛瞎了，这怎么可能？！

相比之下吴老师就比她淡定许多，吴老师翻看着报纸说：“之前我说什么来着，叫你不要盲目自信，现在傻眼了吧？这次挫挫你的锐气也好，让你知道人外有人天外有天。”她的视线停留在“王骁歧”三个字上，不由得道，“这孩子爸妈取名字也挺有意思，名字里的‘歧’字怎么是歧路的歧，怪不好听的。”

许意浓才没心思管这些，她甚至想会不会是哪个同名同姓的？总之她无法相信自己会输给那个人。

至此，她陷入了不断的自我怀疑中。她不明白，一向稳居第一的自己怎么会真如吴老师所说在关键时刻掉了链子，还是她就跟网上说的那样，一逢大考就没什么考运？

她迷茫了一段时间，直到收到了市一中暑假集训的选拔通知。

再踏入这所熟悉的学校，许意浓没有了之前的踌躇满志。她不是以第一名的成绩进去的，甚至连进校抬头看橱窗里光荣榜的勇气都没有了。她万万没想到，她和表哥之间有一天竟会隔着一个王骁歧。

初试选拔考试那天，所有人都早早地到场，随着提示音响起，一个人影才慢悠悠地出现在学校里。其他人都带着笔袋和书，他则把笔随手插在裤袋里，身着一套宽松的篮球服，头发湿漉漉的还挂着汗，像刚打完篮球过来考试一样。

他远远地走来，无袖的篮球服下双臂裸露着，却白得像一道光，眉眼间透着一股叛逆的不羁与桀骜。他一出现就引起了一片讨论，大部分都是非一中初中部的学生，还有人向一中初中部的人求证："哎，他是不是就那个因为看少女漫在你们学校一鸣惊人的兄弟啊？"

得到肯定的答复后，发出一阵感叹。

"人才啊人才，漫画与学习两不误，还能考全市第一呢！"

当然也有损他的。

"走了狗屎运吧，中考正好碰上了对胃口的题目而已，让他来硬碰硬地考试未必能行，说不定这次考完就露馅儿了。一中选拔考可是要凭真才实学的，要是第一轮就被刷下来可要被笑掉大牙了。"

…………

大家叽叽喳喳地讨论着，王骁歧却目不斜视，在众人的注视下走向走廊顶头的那间教室。

许意浓看着他朝自己迎面走来。他身上宽大的球服松松垮垮，一点儿也没有来参加考试的紧张感，步伐自始至终都很稳健。

众目睽睽之下，他站定在她面前，抛出一句："又成同学了，徐一龙。"

许意浓："……"

第九章

扔垃圾

许意浓就差当场送他一个白眼。

可大概他们一高一矮站在走廊里过于惹眼，所有人的目光仿佛都聚集在他们这儿，还有人交头接耳地讨论，热度久久不散。

许意浓很不喜欢这种被人关注的感觉。她隐忍地往旁边让了让，一副要跟他划清界限的样子，也不拿正眼看他：“话别说太早，考试见分晓！”

算了，懒得跟他计较，反正她会靠这场考试一雪前耻的。

王骁歧闻言，眉毛微挑，居然没跟她抬杠，直接背靠在走廊围墙上休憩起来。因为刚运动过，他的胸口上下起伏着。

周围仍有接连不断的聒噪声，他充耳不闻，人人避之不及的艳阳他只闭着眼毫不在意。日光在他周身一泻而下，那黑色球服跟他的白皮肤形成鲜明对比，本身就打眼的身影更加耀眼。

蓦地，他勾起嘴角，语气不冷不热，双眼却仍闭着：“看够没？”

许意浓几乎瞬间收回了视线，想反驳又死死地咬唇不语。谁都知道这个时候回话就证明她刚刚在看他，她暗骂他自恋狂，索性背过身去又走远了些。

她干站着，不由得心生烦躁，频繁地抬腕看表。搞什么？人都齐了，怎么监考老师还没来？

突然，许意浓的肩膀被人轻轻拍了一下，回头一看居然是曹萦萦，也不知道她是什么时候凑到自己边上来的。

曹萦萦又贴近一些，对她说：“你跟王骁歧只坐了不到三个月的前后座。”她将视线转投向某处，“很熟吗？”

许意浓想：难道我跟你就很熟吗？

初中的时候，许意浓跟曹萦萦只是普通同学，各玩各的，鲜少有交集。这会儿曹萦萦突然跑过来装熟，许意浓再傻也知道她是什么意思。

许意浓的脑海里顿时浮现那晚曹萦萦在奶茶店的扭捏身影，以及在书店门口撞到王骁歧时他车把手上来回摇曳的奶茶。

许意浓立即撇干净："不熟。"

"那你们刚刚在说什么呢？"没承想曹萦萦还没完，又继续追问，表情看上去倒是挺天真烂漫的。

曹萦萦身上很香。许意浓闻着觉得太过浓郁，忍不住挪了挪脚步，跟曹萦萦拉开一些距离。

好在老师很快抱着试卷出现了，许意浓趁机紧跟步伐钻进了考场，这个问题也就不了了之。

她的考位在第一排第一桌，可以清楚地看到同学们陆续进来的身影。

曹萦萦跟王骁歧几乎同时走到教室门口，王骁歧停步让了她一下，她朝他微微点头，先走了进来。许意浓可以清楚地看到她那泛红的脸颊，举手投足间怎么看都是个淑女。还有她所到之处留下的香气，一下子就填满了整间教室，让人心旷神怡。

除了许意浓。

"阿嚏……"许意浓打了一个喷嚏，之后便似开闸一样再也收不住。她隔一会儿就打一个，要命，鼻炎犯了。

她止不住的喷嚏声又引起了同学们的注意，好死不死偏偏王骁歧坐她旁边，这会儿好像也偏过头来在看热闹。

老师问许意浓怎么回事，她摇了摇头说没事，很快就好，然后强捏着鼻子捂着嘴，不让自己再打喷嚏。就这么忍了一会儿，发试卷的时候她没有再想打喷嚏的感觉。

她长舒一口气，谢天谢地。

冲刺班选拔一向重视理科，所以初试的第一门就是数学。整间教室聚集的可以说是这一届里全市区的尖子生，大家一拿到试卷就立刻进入战斗状态，接踵而来的是"沙沙沙"的答题声。

初考一共四门，数理化加英语，许意浓觉得自己发挥稳定。分数公布那天，她看着自己名字上方的"王骁歧"三个字，才开始真正意识到，人人以为的青铜竟然是个真王者。

成绩确实见了分晓，再不想承认也还是得承认，许意浓又输了。她这个从小在别人嘴里的三好学生感到了深深的挫败感，从此她的人生目标里除了超越表哥纪昱恒，又多了“王骁歧”这个人。

因此，许意浓又陷入了郁郁寡欢之中。

成绩公布的第二天，被选拔出来的一百二十名学生与家长集中在校礼堂里，新一届的暑期集训在校长一番慷慨激昂的致辞后就此拉开序幕。

有的人个子很高，人群中一眼就能看到，不过更显眼的是他与周围形成鲜明对比的形单影只。

而破天荒地，许意浓是由她家老许和吴老师一道陪同来的，这还真是头一次这么有面子。出了礼堂，这两个人还非要把她送进寝室。

一路上吴老师都在碎碎念：“你看，早说了人外有人，你还不肯承认，跟我在家犟，第一轮选拔考又被人超到前面去了吧？”

老许一只手拎着一大袋零食，另一只手提着一大袋水果，在许意浓的另一侧自顾自地叨叨：“哎，我说，这集训伙食怎么样啊？”

然后又是吴老师：“我跟你讲啊，中考和第一轮选拔考双第一，那可不是一般的第一，而且人家的中考成绩只比你哥当年的成绩差了五分，一道数学填空题的差距。第一名那个孩子的实力可真不容小觑。”

完了再换老许：“我看了半天这学校里也就一家小超市啊？这么小它能卖什么？不行啊浓浓，你零食吃完了就打电话给爸爸，爸爸买了给你送来，可不能把我闺女饿瘦了。”

父母这一唱一和的，还不在一个频率，许意浓没再继续听下去，一到宿舍楼就快步往里冲。

吴老师在她身后狂喊：“嘿，我话还没说完，你跑那么快做什么？”

许意浓头也不回道：“抢床铺！”

床铺当然是不用抢的，因为早就分好了，只是许意浓没想到自己竟跟曹萦萦在一个寝室，还是上下铺，曹萦萦在上，许意浓在下。

这本来没什么，关键是许意浓不能长时间近距离闻曹萦萦洗发水的味儿，一闻就想打喷嚏，考试时的那一幕仍历历在目。

现在人家比她先到，总不能当人家的面说想换床位吧？尴尬。她只得硬着头皮默默接受了学校的安排。

集训时间只有两个月，寝室是随机分配的，一间共六个女生。除了曹萦萦，其他人许意浓都不认识。

家长不可以多逗留，吴老师给许意浓铺好床铺，老许给她塞好零食，他们就得走了。

许意浓望着父母离去的身影，唯一觉得欣慰的是，他们在她入学高中的这天没有让她一个人来学校。这么一对比，她好像比某些人多了点优势，她不禁暗自窃喜。

可随之而来的又是当头一吓，因为她竟然无意识地开始跟他攀比起来，连父母陪同入学这种鸡毛蒜皮也被圈进攀比范围内，这非常可怕。她立刻断了脑子里的念想，继续整理自己的东西。

只听“哎哟”一声，突然一阵声响，许意浓一看，是蹲在下面整理东西的人起身时撞到了自己刚刚打开的储物柜门。

那一下碰撞还挺结实的，听得许意浓心一惊。她忙走过去问：“你没事吧？”

那女生手捂着头，闷声道：“没事，没事。”

许意浓愧疚不已：“不好意思，是我刚刚忘了关上门，害你撞了头。”她凑上去查看，“我看看。”

“不用。”女生拒绝，扬起头对着许意浓粲然一笑，“真没事啦。”

这女生明眸皓齿，长得也十分灵动。她大大方方地道：“别那么客气，以后都是同学。我叫林淼，初中是二中的，你呢？”

许意浓还心有余悸，不确定地问：“真没事吗？”

“真的，真的。”

再三确认后，许意浓才礼貌地向林淼介绍自己：“我是本部的，叫许意浓。”

林淼听完一笑，伸出一只手，很有仪式感地重新来了一遍初次见面：“你好，许意浓，我叫林淼，以后我们就是室友了。虽然只有短短两个月，但也请多多关照。”

许意浓还没反应过来，就已经被林淼握住了手。她觉得这个女生还挺有意思的，便也笑着回应：“互相关照。”

许意浓就这样正式进入了集训。

上课第一天，没有最终分班的一百来号人都待在一间大教室里。

外面蝉鸣阵阵，像在给炎炎烈日伴奏，只是时间一长就显得尤为聒噪。空调送风特别慢，教室里一开始跟个暖炉一样惹人烦闷，班主任却乐此不疲地在按照身高排座位。

许意浓理所当然地坐在了后面，也巧合地跟林淼成了同桌。

林淼不是乖乖女，别人都安静坐着的时候，她一边用扇子扇风，一边嚼着口香糖观察窗外走廊里的男生。

她吹出一个泡泡，突然冒出一句：“他们正在讨论篮球呢。”

许意浓拿纸巾擦拭着课桌，觉得不理她好像显得自己特高冷。再说了，自己害她撞了脑门人家也没计较，就回了一句：“你怎么知道？”

林淼有点儿小得意：“我会读唇语啊。”

这项技能令许意浓有些新奇：“你会……唇语？”

林淼挑挑眉：“对啊，不信我翻译给你看。”她把许意浓的身子一转，让许意浓也看向走廊。

目光再次锁定在后排那几个打眼的男生身上，他们都围着王骁歧站着，有说有笑。而他明明跟周围的男生差不多清瘦，却总显得与众不同。

这一幕场景让许意浓清晰地认识到人是慕强的，这种心理可以让人将一个人身上的很多问题忽略不计。而十几岁的他们其实已经无意识地形成了一个小社会，现实地学会了第一时间站队。

大教室在老教学楼的第三层，因为是老楼，说是三层其实并不是很高。走廊后面是一排茂盛的香樟树，绿树浓荫。一面是郁郁葱葱，一面是朝气少年，一静一动在这炎炎夏日里竟无意中构成一幅相得益彰的画卷，并夹杂着阵阵的淡淡清香。

紧接着，林淼真的开始跟着他们的嘴唇变动形状翻译起来。

“王骁歧，上次初考你穿的篮球服是 24 号，你喜欢科比？”

“嗯。”

“我喜欢韦德。”

“哦。”

许意浓惊呆了，这都行？看来现在上个学不光得成绩好，没点儿才艺是不行了。

“你怎么会这个？”她十分好奇地问。

林淼乐呵呵一笑，手中的扇子扇得更欢，额前的刘海随之飘动：“没事瞎研究的。小时候喜欢看警匪片，看到那些跟踪黑社会的便衣警察通过远距离读唇语来破案，觉得特别酷，自己无聊的时候就开始琢磨呗。”

这么一对比，许意浓觉得自己好像没什么特别的爱好。唯一会拉的小提琴，也是吴老师觉得女生学这个能培养气质。

那会儿她还在上幼儿园，吴老师为了培养她的气质，早早地就张罗着给她报培训班。

不过吴老师有一点挺好，她不会像其他家长一样，给孩子报家长喜欢的项目，而是带着许意浓一个一个去参观，让许意浓自己选择。

那一周，小许意浓被吴老师牵着欣赏了舞蹈、画画、书法、钢琴、小提琴、古筝。

周末，吴老师问她："上周那么多兴趣里，你最喜欢哪一个啊？"

要说喜欢，小孩儿哪有什么真的喜欢，只是那会儿的许意浓知道母亲是在给她做选择，所以她认真地思考了一下。

舞蹈是第一个被她排除的，别人压腿、劈叉的画面给她幼小的心灵留下了阴影；第二个排除的是钢琴，还没开始长个子的她觉得自己永远都踩不到下面的踏板；然后是古筝，她觉得那玩意儿比她人都大，她背都背不动；画画、书法她又没什么兴趣，最终只得挑了个大小适中，姑且能陶冶情操的小提琴，这一学就学到了十级。

不过事实证明，即使学了优雅的乐器也未必能成淑女，许意浓就是个活生生的例子。

许意浓正走神，突然，走廊里的王骁歧偏头，两个人隔着澄净的玻璃窗就这么四目相对了。

她的第一反应是扭头，可这么做好像显得她心虚似的，说不定还会被误以为她在偷看他。于是她撇开视线，状似在扫视外面的每一个人，目光落在了还在对着一众男生抬手比画的班主任身上。

许意浓的耳边仍充斥着林淼的声音。

许意浓看了林淼一眼，想暗示她自己已经没兴趣听了，可她还乐在其中地继续翻译着。

只是林淼虽然一个个地在读唇，却并没说清楚哪句话是由谁说的。

"你们觉得，班上谁最好看？"

"你问男的还是女的啊？"

"废话，当然是女的！"

"不都长得差不多？"

"你眼瞎？差多了好吗？！"

话到此处，许意浓的胳膊被林淼碰了一下。

许意浓正闷头用纸巾擦拭着课桌，这次没再抬头看过去。

林淼："他们正往我们这个方向看呢。"

许意浓心想关她屁事，继续擦着桌子。

林淼又喋喋不休起来，跟只蜜蜂一样在许意浓身边，难掩兴奋："他们在说你。"

许意浓动作一滞，又听林淼道："哦，还有曹萦萦。"怕她听不懂，林淼还重新翻译了一遍。

“他们缩小了范围。有人问，曹萦萦跟许意浓，你们觉得谁更好看？”林淼眯着眼仔细看他们的唇形，一字一字地读。

许意浓忍不住说了一句：“无聊。”

林淼以为她生气了，像做错了事一般吐吐舌头跟她打招呼：“不，不，不，不是他们，真正无聊的人是我。”而后这个话题就此终结。

过了一会儿，王骁歧进入教室。他一路走到许意浓那排，然后抬手在邻座的桌面上掸了掸灰尘。

这间教室大概平常是空置的，他这么一碰，手上就沾了一层灰。他翻翻书包再摸摸裤袋，一无所获。抬起头正好看到许意浓在认真地用纸巾擦桌子，于是他朝她“喂”了一声。

许意浓只当没听见。他又喊：“徐一龙。”

林淼有些惊诧地朝许意浓看过来：“他为什么叫你‘徐一龙’啊？”

因为他有病！

许意浓没好气地抬起头，口气硬邦邦地对他说：“干吗？”

王骁歧单肩挂着书包站在她座位旁，高挺的身影盖住了她的半边桌面：“借点儿纸巾。”

“没了。”

气氛有些尴尬，突然，有人插了一句：“我有。”

之后一包未拆封过的纸巾从前面递送到了王骁歧手边，送纸巾的是坐在他座位前的曹萦萦。很有缘的是，这回他们成了前后座。

只见曹萦萦秀气的手半伸着，正侧转着身子望着他。

几秒后，王骁歧伸手接过：“谢谢。”

许意浓仍在擦自己的桌子。

哦，原来他会说“谢谢”这两个字啊。那初中他刚入学那会儿假借她丢了东西之名，用广播硬把她叫了回去，实则却让她帮他搬了一堆书，回到教室后也没听见他说半个谢字啊。

“呃，你纸都擦碎了。”看许意浓一直在擦个不停，林淼友情提醒了一下。

许意浓“哦”了一声，把纸团起来放进了草稿纸里。她的余光瞥到王骁歧擦完桌子椅子便一屁股坐了下来。他们之间只有一道之隔，她的右斜方则是曹萦萦。

王骁歧用完纸巾后将剩下的还回去，曹萦萦声音清脆地推拒：“我还有，这包纸就送你啦。”

这时，先前还不能发力的老旧中央空调像突然被打通了任督二脉，开始猛地送风。许意浓头顶就有个出风口，冷气从她的头顶飘送下来，让她瞬间起了一身的鸡皮疙瘩。

她主动戳了一下林淼，跟她商量：“那个……要不我们换个位子吧？”

当然，最后座位并没有换成，因为许意浓看到了林淼身上被冷风吹得更明显的鸡皮疙瘩，只得作罢。

集训无疑是紧张的，授课老师全是整个C市有名的优质教师，带过很多届学霸。

其中物理老师相当有意思，第一节课只在黑板上写了九个字。第一个字是他的姓，算是自我介绍，剩下八个字是：发粪图强，快人一步。

有人小声提醒：“老师你写错别字了。”

他却说：“没错，就这个字。”

不知谁先起头笑了，其他人受到感染，哄堂大笑。

老师则不以为意地把粉笔往黑板槽里一扔，一字一字地道：“意思就是告诉你们，想要快人一步，连上厕所的时间都很宝贵。”

教室里顿时鸦雀无声。

这让许意浓想起表哥那会儿在家上个厕所都会计时，好像他做事永远分秒必争。天赋加努力成就了一个王者，最终表哥才能出现在学校的名人堂橱窗里。

而她的前方现在还多了一个王骁歧，要超越表哥仿佛变得路漫漫其修远兮。

日复一日地学习，市一中也怕这样的强度会压得学生们喘不过气，还是劳逸结合了一下，晚自习会相对轻松一些。尤其周末的两场晚自习，会组织大家看场电影。平常的晚自习只布置一些作业让大家完成即可，这个时间自然而然地给大家创造了查漏补缺的机会，白天有困惑的问题同学之间可以利用晚自习互相探讨。

这天晚自习的时候，林淼写了一会儿卷子，就把笔一扔趴在桌上念叨：“天哪，无法想象，这日子居然只是刚开了个头，我都觉得需要我妈给我寄点儿‘脑轻松’了。”

“日子就是眼睛一闭一睁就过去了，等到了高考，你再回想起来，只会觉得时间过得太快。”许意浓如此安慰她。

这边林淼还在怨声载道，那边曹萦萦一个转身虚心求教。她捧着自己的卷子软萌地开口："王骁歧，这道题我不太懂，你可以教我一下吗？"

她的声音细如泉水，跟她的长发一样柔顺。

林淼"啧"了一声，推了推许意浓。

许意浓觉得莫名其妙。她找他请教，你推我干吗？

不过王骁歧还没动，他的同桌周邺倒挺积极，率先探头一看："啊，这题我会！来，来，来！"

周邺跟王骁歧既是同桌也是室友，人有点儿无厘头的搞笑。

比如他给自己的橡皮取名为"白居易"，还顺便给王骁歧的橡皮也取了名，叫"李白"。有一次下课，别人经过他座位时碰掉了他的橡皮没捡，他就对着橡皮喊了一声："'白居易'！你怎么了？'白居易'！"

然后他又拿起王骁歧的橡皮叹气："'李白'啊'李白'，我们家'白居易'现在脏了，你们这对好朋友，以后就只剩你独自美丽了。"

那"痛心疾首"的模样搞得撞掉他橡皮的同学不捡都不好意思，立刻捡起来一边擦还一边道歉。

后来男生们没事就会开玩笑："周邺，借一下你的'白居易'？"

他头也不抬地回："不借！我的'白居易'今天没档期，你们问王骁歧借'李白'，他的'李白'有空。"

王骁歧直接在桌下踹他一脚，他"哎哟"一声直喊哥，引来一阵嬉笑。

那时少年们的快乐便是如此简单，而王骁歧也不再是初中那个独来独往的怪胎。相反，他身边再不缺围绕的人。

这会儿周邺正在很认真地给曹萦萦讲题："这题用'定三找四'法，球心 0 到四面体四点距离相等……"

他们交流的过程中，王骁歧心无旁骛地盯着自己的试卷做题，仿佛周围的一切都与他无关。

他做的是物理试卷，早就做完的数学卷就随手扣放在一旁。很明显，他的卷子上除了答题的地方，其他空白处都是他做题时的草稿。

他做题有个习惯，就是不喜欢用草稿纸，小题直接用心算，遇到几何或者复合函数不是隔空打草稿就是直接用水笔在试卷上画。尤其数学试卷后面的几道压轴题，可谓正确答案与鬼画符草稿并存，卷面极其不整洁，所以即使他次次考第一，他的试卷永远都是反面教材。

数学老师多次在讲台上展示："你们看看王骁歧这个卷子哟。"然后又看向他："到底是我考你还是你考我？"

当然，老师也不是没跟他提过：“我知道你数学好，但你知不知道阅卷老师的印象分也很重要？”

王骁歧“哦”了一声，反问：“现在理科卷字迹整洁也能加分吗？”

刚打开茶杯盖往嘴里送水的老师差点儿被呛到：“我是提醒你注意卷面工整。”老师把他的数学卷子一摊，对着压轴题敲了敲，一板一眼道，“这是态度问题，如果这张是高考卷，你也这副样子对待是不是？”

王骁歧很认真地告诉他：“如果这是高考卷，我会用铅笔在上面打草稿，交卷前再擦掉的，老师。”

老师：“……”

王骁歧就是这么一个人，他的存在完全打破了大家固有印象里的传统优等生形象。他有着那个年龄段少年都有的叛逆，又带着别具一格的张扬与骄纵。可偏偏人家又有真材实料，让人奈何不了他。

连班主任都常在办公室感叹：“王骁歧这孩子什么都好，就是个性太强，没人降得住他。这性格要不改，以后出了学校怕是要吃亏啊。”

题目讲完，周郸问：“行了吗？”

曹蓁蓁点了点头，却还没完。她把自己的数学试卷翻了一面，往王骁歧那儿一摊，指着一道压轴题说：“还有这题，第二问我找不到突破点。大神，指点一下呗。”

这下周郸算是彻底了然，暗骂自己刚才乱抢着当什么烂好人。他识趣地把笔往桌上一放：“哦，这题我还没做到。”他又伸了个懒腰看向王骁歧：“老王，你试卷做完了，讲讲这题，正好我也旁听一下。”

王骁歧这个人其实也没有看起来那么高冷，被同学问题目这种事他倒不会完全置之不理，只是他没用曹蓁蓁的卷子，而是重新摊开了自己的卷子。

他将手中的笔转了个方向，执笔的那条手臂微伸在卷面上，青筋凸起。他用笔尾对着试卷上的题目直接比画：“这里定个点，那里画条线，然后设公式。”

旁听的周郸一脸茫然，曹蓁蓁也没听懂。她的身子前倾，头往他那儿凑得更近了些。

王骁歧往后一靠。他说的公式应该是在他自己脑子里，快速从他嘴里蹦出一串。

周郸却还停留在他上一句的“这里那里”，忍不住插话：“等……等一下，哪里跟哪里啊？”

可王骁歧的笔已经落在了自己的答案上，然后把笔一扣：“嗯，就这样。”从头到尾不知有没有一分钟。

曹蓁蓁：“……”

这题周郧听了等于没听，曹蓁蓁就更不必说了。她又拉不下脸再问一遍，好像显得自己悟性很低，便笑着说了一句：“好的，谢谢你呀，王骁歧。”然后转身回了自己的座位，继续安静地做题。

周郧以为她听懂了，开始怀疑人生，难道只有他没听懂吗？

一直观望着的林淼顿悟似的发出感叹：“是不是女生说话的时候加个语气助词，男生才会觉得可爱？比如，‘谢谢呀’‘讨厌啦’‘随便呢’。”她开始现学现卖地模仿曹蓁蓁刚才嗲嗲的语气向许意浓求证，“同桌，你看我这样讲话可爱吗？”

许意浓翻了一页自己的卷子，抬头面无表情地看着她：“要听实话？”

林淼点头如捣蒜，表情有点儿期待。

许意浓用同样加了语气助词的话回她：“你很机车啊。”

林淼：“……”

好吧，看来也并不是所有带语气助词的话都显得可爱。

随着下课铃声响起，今天的晚自习宣告结束。

这个年纪的少男少女正逢生长发育期，市一中的食堂很人性化地给晚自习下课的学生们提供了夜宵服务。林淼偶尔会拉着许意浓去吃点儿，这天大概是被打击了，非要让许意浓请客，安慰一下她受伤的心灵。

许意浓正好也饿了，二话不说就跟她往小食堂去了。这天的夜宵是盖浇面和小馄饨，来的学生还挺多。许意浓她们出教室晚，到窗口的时候已经排了两条队了。

林淼踮着脚一跳一跳地往窗口张望：“一会儿我还要加个鸡腿！”

许意浓心不在焉地“嗯”了一声，突然，门口传来一阵嬉闹声。她一偏头就看到了王骁歧和他的室友们，身后则是曹蓁蓁和她同桌。

“哟，曹蓁蓁不是说晚上八点以后不吃东西吗？怎么还来吃夜宵？”林淼也发现了她的身影。

这事跟许意浓还有点儿关系。她家老许给她准备了一大堆零食，入宿的第一晚她就拿出来与室友们分享。大家都很热情地接过，只有曹蓁蓁淡淡地说了一句“谢谢”婉拒，还说：“晚上过了八点我就不吃零食了，容易发胖。”她看看其他人，顺便告诫，“你们最好也注意一下哦，晚上饮食其实很不健康的。”

弄得正往嘴里塞蛋黄派的室友们塞也不是，不塞也不是。要不是许意浓亲眼见过她晚自习下课去买奶茶，她那一本正经的样子连许意浓都要信了。

队伍在慢慢地移动，许意浓快步跟上前面的人，并没跟林淼搭腔。

不一会儿，王骁歧跟他室友浩浩荡荡地站在了另一队，正好跟许意浓并排了。而曹萦萦她们则往林淼身后一站，还在跟他们说着话，气氛十分和谐，貌似是在讨论篮球。

有男生说："曹萦萦，没想到你还看篮球赛，我们以为女生都不喜欢这些东西呢。"

曹萦萦笑得脆生生的："看啊，我经常看 NBA，还看世界杯，桌球也会打。"

男生们一听，更兴奋了："你还会桌球？那有机会切磋一下。"

曹萦萦落落大方地回应："行啊。"她又把头略微一歪，嘴角勾起，很是俏皮，"你们什么时候打篮球也带上我呗，我可以给你们加油打气呀。"

她大方又可爱的模样根本让人无法拒绝，对面的男生们连连含笑点头："行的，必须的。"

曹萦萦还真如林淼所说，每一句话都会带个语气助词。许意浓觉得让自己这么说话还不如直接给一巴掌来得痛快，所以她这辈子注定成不了淑女。

但话又说回来，有的女生人缘好也不是没原因的。人家不仅有颜，还会投其所好，迅速地跟同学们打成一片，许意浓就不行。

全程没吭一声的王骁歧一直在低头看手机。

两个窗口前的同学逐渐减少，许意浓跟王骁歧同步到达窗口。

"要面还是小馄饨？"食堂阿姨问。

"面。"

"面。"

两个人异口同声。

两个阿姨看看锅里，再互相看看，其中一个有些为难地道："今天要面的同学多，现在只够盛一碗了，要不你们谁改吃小馄饨？"

"他。"

"她。"

又是异口同声。

这回许意浓不爽地看向他："你懂不懂先来后到？"

王骁歧将手机放回裤袋里，手顺势就插在了里面。他看着她说："不是同时到的窗口？"

许意浓义正词严："我早就在这儿排队了。"

王骁歧微侧着身子，两个人算是面对面了。她凶巴巴的样子里透着一股不肯服输的劲，好像下一秒就要发作一样。

他们这样其他同学早就见怪不怪，因为这两个人一个年级第一，一个年级第二，互视对方为竞争对手，向来话不投机半句多，不是在互掙就是在互掙的路上。

阿姨见他们争执不休，开始打圆场："哎呀，男生就让让女生嘛。"又提醒，"抓紧时间，后面还有同学在等着呢。"

最终王骁歧让了步："嗯，我换小馄饨。"

阿姨笑了笑："这就对啦。"

许意浓没想到自己吃碗面还要阿姨出来调解，她心里的自尊开始在体内作祟。看着自己窗口的阿姨舀着大勺去锅里盛面，觉得这碗面如果她就这么吃了肯定特憋屈。

人家如果真想让，就会像初考那天主动让曹萦萦先进教室那样。到了她这里，一碗面都让得那么不情愿，还得靠阿姨来打圆场，反倒像是她蛮不讲理抢了他东西似的。

人，不吃嗟来之食！

许意浓带着自己独有的倔强冒出一句："阿姨我不要面了，给他，我吃小馄饨。"

她这话有点儿像在赌气，却不知道是在跟谁赌气。

王骁歧又偏头看过来，她却固执地没再往他那边看一眼。

阿姨问她："确定了？"

"确定。"

确定以及肯定，反正她就是不要他让。

于是两个窗口的阿姨又把东西调换过来。

另一边的阿姨盛好面后问："那小伙子，你要什么盖浇啊？"

王骁歧语气淡淡："番茄炒蛋。"

许意浓的小馄饨先到，她浑身低气压地端着离开。刚转身就看到曹萦萦越过林淼站到自己刚离去的空位上，快速用饭卡帮王骁歧刷了单。

她的声音依旧甜甜的："王骁歧，谢谢你给我讲解题目，这顿夜宵我请你啊。"

许意浓往前走，他们的声音也越来越模糊。她随便找了个位子坐下，舀起一勺小馄饨便往嘴里送，差点儿烫到了舌头。

几分钟后，林淼也端着小馄饨过来，一边坐一边念叨她："说好的你请我呢！你跑得也太快了吧？太不够意思了，都不等我！"

许意浓则抬手拿着食堂里的小醋罐往自己碗里加醋："下次双倍补上。"

林淼看着许意浓使劲倒醋还没有收手的意思，忍不住提醒她："你这醋倒得也太多了吧，就算食堂的醋不要钱你难道就不怕酸？"她闻着那股浓郁的醋酸味，说话间牙齿都跟着酸了，"你这么能吃醋啊？"

许意浓这才把醋罐子往桌上重重一放，还心有余气："嗯，能吃，我特别能吃醋。"

翌日清晨，室友们是在许意浓的喷嚏声中醒来的，许意浓的鼻炎又犯了。她把自己埋进被子里，用手捂着口鼻，努力克制自己。奈何夏天的薄被并不能将喷嚏声遮掩，还是吵醒了大家。

上铺的曹萦萦伸手从枕边摸到手表看了一眼时间，动静也不小地翻了个身，在又听到削弱的喷嚏声后不耐烦地直接"啧"了一声。这微小的一声，淋漓尽致地展现出她的多种情绪，有烦躁，有不满，概括一下就是意见很大。

为了不打扰她们休息，许意浓捏住自己的鼻子，强忍着痒意轻手轻脚地起床，小心翼翼地拉开了盥洗室的门，以最快的速度洗漱完再换好衣服，抓了本英汉词典便走出了寝室。

她一路捏着鼻子狂奔出宿舍区，确定远离之后她才释放自己，一连打出好几个喷嚏。鼻子里还是痒痒的，她揉捏着长叹一口气，觉得自己可能不太适合这种集体生活，鼻炎一发作就会给别人带来困扰。

夏日天亮得早，整个学校被一层迷雾笼罩着。眼前灰蒙蒙的，近处能听到草丛里的蛙叫与蛐蛐叫叠交而响，此起彼伏。远处能听到不知名生物发出的诡异叫声，让这尚未觉醒的黎明更显神秘。

许意浓迤迤然走到学校的后湖，那里有座假山亭，此刻在这缥缈烟雾中如临仙境。

湖中举目圆叶，盛开着满塘的荷花，碧绿的荷叶上躺着大颗大颗的露珠。晶莹剔透，清风徐徐，波光潋滟，好似洒落在翠玉盘上的玻璃珠。这里曲径通幽，如一方净土，远离了尘嚣与世俗，只留清心与寡欲，倒是十分适合学习。

微风拂面，惬意舒适。许意浓走进亭里，用纸巾擦拭了石凳后坐下，翻开手中的英文词典认真地背起单词来。因为母亲是英语老师，从小就给她培养英语语感，她底子不错，背单词纯属是拓宽词汇量。

只是这里刚成为她一寸见方的小天地，就被乍然响起的“哗哗”水漂声给打破了。平静的湖面泛起阵阵涟漪，波圈一浪推一浪，搅乱了这天然屏障内原有的清静与画中人。

许意浓抬头看到从雾气朦胧中走来一个高瘦的身影，沿着湖边由远及近。待人更近些，她定睛一看，竟是王骁歧。

他身着一身黑，额前的碎发上沾了些露水，看起来湿漉漉的。他双手插在裤兜里，两耳里塞着耳机，白色的耳机线从一侧兜内长长地拉出。

许意浓以为他是在听歌，直到听到他开口说话：“等我生日那天你们能不能……”

长久的安静过后，他突然唤了两声：“妈？妈……”

然后他就扯掉了耳机，看样子像是被挂了电话，烦躁中带着不悦。

“阿嚏！”

许意浓本想当个透明人，却很不合时宜地打了个喷嚏。

王骁歧抬头发现了她。他蹙着眉，脸上还残留着被挂电话后的阴霾，满腹心事。

许意浓站起来自证清白：“我比你先到这儿，可没故意偷听你打电话。”

王骁歧扫了一眼她手里的书，先前的神色敛去几分，似乎也没打算跟她计较什么，只说了一句：“你挺勤奋。”

这话要是别人说的许意浓也就一听置之了，可从他嘴里说出来，怎么听怎么别扭。她生硬地回了一句：“一天之计在于晨，我醒得早，不浪费时间而已。”

王骁歧手还插在裤袋里，刚才扯掉的耳机这会儿恣意地倒挂在他的脖颈间。两个人的状态一对比，反倒衬得他无所事事。

许意浓被他看得有些不自在，刚准备挪动，就听他意有所指地道：“这就是你每次英语考第一的窍门？”

几门主课里，英语的确是许意浓最拿得出手的。她还研究过王骁歧每次的考试成绩，发现他都是靠数理化拉分，英语并不算出众，有点儿偏科。

奈何学好数理化，走遍天下都不怕，英语再好，分数也拉不过那三门，人家只要做对两道数学压轴题就已经干掉了一票人。

“这只是拓宽词汇量，我做英语都靠语感。”许意浓捧着词典实话实说。

王骁歧又走近一些：“怎么培养语感？”

这突如其来的求问让两个人的话锋变了个方向，不回答他倒会显得许意浓小气。她撇嘴道：“语感这种东西，说不清道不明的，多听多看多读多做题呗。”

说话间，王骁歧也站到了亭子里，下巴朝她手中的词典一点：“借我看看。”

许意浓讶异地看着他。只见他嘴角微扬，笑得有些人畜无害：“培养培养语感。”

你说借就借？我岂不是很没面子？

许意浓立刻把词典往身后一背：“一本词典又没几个钱，你自己去书店买一本就是了。”

“行，不借拉倒。”王骁歧好话不说二遍，加上心情不好，一个转身抬脚就走了。

许意浓看看时间，差不多也能去教室了，便跟着跨出了亭子。下台阶的时候，她听到一旁的草丛里传来一阵“沙沙”声，是草叶摩擦发出来的。

一开始她也没当回事，走了几步突然看到离自己一步之遥的灌木丛开始晃动起来。她一惊，看到前面的王骁歧还没走远，当即喊了他的名字：“王骁歧！”

王骁歧回头就看到许意浓脸色发白，脚跟定住了一样，声音颤抖地对他说：“好像有……有蛇。”

王骁歧也没见死不救，转过身问：“在哪儿？”

许意浓看着那晃动越发剧烈的灌木丛，身体都僵硬了。她伸手指了指：“就那儿啊。”

王骁歧看过去，那灌木丛真的在动，确实有什么东西。他再回头看看她那个样子，哪里还像平时那么高傲，玩心一起，故意装没看见：“哪儿？”

许意浓急了，手都要指断了：“那儿啊！”她说完对上少年肆意的笑，立刻反应过来自己被耍了。

“有意思吗，王骁歧？！”再开口时她有些生气。

明明很害怕，却又带着一丝倔强，连求人帮忙都一副不服输的模样。王骁歧收起笑容不再逗她，抬手招她过来：“没事，可能只是野猫，你快点儿走过来。”

他终究没有丢下她，而是重新走了回来。

许意浓还气着，没动，可那灌木丛又开始闹腾起来，让她不由自主地往后退。

王骁歧离她越来越近，朝她所在的方向伸出手：“别怕，过来。”

许意浓暂时抛开他刚才的恶作剧，想试着一鼓作气地冲下去。可她刚迈出一步，那儿又动了，她瞬间就把脚给缩了回去，继续哆哆嗦嗦：“你确定是猫？”

王骁歧手还伸着：“蛇能整出这么大动静？那得多大？”

“万一是呢？！”

王骁歧为了证明不是，直接走向那个灌木丛，准备拨开一探究竟，特别胆大。

“喂，你别过去啊！”许意浓焦急地喊。他要是被咬了可怎么办啊？

王骁歧的手刚碰到那丛灌木，里面的东西就蹿了出来，在他脚边发出“唧唧吱吱”的嘶叫声。

许意浓都没来得及尖叫，就看到两团黄色的，像巨型老鼠一般的动物，它们激烈地扭打着，从她眼前一晃而过，钻进了另一排灌木丛，瞬间销声匿迹。

她有些难以置信地看着王骁歧，王骁歧也在原地看她。她惊魂未定，气息不稳：“刚才那是……是巨型老鼠吗？”

王骁歧到底是男生，比她淡定得多。他告诉她：“是两只打架的黄鼠狼。”

那是许意浓第一次见到活的黄鼠狼，还是在学校里。所谓一朝被蛇咬，十年怕井绳，之后她死死地跟在王骁歧身后，生怕黄鼠狼再从哪儿蹿出来。

突然，草丛又发出声响，许意浓再次被吓，下意识地抓住王骁歧的手臂，躲到他身旁，连词典都掉了。

她声音颤抖着说：“啊！它们又……又来了。”

王骁歧看着躲在自己身边的她，莫名想笑，却忍住了。他低声提醒：

“是风。”

许意浓这才惊觉自己的动作，立刻松开手。

许意浓觉得自己耳根有点儿发热，丢死人了。王骁歧弯身帮她捡起书，拍干净后递过去：“胆子这么小还敢一个人来这儿早读？”

许意浓当然拒不承认：“我只是怕蛇而已，所有软组织蠕动的东西我心理上都无法接受，有点儿恶心。”

“黄鼠狼不怕？”

许意浓继续嘴硬：“不突然蹿出来，有心理准备的话，它出现我还是可以接受的……吧。”

王骁歧见她半天不动，把书在她面前一晃：“吓傻了？东西不要了？”

许意浓轻轻咬唇：“借你了。”

一阵铃声蓦然响起，是从教学楼那边传来的，提示学生开始上早读。

许意浓趁王骁歧不注意，从他身边连跑带跳地蹦下台阶，只留下一句：“还你人情，就当刚才谢你了！”

王骁歧从她的背影收回视线，翻看着手中那本厚厚的英汉词典，封面是醒目亮眼的正红，扉页上是钢笔写的楷书，是她名字的最后一个字——浓，清秀的笔锋中又带着一丝女生少有的英气。

他再抬头，她的身影早已隐匿在那雾色里。他合上词典，慢慢地跟了上去。

后来许意浓告诉林淼学校有黄鼠狼，林淼一副不信的样子：“真的假的？哪儿啊？”

“后湖假山那儿。”

“你早上跑出去就是去那儿了？”

“嗯。”

林淼又笑着说：“那说明我们学校生态环境好，而且看到黄大仙是好事啊，大吉之兆。你应该拜拜，让它保佑你以后考试一路通关，直奔A大。”

她越说越扯，许意浓没再多言。若是让她知道自己还遇到了王骁歧，她那嘴指不定又胡诌些什么呢。

许意浓打岔：“我鼻炎打喷嚏总打扰你们休息，很不好意思。等集训结束，我请大家出去吃饭赔罪。”

林淼手捧着书，觉得她言重了：“哎，这才多大的事儿啊，我早上睡得跟死猪一样，说实话都没听见，她们晚上打呼可比你打喷嚏吵多了。”

寝室里有两个人特别能打呼，默契得一来一回交替着打，其中之一就睡在许意浓的斜上方。一开始她睡觉确实有点儿受影响，后来她换了方向睡，慢慢地竟听习惯了，伴随着那呼噜声也能正常入眠。

可曹萦萦就没许意浓那么能适应了。有一次她被吵得心烦意乱，辗转反侧，也不顾其他人有没有睡着，坐起来大声喊那两个人的名字。可惜她们依旧睡得稳如泰山，倒是其他人在她的叫声中醒了过来。

有人打了个哈欠劝曹萦萦："要不你戴个耳机睡觉吧，曹萦萦，打呼噜的人都睡死了，你这么叫不一定能听见。"

但越被劝曹萦萦就越要做到，她直接下了床。许意浓很明显地从自己床铺晃动的幅度里感觉到了她的不悦。

已经醒来的三个人并不知道曹萦萦要干吗，只见她一落地就踩着拖鞋走到打呼噜的那两个人床边，然后猛地掀开她们身上的薄毯，对着她们的床头一顿猛拍，吓得那两个人当场弹了起来，头发还乱糟糟的。

其中一个还蒙着："啊，怎……怎么了？"

曹萦萦做完一切什么都没说，转身就回自己床铺了，大有"我睡不着你们就都别想睡"的意思。

林淼当时赶紧打圆场："没事，就……你们刚打呼噜来着，提醒一下。"

等回过神来，那两个人也不满了："那不能好好说吗？又掀被子又敲床的，有病吧？"

曹萦萦则事不关己高高挂起地把被子一裹，翻身睡了，留其他人继续调解……

"我算是发现了，曹萦萦这人哪，假得很。"林淼不满地吐槽，"她自己半夜还磨牙呢，声音十分诡异。我早上刷牙的时候跟她提了一下，你知道她说什么？"她有些气不打一处来，"她说我胡说八道，她可从来没有这种坏习惯。"

见许意浓仍无动于衷，林淼为她打抱不平："都不敢承认自己的问题，她还嫌弃别人，她有资格吗？"

许意浓翻着书说了一句："算了，就做两个月的室友，集训后就散了。再说我确实也有不对，还是早读吧。"

林淼朝天翻了个白眼。她是个直肠子，有话也不藏着掖着："反正曹萦萦就是被惯的，她表里不一，虚与委蛇。别人喜欢她这样的，我可不喜欢！"

早读是自由选择书籍阅读，有的人看英语，有的人看语文。许意浓这天看的是文言文，翻页的时候她瞥见隔壁王骁歧手上的书是晃眼的一抹红。她仔细一看，正是自己那本英语词典。原来他并不是说着玩的，是真的在看。

似察觉到她的目光，王骁歧将头一偏。

许意浓像做了亏心事一样，立刻将视线转回自己书上，开始念文言文。只是这天她念出来的一长串文言文没有夹杂任何思考，犹如小和尚念经一样，总回想起在假山亭发生的事情。

“吧嗒”一声，曹萦萦突如其来的一个动作打断了许意浓的思绪。

曹萦萦这天来得迟了些，一到位子上就往王骁歧桌上放了个东西。

周邺一看是瓶旺仔牛奶，他看着曹萦萦问：“这是……给老王的？”

曹萦萦点点头：“谢他昨天教我做题。”

周邺发出了灵魂拷问：“哎，不对吧，昨天的题你不是请他吃过面了吗？我也教你题了啊，我怎么什么都没有？”

曹萦萦回之甜甜一笑：“我就一瓶牛奶了，下课去小卖部请你喝饮料好不好？”

她这招对男生屡试不爽，再加上周邺其实就是开个玩笑。他果然摆摆手道：“不用，我就随便说说。”他对着王骁歧面前那瓶旺仔上的小人，学着广告词说：“再看，再看就把你喝掉！”

他们的对话全被林淼听到了，她又在许意浓身边义愤填膺：“我早上明明看到她橱柜里还有好几瓶旺仔，这女的真是说谎不打草稿啊。”

许意浓盯着课本，觉得这天念的文言文有点儿复杂。她无心参与什么，索性把耳朵堵了起来。

林淼见没人接话茬，也自顾自地翻着语文书，懒得再看隔壁一眼。

王骁歧把那瓶牛奶往周邺那边一推：“那你喝。”

周邺看看王骁歧，再看看曹萦萦，很有眼力见儿地道：“我刚刚就开个玩笑。”他小心翼翼地推回去，“你喝，你喝。”

谁知王骁歧又把易拉罐送到周邺那边，不等周邺开口就直接道：“给你就拿着，别啰唆。”

确定曹萦萦没听见后，周邺收下了牛奶。谁让他以后还得找王骁歧指导数学题呢。

早读结束，王骁歧去了趟厕所，顺便在走廊上透了一会儿气。一个寝室的几个男生围了过来，讨论着这天晚自习结束打篮球的事情。

周邺拿着那瓶旺仔牛奶，一边喝一边感叹：“老王啊老王，你也忒不识趣了，这奶人家可是给你的。”

王骁歧瞥他一眼：“话这么多，是一瓶不够你喝？”

有人还煽风点火：“这奶是校花给的啊？”

周郸刚想点头，又被王骁歧甩来的眼神给唬住。他举头望天赏日，安静如鸡地继续喝着奶。

从女厕所回来的许意浓和林淼慢慢地走来，在他们面前一晃而过。她们身后还跟着几个男生，好像是王骁歧隔壁寝室的。

有人一边走一边盯着许意浓的背影“啧”了一声，完了还用双手在自己胸前比画了一下。

他身边的男生们闻言，立刻眉眼一挑互相撞撞肩，嘻嘻哈哈笑着来回推搡，仿佛一切尽在不言中。

等那帮人走过去，周郸还在喝着奶，他身边的王骁歧突然问：“你喝完没？”

周郸以为他有什么事，赶忙仰起头把剩下的奶一饮而尽，还把易拉罐倒过来给他看：“喝完了，咋了？”

王骁歧手一伸，示意他把易拉罐给自己。

周郸一脸茫然：“干吗？”

王骁歧不跟他磨叽，直接从他的手里拿过易拉罐：“扔垃圾。”

周郸惊讶：突然对他这么好吗？王骁歧竟然会主动帮他扔垃圾？！

许意浓和林淼前脚刚坐回自己位子上，后脚就听到讲台上传来“咚”的一声，随之而来的是一个男同学的惨叫：“哎哟！”

许意浓一抬头，就看到那个男同学龇牙咧嘴地捂着头，弯腰靠在讲台上。他脚下是一个旺仔牛奶的空易拉罐，这会儿还在地上来回滚动着。一看就是这个男同学被人砸中了脑袋。

他极其不爽地叫嚣着：“谁啊？是谁扔东西不长眼睛？！”

王骁歧立在教室门口，斜靠门框站着。阳光肆无忌惮地照在走廊上，他整个人耀眼得像镀了一层金边，毫不否认地道：“我。”又不紧不慢地吐出两个字，“手滑。”

第十章
“浓哥”

讲台边就是教室里的卫生角，扫帚、拖把、垃圾桶什么的都放在那儿。

女生们的垃圾都会扔在自备的塑料袋里，等满了再集中扔到前面的垃圾桶里。男生们就没那么讲究，尤其像喝完饮料的易拉罐，下课后他们要么站在教室的过道里模仿贝克汉姆踢个圆月弯刀，要么直接站在教室门口的走廊上，把手一扬投个三分球，久而久之，这已经成了他们课间娱乐的活动之一。不仅有趣，还能耍个帅。

当然，能不能精准投中另说。

显然，大家都以为是王骁歧投垃圾失败，不巧砸中了人而已。他虽然承认是自己扔的，却从头到尾没有一句道歉，一动不动地站在那儿，无形之中已透出一股嚣张气焰。

被砸的人一看是他，气势瞬间被灭下去一半。要比成绩，人家第一；要比身手，人家个高；要比背景……

那人望着后头正在施工的新教学大楼，终是低下了高傲的头颅。算了，惹不起。

“那个……下次扔东西瞄准点儿。”最后他只这么说了一句，就仓皇地走下讲台，此次事件就这么“完美”地落幕。

等那个人下去，王骁歧上前捡起易拉罐，在一个偏斜的位子对着卫生角一个抬腕，“哐当”一声，易拉罐稳稳地落进垃圾桶里。

下面观望的女生们被帅到，曹萦萦的同桌还推了她一下，说：“是你的那瓶牛奶。”

曹萦萦没说话，只反推了同桌一下，是那种女生之间表露羞涩的小动作。

许意浓正在抽下一节化学课老师要讲的试卷，夹在书堆里的草稿纸无意中掉下去，不偏不倚落在王骁歧的脚边。他弯腰去捡，手指刚碰到一个角就被人猛地一抽，先他一步拿走了那张纸，速度快到他的手指被纸的边缘划了一道小口子。

是许意浓。她捡起后直接坐回自己的座位，从头到尾眼皮都没抬一下，就跟没看见他一样，更没说声谢谢，低头开始自顾自地刷题。那老死不相往来的表情仿佛又把他当成头号敌人，回到了一级防御状态。早上在后湖时的模样这会儿在她身上早已荡然无存。

王骁歧坐回自己的座位，也从桌内抽出做完的化学试卷。他直接无视手指渗出血的小口子，伸手拿过那本英汉词典放进书桌里。望着那比自己的血还鲜红的封面，他突然觉得女生真是善变，说翻脸就翻脸。

时间转瞬即逝，后面两场选拔考来得很快。尤其是最后一场，卷子难度较大，几道压轴大题几乎来不及做。考试时间已经结束，还有人在奋笔疾书，老师亲自下来收卷，同学却压着卷子说："我就差一点儿了，老师！"

"我管你一点儿半点儿？你以为整个考场就你一个考生呢？让你继续写还有没有公平可言了？如果这是高考，到了时间还不放笔就是违规，成绩直接作废。"老师强行收卷。

他推了推镜框："好了，下课。"然后手捧着保温杯，胳膊下夹着一沓卷子走了。

这次考试安排在了周末，数学又是最后一门，老师一走，教室里就闹腾起来。大家收拾完东西各回各位，有男生站到讲台上学数学老师说话的样子，还挺像模像样，惹得同学们一阵笑。有几个女生一回到自己位子上就趴在桌上，还沉浸在没做完数学题的忧伤中。一场考试可谓几家欢喜几家愁。

这次坐单排的那一列留在了教室里，坐双排的去了隔壁教室考试。不一会儿，隔壁考场的人也回来了。林淼一屁股坐下就狂喝水："考场数学都要考脱水了，压轴题最后两问都没来得及做。"她又问许意浓，"你做完了吗？"

"最后一问没写完。"许意浓也没能在这场数学考试中幸免于难。

两个人说着话，王骁歧裤兜里揣着两支笔回来了，一进教室就被围着问答案。

林淼感叹一声："估计这次数学也就只有王骁歧把整张试卷做完了。"

许意浓问："你怎么知道他全做完了？"

"我们那个考场都知道啊，因为他是全考场唯一一个反着做题的，从压轴题开始往回做，监考老师发现后都说他是个不按套路出牌的人才。"林淼还分析了一下，"题越大分值越大，而小题只有五分，就算最后小题来不及做，后面的分数他也已经拿稳了，比我们丢大题分要合算。看看，保帅弃卒，聪明人连考试都讲战术。"

全省的数学卷是没有选择题的，跑上来就是填空题，蒙都不好蒙。许意浓平常坐王骁歧隔壁，见识过他做小题的速度，对他来说从后往前做这种方法确实很明智。但这种方法不是人人都能效仿的，数学没点儿把握的用这种方法只会适得其反。

许意浓听完就知道自己这次冲第一又悬了，二考她也没考过王骁歧，这最后一场考试，即使她前面做完的数学题全对，还跟他多了最后一问的差距。

"老师收完卷还问他以后有没有兴趣参加奥赛，参加省考再参加国考，以后走保送去 A 大。你猜他怎么回的？"林淼还在她耳边絮叨。

许意浓难得感兴趣了一回，问："他怎么回的？"

林淼"啧啧"称奇："他来了一句，他能靠高考考 A 大，保送的名额还是留给有需要的人吧。一个字，跩；两个字，厉害；三个字，极其嚣张。"

许意浓没拆穿她那是四个字，只看着前面被同学包围的意气风发的王骁歧。她好像从中考就陷入了一个魔咒，总被他压了一头。这就像一道数学压轴题，她越急着寻找答案越深陷其中，最后一头钻进牛角尖，变成一个死循环……

最后一轮选拔考结束，又逢周日，这天晚自习放电影。班主任原本给大家准备的是一部励志电影《风雨哈佛路》，放到三分之一的时候，讲台下嵌着的多媒体被一个男生插入了 USB 接口，给自己的 MP4 充电，瞬间投影上弹出外界设备的提示。那同学生怕影响大家观看电影，忙拿起鼠标给点掉了，却被其他男生打趣："点这么快是不是有什么东西在 MP4 里，怕被我们看到啊？"

立刻有人跟着起哄："是啊，别心虚啊！"

台下一阵哄笑。

那男生被这么一激，直接点开文件夹，把自己 MP4 里的东西坦坦荡荡地展示在全班同学面前："嘁，我有什么好心虚的，东西就这些，你们看呗。"

大家一看，除了一堆英语音频就是他自己下载的电影，不该看的那种没有，倒是挺多香港电影的，《新警察故事》《门徒》等。

男生们失望之余，不知谁提议："那我们看《山村老尸》吧！考完试刺激一下！"

瞬间得到了一群人的附和："好！这电影一起看才有感觉！"

许意浓当时并不知道这部电影，心想：《山村老师》？是讲支教的吗？

等电影播放她才知道自己大错特错。并不是老师的"师"，而是尸体的"尸"，那是一部恐怖片。

为了营造出气氛，男生们还把教室里的窗帘给拉上了，电影里的配音也十分诡异，再加上时不时来点儿粤剧烘托气氛，更显阴森恐怖之感，层层递进地突破着他们的心理防线。

当电影里的人出现幻影，女鬼突然现身，在镜头里披头散发一晃而过的时候，有女生忍不住发出了叫声。有男生还在嘲笑，下一秒镜头一拉，一个身着蓝袍，长发如瀑，白眼珠，嘴角流着黑血的女鬼赫然出现，还给了个特写，这下全班尖叫起来，有女有男。

许意浓还没反应过来，就被林淼一把抓住了手臂："妈呀！"

隔壁的曹萦萦反应更大，她软绵绵地"啊"了一声，躲在了她同桌身后，顺带碰到了后面王骁歧他们的桌子。

"对……对不起。"她回头道歉的时候声音还是颤抖的，被吓到的样子看上去楚楚可怜。

王骁歧正戴着耳机低头在课桌下翻阅着什么，对曹萦萦的一举一动别说头了，就连眼皮都没抬一下。

周郢便用手给曹萦萦比画了一下，告诉她："他戴着耳机，听不见。"

曹萦萦微微张口，欲言又止，最终还是转过头去继续看电影了。

这部电影周郢以前看过一遍，当时他一个人在家，吓得半死，还失眠了两天。这次算重温，对每个恐怖点和镜头都有了心理准备，加上教室里人多，他也没第一次看的时候那么怕了。

他再看看王骁歧，全程不知道闷头看什么玩意儿，看得那么入神。他好奇地凑过去，一看竟是本《英汉词典》。

周郢跟王骁歧做同桌也有段时间了，经常目睹他做一些让人匪夷所思和不按套路出牌的事情，因此对于这种人家看恐怖电影他却在看英语词典的事也不是特别奇怪。

有句话不是说：优秀的人总是有些孤独的，因为与众不同。

“你不怕吗？”

画面又暂回到正常剧情，林淼缓过来后发现许意浓全程都很淡定，刚才那么恐怖的镜头都没叫一声。

许意浓也不瞎逞强，只说：“如果只有我一个人看，我可能会有点儿怕，但现在一群人一起看，没什么好怕的。”

林淼只能给她竖个大拇指，此刻她总算知道许意浓跟曹萦萦的最大的区别了，不是脸也不是身材，而是性格。

许意浓的性格很独立，不论是生活上，还是思想层面上，都不大激得起人的保护欲。曹萦萦跟她完全相反，柔柔弱弱，还能装，所以相比之下很多人会更喜欢曹萦萦那种类型。

好不容易熬到电影结束，大多数女生留下了后遗症，都不敢去上厕所了，非要结伴而行。

有男同学趁机捣蛋，故意讲些怪谈，有什么：“我们这个大教室是学校里的老楼啊，知道为什么这层只开放男厕所吗？据说很久很久以前女厕所出过事啊……”

还有：“以前有位同学为了方便，租了校外附近的一间房子，可他每天回家做作业的时候都感觉脖子后面痒痒的，就跟他妈妈说了。他妈妈一开始不信，后来有个会看风水的亲戚到那房子里做客，告诉他妈妈那房子里以前死过人。”

女生们听得抱成一团，那男生还故弄玄虚地继续道：“他妈妈一听吓了一跳，问是死在哪儿。那亲戚往她儿子那间房一指，说，‘就那儿啊。’他妈妈一看，腿一下就软了，因为亲戚指的地方正是儿子写字台的上方，他说脖子痒痒的，其实就是……”他突然将身子凑近，压低了声音，“那个死去的人的双脚在荡……”

“啊！！”他的话音刚落，就有女生尖叫起来，然后其他女生都受到了惊吓，跟着叫，教室里顷刻间乱成了一锅粥，只有刚刚讲故事的那个男生和他同桌在捧腹大笑。

原来他讲恐怖故事的时候他同桌偷偷跑到女生们的身后，用卷起的试卷轻拂她们的后脖颈，把她们吓得够呛，有胆小的直接被吓哭了。

今晚教室里尤为闹腾，直到后来老师闻声而来，才平息了这场闹剧，并勒令以后一律不允许传播任何形式的恐怖话题，造成校园恐慌，顺带收走了恐怖片之源的那个 MP4。那同学捶胸顿足，心里后悔不已。

晚自习下课，林淼也没什么胃口去吃夜宵了。她紧紧搂着许意浓的胳膊不肯松一下，还东张西望说："我们从教室出来得是不是有点儿晚了？"

许意浓拿了本文言文的工夫，同学们已经一窝蜂地冲了出去。教室里的人寥寥无几，林淼一直催她快点儿。

"后面还有人。"许意浓告诉她，想让她放松些。

外面晚风习习，还有些许凉爽，林淼拉着她加快脚步："还是快走吧，这儿妖风阵阵，怪吓人的。"

许意浓觉得她这是看恐怖片留下的后遗症，刚想安慰一番，突然两个人的后脖颈就传来一阵痒意，跟先前同学在教室里讲的恐怖故事如出一辙。毫无防备的林淼当场吓得叫起来，许意浓也浑身一僵吓了一跳。但她比林淼要好些，因为她知道是有人在恶作剧。

她蹙眉回首，想看看到底是谁这么无聊。一看，身后是王骁歧和他的室友们。他正眉眼带笑地注视着她，连他的室友也都是笑着的，再环顾四周，没别人了。

其他人许意浓都不太熟，有的甚至都没说过几句话，她几乎一秒便断定了是谁，于是走到他面前。

王骁歧看着她恼羞成怒地站定在自己面前，直呼他的姓名："王骁歧，你无不无聊？"

王骁歧立在原地，还没来得及说话，脚已经被她踩了一脚，他白色的球鞋上立刻留下了一个脚印。再抬头，她已经拉着林淼扬长而去。

周邺是第一个笑出声的，他同情地拍了拍王骁歧的肩膀："老王，你说你跟许意浓，你们平常老较个什么劲呢，现在人家被捉弄第一反应就是你干的，比窦娥还冤啊你。"

刚刚捉弄许意浓和林淼的另有其人。那个人拿着试卷在每个经过的女生脖颈后滑过，一干完他就做贼般飞速跑远了。

好巧不巧，许意浓转身就看到了正在聊 NBA 的他们。当时他们有说有笑的，也确实容易引起误会，还真不能怪人家。

等人走远了，王骁歧倒像无事发生一般，没有半点生气样。他将左手捧着的词典向上抛了抛，又稳稳地接住，淡淡地道："她就这样。"

周邺一听那口气，竟有一股乐在其中的味道，但很快就被他否定了，觉得是自己的错觉。

因为这两个人就像两只羽翼丰满的孔雀，都高傲极了，只会互看不顺眼地争第一名，压根儿难以和谐。

见王骁歧走了，周邺赶紧跟上去：“等等我啊，老王！”

“你跟王骁歧怎么像仇人一样？”林淼一路上百思不得其解，不明白这两个人怎么老不对盘。

许意浓不吭声，林淼也就没再多问。两个人刚走到宿舍楼下就听到阵阵尖叫，已经听了一晚上尖叫声的许意浓不免心烦意乱。

她们走上楼，才发现自己寝室门口围着很多女生。两个人慢慢地挤了进去，一进去就惊讶地看到有裹着浴巾就站在床铺上的室友，还有抱在一起瑟瑟发抖的，而一向注重形象的曹萦萦披头散发地躲在寝室门口。一看到她们回来，就指着自己那个床铺的大白墙说：“有……有蟑螂。”

两个人顺着她手指的方向看过去，真的有只巨型黑蟑螂，长长的触角还在动。

“天哪！”林淼也吓坏了，第一反应就是躲。

大概是吵闹声惊动了宿管阿姨，一位胖阿姨站在楼下双手叉着腰喊：“三楼女生寝室，你们一群人站在305门口干吗呢？！”

有人从寝室走廊探头告诉阿姨：“阿姨！305寝室有只大蟑螂！”

刚说完又传来一阵尖叫，有女生接着喊：“阿姨！那蟑螂不仅大还会飞！”

林淼目睹了会飞的蟑螂，吓得直奔走廊，对着阿姨狂喊：“阿姨！救命啊！这蟑螂太吓人了！”

对面的男生宿舍楼也听到了动静，纷纷打开窗户好奇地探头观望。王骁歧他们正好到了宿舍楼下，看着那个胖阿姨在女生宿舍楼下念叨：“这帮不省心的孩子，连蟑螂都怕成这样。”然后她朝着宿管室叫另一个阿姨：“你快找瓶杀虫剂，我们得快点儿上去，不然今晚这群丫头片子得闹到什么时候！”

另一个阿姨很快戴着口罩，手拿两瓶杀虫剂出来了。她递给胖阿姨一瓶，两个人一前一后快步上去。

就在阿姨上楼的工夫，许意浓无视所有人的害怕，走到自己的床边，拿起一只拖鞋就爬上了曹萦萦的床。

室友们一脸惊恐：“许意浓，你……你干吗？”

许意浓直接用拖鞋解决了那只蟑螂，身体力行地告诉了她们自己在干吗。

众人惊呆了，她则淡定地下床，再拿着扫帚在自己床铺边蹲下开始扫床底。等阿姨们上来，看到的是一只已经被她扫出来的死蟑螂。

王骁歧他们还在宿舍楼梯间走着，有人看到他们学生私下建的班级 QQ 群里在说许意浓直接用拖鞋拍死了那只蟑螂。

那个人说完还感叹了一句："真没看出来，许意浓那么生猛。她性格要是温柔一点儿，就好了。"

周邺笑道："温柔哪里好？"

那个同学挠挠头："反正，她这种性格更适合做哥们儿吧。"

几个人继续往上走着，之前一言不发的王骁歧出其不意地附和了一声："嗯，浓哥。"

几个人还在愣神，又听他道："这个称呼很适合她。"

大家只把这当成他日常开许意浓的玩笑，面面相觑地走着路，却不曾想，"浓哥"这个称号一叫就叫了一整个高中。

随着第三场选拔考的成绩公布，冲刺班的百人名额尘埃落定，王骁歧以蝉联四次第一声名大噪，成为人人口中的"一哥"。

学校特地把百优生的名单贴在了校门口的橱窗里，还附上了每个人的照片。许意浓的那张紧挨着王骁歧的那张，好像生怕别人不知道她这个"千年老二"长什么模样。

集训结束前他们进行了选科分班，排名靠前的几乎都选择了物化班，物生班除了自己选科的学生，还有被调剂过去的。每个班五十个人，最终形成新一届的高一冲刺（1）班与高一冲刺（2）班。

许意浓自然选了物化班，他们也从老旧的大教室换到了新教室。座位没什么大变动，许意浓跟林淼还是同桌，隔壁仍是王骁歧和周邺，他前面也还是曹萦萦，仿佛除了人数减半一切未变。

又成为邻座，许意浓跟王骁歧几乎是三天一大撑，两天一小撑。对于王骁歧暗地里给她取外号的事她很生气，谁允许他给自己乱取外号的？

还"浓哥"，一听就像个男人婆。所以她也以其人之道，还治其人之身地回叫他"歧妹"。

周邺看他们互撑成为每日必不可少的乐趣之一。别说，这两个欢喜冤家还挺有意思的。

暑期集训就这么悄无声息地结束了，他们无缝对接了八月底的军训，也才终于觉得自己过上了正常的高中生活。

说到军训，许意浓还闹了一个小插曲。

之前她住在学校两个月，她家老许有一天出差回来又买了一堆零食送到学校。他也不知道是怎么跟门卫大叔打的招呼，竟然在非家长探望时间段里被放进了学校。

他独自摸索到军训后操场想寻找自家闺女，可放眼望去一片绿油油的迷彩服，小家伙们一个个都晒得黢黑，还戴着迷彩帽，压根儿看不清谁是谁。

老许想着他来都来了，那就找吧，便沿着跑道在学生方阵里不断眺望着。

谁承想他文质彬彬的气质以及工整的着装让教官误以为他是市一中的老师，突然有个方阵的教官喊了一嗓子，声音异常响亮："全体都有！向老师问好！"

然后那个方阵的学生们就齐刷刷地高喊："老师好！老师辛苦了！"

那阵仗，把许意浓家老许给吓了一跳。但他转念一想：自己能被认成老师，说明他是由内而外散发着知识分子的气质，而且孩子们这么热情，他不为所动或者直接拒绝的话该多打击他们的自信心啊。

于是他整了整衣服，将错就错，举起手朝他们挥了挥，并朝那列方阵微笑点头以资鼓励。

可这么一来，其他方阵就跟打了鸡血一样开始比谁的嗓门更高，斗志昂扬地一个接一个地跟着喊。

"老师好！老师辛苦了！"

搞得老许不微笑着往前走都不行。他决定将好人做到底，把每个方阵的孩子们都鼓励一遍。这大热天的，孩子们可太辛苦了。

高一（1）班的方阵在操场的最角落，许意浓在队伍里老远就听见其他班的音浪，心想哪个班的老师这么好，还顶着大太阳来看学生军训。

等人走近了，许意浓仔细一瞧，太阳穴突突直跳。这哪是什么老师？分明是她家老许啊！

哪知他们的教官也不甘示弱地吼了一嗓子："全体都有！向老师问好！"

高一（1）班的气势更不输其他班，一个个跟狼性少年似的，发出震耳欲聋的叫声："老师好！老师辛苦了！"

许意浓觉得尴尬极了。看着老许在每个方阵前一边挥手，一边张望寻找自己的模样，她犹豫再三还是打了报告："报告！"

教官站在前面："出列！"

许意浓出列。

教官："报！"

许意浓硬着头皮豁出去了："教官！那不是老师，那是我爸！我想申请过去五分钟。"

教官："……"

同学："……"

后来大家才反应过来闹了个乌龙，整个操场上哄笑声一片，连教官们都在跟着笑。

周邺笑得简直要挂在王骁歧身上了，上气不接下气地道："许意浓她爸也太可爱了吧？"

王骁歧在队伍里望着许意浓灰溜溜地奔向父亲的身影，也不禁勾起嘴角笑了。

许意浓就这样成了全操场的焦点。

高一（1）班的隔壁方阵是高一（10）班，望着前面那对引人注目的父女俩，后排的男生堆里突然有人问了一句，"那女生是谁？"

旁边的人说："高一（1）班的许意浓啊，学霸兼女中豪杰。"

"女中豪杰？"

又有人侃侃而谈："听说他们冲刺班暑期集训的时候，有一天女生寝室有蟑螂，所有女生尖叫乱窜，只有她淡定地拿起一只拖鞋，眼睛一眨不眨地手刃了蟑螂。"

"这么厉害？"

"是啊，从此以后，高一（1）班的人都叫她浓哥。"

可她此刻依偎在父亲身边的模样明明是乖乖巧巧的，哪有半点所说的霸气样？

"浓哥？"那个人笑了笑，"有意思。"

许意浓根本没想到父亲会突然来看她，还搞出这么大阵仗，说实话，她心里又惊又喜。

许意浓挽着父亲的手臂走到操场入口，看到了墙角堆放的一大袋零食，知道是老许给她买的，又是一阵触动："爸，我集训已经结束了，现在不住校，你买这么多零食我也没地方放。"

老许这才反应过来："哦，你集训已经结束啦？回家了也好，住校我也怕你住不惯。"

“嗯。”

老许再看看那些零食：“那这些我帮你带回去，你回家再吃？”

“好。”

老许抬手给她擦了擦汗，又说：“那个，家里钥匙你有吧？我这回出差忘带钥匙了，回来了家门都进不去，你妈又忙得不接电话。这不，就只能来找你了。”

父亲的话好像一盆冷水，猝不及防地浇到了许意浓的脸上，让她从头凉到了尾。原来老许不是特地来看她的，而是因为没有带钥匙。

许意浓看着脚下的地，单薄的军训鞋踩在那瓷砖上，脚底更觉酸胀与疲惫。

她的手从父亲的臂膀上收回，在宽大的裤袋里掏出钥匙递给他，低声问了一句：“那你，晚上在家吗？”

父亲接过钥匙：“晚上还有个饭局呢，钥匙我给你放在老地方。”他说的老地方是家门口那个奶箱。

许意浓含糊地“嗯”了一声。

父亲走之前还给她整了整军帽，又轻轻地拍了拍她的脸颊：“打起精神，好好军训。”

这一系列看似爱抚的动作丝毫未让许意浓觉得亲切，甚至隐隐觉得生疼：“哦。”

目送父亲离去时，她先前明亮的眼里变得暗淡无光。

那天军训快结束的时候，高一（1）班的矿泉水快喝完了不够分，高一（10）班就大方地给他们送去两箱。

其中一个搬水的男生是林淼的朋友，高一（10）班的同学见状，便开始隔空起哄：“哎哟，范亦诚，你借花献佛啊你，经过我们高一（10）班全体同学同意了吗？”

范亦诚拆着一箱水，回头就送给他们一个“滚”字，对面仍是笑声不断。

当时许意浓心情不好，无心围观，只站在人群后面独自拧着瓶盖，却因为手上有汗打了滑，几次都没能拧开。她还在往迷彩服上擦手，突然，一瓶已经开好的矿泉水被递送到她眼前。她一看是跟范亦诚一起搬水来的男生，高挺的个子一下给她挡住了夕阳的余光。

“喝这瓶吧。”

许意浓没接，男生便把手朝她一伸，示意把她手里的那瓶水给他，他来帮她开。

见许意浓没动，他笑了，说了一声：“那你拿稳了。”语毕他就着她拿水瓶的姿势，抬手快速帮她一拧，矿泉水就这么打开了。

“瓶盖还要吗？”他看着许意浓问。

许意浓点点头，说了一声“谢谢”，摊开了掌心。

男生便将瓶盖放回她的手心，背着光粲然一笑：“记得去小卖部再领一瓶。”

许意浓一看，那瓶盖上写着“再来一瓶”四个字。再抬头，他已经跟范亦诚回高一（10）班的队伍里去了。

“他叫江晋，也是高一（10）班的。”林淼不知什么时候过来了，告诉了许意浓刚刚那个男生的名字。

许意浓喝着水，并不感兴趣。岂料林淼来了一句：“你觉得他跟王骁歧谁更帅？”

许意浓被水呛了，咳了半天才喘上一口气：“为什么突然问这个？”

林淼包打听地告诉她：“这个江晋初中就因为长得帅很受关注，有一次出去旅游，走在街上还被星探递了名片，问他有没有拍广告的想法，不过被他拒绝了。现在到了我们学校，和王骁歧的人气旗鼓相当，这新晋校草的头衔就一直在他们当中徘徊呢。”林淼说完，看看许意浓一副秒懂的样子，把手对着她一抬，“好了，我已经知道你的答案了。”

许意浓蹙眉：“我什么答案？”

林淼善解人意地道：“肯定选江晋啊，你跟王骁歧是死对头，当然不会支持他。”

许意浓莫名其妙又咳了起来，脸都咳红了。

林淼见她反应这么大，帮她拍拍背顺气：“那你说，让你在王骁歧和江晋两个人中选，你选谁？”

许意浓咳得手中的矿泉水都有些捏变了形。她才懒得参与这种无聊的评选，而且那个江晋总共才说了几句话，他长什么模样她都没看清。

林淼还在等她的回答，非要她说个所以然来。

许意浓喝下一口水止了咳，随口道：“反正让我选，我是绝对不会选王骁歧就对了。”

林淼挑着眉推搡了她一下，害她手中的水都洒了出来：“你看，我就说嘛，你讨厌王骁歧。”

她这话许意浓听着怪怪的，刚要纠正她用词不当，教官的集合哨声骤然响起，两个人赶紧放下矿泉水瓶归队。

有人从许意浓身后快速一晃，她抬头看去，那个人已经被一群集合的男同学挡住了视线。林淼催她快走，她放好自己那瓶水后赶紧跑进了队伍中。

军训结束用完餐是全年级晚自习时间，有了其他班的陪伴，再也不是只有一层楼一间教室的灯亮着了。

高一（1）班这天的晚自习是做英语试卷，做到完形填空的时候有几个生僻单词许意浓要查字典，就想起了她借给王骁歧的那本《英汉词典》。

于是她对着隔壁喊了一声：“歧妹。”

他还在做试卷，像是没听见。

许意浓也不知道他是不是故意的，只得提高分贝，连名带姓地喊：“王骁歧。”

还是没有任何反应。

许意浓想这个人是耳背吗？这都听不见？她也不喊了，索性扔了个橡皮过去。但是她手劲有点儿大，扔到周邺那儿去了。

周邺朝她看来，她用手加口型比画：“帮我叫一下王骁歧。”

周邺做了个“好”的手势，然后用手臂撞了一下王骁歧：“浓哥哥叫你。”

王骁歧这才动了动他那高贵的头，朝她这边看了过来，却是一脸不耐烦的样子。

许意浓懒得跟他计较，只伸手一摊：“把我的《英汉词典》还给我。”

“没带。”王骁歧说完就收回视线，继续埋头做题了，仿佛跟她多说一个字都显得多余。明明是他借了她的东西忘了带，这模样反倒像许意浓欠了他几百万似的，着实把她气得不轻，这个人怎么这样？

她也不再跟他说话，不爽地先跳过了那道题去做阅读理解。可半天都没看明白全文在表达什么，于是她又把卷子翻回去重做完形填空。但由于力度过大，试卷直接对半撕裂了。

林淼不由得惊诧，忙不迭地给她送去胶带：“什么仇什么怨？你干吗手撕卷子？”

许意浓一声不吭地拉开透明胶带，把试卷当成王骁歧的脸使劲地糊。

讨厌，讨厌，讨厌。

第三节晚自习时，好几个男生的座位都空了，他们集体逃了晚自习打篮球去了。

男生们来到离教学楼最近的篮球场，却发现今天这个老地方被人捷足先登了。周郸定睛一看，不正是以江晋为首的高一（10）班的人吗？

周郸看着王骁歧，惋惜地道：“场子被占了，我们只能换个地方了。”

之前集训的时候学校没其他人，这个场子一直被他们冲刺班包圆。军训后人来齐了，年级里其他班的男生都会过来打球。反正先到先得，他们也从不跟别人争抢，换到后操场那个篮球场去就是了。再加上下午军训人家高一（10）班还给他们班送了水，他们走也是理所应当。

可这天王骁歧破天荒地没扭头就走，而是拍了拍手中的篮球。那球在地面一上一下来回地发出声音，也不知是他力道大还是球的气足。

王骁歧说了一句：“不换，就这儿。”他接着一个抬手，把球往前面的篮球框里一投。一个漂亮的三分球跳跃过高高的网栏稳稳地投进篮框里，也打乱了球场上原本的和谐。

高一（10）班的人都停下来，朝他们这边看过来。有人眼尖，率先认出了王骁歧，告诉同伴们：“是高一（1）班的。”

范亦诚一听，立刻说：“自己人。”

他刚要招手却被江晋拦住：“等等，是敌是友，别急着下结论。”

王骁歧市一中“一哥”的名号如雷贯耳，还是天盛的太子爷，学霸与富二代光环加身，目中无人，一向高傲。他不走寻常路，跟那种传统的乖乖生也不是一挂的，一看就来者不善。

江晋光从他投球搅乱他们球局的举动就断定他来者不善。

果然，王骁歧一进场就放了话：“这个场子一直是我们的地盘，麻烦你们让让。”

江晋知道他嚣张，却没想到这么嚣张。一旁的范亦诚闻言，这会儿也觉得自己下午军训送水给高一（1）班实在不是明智之举。

高一（10）班自然有人不服，直接站出来：“这是学校的场地，可没什么标记写着高一（1）班单独所有，总得讲个先来后到吧？”

“就是，怎么？仗着自己是冲刺班就欺负我们？”

高一（10）班的人团结地围在了一起，誓死捍卫领地。

站在王骁歧身后的高一（1）班众人也惊呆了。有人暗暗地捅了捅周郸：“老王今天吃错药了？”

周郸两手一摊，同样困惑且无奈地压低声音说：“我也不知道啊，他平常不这样的。”

同学：“他心情不好？火气好像有点儿大？”

王骁歧一向不按套路出牌，谁都摸不透他。周郦抹了把汗点点头：“也许吧。”

王骁歧则目不斜视地往高一（10）班的人面前一站。江晋的身高跟他不相上下，他对着江晋道：“那就在球场上公平竞争，我们赢了，你们走，以后这儿归我们。反之，我们再不踏进这里半步。”

高一(10)班为了争一口气，不等江晋开口便立刻迎战：“好，你说的！到时愿赌服输！”

王骁歧懒得再搭话，只偏头叫周郦去关篮球场的铁门。

周郦一愣：“关……关门？关门干吗？”

王骁歧已经脱下外套抛到后面的休息位上，沉着脸往球场中心走去，那是他们从未见过的模样。他的声音也是少有的冰冷：“关门，给我好好打。”

篮球赛最后是高一（1）班赢了，结束后，王骁歧“礼尚往来”还给他们两箱水，直接让小卖部的人送去了高一（10）班。这挑衅的举动让高一（10）班男生更觉屈辱。

高一（10）班和高一（1）班的梁子就这么深深地结下了，高一（1）班也“一战成名”。从那以后，那个篮球场高一年级其他班没人敢随意踏入。

连带着林淼看王骁歧都有意见了，没少跟许意浓吐槽。

“我算是知道你为什么讨厌王骁歧了，他这个人真的很怪，那篮球场怎么就不能让其他人去打了？非要我们班霸占着？就冲这一出，我决定校草选举投江晋一票！”

这件事确实也在学校闹了一阵，导致王骁歧的风评一路下跌。

总之那段时间各种矛头指向王骁歧，最终江晋以更高的人气成为市一中的新晋校草，这件事才算告一段落。

不过是不是校草丝毫没影响到王骁歧。确切地说，冲刺班的学生压根儿没空理会这些乱七八糟的评选，当然也一点儿不影响他跟许意浓继续作对。

正式开学后的班委竞选，许意浓竞选班长，王骁歧也竞选班长，最后许意浓落选成为副班长。

许意浓又被气得不轻，很好，这“盛世”如他所愿。

可班主任还安排他们一组做校园干部，检查学校早读、晨会和早操的学生纪律。

当时班主任是这么跟他们说的："一个好的学生，不仅要成绩优秀，还要德智体美劳全面发展。你们两个人一定要和谐相处，起到模范带头作用，同时要注意在学校的一举一动，要是积极、正面，凡事三思而后行，明白吗？"

这话里有很多话，许意浓觉得除了那句"和谐相处"是对她说的，其他都是冲着王骁歧说的。

"知道了。"

"知道了。"

沉默半晌，两个人异口同声道，竟出奇默契。

在班主任面前，许意浓还能保持乖巧，出了老师办公室她就没那么客气了。

"喂，我的《英汉词典》你什么时候还给我？"她逮住机会追问王骁歧。只是前一晚她睡落枕了，脖子不能正常活动，无论站还是走都显得怪怪的，宛如一具僵尸。

王骁歧看她双肩一高一低，将手插在裤袋里走得不疾不徐，嘴角带笑地道："等我看完。"

"一本词典你要看完？"动作幅度一大，许意浓的脖子和肩膀就牵着疼，她用手捂着肌肉最疼的那处，腹诽道，"你看得完吗？"

王骁歧眉眼含笑地朝她看过来："你也知道一本词典有多厚，所以，别催我。"

许意浓觉得他就是故意的："你就不能自己买一本吗？"

王骁歧说："嗯，不能。"好像跟她对着干是他此生的乐趣。

那纨绔不羁的模样，许意浓简直懒得再搭理他。她加快脚步准备离他远点儿，否则会被气死，却被他叫住。

"水农哥。"王骁歧最近不知又抽什么风，开始把字拆了叫她。

"唑……"许意浓侧首瞪他一眼，再次牵到了脖子，却仍不甘示弱地回击，"干吗，此支妹？"

"你手机号是多少？"

许意浓："……"

王骁歧从口袋里摸出手机："以后怎么说也是我的副手了，留个电话方便联系。"

副手？他说她是他的副手？！

"王骁歧，你从H市来，我们C市的凌山还没去过吧？"许意浓重新走回他面前，歪着脖子牛头不对马嘴地扯出这么一句，“那儿香火很旺，远近闻名。”

王骁歧站在原地注视着她：“怎么？想给我当导游？”

许意浓嗤笑一声，嘲讽道：“我觉得你吧，有必要上去拜拜，保佑你在‘一哥’的位子上坐得久一点儿，稳一点儿。否则高处不胜寒，你树敌又多，有朝一日要是摔下来，怪丢人的。”

王骁歧一时没了声音。

许意浓刚要窃喜自己占了上风，谁知他不紧不慢地来了一句：“不好意思，不需要。”

许意浓：“……”

“还有，你的假设在我这儿，不成立。”

许意浓胸腔起伏。两个人站得近，他比她高出许多，这样会显得她气场很弱。她想从气势上扳回一局，于是一个抬头准备回击，却听脖子发出“咔咔”两声，浑身跟着一僵。

接下来王骁歧就看到她的头仰着，嘴巴半张，双眼睁圆却半天没说话的古怪画面。

王骁歧审视着她：“你……”

许意浓手一抬制止他开口：“你现在别跟我说话！”另一只手扶着脖子一个转身便跑开了。

又是一场不欢而散，说是跑许意浓更像是溜。她觉得自己落枕后在他面前闪了脖子的样子简直要多丢人有多丢人，为什么每次在他面前都那么狼狈呢？

许意浓先回了教室。

王骁歧进来后，已经成为学习委员的曹萦萦转身热络地跟他讨论建班委群的事。他坐下“嗯”了一声，说：“你看着办吧。”

曹萦萦笑言：“那我先建，回头把群主再转让给你。”

王骁歧往后懒洋洋地一靠。他腿长，放桌下仿佛都费劲，不以为意地道：“无所谓。”

“要的啊，你是班长。”

他们异常和谐的声音一字不差地传到许意浓耳朵里。他的语气比跟她说话的时候好太多，好像在他面前曹萦萦才是一个女生，而她永远只是一个男人婆。

身边还有其他同学讨论题目的声音，大家各忙各的，根本没人注意到许意浓托着自己的脖颈盯着一本书的某一页，半天都没翻动一下。只有风悄无声息地淌进教室，吹乱了一张张的页角，哗哗作响。

随着下课铃声响起，上午的课程结束，学生们像冲破牢笼的鸟一般飞奔向食堂。倒不是饿，而是比拼速度，只有快速吃完饭才能省下时间赶紧回教室继续学习，那场面跟运动会上百米冲刺没什么区别。

当然也不乏极个别夸张的同学，像他们高一(1)班就有一个典型例子，全天除了去厕所和上体育课，半步不会离开教室。她的书包里除了装书还会带三个包子，早上一个，中午一个，晚上一个，这就是她的早中晚饭。

那天许意浓没去食堂，独自在教室里待了一会儿。自从开学，林淼就抛弃了她，所以没了搭子的许意浓吃饭问题要自己解决。

那个啃包子的同学见她也在，倒有些不好意思继续啃，从书桌里拿出一个包子问她："你要吃吗？"

许意浓摇摇头，说了一句："谢谢，不用。"

然后她惊奇地发现，脖子在那一声响后好像好多了，居然可以自由活动了。她左扭扭，右扭扭，站起来舒活舒活筋骨。

许意浓觉得自己有点儿饿了，心想这会儿即使去食堂也吃不到什么了。她摸了摸口袋，发现有钱，索性骑车去了校外的那条小吃一条街，鬼使神差地进了那家炒饭店。

店里生意一如既往红火，吃饭的有初中部的学生，也有高中部的。

"丫头，要吃点儿什么？"老板娘端着盘子从里间出来，看到她后热情地问。

许意浓看着墙上挂着的各种炒饭名字，居然在末尾看到了番茄蛋炒饭，也不知是什么时候加上去的。

她抬手一指："番茄蛋炒饭吧。"

"好的。"老板娘应着，回头再跟里间的老板喊，"一碗番茄蛋炒饭！"

送完盘子后，老板娘给许意浓收拾出空位，擦干净桌子说："来，坐。"

许意浓坐下，安静地等饭吃。

"这里有人吗？"不一会儿头顶传来一个声音，许意浓抬头，一个高个男生映入眼帘，那张眉清目秀的脸乍一看还有点儿眼熟。

她没多想，只回答："没有。"

他指了指她对面的空位："那我可以坐这儿拼个桌吗？"

许意浓便朝里挪了一个位子，这样可以交错着面对面坐。她点头："可以的。"

男生坐下看着墙上的炒饭菜单，一时半会儿也没点单。直到许意浓的炒饭送上来，他才问：“不好意思，我想问一下，你吃的这是？”

没等许意浓说话，老板娘已经替她答了：“番茄蛋炒饭，我们家新出的。”

男生便说：“那我也来一碗。”

老板娘：“好的，稍等。”

许意浓拆开一双一次性筷子，尝了一口。的确跟番茄炒蛋盖浇饭的口感不一样，炒饭酸酸糯糯的，很开胃。她吃了两口才发现自己很饿了，于是加快速度，却噎着了。

突然，一碗盛好的骨头汤被端到她面前，是对面那个男生送来的。他说：“这里有免费的汤供应，要自己盛，我看你没有，就顺便给你盛了一碗。”

许意浓此时也确实需要喝一口汤来缓解一下：“谢谢。”

“没事。”看她舀着汤勺，他又提醒，“小心烫。”

可许意浓已经快速地喝了一口，噎的状态倒是有所缓解，却被烫掉了口腔上颚的一块皮。她还没来得及感受到痛，咽下去的汤已经把饭推进了肚子里，食道一空，她竟不由自主地打了个嗝。

虽然已经第一时间捂住了嘴，但对面的人似乎还是听见了。他笑着说：“我可以假装没听见。”

许意浓有些尴尬地挤出一丝笑：“不好意思啊。”

“没关系。”

这时，他的饭也送上来了。许意浓又跟老板娘说：“老板娘，我还要一份蛋炒饭打包带走。”

“好的。”

男生拆开筷子尝了尝：“这炒饭确实不错。”又问，“你经常来这儿吃饭吗？”

许意浓起初还没反应过来，呃，是在跟她说话吗？

答案是肯定的，因为人家正看着她。

“偶尔。”许意浓说。

男生轻轻地“哦”了一声，没再打扰，低头安静地吃饭。

这家炒饭店的分量很足，许意浓只吃了三分之一便饱了。对面到底是个男生，三下五除二就吃掉了一大半，比她吃得快多了。

蓦然，他的手机响了，他接起来：“在炒饭店，嗯，来了。”

他挂断电话又扒拉了几口饭，筷子一放便朝里喊：“老板娘，结账。”

老板娘风风火火地再次出现，走向了收银台那边。

已经吃完了的许意浓抽了一张纸巾擦了擦嘴，起身往收银台去付钱，但一掏口袋才发现自己只有两块钱纸币。她临时出来吃饭，皮夹在书包里，当时摸到口袋里有钱，只当是二十块的，都没拿出来检查一下。

她试图跟老板娘商量：“老板娘，我钱没带够，剩下的晚自习前给你送来成吗？”

“我帮她付。”身后响起一道声音，一张五十元纸币已经递给了老板娘。许意浓一看，是刚刚坐一桌的男生。

许意浓张了张嘴：“那个……”可他们素不相识。

男生似知道她要说什么，笑了笑：“没事，又没几个钱。”

老板娘收了钱后给他找零：“来，你收好。”

男生接过零钱就要走，许意浓赶紧追上去叫住他：“你是哪个班的，叫什么？我回头把钱还你。”

男生只回眸看了她一眼，蓦地勾起嘴角，什么都没说，直接走出了店铺。

他刚走出去，就被几个男生围住了。他们还在往里面探头探脑，却被他拍了拍后脑勺缩了回去，随后便一起离开了。

许意浓再想追，却被老板娘拦住：“哎，你打包的蛋炒饭还没好呢。”

“啊？”许意浓一愣神，等她跑出炒饭店，那群人就像是飞走了，哪里还寻得到半个人影？

再回想起刚刚他走前的那抹笑，她猛然一个激灵，记忆跟军训时高一（10）班送来水的那天重合了。他不就是高一（10）班那个……那个江晋吗？

她又想起了林淼，林淼的朋友不正是高一（10）班的吗？她可以通过他把饭钱还给人家。

许意浓一刻也没耽误地骑车回了学校，但林淼还没回教室，教室里是利用午休时间在看书做题的同学们，气氛异常安静。她将打包的炒饭轻轻放在那个啃包子的同学桌上，那个同学一愣。

许意浓对她说：“每天吃包子也不太健康，这是刚炒的，还热着，你快吃。”说完她就去外面找林淼了。

当务之急是要把钱还给人家，她不能欠人人情，也不喜欢欠人人情，况且她还欠人家一声“谢谢”。

许意浓快速走下楼梯，想去后湖那儿碰碰运气。林淼经常往那里跑。

往下走的时候，王骁歧一行人正好上来。看到她疾步下楼的样子，周郯好心提醒：“浓哥，你悠着点儿，别走那么快，这楼梯间刚刚被人洒了水，可别滑倒了。”

许意浓说了一句：“谢谢，知道了。”继续闷头往下冲。

她发丝轻扬，经过男生们身边的时候带起一缕小风。不同于曹萦萦身上那股刺鼻的浓郁香气，这是一种淡淡的清香，沁人肺腑。

王骁歧走在楼梯最靠扶手的那一侧，他微垂下眼，看她已经走到了下一层。她开始蓄起长发，那缕略短的马尾晃荡在艳阳的光晕里。

大中午的，她不在教室里午休，匆匆忙忙也不知要去哪里。

突然，底楼也传来一阵急促的脚步声，还有球鞋跟地摩擦发出的类似粉笔头刮到黑板的声音。许意浓一听就觉得很耳熟，往下一看，正是林淼，两个人就这么在楼梯间不期而遇了。

“林淼，我有件事……”

“同桌啊同桌，我正要找你！”谁知林淼一看到许意浓就把话给截断了，三步并成两步走到她身边，伸手就拍了她一下，“行啊你许意浓，隐藏得够深啊，连我都不知道。”

许意浓完全不知道她什么意思，茫然地看着她。

“中午居然背着我跟校草一块儿出去吃饭。”林淼说着还贼兮兮地撞了她一下。

中午的楼道里十分空旷，林淼的声音跟装了扩音器似的在楼内回响，只要在附近的都能听清。

许意浓彻底蒙了，可她的第一反应竟不是跟林淼解释，而是生怕被谁听见似的抬头往上看。落枕的后遗症还未全然消散，脖子还隐隐作痛，可她完全忽视了这些。

第十一章

少年的笑鲜活且真切

楼道上方空荡荡的，林淼也跟着许意浓抬头往上看看，好奇地问："看什么呢？"

许意浓一把抓住林淼，隐蔽地躲到了楼道最里侧。

林淼看她这样，又开始调侃她："快说说，什么情况啊？"

许意浓叹了口气，只得将事情从头到尾说了一遍。

"就这样？"林淼听完，八卦的心就此被扼杀在了摇篮里。

许意浓点头："就这样。"

许意浓又从口袋里掏出钱来递给林淼："这钱麻烦让你朋友帮我还给江晋，再替我谢谢人家。"

林淼一开始没接："哎呀，就一顿炒饭而已，校草请你吃了就吃了呗，下次你买瓶饮料什么的给人家就行了，没必要那么较真。"

可许意浓并不认同："这是两码事，我不能白白接受他的请客。况且今天他是帮我解围，这钱我理所应当还他。"

林淼有些无语："让我说你什么好，你呀你，脑袋瓜子聪明是聪明，可偏偏喜欢钻牛角尖。"

许意浓并不想跟她讨论这些，只问："你帮不帮我还？不帮我就自己去高一（10）班了。"

林淼看她认真起来，知道她一向说一不二，只得接过钱："行，行，行，帮，但是江晋他收不收我可不敢保证。"

许意浓转身拾级而上，斩钉截铁地道："他必须得收，否则我会一直等到他收下为止！"

林淼对着她无奈地摇了摇头，掏出手机给范亦诚发信息让他出教室，说她在二楼楼道里等他。

许意浓独自回教室。离教室越近她越觉得心虚，这种感觉让她既陌生又烦躁。

踏进教室，同学们不是在自习做试卷，就是已经趴下午休了。她闷头一路回到自己的座位，余光瞥见隔壁那个不知在桌上趴了多久的身影。

林淼的迟迟不归让她心神不宁，也没什么心思做卷子了，便趴下来午休。可今天这桌子也像跟她过不去似的，她将头调整了好几个角度，才找到了一个最为舒适的姿势，只是对着走廊，她一睁眼就能看到对面的人。

王骁歧睡觉永远都是头直接扣在桌面，双臂无所顾忌地摊放在两侧，像古装电视剧里叩拜帝王的大臣，却丝毫不显滑稽。就这种姿势，许意浓实在不知道他是怎么睡着的。

蓦地，他动了一下，头往左边一偏，换了个午休的姿势，这下就跟许意浓面对面了。许意浓可以清楚地看到他的整张脸。

他额头上因为先前的睡觉姿势留下了一块红印，额下的双眉不深也不浅，配着他那双眼，英气十足，细密的睫毛即使隔着一道走廊也清晰可见，鼻子从鼻峰到鼻尖都很挺。

集训的时候，许意浓她们寝室的熄灯卧谈会还曾因为他的鼻子进行过讨论。一开始是讨论韩国某热播电视剧，后来就演员展开了新一轮的热论。有室友说演男主角那个演员一看就是整了容的，比出道的时候帅气太多，看鼻子就知道，现在鼻子特别立体特别挺。

有人就着这个话题说："是吗？那他整得好自然啊，还以为他是纯天然呢。不过他那鼻子是挺好看的，也只有帅哥才配得上这种鼻子。"

其他人一听也兴奋起来："哎？这么说起来的话，我们班王骁歧不就是这种鼻子吗？人家可是纯天然的哦。"

就这么聊啊聊的，有人开始不正经起来。

室友们斗着嘴，许意浓早已听得脸热。而她上铺同样传来辗转反侧的声音。

过了一会儿，曹蓁蓁极为不耐烦地开口："你们一个个的还睡不睡了？"

其他人这才安静下来，有人故意调侃："好了，不说王骁歧哈，以后都不说了。"然后打着哈欠拢拢被子，"睡觉。"

那场卧谈会就此宣告结束，许意浓上铺的曹蓁蓁也再未弄出一丝动静。

那一夜，寝室里还是打呼的打呼，磨牙的磨牙，只有许意浓异常清醒，呆呆地看着上铺的床底板，毫无睡意。

许意浓的视线又顺着王骁歧的鼻子往下看，来到了他的嘴唇。他唇形分明，颜色是淡粉的，线条宛如被勾勒过。

他的睡颜安静又平和，平常那副跩上天的讨厌样也只有此刻才在他身上荡然无存。

这时，刷完题的曹萦萦轻轻地伸了个懒腰。她将试卷收进课桌里，又从里面拿出一瓶旺仔牛奶，自然而然地转过身。

许意浓赶紧闭上眼装睡，等再睁眼的时候曹萦萦已经转回座位趴下午休了。而那瓶旺仔牛奶则稳稳地立在王骁歧的桌角。

她把头掉转了方向埋进双臂之间，少年的睡颜替换成一片漆黑。她告诉自己，睡吧。

王骁歧睁开眼就看到对面那个伏案而睡的身影，只留给他一个睡得没心没肺的侧脸。她乌黑的发丝在空调出风口下不停地晃动，短袖下裸露的双臂也起了一层鸡皮疙瘩。睡梦中她的手还紧捂脖子，微微蜷着，让自己像只鸵鸟一样埋得很深。

此时班上的同学几乎都已经趴下小憩了，只有王骁歧无声地站起，没有惊动任何人地走到前面，抬手将后排的中央空调开关按了关闭……

林淼不负许意浓期望地让江晋收下了钱，许意浓总算松了一口气。

那段时间她跟王骁歧没什么话说，连互撑都变少了。他们说话最多时仅限一起搭档做校干。

那天他们又是搭档，执勤的时候她要比平时上学早一些。只是天公不作美，阴霾一片，煞有狂风暴雨之势。果然，出门的时候就下起了雨，伴随着阴风阵阵，雨势由小变大，宛如天河暴注，噼里啪啦地打在人脸上，还怪疼的。

许意浓当时已经骑出去一段距离了，突然想到王骁歧会不会没带伞。于是她打道回府，在小区楼道里跟要去上班的吴老师撞了个面。

“你怎么又回来了？”吴老师问她。

“我回来拿伞。”

吴老师看到她书包边袋里明明塞了一把伞，拍了拍她的书包口袋：“你书包里不是有吗？”

许意浓“啊”了一声，说：“哦，这把，这把有点儿坏了，弱不禁风的，我再拿把好的放学校里备着。”

吴老师忙着去上班，无暇顾及太多，只说：“家里鞋柜下面有几把还没用过的新伞，你随便挑一把。下雨天，上学路上骑车注意安全。”

“嗯，知道了。”

许意浓冲进家门，从鞋柜底下挑了一把黑色的折叠伞，快速塞进书包的另一侧，然后又抽出自己那把，一只手撑着伞一只手把着车龙头，骑着车往学校去。

到了学校附近，雨势已经小了很多。她还是在校外那条小巷里看到的王骁歧，他单手撑着一把黑色的伞，另一只手垂在身侧。

那是一幅少年氤氲在雨雾中的画卷，身形料峭，影影绰绰，如镶嵌其中，令人不忍打破。

许意浓失神地盯着他手中那把伞，赫然醒悟般地停下车。她将手中的伞先反放在地上，拉开书包快速将边袋里的那把黑伞给塞了进去，生怕慢一拍就会被发现什么。

“磨磨蹭蹭在干吗？”许意浓刚把书包拉好，头顶已经被伞给罩住，是王骁歧。

她仰着头，看看头顶的伞再看看他。他的手臂往前微送，将自己伞的一大半遮挡住了她。

“检查一下有没有忘带考勤册。”她一边说一边弯腰去拾自己的伞，可一阵风吹来，她的伞比较轻，一刮就飞走了。

她刚准备下车去追，王骁歧已经把自己的伞塞到了她的手中。她一愣，只觉掌心握着的伞柄上全是他残留的温度。

他淋着雨帮她去捡伞，回来的时候头发已经湿了。

“检查东西不会找个屋檐下面？”当然，他嘴里依旧没好话。

“不会。”许意浓日常撑他，把手一伸要跟他换回伞。

王骁歧却无动于衷，突然问她：“吃过早饭了吗？”

许意浓其实刚在小吃街那边买了两个包子，但她故意问：“干吗？你要请我吃早饭吗？”

谁知他真的“嗯”了一声，许意浓脚步一顿，王骁歧已经在往小吃街走了。见她没跟上，他转身催促：“快点儿，过期不候。”

许意浓不蹭白不蹭，麻利地跟上去：“那我今天可要坑死你！”

两个人来到那家炒饭店，许意浓忍不住问他：“你一大早就吃炒饭啊？”不觉得油腻吗？

王骁歧接过她手里的伞，示意她先进去：“这里中午和晚上供应炒饭，早上是面。”

许意浓故作嫌弃状：“你就请我吃面？”

“那请你吃满汉全席？”王骁歧似笑非笑，站在外面把两个人的伞甩干水后挂在了小吃店的门口。

许意浓对他反呛了一句：“满汉全席倒不用，全肉宴我可以考虑一下。”她找了个空位坐下。

不一会儿，放好伞的王骁歧也坐了下来，两个人直接面对面。他说：“还吃肉，也不怕胖。”

许意浓瞪他：“我又不胖。”

老板娘看到王骁歧，就笑了：“还是番茄盖浇面？”

他点点头，又说：“今天加个荷包蛋吧。”他看向许意浓，问，“你呢？”

“一样吧，我不用加荷包蛋。”

老板娘记下，又端详了许意浓片刻，想起她前段时间也来过，于是笑着问：“你们是？”

“同学。”

“同学。”

两个人同时说出口，然后互相看了看。

倏地，许意浓随意抽了一张纸开始擦桌子。

老板娘也不是个多事的人，收了笑便没再说话，就往里去了。

周围一下子安静了，两个人无声地坐着，很怪也很别扭。许意浓擦桌子的动作一直未停，蓦地，她像是随口一问：“你是不是喜欢吃番茄啊？”

她已经听到他点过好几回了。

王骁歧“嗯”了一声，问她要不要喝水。

许意浓说不用，周围再次安静下来。两个人傻傻地干坐着，直到面被端上来。

许意浓习惯性地往面里倒了几圈醋，那酸味王骁歧闻着特别浓郁。

“倒这么多醋？”他眼睁睁看着她那碗白汤面变成黑汤面。

许意浓不以为意：“对啊，我喜欢吃醋。”

王骁歧抬头看了她一眼。

许意浓浑然不觉，只听他在对面轻笑了一声："那你多吃点儿。"

许意浓倒完醋，一双已经拆好的一次性筷子已经递到了她面前。她轻轻地接过来，还未来得及说"谢谢"，就听到他叮嘱般的口吻："刚出锅，小心烫。"

她"嗯"了一声后便闷头吃面，偶尔偷看对面几眼。

一碗面，王骁歧吃得比她快，吃完就安静地坐着等她。

许意浓也没再吃几口，就放下了筷子。

王骁歧抽了几张纸递给她："饱了吗？"

许意浓接过纸："饱了。"

"真饱了？"

许意浓觉得他又在捉弄自己："真饱了，我又不是大胃王！"

见王骁歧盯着她，她浑身不自在地想躲开，他又递来一张纸巾："你是小孩儿吗？嘴都擦不干净？"

许意浓出糗般地拿过他的纸狂擦嘴，完了还跟他确认："现在呢？"

他起身，抽纸在她嘴边轻轻一拭："好了。"然后他就往收银台去了。

许意浓在原地愣了好一会儿，才后知后觉地跟上去，闷头走到门口去拿伞，耳根处却在发烫。

她站在外面等王骁歧，看着他付钱的侧影，第一次觉得原来他们也能这么和谐……

"走了。"结完账，王骁歧走了出来，手在她面前一挥。

许意浓回神，却说："等一下。"

王骁歧以眼神探寻，许意浓对他说："你等我一会儿，马上。"说完她转身就跑进了隔壁的小超市，从收银台前面的小货架上拿了一卷强劲薄荷味的口香糖，快速付完钱后跑了出去。

"喏，礼尚往来，你请我吃面，我请你吃糖。"她把口香糖往王骁歧面前一送。

他低头看了看："你喜欢这种味道的口香糖？"

"一般吧，就是下午第一节课犯困的时候，含一颗在嘴里会清醒一点儿。你也可以试一试。"

没想到王骁歧真的伸手接过去："行，我试试。"

许意浓顿了顿，看了他一眼，跑去推自己的自行车。

她骑着车重新回到王骁歧身边，两个人一个骑车一个走路。过了会儿，她问他："你的车呢？"

“没骑。”

“干吗不骑？”

他看她一眼：“你以为谁都像你那么有能耐，一只手撑伞一只手扶车？方圆几里内，唯你最酷。”

“这很难吗？你们男生不是还能双手脱把骑车吗？”许意浓反问。

“难不难取决于风向。”王骁歧说完没多久，他们就拐了弯。

风顿时换了个方向，差点儿把许意浓手中的伞吹走。雨被风裹挟着从四面八方涌来，衣边摆动，夹杂着水渍贴在身上，风还在无孔不入地往领口里灌。

许意浓低着头，无法单手撑伞骑车了。她双脚撑地，双手去抓伞，可逆向的风吹得她有些站不稳。慌乱之际，一只有力的手覆在了伞柄上，把她就要被吹走的伞一把拉了回来。

等她反应过来，王骁歧已经帮她收起伞，然后从她手中拿回自己那把，顺手用伞柄轻轻地敲了敲她的脑袋。他说：“平常不是挺厉害吗？现在连把伞都拿不稳？”

许意浓愣愣地看着他，又听他道：“还不走，真想被风吹跑是不是？”

此刻变成他替她撑伞，好让她专心骑车。

“那你呢？你不打伞？”她问。

王骁歧步履沉稳依旧，淡然地道：“我伞大，够两个人撑。”

雨势渐小，来学校的学生变多，许意浓赶紧跟上他的脚步，两个人并排走着，都没再说话。

他身上淡淡的味道有些许钻进了许意浓的鼻腔，她却意外地没打喷嚏。可血液像过年可以手拿的那种小烟花，在体内一顿乱窜。

巡视全校时许意浓才发现王骁歧的右肩湿了，是帮她撑伞被雨淋湿的。她心里不由得“咯噔”了一下，立刻在自己口袋里左摸摸右摸摸，却没找到半包纸巾。

她不由得懊恼，平常不是总会在口袋里备着纸巾的吗？怎么偏偏这天没随身带着呢？

等回到教室，她又在包里搜寻，好不容易找到了一包，刚要掏出来，却看到曹萦萦已经把自己的一大包抽纸递给了他。

“你们男生是不是总不把自己身体当回事啊？下雨天也不注意。”曹萦萦的语气里满是嗔怪。

许意浓默默地将自己的纸放回书包原处，手也从课桌里拿了出来，一切回归平静。

同天下午，第一节课是化学课，许意浓刚从午休中醒来，还犯着困。她揉着惺忪的睡眼从课桌里拿化学书，门口传来了男生们的打闹声。

王骁歧一行人刚从小卖部回来，每个人手里都拿着一瓶易拉罐饮料，自由又洒脱。一众身高相差无几的同学里，唯独他最打眼。

林淼瞥了他们一眼，没好气地跟许意浓嘀咕：“你知道吗？前几天校篮球队选拔赛，王骁歧在传球的时候把江晋给撞倒了，人家脚踝一崴韧带撕裂，可肿得不轻，所以才没能晋级。”

这种学校内部的选拔不是很兴师动众，很多学生都不知道，林淼也是从范亦诚那儿得知的，许意浓听她说才知道还有这种事。想起上次江晋帮过自己的事，她不禁微微蹙眉，王骁歧他怎么又这样？

“而且他还拒不道歉，气得高一（10）班参赛的男生当场弃权，班上一个人都没进。”林淼愤愤不平。

同桌还在说着话，许意浓的脸突然被一个冷冰冰的东西一贴，冷得她打了个寒战，原本还残留的困意瞬间消散。她把头一抬，就对上了王骁歧坏笑的双眼。

他把冰冻过的可乐易拉罐贴在了她右侧脸颊上，还扬着下巴饶有兴味地问：“清醒了吗？是不是比口香糖更提神醒脑？”

那易拉罐上的水覆在了许意浓的脸上，冰冰凉凉的。他明明还是那么骄纵与轻狂，她眼前却满是少年鲜活且真切的笑。

“劝你少喝可乐。”直到脸颊被冻得不行，许意浓开始往后躲。

王骁歧眉毛微挑，嘴角带着一丝笑，好似非要她说出来：“为什么？”

他的笑让许意浓看得晃了眼，她低头假借拿书的名义伸手赶他：“上课了，快让开。”

可王骁歧似乎来了兴趣，跟她杠上了，就是不让。

“咚”的一声，化学老师直接从后门走进教室，同时用书角敲着门板道：“好了各位，该醒醒了，上课了。”

这一声有效地惊醒了一片睡眼蒙眬的人，大家打着哈欠顶着疲惫，拿书的拿书，抽卷子的抽卷子。

王骁歧抛着可乐罐回到自己位子上，许意浓忙用手擦掉脸上的水珠。

“你们什么情况，一会儿好一会儿不好的？”林淼手上转着水笔斜眼看她。

老师又在上面敲黑板，打断了林淼的碎碎念，整个教室进入上课状态。

许意浓的脸颊上还有那种冰凉的感觉，她将碎发拢到耳后，余光扫向隔壁。

王骁歧用纸巾囫囵抹了一把汗，就目视讲台开始听课了，许意浓默默地收回目光，也看向讲台。

下课后，宣传委员来后排跟王骁歧商量出新一期黑板报的事。

王骁歧俨然一个甩手掌柜，下巴朝许意浓那儿一扬："问她。"

宣传委员看向许意浓，她把手中的笔一放，不接受甩锅："什么我，你才是班长好不好？"

王骁歧站起身，打开桌上那罐可乐："我授权给你，以后我主外，你主内。"他喝了一口可乐，而后一锤定音，"嗯，就这么说定了。"

"你……你……"明明在喝饮料的人是他，许意浓却差点儿被呛住了。

王骁歧说完，捧着可乐走出了教室，又跟男生们插科打诨去了。

宣传委员推了推厚重的眼镜，说："主要我觉得，我们得搞得有创意一点儿，我去看过其他班上期的黑板报了，高一（10）班一看就与众不同，排版特别好看，也不知道是原创的还是参考了什么画册。如果是参考了画册，最好能借过来看看，我们也好学习学习。"

"那还不简单。"曹蓁蓁突然转过头来，对许意浓意味深长地道，"你同桌跟高一（10）班不是很熟吗？"

许意浓还未应声，曹蓁蓁已经帮她揽了下来："这件事交给许意浓，她呀，能搞定的。"

许意浓在心里翻了个白眼。

"好啊。"宣传委员一个顺水推舟，对许意浓道："那副班长，这件事就拜托你了啊。"

看着两个人一唱一和的样子，许意浓在心里怀疑她们是不是一伙的，话都说成这样了她还能说什么呢？她只能硬着头皮接下："我试试吧。"

看着走廊上若无其事喝着可乐的王骁歧，许意浓恨不得送上几个白眼。本来都是他的事，现在却甩给了她，害她骑虎难下。

好在林淼那边确实没什么问题，麻利地交代朋友去自己班上问了。

"范亦诚说是他们班有个同学，从做广告的亲戚家里搜刮了不少排版画册，可比我们学校外面书店买的那种黑板报模板要高大上多了。如果你要的话，晚自习的时候可以去挑一本。"林淼这样告诉她。

许意浓觉得自己跟高一（10）班也不熟，贸然去会有些突兀，便跟林淼商量："要不你随便帮我挑一本得了。"

“可别，我审美真一般，范亦诚说画册风格多着呢，万一挑了一本最普通的，到时候还得换，麻烦。”林淼一副不想掺和的样子，看着许意浓说，“怎么？去高一（10）班还怕谁吃了你不成？”

“不是，我不熟。”许意浓坦言。

“我带你去啊，你再带上宣传委员，你们跟我一起去不就行了吗？多大的事啊。”

林淼都这么说了，许意浓也不好再多说什么，只得答应下来。可等她跟宣传委员提起这件事的时候，宣传委员又开始推脱：“你去就行了吧，班长说了，一切由你做主。”

就这么你推我，我推你，最终演变成许意浓一个人的事。

晚自习前跟林淼去高一（10）班的路上，许意浓已经在心里把王骁歧骂了不下十遍，都是他挑出来的事。

高一（10）班在她们下面两层楼，她们刚走到（10）班门口，教室里就沸腾了。大家纷纷探头张望，有看林淼的，也有看许意浓的。

许意浓一向不喜欢被围观，别开脸。

范亦诚抬脚踹了一下起哄的人的椅子：“就你嗓门大是不是？是不是？”收拾完同学他就往教室后面走，看起来是打算从后门出来。

果然，后门很快开了，出来的除了范亦诚还有江晋，他的手中拿着厚厚一叠画册。

许意浓看到江晋后，下意识地看了林淼一眼，眸中有诧异。林淼毫不知情地耸耸肩道：“范亦诚之前也没跟我说那个有画册的同学就是江晋。”

江晋走路还有些不自然，脚明显是受了伤，可见王骁歧撞他那一下不轻。他比许意浓高出不少，在她面前站定后道：“今天认得我了？”

他意有所指，许意浓不禁局促地道：“上次真是谢谢你了。”

江晋笑了笑，唇红齿白：“谢什么，钱你不是原封不动地还给我了？”

“谢谢你替我解围。”许意浓又解释。

“举手之劳。”江晋淡淡地道。

林淼跟范亦诚安静地看着他们，范亦诚冷不丁地冒出一句：“好了，都是一家人，不用搞得那么拘束。”

这话许意浓听着有些别扭，江晋立刻用手肘撞了一下范亦诚的腰，疼得他龇牙咧嘴再也说不出话来。

江晋跟她打招呼：“他说话不过脑子，口无遮拦的，不好意思。”

林淼也掐着范亦诚打圆场："对啊，对啊，你别跟他一般见识。"她面朝江晋："那个……不是来借画册的吗？给我们看看呗？"

江晋将一沓画册送到许意浓眼前，一本一本地给她介绍风格，适合什么样的主题。

他耐心又细致，让许意浓心里更觉惭愧。之前还钱的事她让范亦诚出面，是不是显得太没诚意了？

"你看你需要哪种风格的？"末了，江晋问。

许意浓答非所问："你是你们班的文艺委员吗？"

江晋笑着反问："你觉得呢？"

范亦诚替他回答："他才懒得干这种吃力不讨好的事，但集体荣誉感很强，黑板报这种事也得出力，能写又能画。"他把手往他们班的黑板报一扬，十分骄傲，"这可全是江晋一个人的手笔。"

许意浓往里看了一眼，之前只听宣传委员说（10）班的黑板报出得好，亲眼一见果然不假。她忍不住感叹："你的粉笔字写得真好看。"

当事人还没说话，范亦诚已经开始替他得意："是吧，练过的，行家。正楷、行书都堪称一绝，从小拿奖拿到手软，试卷都是被当成范例展示的。"

许意浓由衷地佩服："真厉害。"

江晋却没当回事："除了在语文考试上沾点儿光，其他一点儿用都没有。"

"谁说的，将来会有用的，能写一手好字也是一技之长。"许意浓并不认同他的观点。

"那就借你吉言了。"江晋接下了她的褒奖，又重新回到原来的话题，"这样，你告诉我你们想要的样子，我来给你挑。"

许意浓觉得这样太麻烦他了："要不……方便的话我多拿两本走，给我们宣传委员也看看，再做决定？"

江晋点头："也行。"

于是许意浓挑了三本："谢谢你了。"

"不客气。"

晚自习的铃声乍然响起，许意浓道完谢捧着画册就准备跟林淼回去，范亦诚却突然提议："不如你们互相加个 QQ，回头有什么事也好联系。"

许意浓有些为难地看向林淼，林淼摆摆手帮她说："哎呀，她的手机里压根儿没下载 QQ，我都没她 QQ 号码。"

岂料范亦诚"哦"了一声："那手机号也成啊。"

江晋似看出了什么，则说：“没事，反正教室就楼上楼下的，有什么事直接找我，或者让林淼传话都行。”

只是这样一来，反倒衬得许意浓有些小家子气了，人家毕竟帮了她两次忙。犹豫片刻后，她从口袋里拿出手机，互换了联系方式。

“我尽快把画册还你。”许意浓走之前对江晋说。

江晋：“没事，我也不急，你慢慢用。”

“谢谢。”

他又笑了：“你已经说第二遍了。”

晚自习的第二轮铃声又响起，范亦诚冲着林淼挥了挥手：“好了，你们快回教室吧。”

林淼乖乖地点头，挽过许意浓的胳膊跟他们道别：“那我们走啦。”

范亦诚跟江晋同时点头，连目送的眼神都一致。

那日晚霞铺天渲染苍穹，落日的余晖一泻千里，罩在少男少女们的身上，唯独许意浓离去的那一帧画面最为美好。

许意浓借到了画册，宣传委员如获至宝。下课一起讨论主题和细节的时候，曹萦萦也被宣传委员拉了过来。

宣传委员对许意浓说：“曹萦萦是学习委员，字写得好看，这期由她负责粉笔字这块。”

曹萦萦一脸谦虚地道：“哪有啊，我粉笔字一般，是你非要拉上我。”

“哎呀，你就别谦虚了，班上你的字要是认第二可没人敢称第一了。”

许意浓看着她们装模作样，全程默不作声，只配合地敲定了最终方案。

晚自习下课的时候，曹萦萦比往常更磨蹭，像等着要做什么一样。

许意浓还在收拾东西，心里想着就算要出黑板报她也不用这么积极吧，排版还没排好难道她就要先摘抄粉笔字？她看到打完球的王骁歧回到教室拿书包，才知道是自己想多了。

许意浓赶紧收拾完，拎起书包就往前走，只是她跟回座位的王骁歧在过道上结结实实地撞了一下，她头也没抬地继续往前走，一句话都没说。

王骁歧看了她一眼，回座位拿了书包就要走。这时，坐在前面的曹萦萦捧着什么突然站了起来……

许意浓刚走出教室，曹萦萦娇柔的声音便传入耳畔，像近在咫尺：“生日快乐啊，王骁歧。”

许意浓脚步微顿，而后走得头也不回……

偌大的校园里仿佛只剩下自行车车轮的滚动声，夹杂着许意浓飘忽的思绪。

“吃过早饭了吗？”

早上他请她吃了面，这天又是他的生日，他们在他生日的这一天一起吃了面。

走到了校门口，她就像定住了一样，怎么都挪不动脚步直接回家。她低头看着手表，暗自数着时间。

十五分钟的时候总算听到了动静，许意浓往里一瞧，一高一矮两个身影各自推着自行车从已经暗下来的教学楼处慢慢走向校外。

很快他们就走了出来，许意浓躲在学校门口那只敦实的石狮身后，那巨大的身躯正好将她遮挡得严严实实的，无人能发现。

她听到他们互相说再见，然后曹萦萦先行离开，王骁歧站了一会儿才跨上车走了。

沉沉的夜色围拢，清辉月光下，地上像被洒了一层水银。周围树木抖擞，传来叶子与叶子摩擦的阵阵沙沙声，初秋的夜总是带着一丝凉意。

躲在石狮身后的许意浓望着少年离去的背影直至消失不见，她才盯着路灯下自己那道孤寂的影子，声如蚊蚋地说了一句：“生日快乐，王骁歧……”

隔天一早，许意浓少有地起晚了。吴老师敲第三遍门的时候，她顶着一头乱发出来，手里揣着复读机一如既往地公放着英语，闷不吭声地往卫生间去了。

吴老师给她快速地叠着被子，发现枕头旁边是一堆团起来的纸巾。她一边收拾一边叹气：“你这鼻炎，每逢换季就发作，从小到大也带你看了不少医生，怎么就是治标不治本呢？”

许意浓在卫生间里刷着牙，没应声，也不知是不是复读机声音太大没听见。

吴老师动作十分麻利，三下五除二就帮她整理好了床铺，从房间出来的时候又对着卫生间说了一句：“今天是你小姑的生日，中午一起去你奶奶家吃饭。”

许意浓嘴边的牙膏泡沫都没擦干净，一百个不愿意地道：“我不去。”

吴老师对她的反应不是太意外，只道：“中午我跟你爸都不去，你再不去，回头落个话柄。”

每次都这样。

“所以我是你们的挡箭牌吗？”许意浓已经受够了奶奶家的气氛，明明吴老师也知道她不喜欢。

吴老师从厨房里给她端出早饭：“你只负责吃饭，她说什么你左耳进右耳出不就行了？”

“那你自己怎么不去？”

“我忙啊。”

看，永远如此。

许意浓胡乱用水抹了一把脸，连洗面奶都没用。

集训的时候，寝室的人都在讨论各自用的洗面奶牌子，唯独她插不上话。有一次恰好曹萦萦跟她一起洗漱，人家先挤出黄豆般大小的洗面奶，打湿搓出泡沫，然后不紧不慢地涂在脸上打着圈圈。她做这一系列动作的时候，许意浓拿了自己的脸盆注入了三分之二的冷水，完了直接一个扎头，来了个闷水。

许意浓的肺活量很好，通常可以闷水四十到五十秒。这段时间对她而言不仅仅是用来洗脸的，还可以让大脑放空到一种最清醒的状态。

那厢曹萦萦脸上的泡沫还没打完，许意浓已经结束了，当时她挤眉弄眼嫌弃的样子简直溢于言表。

此刻许意浓耳边一直传来吴老师的絮絮叨叨，以及她火急火燎去鞋柜换鞋的声音，听声音她应该是闷着头说的：“早饭我来不及弄了，你自己去学校门口买点儿，一定记得吃啊。”

许意浓这天没有闷水。她擦干脸走出卫生间，对着吴老师冷不丁冒出一句：“妈，你真正关心过我吗？”

吴老师穿鞋的动作一顿，抬头蹙眉，又听到她追问：“我跟你的学生们，到底……谁更重要？”

吴老师扶着鞋柜站直了些，神情困惑：“浓浓，你怎么了？”

母女俩一个站在这头，一个站在那头，明明距离不远，却如同隔了一条沟壑，无形却也不可逾越。

许意浓的复读机还在慷慨激昂地放着英语，仿佛不知倦怠。在那阵阵的聒噪声中，吴老师缓了缓神，连带着语气也放缓了些：“是不是，最近学习压力有点儿大？”

许意浓别过头去，只说了三个字：“没什么。”

女儿这样还是头一次，吴老师下意识地把她这种反常归为青春期女生的小情绪，并没有生出一丝对自己的反思。

“压力不要太大，我知道你要强，一直想争第一。但是，不如人就是不如人，你也要学会接受现实。而且，爸爸妈妈从来没有要求过你什么。”她甚至还如此安慰。

许意浓已经不想再听，转身回自己的房间，只留下一句：“你们可以要求我的。”

至少有要求就会有期待，而不是偶尔或者突如其来的关心。像一只被放养的小狗，想起来了招过来看看挠挠痒，平常更多的时候就往边上一丢，任由她自生自灭。

赶着上班的吴老师没有太多时间，她想着等哪天晚上自己抽空跟女儿聊聊，打开门走的时候还不忘叮嘱：“记得啊，中午去奶奶家吃饭。”

没有得到许意浓的回应，吴老师摇了摇头，关上门离去。

许意浓听着关门声，越发觉得这个家令她窒息。

这天骑车的时候，她背了一整篇英语作文都没能缓解那种压抑的情绪。她来到小吃一条街，看着眼花缭乱的各种早点，感觉没什么胃口，突然就打消了吃早饭的念头。她将车头一掉转，却碰到一个人。

“不好意思。”她道歉。

“许意浓？”那个人却叫出了她的名字。

许意浓抬头，是江晋。

“早啊。”他跟她打招呼。

她点头：“早。”

好像他们每次碰面都会有些小插曲。

许意浓觉得碰了面总要说点儿什么才礼貌，便随口一问：“你来买早点？”

江晋朝早点铺放眼一扫，打趣道：“正要点兵点将呢。”但他的视线很快回到她身上，发现她两手空空，“你呢？打算吃什么？”

“我，”许意浓微顿，反问他，“你吃什么？我请你。”

她本想说自己吃过了一走了之，可人家毕竟借了她画册，这份人情还不知该怎么还。

没想到江晋欣然接受：“好。”

不知是不是特意照顾她，他就近在一家面点铺要了两个烧卖和两杯豆浆。

许意浓付过钱，一转身看到江晋已经将其中一份挂在了她的车把手上。晨光下，他的笑容里带着一丝暖意：“其实刚才就看见你在这儿站着了，虽然我们不用体力劳动，但是脑力劳动一样费精气神，早上还是不要空腹好。”

许意浓只得不好意思地笑了笑，行吧。

他们一起推着自行车往学校走。被买早点一耽搁，这会儿已是上学高峰期，周遭是越来越多的学生。他们又都是校园风云人物，难免会引来一些关注。

许意浓想随便拦个同学借口先走，可看了半天愣是没碰到一个眼熟的。

“你的坐骑挺酷的。”江晋率先打破沉默。

“是我表哥的，他上大学后这辆车就被我搜刮过来了。”许意浓实话告诉他。

“那你表哥挺有品位，这车现在已经绝版了。”

许意浓哪里知道这些，轻轻地“哦”了一声：“是吗？”她又提画册的事，“画册这两天应该就能还给你了。”

江晋推着车的脚步不疾不徐：“没事，不急。”

话题结束，又骤然安静下来。两个原本就不太熟的人着实尴尬，而这江晋好像也并没有要跟她分开走的意思。

许意浓正在犯愁，又听他说道：“你的英语成绩每次都是全年级第一，挺厉害的，有什么特殊的学习方法吗？”

许意浓耸耸肩：“其实就是多读、多记后培养了语感，还有平时一有空就整理错题集。”

“错题集？”

话到此处，人群里突然闪现一道熟悉的影子。许意浓眼明手快地叫住他：“周邺！”

周邺踩着自行车正往校门口直冲，乍然听到有人直呼他的大名，猛地一个急刹，轮胎和地面紧密摩擦，发出声音。

一回头，许意浓和她身边的男生同时映入他的眼帘。周邺心里顿时“咯噔”一声，那厮不是（10）班的江晋吗？

江晋显然也看到了他，作为王骁歧身边出镜率极高的人，周邺那张脸他也很熟。两个人眼神交会的同时，都自然而然地带上了敌意。

许意浓没注意到这些细节，只跟江晋打招呼：“我正好找我同学有点儿事，先走了。”

江晋点头：“好。”

“再见。”

“再见。”

许意浓赶紧推着车溜到周郯身边，如释重负地呼出一口气，连带看周郯的眼神里都充满无尽的感激之情。

但周郯的关注点全在其他地方。

“浓哥，你怎么跟他一块儿啊？”他打量着她车把手上跟江晋一模一样的早点问，他们什么时候认识的？

许意浓便把向江晋借画册出黑板报的事据实以告。

“什么？”周郯得知此事，反应不小，“这件事老王知道吗？”

谁知一提到他，许意浓的脸就垮了：“他不是只当甩手掌柜吗？班上大大小小的事他正儿八经地管过几件？”

周郯知道他们一直不对头，可看许意浓这架势，莫非他们已经到了水火不容的地步？

他识趣地没再多言。

王骁歧这天早读课意外地缺勤了，全校集体晨练的时候，做到侧身运动，许意浓往后排男生那儿瞥了一眼，发现他的位子仍是空的，早操也没来。

晨练结束，所有班级跑步回教室，离开顺序是按高年级到低年级，第一个进场的高一（1）班只能最后一个离开。

班上的女生们开始聊天，许意浓却盯着脚下的塑胶跑道发呆。不远处传来一阵躁动，大家循声望去，是（10）班那边。

江晋不知什么原因被他们班主任拉了出来，等轮到他们班走的时候，他代替体育委员开始喊口号：“全体都有——跑步走！”

有力的声音仿佛划破了天际，飘到了高一（1）班上空，落入每个人的耳朵里，也吸引了不少学生的目光。

“校草有颜又有声，只可惜成绩一般。”

“说明上帝还是公平的，一中在C市纵横这么多年也只出了一个纪昱恒，所以不是人人皆可纪学神啊。”

许意浓也举目朝（10）班方向一望。江晋虽然是被老师拉出来的，却仍是那副坦荡的模样，任人观摩。

王骁歧是在上第一节课时才出现的，彼时老师已经站在讲台上准备讲课了，看到是他，手一挥示意他赶紧回座位。当时全班同学都在看他，只有许意浓目不转睛地盯着老师。

下课后，宣传委员跟曹萦萦利用课余时间出黑板报，一个写一个画，男生们在走廊放风打闹的时候偶尔也会往教室里看两眼。

“我们班这期黑板报的排版挺有特色啊。”有人欣赏后如此评价。

立即有人附和：“的确不俗。”

周郸发现王骁歧抛着矿泉水瓶专注地看着教室后面，想来也是在看黑板报。

他心有踌躇，有些话到嘴边又咽了下去，实在不知该如何开口。说吧，老王跟许意浓两个人的关系会更僵？不说吧，万一以后东窗事发，被（10）班嘲笑，更难收场。

周郸既不想陷朋友于不义，也不想让兄弟难堪，真是左右为难。

许意浓观望了一会儿后头的黑板报，曹萦萦跟宣传委员搭配默契，她俨然一个局外人，便安静地在座位上翻开那本厚厚的《五年高考三年模拟》。

突然，书桌里的手机振动起来，声音异常刺耳。许意浓张望四周，确定老师不在才拿出来看了一眼。

是江晋。他发来一条短信：“早上忘了跟你说，谢谢你的早饭。”

许意浓立刻回：“不客气。”

几秒后，手机又振动起来。

江晋：“你早上说的错题集，方便的话可以借我看看，学习一下吗？”

许意浓微愣，他很快又发来一条：“我的英语一直是弱项，今天早读时错把物理书当英语书拿了出来，不幸被班主任看到，以为我在她的早读课看理科，早操才被拉出来罚喊口号。”

许意浓这才明白了早操离场时发生的一切，原来是这样。

他继续发：“虽然可能不是天生学英语的料，但还是想挽救一下，所以特来向年级第一学习。不过如果你不方便，就算了。”

江晋突然问自己借笔记，许意浓略感意外，却也没觉得有什么不方便的，正好还他一个人情。

她大方地回：“可以的，不过错题集都是我自己以往的错题整理，你只看这个可能不全面。我可以把我平时的笔记一起借给你，那里面还有语法以及词汇整理。”

江晋：“谢了啊。”

许意浓：“没事，那我让林淼带给你？”

江晋："不用麻烦她了，我自己来拿，马上到。"

许意浓看着走廊上的王骁歧一众人，眉毛莫名一跳，赶紧翻找到自己的英语笔记本跟错题集，把手机往兜里一揣，快步走出了教室。

王骁歧看着她抱着本子从他们身边避之不及地闷头而过，步履匆忙。他瞄了一眼时间，还有五分钟就上课了，她这会儿是要去哪儿？

许意浓是在楼道口跟江晋遇上的，她要下楼梯的时候正好撞到了他，吓得立刻弹开。

好在江晋人高马大，伸手护住了她："你没事吧？是我走得太快吓到你了。"

许意浓猛摇头。楼道里偶有同学经过，她忙把东西递给他："这是我的笔记本跟错题集，有问题的话可以再问我。"

江晋笑着接过："行，麻烦你了。"

"没事。"

王骁歧手中的矿泉水开都没开，曹萦萦喊他进教室时，他一个抬手直接把那瓶矿泉水扔进了前面的垃圾桶。满满一瓶矿泉水躺在垃圾袋里，瓶身却早已变形。

"你觉得这期黑板报怎么样？"待他过来，曹萦萦询问他的意见。她的头发、脸上沾了少许粉笔灰，看上去费了不少力。

"你们看吧。"他大致扫了一眼黑板报，只往自己位子上一坐。

曹萦萦轻轻拍着满手的粉笔灰，不经意地道："最终还是得你过目一下，这次排版花了点儿心思，许意浓可是特地去（10）班借了画册呢。"

王骁歧正在翻书的动作戛然而止。

许意浓回到教室的时候，就看到宣传委员哭丧着一张脸站在她的座位旁，像在等她。

"怎么了？"许意浓顿觉气氛不妙。

宣传委员叹了口气："黑板报要重出了。"

许意浓皱眉："为什么？"

宣传委员没再说话，只往王骁歧的座位默默地指了指。

许意浓秒懂，转身往他那儿一看。他正若无其事地翻着书。

许意浓靠过去问："这黑板报是我们好不容易才定下来的，为什么说换就换？"

王骁歧一动不动："我不满意。"

他轻描淡写的四个字和无所谓的态度引发了许意浓心底的不快，火苗肆意滋长。

“你不满意？”她质问，“那你早干吗去了？现在跟我说不满意？你懂不懂尊重别人的劳动成果？”

王骁歧合上书，终于抬起头跟她对视。他反问：“谁的劳动成果？这黑板报上有你一笔一画吗？”

许意浓一愣，那一瞬间心里像有什么碎了，七零八落的。她微微张口，却说不出一个字来。她回想起自己为了借画册去（10）班跑前跑后的模样，只觉自己像个笑话。

班长跟副班长在班上公然对质，全班无人敢发声劝阻。虽说他们之间矛盾已久，可这么针锋相对还是头一次，连站在教室门口的周邺都看傻了眼。

怎么回事？他就去上个厕所的工夫，他们怎么吵起来了？

少顷，许意浓在全班同学的注视下突然转身，拿起黑板擦就把差不多完成的黑板报擦拭出一道空白。

像是一幅就差点睛之笔的画卷被撕开了一道口子，破坏掉了所有美感，教室里的唏嘘声瞬间此起彼伏。

可许意浓依旧我行我素地把黑板报擦干净。

擦完的时候正好上课铃响起，她将黑板擦“啪”的一声扔进了槽里，同时收回了那三本她借来的画册，然后一声不响地坐回自己的位子上。

全班除了王骁歧，都被她干净利落的操作惊得目瞪口呆，整个教室陷入前所未有的安静状态。

第十二章
你是不是永远只会对我凶

许意浓此番举动差点儿让宣传委员当场心肌梗死。

让你去商量，没让你直接擦啊！现在好了，搞得一点儿余地都没有了。

事后，林淼添油加醋：“王骁歧就是借题发挥，公报私仇罢了，觉得用了（10）班的画册到时候黑板报评选，我们班要是获了奖，他会被嘲讽。男生的心眼儿要是小起来，可一点儿也不亚于女生。”她又把宣传委员和曹萦萦一并奚落一番，“还有，提出借画册的人是宣传委员，把你拉出来挡枪的是曹萦萦。去借东西的时候倒是一个比一个会推脱，等你出面把画册借到手了……呵，功劳就变成她们的了。哦，现在王骁歧一句不满意，这两个人倒是择得干干净净，把你推出来背锅，哪有这么玩的？凭什么？”

许意浓将画册交给林淼：“别说了，这个麻烦你帮我还给江晋，就说已经用好了，这段时间麻烦他了。”

林淼接过画册，恨铁不成钢地道：“你这个人，就是太能忍了。”

耳边人声嗡嗡，许意浓用纸巾擦拭着指尖的粉笔灰。她一根一根手指擦过去，力度并不大，却也觉得十指连心疼。

中午，她听从吴老师的嘱咐去了奶奶家。起初大家还有说有笑，小姑得知许意浓在市一中的排名，忙拍了拍正在上小学的弟弟，说：“你呀，平时少看电视，多跟浓浓姐学习学习。倒也不指望你进市一中冲刺班，能考上一中跨进一中大门我就会谢天谢地。”

这时，奶奶夹了一块肉放进小外孙碗里，之后又夹了一只大虾给他，满脸宠溺地道：“要我说，还是孩子开心最重要。市一中有什么好？”她还嗔怪小姑，“他还小，你不要给他太大的压力。”

可小姑不认同："妈，我哪是给他压力，我是在给他敲警钟。您是不知道现在的就业形式有多严峻，满大街的研究生，竞争非常激烈。等到他们这帮孩子长大，说不定博士都要过剩了。学习不从小抓起怎么行？"她把筷子一放，讲得头头是道，"像浓浓这样品学兼优的尖子生，高考前就把一众学生甩在了起跑线。您知道我们省内高考相差一分隔多少名次吗？像A大这种平常人望尘莫及的高校，浓浓可是已经半只脚跨进去了。"

小姑又骄傲地看着许意浓道："看看我们老许家的好苗子啊，多优秀。"

奶奶不动声色地夹着菜，语气不咸不淡："许倒是姓许，可一个丫头片子，以后嫁了人，终究还是个外人。"

小姑一听面色突变，刚要开口打圆场，许意浓已经先她一步当众摔了筷子。

那只在她体内蛰伏已久的小兽，被一圈圈的枷锁缠绕得越来越紧，最终因为奶奶的一句话被压垮，仿佛是身上所能承受的最后一根稻草。她抑郁难舒，唯有觉醒冲破束缚，才能急喘一口气。

筷子与碗碰撞发出剧烈的声响，让在座所有人避之不及，惊诧不已，甚至无法想象是出自从小到大都是乖乖女模样的许意浓之手。

老太太自然被吓了一跳，捂着胸口瞪大眼，惊魂未定。对面的许意浓已经站起身，视线直逼她，冷然出声："您以为许家这个姓我就稀罕要吗？"

老太太在震惊过后拿手指着她开始上下抖动："你……你……"

许意浓一刻也不想在这个地方待下去，扭头就走，任凭大姑小姑相拉相劝。

身后是奶奶歇斯底里的吼叫："让她走！让街坊邻居们都看看，市一中就教出来这么个白眼狼的东西！目无尊长！跟她妈一个德行！"

走到门边的许意浓将门大敞，怒极反笑，索性一不做二不休地反抗到底："行啊，您再大点儿声，也让街坊邻居见识一下什么叫为老不尊，什么叫丢人现眼！反正丢的是许家的脸面。"

老太太被刺激得胸腔上下起伏，冲着她重重地拍桌子："你给我滚！滚！"

大姑小姑轮番给她使眼色："快走。"

许意浓甩门扬长而去。

她一口气走到楼下，第一件事就是拿出手机给父亲打了一个电话。前两次的电话都被挂了，第三次才终于接通。话筒里的嘈杂声此起彼伏，一听就是在应酬。老许刻意压低声音："怎么了，闺女？"

"如果可以选择，我真不想做你们的女儿。"许意浓说完这句话就挂了电话，然后长按关机键关了手机才回了学校。

这是许意浓第一次失控，她任性地、不管不顾地做了一回自己，用这样的方式发泄着自己积怨已久的委屈。

人人都说她生在知识分子家庭，可只有她自己知道过得有多压抑。父母聚少离多，对她不闻不问，一家三口像个正常家庭坐在一起吃顿饭的机会都屈指可数。再加上奶奶骨子里重男轻女的思想，她在这个家族仿佛是个永远也摆不上台面的存在。

这样的成长环境让她生来就比其他孩子更敏感，从小就学会了察言观色，换位思考，独立自主，包括成绩优异。她以为这样就能换来他们的关注与改观，哪怕一丝也好，可得到的却是变本加厉的忽视与轻蔑。

经过那条小吃街的炒饭店时，许意浓才觉得自己饿了，刚刚她根本就没吃几口菜。犹豫片刻，她最终还是骑着车过去。越是没人爱，她就越不能亏待了自己。

走进店里，她扬声道："老板娘，一份番茄蛋炒饭。"

里间传来声响："好的，堂食还是打包？"

许意浓扫了一眼满店的人头："打包。"

"好，等一会儿啊。"

许意浓只得先站在一旁干等，突然，前面座位上原本背对她的人转过身来，是江晋。

再次偶遇，两个人隔空点了点头互相示意，算是打了招呼。

"我这儿还有个空位，你要不要坐过来？"他热心又礼貌地发出邀请。

许意浓婉拒："不用，我站着就好。反正打包，应该很快的。"

江晋轻轻颔首："好。"说完他继续低头吃饭。

许意浓无意间看到他点的也是番茄蛋炒饭。

等的时间稍长，许意浓付了钱便拎着饭盒往外走。当她要去推那透明塑料门帘时，身后已有人快她一步伸了手。她侧首，发现江晋已站在她身旁。

他微微一笑："我正好也吃完了，一起走吧。"

就这么不可避免地再次同路，许意浓推着车一言不发，直到江晋开口。

“画册林淼还给我了。”他的脚步渐渐放慢，直到跟她同一频率，“她也跟我说了你们班的事，抱歉，因为我害你白忙活了一场。”

许意浓在心底叹了口气，这个林淼。

“跟你没关系，是我们内部没有协商好。”她只说。

江晋看向她，仿佛没听见她刚才的话：“他为难你了？”

许意浓摇了摇头。

“可林淼说他让你在全班同学面前很难堪。”江晋却很直白，欲有刨根问底之势。

许意浓握着车把手的手指渐渐收紧，并来回摩挲着：“正常争论，而且我跟他，经常这样。”

江晋自然看出了她不想多说，也就未再深入这个话题。两个人又安静地走了几步，一直低着头的许意浓发现他右脚走路仍有些不自然。她稍有迟疑，主动开了口：“我可以问一下，你跟王骁歧之间，到底有什么过节吗？”

语落，她对上了江晋的视线，又觉自己唐突：“如果不方便……”

“就是男生之间那点儿事。”没想到江晋脱口而出，“况且他……确实挺傲的不是吗？”且一针见血。

见许意浓沉默不语，他转移视线看向前方，口气也不由自主变得生硬起来：“不过迁怒女生这种事，他可真够没品的。”

“没有。”许意浓否认道。

江晋步伐微顿，听到她略低的声音，像在替他开脱：“他没有迁怒于我。”

许意浓仍垂眼看着脚下。她觉得自己挺没出息的，明明这天已经过得够糟糕了，可她还是在下意识地袒护他。

虽然他这个人的毛病罄竹难书，自以为是、骄纵傲慢、目空一切，可她总记得他曾在自己害怕的时候伸出手。

他也曾在她六神无主的时候站出来，不计后果地挡在了她们前面背锅，甚至到现在还背负着那莫须有的罪名，沦为全校同学茶余饭后的笑谈。

这次换江晋沉默了，两个人一直走到学校车库。

“我到了。”进高一（1）班车库前，许意浓停了下来，还是跟他道了一声谢，“之前画册的事，麻烦你了。”

“不麻烦，你后来不是还借我英语笔记了吗？我们也算礼尚往来，只可惜我并没有帮到你什么。”江晋也驻足。

两个人在车库前稍作停留，最后许意浓跟他道别："不耽误你了，我先去停车，再见。"

刚要转身，她就听到江晋轻唤："许意浓。"

她重新看向他，那高挑的身影站在教学楼的阴影里，却并未盖住他仿佛与生俱来的阳光洒脱。

他朝她举起手机摆了摆，笑如春风："以后不开心的话，可以找我。"

许意浓微微一愣，出于礼貌，终是点了点头："谢谢。"

"不谢，我们是朋友。"

高一（1）班教室走廊里，王骁歧将楼下车库前发生的一切尽收眼底。正巧有几个女同学也从楼道里上来，她们正七嘴八舌地说着话，突然有人发现了在前面站着的王骁歧，立刻用手肘捅捅左右两边，几个人同时噤声，赶紧溜进了教室。

王骁歧在她们后面回了教室，一进去就跟往常一样，随手往门口垃圾桶里扔了个东西。"咚"的一声，听起来还有点儿分量，但大家只当是没喝完的饮料，并未有人放在心上。

直到那天晚自习结束，值日生打扫卫生，倒垃圾的时候不小心碰倒了垃圾桶，里面的东西一股脑地扑腾了出来。其中一个小礼盒裂开，有几颗巧克力掉落。它们在地面打着转，有的停在了课桌下，有的则滚到了值日生的脚边。并且它们不同于一般的巧克力，各种花色都有，异常好看。

值日生的注意力一下子被吸引了，好奇地凑上前俯身仔细一瞧，才发现那漂亮的盒盖上写着一串大写的英文字母。

值日生不禁在心里暗叹：乖乖，这么贵的巧克力，谁那么大方，整整一盒动都不动一下就给扔了？

而与此同时，许意浓家爆发了一场史无前例的争吵。中午发生的事就像催化剂，不仅点燃了老许，也点燃了吴老师。

许意浓晚自习回到家，站在门口就听到了激烈的争吵声。

"每次老太太那儿你都不出面，只让孩子去，你忙得去吃口饭的时间都没有了是不是？"是老许在说话。

吴老师冷笑道："稀奇了，只许州官放火不许百姓点灯？你可以忙得不去吃饭，我怎么就不能忙了？"

老许在屋里来回走动，拖鞋与地面的摩擦声比平常的动静都要大："就是你这种态度，才会让浓浓也跟着不懂事。"

吴老师瞪大眼反问：“我什么态度？你倒是说说看我什么态度？”

“你说你什么态度？你现在是什么态度？”三言两语间，两个人已剑拔弩张。

吴老师也上了火：“还有，你给我说清楚，谁不懂事？我跟女儿不懂事？在你妈眼里，你忙就是拼事业，我忙就是不懂事？”她再次冷哼，“你可真是个大孝子，平常对这个家不管不问，我跟女儿三请四邀也请不动你回一趟家，那边一有风吹草动你就火急火燎地赶回来跟我吵架。你但凡维护过我们母女俩一次，你妈也不会那么明目张胆地欺负我们娘俩。”

老许一听，气急：“这说的又是哪儿跟哪儿？”他无奈地伸手，上下拍打着，“你说，咱们一年总共才去她那里几趟？你一趟都不露面。你又不是不知道她那脾气，哪怕你在她面前晃一晃，也就相安无事了。”

吴老师本身就是个争强好胜的人，不甘地道：“我为什么要去晃？上赶着让她来羞辱我吗？你明明知道她为什么会这样，可每次都是这种息事宁人的态度。为什么委曲求全的那个人非得是我？”话到此处，她指节蜷起在桌上叩了又叩，指节霎时通红一片，却仍怒火攻心道，“许晟文，那是你妈，可我也是你老婆！”

但老许始终避重就轻：“你真是越说越离谱了！”

许意浓再也听不下去，她开门进去，父母听到声响一时间都安静了下来，整个屋子里的气氛沉重得令人光站着都嫌胸闷气短。

吴老师抽着纸巾别过脸，老许则靠墙站着。他烦躁地一把扯开了脖颈上的领带，默了默，良久还是说了一声：“浓浓回来了啊。”

许意浓没搭话，只低头兀自换了鞋，旁若无人地走进自己的房间，仿佛事不关己。她用一扇门将自己隔离开来，房间就是她的一道屏障，可以让她拥有一寸自己的小世界，得片刻的清静。

窗外天色已被悉数染黑，更深露重，苍穹如墨般浓稠。许意浓只觉这天发生的一切让她身心俱疲。

一念及此，她喉间干涸，涩涩发苦，心中仿佛杂草丛生，密密麻麻，荒凉一片。

只是连她自己都忽略了一件事，纵使她满身傲气，终究也是个会在青春期满腹心事的女生。就像再硬壳的铁总会有生锈龟裂的那一刻，待锈迹斑斑剥落，重回炉灶冶炼，也只不过是柔软如水的一摊液体，外强中干罢了。

门外仍旧断断续续地传来争吵，许意浓怅然若失地隔着窗户望着万家灯火，越来越渴望时间能过得快一点儿。

她想，如果第二天就是高考就好了，那她就可以远离这个家，远离这座城市，走得越远越好。

这一夜，许意浓失眠了。小区外的街道上偶有车子一碾而过，时轻时重，忽远忽近。她聆听了许久，待数到二十的时候，天际渐渐展露出鱼肚白，一双眼皮才开始打架，却敌不过窗外那排参差不齐的树上传来阵阵鸟啼。

忽而风惊鸟四散，叽喳声和扑腾声在这空寂的黎明犹如被扩音器放大了十倍落人耳畔，越发清晰。混沌的睡意就此被驱散，许意浓在这些细碎的杂音中睁着那双空洞的双眼。直到一束幽光透过窗帘缝隙落在了她的床沿，在桌脚，地面泼下方寸雪亮。它是冉冉升起的希望，却也是周而复始的失望。

许意浓轻轻翻了个身，微合上双眼。静谧的空间里，她可以透着枕头听到自己的心跳声，一下又一下。

再睁眼时，那束光比先前更亮了些。它半悬着，甚至能在其中看到漂浮着的颗粒，仿佛是洒下的鎏金粉沙，它们肆无忌惮且张牙舞爪地探视着这房内的一切。

许意浓知道，新的一天又到来了。

一大早，吴老师和老许十分罕见地同时在家，并且演技拙劣地扮演着慈祥的父母。吴老师给她准备好了早饭，是两片热好的吐司面包，看到她从房间出来，一边给她倒牛奶一边说：“今天早饭就在家吃吧。”

许意浓抱着照常播放英语的复读机踩着拖鞋往卫生间走：“面包跟牛奶已经过期了。”

吴老师手上的动作一顿，拿起那个牛奶瓶看了看，果然过期了。她再去冰箱里翻找，这才发现家中能吃的东西竟所剩无几，心中百感交集。

老许则在她洗漱的时候，轻轻地敲了敲洗手间的门。他轻咳一声，清了清嗓子：“闺女，今天上学爸送你好不好？”

当时正在刷牙的许意浓吐出两个字：“不用。”

夫妻俩在洗手间外默默一望，相对无言。眼看着女儿穿戴整齐，拎着书包就要出门去，吴老师立刻朝老许使了个眼色。他心领神会地快步向前，手顺势碰到许意浓的书包：“浓浓，爸爸送你吧，我们父女俩也很久没说说话了。”

许意浓弯腰换鞋，正好躲开了父亲的触碰，已经变长的马尾从身后滑至肩头，遮住了她的半边脸。她的声音不大，也不带什么语气：“不用了，爸，你忙你的。”

举手投足间尽显父女俩的疏离。

老许看出了女儿对他的排斥，定在原地，寸步难迈，语塞不已。

一直在观望的吴老师再也按捺不住，亲自出马，走到玄关拎起包：“正好我也上班，那就一起下楼吧。”末了她再斜睨一眼老许：“你不也要走吗？”

老许连连点头：“哦，对，一起。”

就这样，一家三口一起出了门。这个画面何其“珍贵”，在许意浓的记忆里，大概上了小学这一幕就再没出现过。

巧的是楼上邻居刚好也下楼，手上还提着一个垃圾袋。因为难得碰到他们一家三口，邻居特意停下来打了个招呼，将要往下走的许意浓堵在了楼道里。

邻居：“哎哟，许总、吴老师，你们两个大忙人今天一起送女儿上学啊？”

碰到熟人，吴老师几乎一秒变脸，笑脸相迎：“是啊，正好今天得空，就一起送她。”说话间，她一只手往老许臂膀上一搭，亲昵无比，另一只手则温柔地落在许意浓的头顶。这在外人眼里怎么看他们夫妻俩都是感情深厚，家庭和睦。

老许也相当配合地将手覆在她的手背上，脸上挂着笑，热络地跟邻居搭腔：“你也上班去啊？”

“是啊。”

许意浓勾了勾嘴角，深知这就是他们夫妻俩的高明之处，善于在人前演戏。

闲聊间又有邻居下楼，那位邻居往后一退，将楼道留出一条空隙。许意浓趁机弓着腰往下灵活地一钻，从台阶上小跳着跑了。

身后传来吴老师压抑的呼唤：“哎，浓浓！”

许意浓充耳不闻地骑上自行车，像一只挣脱牢笼的麻雀，义无反顾地回归到暂属于她的世界里。

来到学校附近，经过那条小巷时，许意浓习惯性地往里探去一眼。水泥地上只有零散的大大小小的烟头，巷内却空无一人。

许意浓收回视线，逼着自己向前看，一鼓作气地骑到了学校。

之后的日子，许意浓和王骁歧形同陌路。即使一起搭档校干执勤，两个人也是一前一后，或者保持一臂的距离，很“默契”地划分出一道无形的楚河与汉界。

而市一中的学习节奏一如既往地让人神经高度紧绷，除了正常的两场月考，还会时不时地搞几次摸底小测验。没有固定时间，也没有任何风声，什么时候考试全凭老师的心情。

不过这些大大小小的考试丝毫没有影响到王骁歧和许意浓的排名，两个人不动如山，稳居第一名与第二名的宝座。以至于到了后来公示成绩，大家只从全校第三名开始往下看。

只是许意浓不知什么时候患上了失眠症，晚上总是久久难以入睡，过了零点更是辗转反侧，彻夜难眠。短时间还好，时间一长她整个人就开始感到力不从心，神色倦怠，精神恹恹。

林淼直盯着她看：“美女，你的黑眼圈最近可有点儿重啊，大姨妈来了？”

许意浓低头躲开她的关注：“不是。”

为了不让身体难以负荷，许意浓从超市买了一盒速溶咖啡，每天早上冲一包，有时就着早饭，有时则空腹。这样不规律的作息和饮食短暂持续了一段时间，在某一天的化学课上被打破。

当时老师正在讲台上做实验，教室里突然响起一声：“报告。”老师尚未开口，一个身影已经疾步跑出了教室。来回晃动的教室门不知是被风吹的，还是被那个忽闪而过的身影带的。

老师看向讲台下，迟疑地问：“刚刚跑出去的，是许意浓？”

同桌林淼替她发声：“老师，她身体不舒服，去卫生间吐了。”

此话一出，立刻在教室里引起一阵不小的骚动。

化学老师敲了敲讲台，一边让大家安静，一边吩咐林淼：“林淼，你赶紧跟过去照顾一下。”

林淼马上从座位上站起来：“好的，老师。”

其他同学跟着探头探脑，周郢的手指间来回转着水笔，看着林淼跑出去的身影忍不住叹了一口气，欲言又止地看向身边的人。

王骁歧翻了一面试卷，化学实验课他从来不听，都是在下面做其他科目的试卷。老师讲实验的工夫，他都快做完一张物理试卷了。他的漠然也让周郢选择了闭嘴。

不一会儿，许意浓在林淼的陪同下回来了。化学老师关切地道：“这节课就别上了，去趟医务室吧。”

许意浓摇了摇头：“谢谢老师，我不用。”

老师缓了缓说：“那你如果还不舒服可以趴下来听课。”

“嗯，谢谢老师。”

许意浓回到座位上，化学课继续，大家也重新进入上课状态。几缕从窗缝里吹进教室的秋风拂过后排人的脸颊、肩头，再悄无声息地吹过脖颈。凉意瑟瑟，丝丝入骨，连天花板上的风扇叶片也跟着缓缓动了两下。

许意浓刚吐过，出了一身汗，再被这风一吹，瞬间起了一身鸡皮疙瘩。她忙从抽屉里抽出一张纸巾捂住口鼻，将险要打出的一个大喷嚏扼杀在了摇篮里。

她又揉了几下鼻子，鼻头很快便敏感地红了。但她生怕错过知识要点赶紧收起了纸巾，再次将注意力回归到讲台上。

周邺正在认真记着笔记，突然腿在桌下被撞了一下。他莫名其妙地看了王骁歧一眼，小声问：“怎么了，老王？”

王骁歧仍明目张胆地做着他的物理试卷，也不看他，只说了一句：“你很热吗？”

周邺一脸蒙：“我……我不热啊。”

“那你开什么窗户？”

教室一共四排座位，他们这排是第一排，靠窗而坐。周邺和前座位子的右手边交界处就有个窗台，但离前座的距离更近些。

周邺的头往右边一转，这才发现自己旁边的窗户被打开了三分之一，回头无辜地道：“那不是我开的啊。”

王骁歧仿佛直接过滤掉他的话：“关了。”

周邺：“……”

“我冷。”

周邺只得放下笔去关窗户，可这窗户的滑轮有些生锈，他拉上的时候发出一阵刺耳的声音。

全班包括老师的目光都齐刷刷地朝他看来，周邺自己也被吓了一跳，跟老师大眼瞪小眼道：“老师……我……我冷……关个窗。”

老师咳了一声：“下次动静小一点儿。”

周邺狂点头道：“好的老师。”

许意浓往那边看了一眼，无意间瞥到王骁歧。他从头到尾都无动于衷地拿笔做着试卷，仿佛没有任何事能打扰到他。

许意浓又默默地移开视线，思绪回到老师的讲课声里，也未意识到自己之后竟再没打过喷嚏。

下午是一节体育课，有体育测试，林淼让许意浓请假算了。许意浓觉得回头补考会比较麻烦，反正又不是跑步，还是选择去了。

他们班的体育老师家里有事请假了，最近的体育课都是由一个男实习体育老师代班。他人高马大，身强体壮，每次上课都戴个遮阳帽跟墨镜，乍一看像那种健身房的健身教练。

起初大家还觉得他又帅又酷，可几堂课下来，就有女生开始悄悄吐槽——

“这老师每次做课前热身运动的时候怎么老喜欢在女生队伍里转来转去呀？”

“对啊，总是纠正女生的动作，男生那边去都不去。而且不是隔空示范，是直接上手的那种。毕竟是男老师，就……总感觉怪怪的。”

青春期的女生们多少开始发育了，连心思也随着身体的变化变得敏感细腻起来。男女有别的道理连她们这帮学生都明白，为人师表的老师会不懂吗？

这些风声也不是没传到许意浓耳朵里，她跟林淼个子高站得比较靠后，倒是一直没被他盯过。但仔细一回想，那个老师确实总在女生队伍里转悠，而且以前体育课大家都恨不得早早地去操场，可自从这个老师开始代班，女生们每次去操场都变得慢吞吞，甚至不由自主地叹气：“我们的体育老师到底什么时候回来啊？”

这天的这节课也不例外，一听还是那个代班老师上课，就有女生当场皱起了眉头，去操场的路上三三两两聚着似在讨论什么。

林淼这个招风耳大概是听到了点什么，也跟许意浓小声八卦：“这个实习老师确实有问题，范亦诚说他们班女生也被……”她没说下去，只做了个口型。

许意浓虽然不会像她那样读唇语，却也看懂了，是“咸猪手”三个字。

她心一惊，赶紧拉扯了林淼一下：“可市一中的师德……”

林淼“嘁”了一声：“知人知面不知心啊，这年头斯文败类多了去了，那些新闻曝光出来的名校教授的丑闻还少吗？有时候一个人的道德人品跟他或者她的学历、工作可一点儿都不挂钩，人渣的本质就是个人渣。”

许意浓竟听得眼皮直跳，林淼也不忘叮嘱：“反正我们还是注意点儿吧，有些事总不会是捕风捉影。”

她们来到操场，随着上课铃声响起，一切看似平静如常，只是一到做热身运动的环节，那个老师又开始在女生队伍里晃悠。

做腹背拉伸运动时，他站在一个女生面前，一只手握住她的手臂，一只手按在她的肚子上再摩挲至腰间："来，挺胸，收腹，怎么动作有气无力的？精神一点儿。"

上体育课大家都没穿外套，衣料略显单薄，那女生在他的触碰下身体微微颤抖，想要躲开。她低语："我……我知道了老师。"

那老师慢慢松开手，又如法炮制地纠正了其他几个女生。连男生都注意到了，一直站在前面喊口号的体育委员见状，索性直接跳过两个节拍："四二三四，停！"

连续做了两个热身运动后，那老师越听越不对劲，抬头质问体育委员："你是不是喊漏拍了？"

体育委员也是条汉子，硬说没有，还指向全班同学："老师不信你问他们。"

全班同学当然一致站在他那边，齐声高喊："对！没有！"

那老师也无可奈何，只得从女生堆里走到队伍前面："行吧，那开始体测。"

女生们这才稍稍松了一口气。

老师站在前面捧着名单册宣布："第一项测试内容是坐位体前屈，女生先来，男生先站边上等一会儿，可以自由活动。"

女生们面面相觑，有种不大好的预感，一时间无人行动。而他已经吹了一声口哨："男生，原地解散。女生，跟我过来。"

男生们便四下散开，只剩女生心事重重地跟了过去。

王骁歧被周郯他们几个人围住，有人问去不去打一会儿篮球，王骁歧却罕见地没吭声，而是从器材室门口随手拿了一副羽毛球拍丢给周郯一只，并顺势挥了两下，耳边瞬间刮起一阵"呼呼"声。

他说："今天打羽毛球。"

他不去打篮球，其他男生也觉得没意思，都留在原地附近打起了羽毛球。

女生那边等测试仪器到位，也开始进行体测了。按照学号来，第一个是许意浓。

众目睽睽之下，许意浓走过去脱了鞋，踩上垫了坐下去，两条腿伸直靠到那仪器的平面上。

那个老师说：“开始吧。”

于是她双脚平撑在测试板上，两只手笔直地抵在游标上，上身一个前屈，开始一点点地往前推那游标。无论是姿势还是动作，她从头到尾都堪称完美。

可她刚推到一半，那个老师忽然叫停：“姿势错误，双腿不能弯曲，重做。”

女生们都一愣，这样的都不合格要重做吗？

许意浓蹙眉，仰起头：“老师，我刚刚腿没有弯。”

却是徒劳，他非认定她就是弯了：“我一直站这儿仔细看着呢，怎么没弯？”

许意浓抿了抿嘴唇，只能把游标拉回重做。这次她刻意把双腿绷直，重复着先前的动作缓缓屈身推着游标向前。

原本站在一旁的老师突然蹲下身，伸手按住她的双腿，仿佛在她耳边说话：“你看，刚刚还不承认自己弯腿。”

许意浓整个人吓得一僵，身体一下弹开，险些就要站起来，测试因此再次半途而废。

可那个老师丝毫不为所动，像什么都没发生似的抬头提醒其他人：“你们记住啊，每个人只有三次机会，可别被自己浪费了啊。”他又看了许意浓一眼，“你已经浪费两次了。”

许意浓暗自咬着牙，浑身上下直打哆嗦，想到他刚刚的行为举止心里酸水直冒，泛起一阵恶心。她万万没料到这种平日只在新闻里出现的事有朝一日会发生在身边以及自己身上，这样的人简直枉为人师。

她甚至想直接撕破脸一了百了，可那个人竟还恬不知耻地催她：“赶紧的，你后面还有其他同学要测试，都在等你呢。”

话音一落，他又俯身朝她伸手。

许意浓眼看那只魔爪再次袭向自己，脑中空白一片。她心跳加速，屏着呼吸已经做好了最坏的打算——鱼死网破。

那边周郧打出了一个高球，男生们都仰着头聚精会神地盯着那只羽毛球划过长空。周郧对面的王骁歧忽而侧了侧身，举着球拍的右手肘已微微折起。在几秒的时间内他似已经根据高度目测好了距离，长腿稍稍往后退了几步，卡好落球时机整个人弹跳起来，结实的右手臂如甩出鞭子般狂劲有力，抬手就扬起一记大扣杀。

羽毛球与球拍网强烈地碰撞在一起，产生了摩擦。

周郧简直连跑带跳，可那球跟流星似的从头顶一闪而过，他根本接不住，还摔了个大跟头。

倏地，许意浓听到“嗖”的一声，一个看不清的白点如风般从天而降，速度极快。

只听“啪”的一下，白点不偏不倚地砸在了那个老师的左边脸颊上，而后掉落在地，滚了一圈才停下。

在场的女生定睛一看，才发现是一只羽毛球。

那老师脸上当场留下了一记红印，一看力道就不小，犹被人抽了一巴掌。他恼羞成怒地朝附近打羽毛球的男生看去，眼睛虽被墨镜遮挡了，却也能感受到他的气势汹汹。

他朝那边高喝，在学生群里探究着“肇事者”：“谁？！是谁打的球？！”

不远处，王骁歧长身玉立，在男生堆里异常醒目。长长的羽毛球球拍在他的右手滑动，他坦坦荡荡道：“我打的。”

整个球拍在他的手中悬空而挂，随风轻荡，把他接下来的话也一并吹来。

“扣杀没控制住力道，偏了。”他从操场的光亮处徐徐而来，如同向阳而生，声音也人畜无害，“老师，你没事吧？”

少年缓步走来，刺目的阳光一泻千里。他身上折射着的光彩自上而下，熠熠生辉。每靠近一步，都能让许意浓紧绷的神经放松一分。

“你怎么打的球？”被当众抽了一记，那个体育老师自然拉不下脸，眉头皱得能夹死苍蝇。他双手叉腰走过去，欲要追究到底。

待走近后，他发现这个男生除了不如成年人壮硕，个头竟还比自己高出了整整一截，以至于自己还要仰视。这么一来，就像少年在俯视他，气势上也被无声地碾下去几分。

“你叫什么名字？”但老师的谱还得摆，他硬着口气质问。因为他只是代课老师，所以对每个学生的脸并不熟悉。

王骁歧报上大名：“王骁歧。”

虽然脸认不全，但这个名字在市一中还真没几个人不知道。那个体育老师一听，当即把墨镜稍稍压低，露出一对宛如没睁开的小眼睛，重复了一遍：“王骁歧？”

但王骁歧像没听见似的岿然不动，一旁的周郧也不知哪根筋搭错了，搞怪地给他配起了音：“正是在下。”

此举引来男生们一阵哄笑。

“好笑？”这下那个老师更觉面子上挂不住，摘下墨镜眼神犀利地瞪向男生们。

虽然大家已及时噤声，却仍逃不过处罚。

那个老师开始拿着鸡毛当令箭。

“你们高一冲刺（1）班的男生多次藐视课堂纪律是吧？行。”他点着头，手旋即往操场一指，“全体男生都有，王骁歧去操场跑四圈，其他男生给我去跑两圈！现、在、开、始！”

有几个人不服气地“啊”了一声。

得到的却是那个老师变本加厉：“王骁歧六圈！其他人四圈！不跑完不许下课！”他宛如找到一个突破口，恣意宣泄着内心的不满。

所有女生听得心惊肉跳，一般女生跑八百米，男生跑一千二百米，六圈是两千四百米，连军训的时候教官都没让男生这么跑过，这个老师摆明了是在用体罚出气。

王骁歧连看都没再看对面的人一眼，在众人的目光下，他不置一词地独自走向跑道，迎着阳光的洗礼抬手将上身的白色T恤一脱，里面是那件标志性的黑色无袖篮球服，同时露出的还有那双坚实有力的臂膀，青筋凸起，肌理线条错落分明。

他把脱下的衣服往地上一扔，一人做事一人当地撂下一句：“他们的我来跑，我一个人跑十圈。”说完他就独自一人往操场去了。

女生们倒吸一口凉气，都以为自己听岔了，十圈？

可他扬长而去的身影仿佛是一种无形的号召，其他男生见状，没再多抱怨半个字，纷纷跟着脱下衣服，一个个追赶了上去。

这一刻，全体高一（1）班同学的心仿佛凝聚在了一起，无人可拆。

许意浓望着男生们越跑越远的背影，他们追逐着、打闹着，一个个不怕天不怕地，脸上全是这个年纪的肆无忌惮。她的视线始终落在最前面的那个人身上，他目不斜视一直向前的模样令她的眼眶渐渐开始发热。

以至于很多年后，许意浓只要看到午后洒落满地的艳阳，都会记起这个深刻在脑海中的画面。有一个少年曾如风一般，在操场带头跑了十圈，满眼的无所畏惧。

男生们像是默契地商量好了，跑了四圈后并未就此结束，而是继续跟着王骁歧跑了六圈，有的渐渐开始体力不支，可没有一个人选择停下。他们咬着牙继续向前，这十圈，直到下课铃声响起都没人跑完。

女生们试图去跟老师求情，却无济于事。他不耐烦地大手一挥，驱散她们：“女生下课。”

林淼在自己身旁说了什么许意浓一个字都没听进去，她在原地望了一会儿，陡然扭过头一声不响地跑开了。

这突如其来的举动让林淼措手不及：“哎，同桌，你去哪儿？”说着赶紧迈开腿去追，却根本追不上，只能眼睁睁看她去往了小卖部那个方向。

许意浓一跨进小卖部便挤到最前面，这是她头一回没遵守排队秩序。她要了两箱矿泉水，又问：“可以帮我送到后操场吗？”

小卖部的人说“可以”。

“谢谢！”

她付过钱转身要回去的时候，就听到有人在叫她的名字。

“许意浓。”

她顺着声音寻找，在小卖部来往密集的人群里看到了江晋。

他朝她走过来：“你……”

刚开口就被她急急地打断：“抱歉，我现在有点儿急事。”

江晋的动作微微一顿，而后点头：“好，你忙。”

“不好意思。”许意浓跟他打了声招呼，然后疾步离去。

江晋攥着的那瓶几分钟前才买的加热瓶装奶茶随着臂膀的放下微垂在身侧，终究还是没能送出去。

许意浓重新抵达操场后，王骁歧已经第一个跑完了。此刻那个老师早就不见了踪影，但男生们并未因此放弃，他们倔强地一鼓作气坚持跑完了十圈，用他们的方式捍卫整个班的尊严且无声地向枉为人师的社会败类做出抗议。

有人一到终点就瘫倒在了地上，大口大口地喘着粗气，宛如脱离了水塘的鱼，急切地汲取着新鲜的氧气。

周邺不知是第几个到的，他累得上气不接下气，身体半弯，手撑着膝盖，话都说不利索了：“以……以后……谁再……再说我体力不行，老子就……就……弄死他！”

许意浓第一时间给他们送去了矿泉水。这个时候有水便是娘，他们也顾不得看是谁送来的，一个个拿了水就往嘴里猛灌，一下就解决了一瓶。接着再拿一瓶，拧开不管三七二十一地从自己头顶一浇而下，随后才像是活过来了一样甩甩湿漉漉的头，仰天长啸一声：“爽！”

把水送到王骁歧面前的时候，他正倚在操场看台的廊檐下合眼休憩。他感觉眼前有光影一闪，睁开眼与许意浓四目相交。

她把手往他跟前一伸："喏，给你。"

他看着那瓶水，却没接。要换了平时，许意浓肯定就不管他了。可今天他不接，她就固执地保持着伸手的动作，也不说话，静静地等着。她能听到他跑步后沉重的呼吸声。

她垂着眸，因来回跑而变得散乱的头发从她的耳侧滑落，掉在额前，令王骁歧更加看不清她此刻的表情。

两个人僵持了半晌，她才看到王骁歧落在地面的斜影动了动，耳边是他放低的声线和带着商量的语气，跟平常的跩样大相径庭："你能不能帮我开开，我再缓一会儿。"

此时的他许是剧烈运动后被脱了一层皮，安静的样子比平日里要讨喜多了。

许意浓拧开了手中的那瓶矿泉水，重新送过去。这次他抬手接了。

他仰头跟其他男生一样，一口气把水喝了精光，凸起的喉结上下滚动。

喝完，王骁歧徒手捏了捏那个空瓶，在塑料瓶噼啪作响中突然叫她的名字："许意浓。"

许意浓抬头，他手中那空荡荡的矿泉水瓶已朝着她的脑袋直直地落下。她以为他是要借此敲打自己，下意识地闭上了双眼。可她等了一会儿，并没有任何东西触碰到自己。

她将眼睛眯成一条缝，视线里他的手悬在她的头顶，收起了玩世不恭，嘴巴正一张一合："你是不是，永远只会对我凶？"

许意浓完全睁开了眼睛，脱口而出："才不是。"

他注视着她，眼神带着若有似无的窥探："那做体前屈的时候，平时摔我的那股狠劲跑哪儿去了？"

她又不说话了，可他的话好像从侧面印证了什么。

所以，他是故意打那一球的对吗？

有那么一瞬间，她迫不及待想要一探究竟的想法破壳而出，让她竟开始无意识地动唇。

"你都……看见了？"

"嗯。"

"那你，为什么帮我？"等这句话出口，许意浓才惊觉是自己问的，却已覆水难收。

王骁歧那悬空的手终于落下，矿泉水瓶底无声地抵在了她的发丝上，语气淡淡地道：“班长的作用不就是这个。”

他的意思已经很明确，就算不是她，换了班上任何一个女生他都会站出来。

她咬着唇往后退了一步。

“喝完水垃圾别乱扔。”许意浓几乎是一秒恢复平日里凶巴巴的样子，仿佛那是她逃避一切的面具，只有这样才能将自己保护得无坚不摧。

王骁歧欲再开口，她已经先行一步头也不回地跑开了。体力尚未恢复的他目光渐深，毛孔里都含着热气，双腿如有千斤，只能看着她没心没肺地离去，连个谢字都没有。

许意浓往教室里狂奔。这一刻，她似荒凉沙漠中一头掉了队的骆驼，只知道拼了命地往一个方向走，却终是逆着风踽踽独行，落寞不已，见效甚微。

很快，高一冲刺（1）班全体男生体育课被罚跑十圈的事就在全校不胫而走，同时学校贴吧上一条有关实习体育代课老师有违师德的匿名帖一夜之间被置顶，许多学生在下面匿名留言陆续作证。

这下宛如惊天炸雷，迅速引起了校方的高度重视，并立刻展开了深入调查。

等再上体育课的时候，大家惊奇地发现体育老师已经换了人，所有女生如释重负，犹获新生。只有许意浓远远地望着在篮球场上挥汗如雨的高挑身影，若有所思。

下了课被林淼拉去小卖部的路上，许意浓突然被林淼撞了一下肩，示意她往前看。

又跟江晋不期而遇了，他远远地对她颔首打了招呼，让她蓦地想起上次的匆匆见面。

两个人面对面的时候，她面露愧色：“上次，真不好意思，是有什么事吗？”

江晋淡然一笑：“没事就不能找你了？”

许意浓微微失语，又听他道：“那天听说你课上到一半突然吐了，本来想请你喝杯热奶茶暖暖胃的，不过后来你说你有事。”

闻言，许意浓偷瞥了林淼一眼，她回了一个鬼脸。

“已经没事了，谢谢。”许意浓重新看向江晋，这才发现他在看自己，有些不自在地往边上挪了挪。

“身体才是革命的本钱，要照顾好自己。”不过江晋似没注意到这个细节。

许意浓点点头，刚想找个借口溜走，却被林淼抢了话。她对江晋说：“那你今天请呗，反正我们刚上完体育课，正口渴呢。”

许意浓暗自扯了她一下，江晋却欣然接受：“好啊，你们想喝什么？”

许意浓推拒：“不用了……我……不渴。”

“别客气，而且这次期中考试多亏了你借我的英语笔记，我成绩提高很多。作为感谢，请你喝个东西也不为过吧？”

林淼一听，宛如发现了新大陆：“原来你们还有私交啊？”她又故意打量了一下许意浓，“借笔记本是什么时候的事啊？”

如果可以，许意浓真想送她一个白眼。

江晋似看出了她的不好意思，替她挡了话茬：“是我麻烦她的。”再一转话锋，朝小卖部那儿抬了抬下巴，“走吧，你们看看想喝什么。”

许意浓不好在林淼面前拂他的面子，硬着头皮去了。林淼要了一瓶水蜜桃味的饮料，她则选了一瓶最便宜的矿泉水。

林淼又撞了她一下：“你要不要这么客气，选最便宜的给江大帅哥省钱呢。”

“不是，我真不渴。”

林淼转而又嬉皮笑脸起来：“不过也好，反正大家都是朋友，说不定以后有的是机会跟他不客气呢。”

说者无心，听者有意，她这句话让许意浓拧了拧眉。这时，付完钱的江晋重新靠过来，她只得将刚到嘴的话硬生生地咽下去。

三个人一起走出小卖部，往教学楼走去。走了几步，许意浓觉得左侧林淼的胳膊总是若有似无地剐蹭着她，越走越挤，令她不得不往自己右手边靠去。直到右手臂碰到了江晋，她才发现自己站在了三个人的最中间。

“对不起。”她为自己无意的触碰向他道歉。

江晋不明所以地看向她：“嗯？”

许意浓不知该如何解释，伸出手欲拉着林淼赶紧跟她换位子。

正拉扯着，迎面走来一行人，每个人的脸上都挂着涔涔的汗珠，手捧着篮球来回抛着，且传来阵阵喧闹声，一看就是直奔小卖部去的。而为首的那个人正是王骁歧。

两拨人由远及近渐渐缩短了距离，许意浓可以清楚地看到班上男生们从她和江晋身上扫过时的眼神，那是一种难以言说的目光。

一阵清风穿堂而过，吹乱了所有人的发丝。许意浓从自己飞舞的碎发中看到，少年一如既往高傲地扬着下巴，笑从眉眼生，只留给她一个如被线条勾勒过的侧脸轮廓，从头到尾未往旁边看一眼。

几秒后，风过了，许意浓揉了揉迷蒙的双眼。细心的江晋发现了，问她怎么了。

她手里攥着矿泉水瓶，低声说“没事”：“被风沙迷了眼，揉出来就好了。”

第十三章
风中凌乱

实习体育老师品行不端的事经过学校深入调查最终被证实，校方当即对其做出开除且永不录用的处理，并以橱窗公示书的形式公开向全校学生进行道歉与深刻检讨。针对受过伤害的学生，学校表明如有需要也会积极帮助，采取绝对保密的心理疏导，同时郑重承诺日后学校在师资人才储备挑选方面不仅仅会注重老师的学历、出身等，也会更加慎重地考察其个人行为品德，恳请全校学生进行共同监督。

此事一经公开，迅速传遍整个C市，社会舆论沸沸扬扬，褒贬不一。

有人觉得市一中作为驰名已久的百年老校，教师品德却参差不齐，给曾经受过创伤的学生造成心理阴影，影响了正常的学习，没有做好身为全市高校之一的表率，很是失望。

有人却觉得事发后市一中第一时间展开了调查，查实后并没有选择息事宁人，而是顶着社会压力公开结果并承认错误，及时止损，说明校方本身是高度重视这件事并诚心纠正道歉的。

外界的各种声音让吴老师得知后也紧张不已，有段时间回家还旁敲侧击问许意浓：“听说那个体育老师也给你们班代过课是不是？”

但许意浓置若罔闻，只闷头在房间自顾自地写作业。

吴老师觉得自上次家中闹得鸡犬不宁后，女儿跟她说的话越来越少了，她便缓了缓语气，踏进她的房间尝试沟通。

她立在书桌旁，伸出手道：“浓浓，妈妈在跟你说话。”

桌上的台灯将她的动作在墙上投射出影子，就在她的手掌快触及许意浓的发丝的时候，墙上那稍矮一截的身影兀地往后一让，似有意躲之。

吴老师的手悬空，动作一滞。

只见许意浓头也没抬，不掺杂任何感情的声音落入吴老师耳中：“妈，我没事，也很好。”

她波澜不惊的语气和毫无起伏的态度不禁让吴老师蹙眉：“浓浓，妈妈……妈妈是在关心你。”她又趁着这个话题解释，“因为工作的关系，我不能放太多精力在你身上，你从小也很听话，知道爸爸妈妈忙，从不让我们操心，我们都知道，也很欣慰。但是你也要明白，爸爸妈妈永远都是爱你的，我们努力工作往上爬，都是为了你。”

她话音刚落，许意浓已经懂事地点头：“我知道，都知道。”所以她从没奢望过什么，一直按部就班地做一个不吵不闹的乖乖女，这也是他们潜意识里所期待的不是吗？

女儿这样平静自若，反倒让吴老师无话可说，沉默在房间蔓延，母女俩不知什么时候起竟变得如此疏离。最后她叹了口气，只说：“别太累，早点儿休息。”

“嗯。”

当房门被轻轻地合上，许意浓在纸上写字的笔才停下。她突然意识到，原来面具戴久了，慢慢就变得习惯了，连面对最亲近的人都可以躲在后面应对自如。

她的头微微一偏，面向书桌旁的那块落地镜。镜子里明明还是原来的自己，却越看越觉得陌生。她长了一张跟她一模一样的脸，看起来却孤独黯然不已。她渴望做自己，却不知镜里镜外到底哪一个才是真正的自己。

一念及此，她又陷入无穷无尽的迷惘中，如同一只被紧紧包住的蚕，无处不在的枷锁让她无所遁形，只差一个破茧而出的契机。

只是要等到什么时候，她不知道。

教师风波闹了一阵才总算逐渐平息下去，大家一直在猜测的曝光匿名帖到最后也没有查到究竟出自谁人之手。那个人似有备而来，登录贴吧时网络地址进行了加密处理，一般人破解不了。

因此，有人断言一定不是学生所为，正常高中学生的计算机能力哪能到达那种水平，这件事也一度成为市一中的不解之谜。

而学生们很快被各种考试冲散了注意力，学习都来不及，这件事便被抛在了脑后。

不久，学校发布了一则市里几所高校联合举办数学竞赛的消息，报名表统一交给班长王骁歧，再由他递交给数学老师。

班上不少人积极地报了名，许意浓却不在此列。因为她觉得数学不是自己的强项，而且竞赛的题目尤为变态，刷题很费时间和精力。

数学老师原以为王骁歧会参加，谁知报名单拿回来一看，根本没有他的名字，于是课间找他谈话："怎么数学竞赛没报名？就算是市级的小竞赛，也可以参与一下。这种参赛的事只有好处没坏处，以你的水平，无非是刷几套卷子的工夫。"

师生俩面对面站在教室门口，王骁歧立在走廊里，视线却始终落在教室里。他兴味索然，实话实说："我没什么兴趣，老师。"

数学老师抬了抬眼镜，表示不理解："瞧你这话说的，这种能为自己和学校争光的事怎么能没兴趣呢？"

王骁歧这才跟老师对视了一眼："老师，公告上写的是自愿报名。"

数学老师语重心长地说："话是这么说，可……"

王骁歧也郑重其事："老师，我真没兴趣，希望您能理解。"

数学老师："……"

王骁歧犟起来是真犟啊，数学老师实在劝不动他，最终无可奈何："我教了这么多年书，唯有你这个小子，让我捉摸不透。"说完，他拿着三角尺的手一抬，往王骁歧身上象征性地拍了一下，"行了，你不愿意就算了。"

数学老师的手再往教室里一扬："去，把许意浓给我叫出来。"

王骁歧一时没动，数学老师又扶了扶眼镜："怎么？竞赛报名叫不动你，让你喊一下同学我也使唤不动了是不是？"就差抬脚踹他了。

这下王骁歧总算有了反应，"哦"了一声。

数学老师不耐地催促："快去。"

王骁歧走到许意浓座位的时候，她正埋头在课桌里寻找着什么，对旁边站了个人丝毫没有察觉。

王骁歧居高临下地看了她一会儿，见她还未发现自己，便将一只手伸了过去。

一无所知的许意浓还在认真找自己的理科错题集，她记得昨晚明明放书包里了，怎么这会儿就找不到了呢？

突然，她觉得自己的马尾被人从上面轻轻拉了一下，一抬头就看到了王骁歧。他原本个子就高，加上她现在半蹲的姿势，像将她整个人遮住了。

一看是他，她往旁边一躲，把自己的头发给扯回来。发丝从王骁歧指缝间溜过，他怕弄疼了她，立刻松了手。

接下来迎接他的，是她一如既往的凶悍表情。她站起身，仰着头，视线对准他那双沉如点漆的眸子，只对视了一秒又缴械般地停留在他那高挺的鼻梁上。

她干巴巴地问："干吗？"

距离两个人上次在操场说话也有一段时间了，这期间他们桥归桥，路归路。

王骁歧只告诉她："老师找你。"

在这么近的距离下，他蓦然发现，她初中尚未过肩的中短发不知何时已长到了肩膀以下，再过不久便要及腰了。

许意浓往窗外探了一眼，数学老师果然正站在走廊上朝她招手。于是她越过他往教室外走去，仿佛他的存在只是个摆设，连帮老师跑腿都算不上。

王骁歧退回自己座位，拿东西的时候却不经意闻到一股类似洗发水的香味，跟许意浓身上的一样。他思忖片刻，迟疑着抬起手送到鼻尖闻了闻，确实是自己手上的味道。

他又抬头看向走廊，看到数学老师跟她说了一会儿话，两个人就一起走了。

"Hey man！ Give me five！（嘿！兄弟，击掌！）"

忽地，刚在讲台前面用易拉罐投了个三分球的周邺如幽灵般乍现，一个箭步蹿到桌前，完美地挡住了他的视线。他兴奋地举起双手要跟王骁歧击掌庆祝一番。

但王骁歧动都没动，只问："你手洗了没？"

周邺有些茫然："我又没上厕所为什么要洗手？"

"谁知道。"

周邺赶紧就着衣服狂擦，重新朝他伸出手："这下好了吧？"

可王骁歧好像更嫌弃了："别拿沾着汗味的手碰我。"

直到上课，周邺都百思不得其解。他平常打球，手上黑不溜秋的哪回不比现在脏，王骁歧不照样跟他击掌，怎么今天突然有洁癖了？

下节课是物理课，开课十分钟后许意浓才匆匆回来。因为走得急促，落座的时候带来一阵风，不仅掀起了旁边王骁歧的书页，也同步带来了一缕清香，跟他指尖残留的气味一模一样。

许意浓一坐下，林淼趁着老师在讲台上写字，小声问她去哪儿了，怎么连上课都迟到了。

她默默翻开书本没吭声，林淼吃了个闭门羹，只好先听课。

物理老师在讲台上慷慨激昂地讲着课，整个耳边都回荡着他抑扬顿挫的“二分之 t”。

许意浓人虽然在教室，魂却仿佛落在了其他地方，胸腔还在不住地上下起伏。

刚刚被数学老师叫出去后，老师问她竞赛为什么没报名，她坦言数学不是自己的强项，不太适合参加竞赛。

数学老师对此也没太意外，只说尊重她的意愿，随后又说：“其他也没什么特别的事，就是你们班主任下午没课，嘱托我下课后让你去她办公室。”

许意浓当时也没想太多，乖乖跟着数学老师去了高一年级组的办公室。

谁知她一进去就看到一脸严肃的班主任坐在那儿蹙眉，似等她已久。班主任看到她后抬了抬头：“来了？”

那不咸不淡的语气让许意浓的太阳穴没由来地突突直跳，她踱步到班主任身边开口：“老师，您找我？”

班主任“嗯”了一声，放下了手中的事情，并让她搬一张其他老师的空椅子坐：“我有点儿事要问你。”

许意浓屏息凝神，自然是没有坐，只说：“您问吧。”

班主任往座位后背一靠，双臂环胸直视她，瞬间有一股无形的压迫感笼罩而来：“你跟（10）班的江晋很熟？”

班主任如此直白的话让许意浓心一惊，只觉不可思议。她立刻张口：“不熟。”

“可有同学多次看见你们一起上学、吃饭、去小卖部买东西，课间他还来我们班找过你。”班主任说着腾出一只手敲敲桌子予以警示，“许意浓啊，你可要知道你不仅仅是我们班，也是我们学校重点培养的头号种子选手。千万不要一时犯糊涂去碰不该碰的高压线哪。”

许意浓重复了一遍：“我没有。”

班主任沉了沉声：“真没有？”

为了自证清白，许意浓把跟江晋相识的经过从头到尾跟班主任叙述了一遍，除了有关王骁歧的部分被她跳过，其他的毫无保留。她甚至还掏出手机给老师看他们两个人的短信记录。

“短信我没删过，我们之间的关系，仅此而已。”

班主任接过手机翻看了一遍，发现确实只是正常的学习交流，并没有任何不妥。

她暗自松了一口气，可看着许意浓的神情依旧紧绷："好，老师相信你跟江晋确实是没什么，你作为高一（1）班的尖子生帮助分部的学生一起进步也很好地起到了带头作用。你回去上课吧。"

许意浓赶紧溜之大吉，可接踵而来的便是担忧。班主任的话如同一记警钟不断地在她耳际回鸣，余音不绝，让她坐立不安。

"许意浓。"突然，物理老师的声音将她飞扬的神思骤然拉回了课堂。

老师敲了一下黑板："这道题第一问你的答案是什么？"

许意浓一看，是一道竞赛题。第一问：试求黄沙之间的动摩擦因素。

刚刚老师给了大家几分钟时间思考答案，其他同学都在草稿纸上快速解答，只有她在走神，老师一定看出来了。

"我……还没解出来。"许意浓已经来不及演算了，只得吞吞吐吐道。

老师看了她一眼，警告意味不言而喻，转而去叫王骁歧，想借此来敲打许意浓一下。

"王骁歧，这道题你解出来没？"

"没有。"

哪知他的回答也让众人大跌眼镜。

什么？"一哥"都没解出来？这不可能吧？

可周邺看他笔记本上明明写着答案。

周邺刚要凑过去探个究竟，下一秒王骁歧便合上了笔记本。他看了个寂寞。

两个得意门生一个上课走神，一个没第一时间解出来，物理老师不免有些失望。但为了不浪费课堂时间，他只得先找了个台阶下，继续接下来的课程。

许意浓朝王骁歧那边偏了偏头，他正目不斜视地盯着黑板，手臂下紧紧压着什么本子。她只当他又在课上做其他科目的习题册。

到了周日，冲刺班的学生被学校临时召集去开会。两个班的学生都准时到了，唯有王骁歧迟迟未见人影。班主任怎么都联系不上他，奈何又忙得抽不开身，便招呼许意浓和周邺到跟前。

班主任先问周邺："你跟王骁歧平常形影不离，应该知道他家住哪儿吧？"

周邺小鸡啄米般地点头："知道知道，当然知道，就在我们学校旁边，很近的。"

班主任随即吩咐："那你们一起去他家一趟，看看他到底是怎么回事，人怎么联系不上。"

许意浓身子僵了僵，不太明白老师为什么会让她一起去。

"我怕周邺一路没个正形，更加耽误时间，有你跟着去我放心些。"班主任很快亲自解了许意浓的困惑，她也不好推脱，"临危受命"地去了。

周邺倒是真对王骁歧家熟门熟路的，两个人只骑了十来分钟车，周邺就指着前面告诉她："到了。"

许意浓一看，是一栋老宅，有点年头了。它虽然旧，却在市一中和市一小附近，是标准得不能再标准的双学区房。在C市这地段别说买了，就是想租都一房难求，跟表哥家那房子的价位有得一拼。

王骁歧家住二楼。他们停好车上楼，周邺敲了半天门才有些动静。

门打开，王骁歧出现，看到了周邺，也看到了许意浓。

许意浓一上来就欲盖弥彰地撇清关系："是老师叫我来的。"

王骁歧看她一眼，周邺忙打圆场："今天集合你没到，老班总联系不上你，不放心，所以让我们来看看。"

王骁歧敛回视线，告诉周邺："我奶奶高血压犯了，人不太舒服，学校那边我去不了了，你帮我跟老师请个假。"

周邺一愣："奶奶没事吧？"

"我已经买了药给她吃过了，现在睡着了，但我不太放心她一个人在家，就不去学校了。"

周邺嘴上不停地"哦，哦，哦"："那我帮你跟老师说一下情况。"

"嗯。"

其间许意浓一句话都没插上，反正也说不了什么。

王骁歧的奶奶她见过一次，是上回期中考试结束全年级开家长会的时候。

当时班主任正低头站在讲台上操控着投影电脑，突然，教室门被人小心翼翼地敲响。

在场所有学生家长闻声看去，是一位老太太。她个子不高，身形也稍有上了年纪的臃肿，穿着朴素，却干干净净，打扮得体。在一众人的注视下，她略显拘束，手扶着门，举手投足间显得很无措。

班主任直起身子："请问您是？"

老人像是小跑赶来的，一只手捂在胸口不让自己喘得太明显。她先是朝老师礼貌地点了点头，而后用夹杂着些许当地口音的普通话，迟疑地开口：“老师好，我是……王骁歧的奶奶。”

霎时，全场静可闻针落，主要是大家都没料到一个知名企业家的母亲竟然如此朴素……

那会儿他们才知道，原来王骁歧从H市转学回来后一直跟奶奶生活在一起，他父母则长时间待在H市做生意，根本没时间管他，更别说来参加家长会了。

人见到了，缺席原因也知道了，许意浓跟周邺无功而返。可他们刚跨上自行车，就听到后面传来一阵急促的脚步声。王骁歧像是从几极台阶上连跳下来的，气都不带喘地出现在他们身后。

“许意浓！”他没喊周邺，喊的却是许意浓。

她还以为是自己出现了幻听，回头一看还真是他。

“帮我个忙。”王骁歧接下来的话更让她出乎意料。

“什么？”她不敢相信这是王骁歧会跟她说的话，而且她能帮到他什么呢？

王骁歧却一字一字地重复：“帮我个忙。”

许意浓保持着跨坐在自行车上的姿势，单脚撑地，还在质疑自己的耳朵。

她一言不发，不动声色的模样让周邺误以为两个人又杠上了。

生怕气氛尴尬，周邺好心地咳了一声，又打起了圆场：“是什么忙啊？我能不能帮啊？”他一边说一边从自行车上下来。

“奶奶醒了，头还晕着，要上洗手间。”说到这里，王骁歧微微将头偏了偏，不再看他们，声音也不自然地低了几分，“我不方便。”

许意浓没想到是这个原因，放在车龙头上的手当即一松。

刚下地的周邺又默默地坐回自行车上，挠挠头：“啊？这个……我就爱莫能助了。”他再看看许意浓，见她“面露犹疑”，善解人意地只当她是拉不下面子，就机灵地给她找了一个台阶下，“那啥，我们浓哥也没说不帮忙啊，是不是？”

许意浓顺势点了点头，爽快地下了自行车往回走：“走吧。”

但她经过王骁歧的时候头昂得像只天鹅，并且强调：“我是帮奶奶。”言外之意，可不是帮你。

可她脖子抻得再长也长不过王骁歧，他打量了她一眼，欲言又止，最后身子一偏让她先走。那高冷的表情看上去与平常在学校无异，依旧跩得二五八万似的。

看看，这就是他求人帮忙的态度。

不过许意浓大人不记小人过，上楼搀着奶奶去了洗手间。奶奶在里面的时候她就在外面候着，只要稍稍安静下来，她就喊一声：“奶奶？”

生怕奶奶晕过去，每次得到回应她才稍稍放下心。

奶奶从洗手间出来后就时不时地看她，把她看得有些不好意思。她开始扯话聊：“那个……奶奶，您还有没有哪里觉得不舒服？”

奶奶说：“好多了。”她目光柔和地问，“你是我们家歧歧的同学啊？”

许意浓“嗯”了一声。

奶奶轻轻地拍她的手背：“不好意思，今天麻烦你了，还让你做这些。”

许意浓摇了摇头：“没事的，奶奶。”她又违心地道，“同学之间，互帮互助是应该的。”

奶奶笑了笑，看她的眼神更多了一分慈祥。

许意浓把奶奶扶到床上躺好，盖好被子才走出房间。

王骁歧跟周邺一个立在客厅，一个坐在沙发上不把自己当外人地喝着饮料。见许意浓出来，周邺抹了抹嘴：“好啦？”

许意浓点头，这才注意到王骁歧家虽然从外面看上去陈旧，但里面有被重新翻修过，家具也都是红木的，典型的传统中老年人偏爱的中式复古风。

见她有些局促，周邺比王骁歧这个主人还积极，拿起桌上的另一瓶冷饮就要扔给她：“浓哥，辛苦了，来喝点儿饮料，别客气啊。”

王骁歧抬手制止。许意浓刚要在他这动作里敏感得失神，却不经意对上他的视线：“你能喝冷的吗？”

顷刻间，无数道暖流涌进脉络，有难以置信，也有润物细无声的动容。她唇瓣微微一启，说：“不能。”

确实不能，她最近生理期，还没结束。

他便从身边的饮水机里倒了一杯温水送到她面前：“那你喝这个。”

她的视线微微错开他的脸，伸手接过，低声说道：“谢谢。”

但她微弱的声音被周邺盖住，耳边同步充斥着他的叫嚣声：“还是老王你细心啊！”

许意浓捧着那杯水，感受着指尖传来的温度，甚至忘了要喝水这个动作。

之后王骁歧送他们到楼下。

周邺摆摆手：“老王，你别送了，赶紧回去照顾奶奶吧，我跟浓哥又不是不认得回学校的路。”

王骁歧“嗯”了一声，却没有立刻走。等他们取了自行车，他突然又开口叫了她一声：“许意浓。”

许意浓扶着自行车回头，只见王骁歧站在原地。

他说：“谢谢。”是很认真的表情，前所未有。

那一刻画面如同静止，许意浓的脑海呈半放空状态。

她很快回神，跨上自行车，头也不回地骑了出去。蓦地，她背对着他们，手直直地一举再一挥，回了王骁歧一句：“不谢！”

飒爽英姿直接秒杀到周邺，不愧是“浓哥”，酷毙了！

他忙不迭地跟王骁歧打招呼：“走咯！”然后推着车狂追上去道：“浓哥！等我啊！”

王骁歧目送他们的背影直至隐匿。他转身回家，踏上第一级台阶的时候忽而一笑，笑意就这样浮现在他的嘴角和瞳孔里。

他到家看到那杯分毫未少的温水，走过去捧起，立至窗沿。

尚存的余温隔着玻璃穿透在指缝间，他又握了许久，直到冷却到再无感知，他才抬手将那杯水一饮而尽，喝了个精光。

那一夜，点点繁星在眼底汇聚，一首接一首的歌机械式地涤荡过耳朵，空有旋律，不着痕迹。直到MP3自动关机，长久保持着一个姿势的许意浓终是翻了个身，却忘了摘下耳机，长线绕在了她的脖颈间也浑然不觉。

夜空像被笔墨晕染过，缱绻而神秘，许意浓透过窗户好似隔了一层滤镜在看这浩瀚千里的一隅。她毫无睡意，又一次彻夜难眠。

自那之后，许意浓跟王骁歧之间似有什么在悄无声息地发生改变。

时间转瞬即逝，高一第一学期无声地落下了帷幕。

期末考试的最后一天，C市这座南方小城罕见地下了一场大雪。到下午时地上已经积了厚厚一层雪，这可激动坏了从小鲜有机会见雪的南方的孩子们。

考完最后一门，大家争先恐后地飞出教室撒欢。急不可耐的男生们不等到操场，在教室走廊里抢起一把雪就往其他人身上扔。所有教学楼的走廊里、楼道中都充斥着少男少女们的打闹声与嬉笑声，好不热闹。

不一会儿，操场上也聚满了攒动的人头，考完试的学生们如脱缰的野马在这片被皑皑白雪覆盖的旷野上驰骋。即使每个人的脸颊冻成“高原红”，手也在来回抛雪球中抖成“帕金森”，连呼出的一口空气都夹杂了缕缕雾气，可大家的兴致依旧盎然。这难得一见的热闹与平日里市一中的死沉形成鲜明对比，仿佛这场雪下的不是冷若冰霜，而是每个人心底渴望冲破束缚的自由。

许意浓刚从考场出来走到一楼，就被人误伤了。一个雪球毫无预兆地从天而降，不偏不倚砸到了她的脖子上。那股凉意让她不禁打了个寒战，一边伸手去捞那个雪球，一边四处探寻着始作俑者。可大海捞针谈何容易，她只得自认倒霉。

雪球随着她的肢体动作沿着颈项簌簌地往下坠落，在她肌肤上留下一道道印记，又是一番刺骨的寒冷。她狂跺脚，想用这个办法把其他碎块从身上抖下来，却已无济于事。它们亦是遇到温热即化的恶魔，这宛如催化剂般的动作加速了融化，很快就有冰凉的水流淌在许意浓的背脊与前胸，转眼就把她的贴身衣物都给浸透了。

许意浓十分懊恼，这让本就不喜冬天的她更加心生烦躁。这时，王骁歧跟班上几个男生从楼道下来，一副也刚出考场的样子。有人一看到许意浓就叫住她要对答案，王骁歧鲜少会跟他们对答案，相比之下许意浓更好说话，同学们更喜欢找她。

果然，许意浓没好意思推脱，就此被缠住，最后莫名其妙变成跟他们一起回教室了。一行人里，她跟王骁歧各自走在最两侧，中间隔了几个人。

许意浓被人盘问答案的时候，偶尔也能听到几句那边的对话。

有人问王骁歧：“过年在哪儿待呢？回大H市？”

他语气极淡地道：“这儿。”

那个人就笑了：“反正我们也放不了几天寒假，待在C市也挺好。”

寒假只有一周是市一中历来的惯例，其余时间正常上课。所以对他们而言，放假的意义确实不大。

大家不知不觉走到了操场边缘，几个雪球又突袭而来，陆续砸中了男生们。

“喂！一考完试就对答案的都长针眼！来啊！快活啊！”远处有人在叫唤。

大家往操场一看，是周邺。他见大家不为所动，又团了两个雪球扔过去。有人被砸了一脸，还有的躲不及，差点儿滑倒，那滑稽的样子让他笑得前俯后仰。

几个男生感觉被挑衅了，撸起袖子捞起脚边的雪“磨刀霍霍”地冲过去，势要扔回来才罢休的样子。

只有王骁歧跟许意浓站在原地没动。她看看他，谁知他也在看她。

“你，”她一开口才发现自己的声音是沙哑的，赶紧清了清嗓子，“你看我干吗？”

他不该跟他们一起去打雪仗吗？

“你不看我怎么知道我在看你？”王骁歧反问。

许意浓被噎住：“……”

王骁歧还在看她：“你走不走？”

“你走你的，我走我的。”虽然两个人中间已经没其他人了，可许意浓仍固执地跟他保持着原先的距离，说完就先走了。

王骁歧跟上，两个人在走廊并排而行，一左一右。那无形之中缩短的距离，让许意浓的步调也在不知不觉中跟他一致。

蓦地，王骁歧开口：“上次谢了。”

许意浓知道他在说什么，垂眸注视着脚下，发现两个人的脚步是反的。他是先迈左脚再迈右脚，而自己却是先右后左，于是默默地变成跟他一样。

“你上次已经说过了。”她提醒道。

王骁歧目视前方：“不一样，上次周郦在。”

许意浓脚下一顿，忍不住侧目朝他看去。她还没看清他的表情，却被他突然伸手一拉，霎时两个人变了站位。

只听“啪”的一声，一个雪球稳稳当当地砸在了王骁歧的右脸颊上。惯性让他的头往左偏了偏，却同时抬起了左手臂，恰好挡住了许意浓。那四处迸溅的雪屑细细碎碎，只弹了一点儿到她的脸上，有些冷意。

被砸中的王骁歧闭着眼，头发被雪打湿了一缕，垂下几缕搭在了额前。他右半边的衣服也没能幸免，湿了一片，被砸中的右脸颊上也留下了一道显而易见的红印。跟之前他抵抗体育老师那次不相上下，这副狼狈的模样许意浓头一回见。

“你没事吧？”她哑着嗓子问，有些手忙脚乱。她把全身摸了个遍都没摸出一张纸，只有几个此刻毫无作用的硬币。她再望向操场，哪里还能找到扔雪球的人。

“没事。”王骁歧抹了一把脸，也没去探寻追究什么。

许意浓在他抬头时若无其事地继续迈步往前走，加快了脚步，生怕他因此着了凉，可嘴上说的是：“告诉你，走快点儿就不会被打了。”那语气，还颇有几分指点迷津的味道。

走了几步感觉他没跟上，她又回头催促：“快点儿啊。”好像完全将之前说的“各走各的”抛在了脑后。

王骁歧眉目舒展，长腿一迈便跟上了。他并未因为被雪球砸中而影响心情，反倒出奇地好说话，看着停下的许意浓说：“不是嚷着要走？”他的下巴朝前微微一抬，“走啊。”他是在等她。

许意浓暗自吐槽腿长了不起。继续往前走，两个人又心照不宣地同步。

王骁歧一直走在她的右手边，走廊的外围，无形中仿佛也隔去了她随时会被雪球砸中的危险。

长廊悠悠，冷风拂面，耳边一时间只剩两个人的呼吸声与脚踩积雪的声音……

放寒假的第三天，许意浓突然接到学校通知，为庆祝建校一百周年，学校组织去凌山登高作为校庆活动。为了不浪费学生的学习时间，这次活动只抽每个年级的优等生去参加。每个年级的冲刺班人数略多些，他们高一（1）班一共被抽中四个人，王骁歧、许意浓、曹萦萦，还有一个文艺委员。

下了一场雪的C市还笼罩在一片凛冽中，雪虽是昙花一现，但残留在城市各个角落的白色仍在提醒着人们它曾来过，街道边融化的积水将C市倒映出另一番人间景象。

登高那天万里无云，碧波如洗，本该是个好日子，可许意浓被突然造访的“大姨妈”打乱了所有节奏，整个人恹恹的。

她惦记着活动，平日里穿的衣服都被吴老师趁着年前送去了干洗店，只能从吴老师的衣橱里翻出一件厚实的冲锋衣，随便裹在身上就出门去了，只是那醒目的玫红色穿在她身上不仅显得老气横秋，还异常扎眼。

王骁歧到队的时候一眼就从人群里看到了她。

许意浓一个人躲在人群最后，像平常体育课跑完那样，双手撑着膝盖腰身微曲着，平常梳扎得整齐的马尾也随意披散着，遮住了她整张脸，这天的她毫无形象可言。

相比之下，曹萦萦成为众人眼中一道靓丽的风景线。她这天梳了一个公主头，还绑了好看的发带，本就无死角的瓜子脸更显精致，一下就吸引了领队老师的注意力，当场任命她为校旗举旗手。还需要一个举国旗的男生，老师又一眼相中了个高手长，眉目俊朗的王骁歧，刚要伸手招他，被其他学生一个打岔，再回头找他的时候却怎么也寻不到了。

嘿，人呢？

时间紧迫下老师定了其他人，数好人头，所有人便陆续上了大巴。

大巴的前后门都开了，许意浓从后面上去，直接窝到最后一排。她靠窗而坐，让阳光错落地照在自己全身，以此来汲取一丝温暖，却徒劳无功。因为从她小腹席卷而来的阵痛像潮水漫延至全身，令她冷汗直冒，唇瓣都看不出一丝血色。

曹萦萦眼看王骁歧快步上了大巴，刚要紧随其后，却被老师一把拉住："举旗手跟我们一起坐最前面。"

她只能眼睁睁看着王骁歧从后门上车，一步三回头地跟着老师去了前面。

许意浓正头靠玻璃合眼休憩，突然感觉右边光线一暗。她睁开略沉的眼皮，看到王骁歧已经坐在了自己旁边。

大巴的最后一排对他这种大长腿而言压根儿不是什么好位子，它比正常座位要高出一点儿，狭小又紧挤，尤其越靠窗越是缩手缩脚，所以他的出现令许意浓心生诧异。

其他上车晚的同学也在往后排齐聚，老师则在最前面喊："男生们最好都往后面坐，把前面宽敞的位子留给女生，别一个人占两个座啊！"

许意浓再看这会儿车厢里拥挤的画面，才知道王骁歧是被人挤过来的。

老师话音刚落，有个身材魁梧的大个男生一屁股往王骁歧身边一坐。许意浓明显感觉他们这排位子被压下去了几分，并且还晃了晃，本就不大的空间一下变得更狭窄了。

凌乱中，她的右手触碰到了一个软物。她如被烫一般赶紧收回，一时半会儿也不知该往哪儿放，往口袋里伸啊伸才发现吴老师冲锋衣的口袋是被拉链拉上的，她拉了好几下才得以敞开，给手找到个避难所。

那大块头落了座就从袋子里掏出一个肉包，一边打开一边看看王骁歧："兄弟，不挤吧？"

许意浓心想：挤不挤你心里没点儿数？

王骁歧只淡淡地"嗯"了一声，那个人一听于是姿态放得更开，咬着包子饶有兴味地开始打量王骁歧，片刻后两眼放光地问："哎？你不是……不是那个大名鼎鼎的，王……王……王……"

"王"了半天都没说出后面两个字来。

许意浓觉得这人情商应该不太高。她本来就不舒服，那油腻的肉包气味特别重，在后排狭小的空间升腾飘散，很快融入空气里，让她肚中翻腾感更甚。

她想拉开车窗透透气，但车厢最后一节小玻璃窗许是长久无人触动，黑色的锁口死死地扣着，她怎么都拽不动。她想站起来再使点儿力，可刚一离座，温热汹涌，让她不敢再轻举妄动。

许意浓尴尬极了，站也不是坐也不是，无力的挫败感油然而生，连她自己都觉得前所未有地矫情，怎么偏偏这天是生理期？

一瞬间，一只手越过她的耳侧，牢牢地按住玻璃衔接处的扣锁再用力往后一拉，窗户开了一条缝，新鲜的空气灌进来，穿过她的发丝淌在脸颊上，她终于能在原先的浑浊中喘上一口气了。待她感觉好些了，扭过头，看到王骁歧已经坐靠在自己位子上戴着耳机听歌了。

许意浓犹豫半晌，最终伸出指尖轻轻地戳了他一下。

王骁歧摘下左边耳机看向她，只见许意浓声音嗫嚅地对他说："谢了。"

王骁歧没回应，只把摘下的那只耳机递给她，问："听歌吗？"

他反常的举动让许意浓卡带了，但有什么在驱动着她，如提线木偶般微微点了点头。

没等她有所反应，王骁歧已经将耳机轻柔地送进她的耳中。

熟悉的旋律娓娓而来，是一首周杰伦的《七里香》。

车子早已发动，路边枝丫光秃的梧桐的影子透过玻璃投在他们的脸上、身上、座位上，黑影一个接着一个地弹跳出来，却间隔得井然有序。而他们的影子也被艳阳映照在前座的后背上。

许意浓偷偷瞥向左手边的玻璃，从那里窥看右手边的人的一举一动。那泛着圈的光晕折射出琉璃瓦般的七彩色泽，薄如蝉翼地落在王骁歧的脸上，衬得他的五官更显立体。

"把永远爱你写进诗的结尾

"你是我唯一想要的了解。"

歌的第一轮高潮到结尾，许意浓重新在那悦耳的旋律中闭上了眼。眼前又是漆黑一片，却能感知到路边的棵棵大树，还有少年的呼吸。

这一刻，许意浓的内心竟是前所未有的平静。

车抵达凌山的时候，许意浓已经睡了一觉。她醒来时发现耳机早掉落在了脖颈间，刚要拾起还给王骁歧，发现他也睡着了。

他一双腿蜷曲，又被身旁那个大块头挤着，只能始终保持挺直坐的姿势，将头轻仰靠在车椅上，双手抱胸而憩，沉静又清冷。

忽然，大巴一个急刹车，大家受惯性被往前小甩了一下。王骁歧醒了，刚动了一下，许意浓便收回视线，将耳机胡乱塞到他的手里："这个，还你。"

王骁歧看她双唇间显出的淡淡血色，慢条斯理地收回自己的耳机，并摘下自己那只，将长线缠绕在手机上后塞进了兜里。

车停好后大家纷纷下车，老师交代好注意事项后便扬手一挥，登山正式开始。

大家的兴致好像很高，好几个男生说是爬山不如说是来赛跑的，三步并一步地猛跨石阶，一眨眼就不见了。

许意浓因为身体原因一开始就落在了后面，这座山并不算高，她一直坚持往上爬，只在路过洗手间的时候悄悄掉队溜进去。

从洗手间出来，换了卫生巾的许意浓如释重负般叹了口气，庆幸痛经只维持了两个小时，现在的她感觉好多了。

一出来便有股穿堂风迎面而来，许意浓却在拐弯时撞上一堵肉墙，抬头一看竟是王骁歧。

"你以为躲这儿偷懒老师就不会发现了？"可是还没等她有所反应，他便恶人先告状起来。

"你才躲这儿干坏事呢，人有三急知不知道？"许意浓反驳，精神像恢复了过来，又能跟他日常互撑了，中间也没过脑，突然横插了一句，"还有你站在风口不怕冷吗？"

说完她突然噤声，开始懊恼自己的心直口快。

王骁歧闻言笑了笑，虽然安安静静没接话，可动作十分应景地像在配合她似的。

再抬起头，只听他说："走吧，一会儿大部队到了山顶要拍合照的。"

许意浓"嗯"了一声，快速从他身边经过，但他没几步就跟了上来。

就这样，他们一起上山，中途还被其他路人冲散了几次。再会合时他的手中握着手机，不知何时拿出来的。

"你手机号码是多少？"王骁歧突然问。

许意浓顿时滞住。

王骁歧抬头，两个人目光交会，他说："就你这么磨磨蹭蹭，要是走丢了，还不是我这个班长负责找？"

许意浓欲言又止，最终闷声报上自己的手机号码。

这不是他第一次问她的手机号码，之前刚竞选班委的时候他也问过。只是当时他嘴欠，两个人后来闹得不欢而散，交换手机号的事也就这么不了了之了。

他低着头，指尖在手机触屏上快速按着。只一秒，许意浓兜里的手机就开始振动了。她拿出来，有个陌生号码明晃晃地跳入她的眼中，但只响了两声便重归安静。

王骁歧的手跟手机一并塞入裤兜，他迈开步子又说了一句："走吧。"

许意浓摩挲着手机，也收进口袋里，继续一言不发地登山。可她平常只顾闷头读书缺乏锻炼，体力是真不行，爬了三大节土丘就开始气喘吁吁了。

王骁歧在前面光明正大地发出嘲笑："就这土丘你都喘成这样，要是真去爬山，岂不是要了命？"

这话许意浓就不爱听了，她义正词严地跟他掰扯："什么土丘！这是我C市大凌山，保佑我们一方水土一方人的。"她扬手指着过往的人群，"看看，香火旺得很。"

她斜眼看他："搞得你们H市有什么高耸入云的山峰似的，除了高楼大厦还有什么？"

王骁歧只说了一句，她恨不得拧他十句，明明已经累得不行，挤对起他来可是精神得很。

下面又乌泱泱地来了一个旅行团，他们站在石阶中央属实挡道，两个人均往一旁让了让。没承想旅行团的人浩浩荡荡还挺多，这一让就等了好久。

后面是个小商铺，卖些茶水和小玩意儿。摊贩是个上了年纪的老太太，看到他们便热情地招手叫卖："姑娘、小伙，茶水、点心要吗？"

许意浓朝她摆摆手示意不要，她又继续追问："香要吗？上山要给菩萨敬香才能保佑心想事成，事事如意。"

许意浓再次摆摆手。

谁知那老奶奶还没完："小物件要吗？开过光的，保佑你们家庭幸福，和和美美。"

许意浓只觉自己的脸在不断充血，就差要吸口氧气了。

见老奶奶还要说话，许意浓用余光窥视王骁歧，急得张口解释。

她的话还没说出口，就看到王骁歧往那店铺跟前一立。他背对着她，好整以暇地对着那个老太太，不但没解释反倒还挺有兴致地问："那您这儿都有些什么卖啊？"

只剩许意浓一个人在风中凌乱。

第十四章
走，不要停

王骁歧的话让老太太顿时来了劲头，开始推销摊位上的东西，让人眼花缭乱，关键他还真有耐心在那儿听。

许意浓眼看老奶奶真拿了个福袋要送到王骁歧的手边，关键他还没拒绝，眼明手快地疾步向前要去阻止。谁知她脚下却不小心踩到了什么，“吧嗒”一声，像有什么翻了。

许意浓低头一看，是一个摆放在地上的塑料小脸盆被她踩翻过来了。因为不太起眼，她压根儿没注意到，被一脚踩翻后的盆里泼出了水，洒了一地，还掉落出两只朝天翻仰的小巴西乌龟。

耳边是老太太“哎呀哎呀，我的福龟哟”的声音，许意浓自知闯了祸，顾不得自己浸湿的裤腿，赶紧蹲下来翻起那个盆，手要去捡乌龟的时候又停了下来。

身边突然有黑影一罩，王骁歧蹲下来替她将乌龟捡回了盆里。

许意浓看它们缩在壳里一动不动，偏过头心虚地看看王骁歧并压低声音询问：“它们怎么动都不动了？是被我踩死了吗？”

两个人都贼兮兮地蹲着，王骁歧把头一点，语气笃定：“嗯，被你弄死了。”

许意浓一愣，第一反应就是去摸口袋。完了，穿的是吴老师的衣服，她没带钱。她只好硬着头皮向王骁歧借，看起来要多㞞有多㞞：“你带钱了吗？能不能先借我一点儿赔给人家？”

王骁歧大方地递给许意浓一张百元大钞，她拿着钱站起来向老太太道歉：“奶奶，对不起，我刚刚没看到脚下有东西。乌龟可能是不行了，两只多少钱？我赔钱给您。”

老太太一听这话，赶忙从铺子里出来。她弯腰瞧了瞧那个盆，少顷摆着手笑着告诉许意浓：“姑娘，你踩是踩到了，但这两只龟都没死，是在冬眠呢。”

许意浓再看向王骁歧时，他已经双手插兜重新站直了。对上他眼底毫不掩饰的笑意，她这才恍然自己被捉弄了，生气地瞪了他一眼。

他不仅不收敛，还笑得越发明显。许意浓没好气地抬起手就朝他胳膊上拍了一下，笑什么笑，有什么好笑的！

老太太只当他们在打闹，还说：“这两只龟一公一母，是一对呢，在佛祖脚下被庇佑过，买回去能避邪挡煞，镇宅纳财。”

许意浓还保持着举着钱的姿势，尴尬得不知所措。

老太太说完来回打量他们，犹豫地问：“那这两只龟你们还要吗？”

“要。”王骁歧自作主张地应下，“多少钱？”

许意浓眼睛瞪得滚圆，瞠目结舌地问他：“谁要？谁养？”

王骁歧懒懒地瞧她一眼，理所当然地道：“谁踩的谁负责。”

许意浓无言以对。

最终那老太太买二送二，给了他们一个透明的鱼缸跟龟食。偏偏凌山的上山道跟下山道不同路，是完全分开的两个方向，许意浓连寄放都不行，只能捧着个缸抱着两只龟上了山。

登山的人肉眼可见地多了起来，两个人被人挤到一旁，许意浓还要护着那个缸，看起来特别傻。她时不时地低头往里瞄几眼，一边走一边好奇地问王骁歧：“它们一动不动，怎么判断是在冬眠还是真死了？”

王骁歧从缸里拿出一只教她辨别：“冬眠的乌龟四肢有序地收缩，肌肉水润紧实，死了的它无法控制自己的肌肉，姿态跟正常乌龟是不一样的。”

许意浓心里犯嘀咕：那你刚刚还骗我？！

王骁歧将乌龟递到她面前：“你可以试着碰一下它的尾巴，会动。”

许意浓抗拒得直往后躲，差点儿掉下台阶：“不，不，不，还是不用了。”

王骁歧嘴角噙着笑：“这是脊椎动物，又不是软体动物，你也怕？”

许意浓没想到他还记得这个，嘴硬道：“那它身体不是软的吗？”再加上那条纹形状，尾巴还软塌塌的，看着像条蚂蟥，让她怎么敢去摸。

王骁歧没再逗她，把乌龟放回缸里，却在收手的时候指尖往她那儿隔空轻轻一弹，把手上的水弹了一点儿在她的脸上。他眉眼含笑道：“原来能徒手打蟑螂的水农哥也不是天不怕地不怕。”

许意浓被那水溅到，闻到一股类似鱼腥的味道，奓毛地喊：“王骁歧！”

可他已经快步往上走去，许意浓拔腿要追，可抱着个缸走不快，简直要抓狂。

这大概是许意浓参加的最难忘的一次活动了，大姨妈突袭不说，那两只龟又让她成为全队的焦点。大家纷纷调侃打趣的时候，她恨不得跟缸里那两只龟一样有个甲壳缩进去，躲避一切。

合照结束后，大部队跟几个团撞在了一起下山。下山的路道长且窄，老师为了大家的安全着想，让他们不要再分散走，由护旗手在最前面开路，男女生各一列，由矮到高排队。

许意浓跟王骁歧个子都高，排在了队伍最后面。唯一不同的是，王骁歧两手空空，许意浓全程抱着一个缸。

队伍走走停停，突然，王骁歧又把手往许意浓面前一伸。以为他还要作妖，她警惕地抱着缸往后躲。

王骁歧勾了勾嘴角：“这缸被你抱得像个宝贝，谁要跟你抢？”

许意浓脸一红耳根一热：“谁当宝贝了？”看他手还伸着，她索性往他手里一塞，“你要就拿去，我又不稀罕。”

王骁歧稳稳地接住那个缸，两只龟在里面安静如旧地缩着，不闻“缸外事”，安逸十足。

两个人跟着大部队继续走了几步，许意浓提了一嘴：“钱等一开学我就还你。”

王骁歧淡淡地说“不急”。

不一会儿前面又堵住了，他们再次停在原地。这次时间有点儿长，大家无所事事地开始闲聊。许意浓在踢脚下的石子，直到踢光了队伍也没动一下。王骁歧慵懒地往边上的石栏上一靠，向前瞭望，语气中有些许不耐烦：“几步路的土丘都能堵。”

许意浓正好逮着机会炫耀：“看到没，我大凌山香火就是这么旺。这种都是小场面，要到了大年三十那天，你就是想来都进不来。”

大概是真无聊，王骁歧也饶有兴味地问：“为什么？”

“大家都争着烧头香，祈福新的一年鸿运当头，一帆风顺。”

王骁歧一只手捧着缸，眉梢轻扬：“许意浓，你知不知道你刚刚说这话的时候，就像得了卖龟老太太真传的弟子。”

许意浓瞥他一眼，顺便提醒：“你能不能好好拿缸？别给我弄碎了。”

她这么一说，王骁歧故意把手往下骤然一放，做出没拿稳的样子。

许意浓只当是真的，心一惊，下意识地伸手就要去接。

直到老师在前面喊："喂，后面的人，走了！跟上啊！"

许意浓这才猛地收回手，留下一句："你无聊死了。"就快速地跟了下去，没再等他。

她怪自己不争气，每次都会着他的道，被他恶作剧成功，怎么回事？平常考试时的智商呢？

许意浓一股脑走到山下，因为排在队伍后头，上车的时候前面的好位子已经被抢光了，只剩光秃秃的后排座位。这回她没得选，还是窝在刚才那个位子上。

几分钟后，王骁歧也上了车，她避开视线故意看向窗外。午后的阳光异常刺眼，眼看着他越来越近，他们又坐一起了。

王骁歧一坐下就把缸往她怀里一送："跑那么快，东西不要了？"

许意浓答非所问且口是心非："你怎么还坐这儿？"

"不是按原位坐吗？"

她再看看他旁边那个大块头，人家也朝她友好地点点头打招呼："又是我。"

许意浓："……"

回程的路上大家比来时更累，车一开动很多人便疲惫地入睡了。

许意浓怀里抱着个硬邦邦的缸生怕被磕碰到，不敢睡。王骁歧也没睡，一直低头摆弄他的手机。

倒是那个大块头睡得正香，双腿不管不顾地一叉，把王骁歧的腿挤得无处安放，朝天仰着头，不一会儿就酣畅地打起了呼噜。车子一路上开开停停，他的头一撇，枕在了王骁歧的右边肩膀上。

这一枕，他的所有重量就都往一边倾斜，几乎全压到王骁歧的肩膀上。王骁歧再结实也不可能长时间架住这样的重量，于是伸手推了他一下。但这个人跟睡死了没两样，不动如山。王骁歧只能放下手机，把他的头从自己肩上挪开。可只维持了几分钟，车一停他一晃，又靠了过来。

许意浓透过车窗玻璃围观了全过程，憋着笑往里挪了挪，腾出一点儿空间，好心地问王骁歧："你要不要……坐过来点儿？"

"不用，你坐你的。"话落，王骁歧不客气地抬手捏住了那个人的鼻尖。

这招立竿见影，那个人很快就醒了。睡眼惺忪中他看到自己靠在了王骁歧身上，将嘴角的口水一抹，挠挠头致歉："不好意思啊，兄弟。"

他态度倒挺端正。

王骁歧勾了勾嘴角，这回没吭声。

气氛低迷，那个人又掏了掏口袋，掏出一团早上吃早饭剩下的纸巾，不由分说地就要帮王骁歧擦自己残留在他身上的口水：“把你衣服弄脏了，我给你擦擦。”

王骁歧用手挡住他：“不用了。”

他热情依旧：“要的，要的。”

王骁歧继续推拒：“不用。”

许意浓实在忍不住了，“扑哧”一笑，惹得旁边两个人都朝她看过来。那胖子大概也有点儿不好意思，收起纸巾不再强人所难，跟王骁歧道了歉便安分地在自己位子上坐好，腿也规规矩矩地收起来。

安静了半晌，王骁歧冷不丁冒出一句：“你刚才笑什么？”

许意浓撇撇嘴，试图蒙混过关：“没什么。”

王骁歧便往她座位那边一靠，故意挤她，似要逼她说出来。

她被挤得透不过气来，只得实话实说：“笑你……是‘大冤种’。”

王骁歧眉头一皱，像没听懂：“什么？”

许意浓不肯再说：“好话不说二遍。”

王骁歧低头去查手机，却没再挪回去。

许意浓捧着缸的手掌沁出一层汗，沾在玻璃壁上。

“你很热？”谁知王骁歧还是发现玻璃缸上起了一层雾气，于是他又坐了回去。

“没有。”许意浓缩了缩手，但这个缸着实碍事。余光瞥见他还在看自己，她急中生智，随口扯出一个话题，“那个，你奶奶最近怎么样了？”

王骁歧果然偏了偏头，移开视线：“还行，上了年纪总有点儿小毛小病。”

“没事就好。”许意浓附和，顿了顿又问，“没想过请个看护吗？”

以他家的条件，请个人照顾老太太的起居完全不在话下，这样也会方便许多。

“奶奶自己不乐意。”王骁歧往后稍稍一靠，“老一辈，省吃俭用惯了，她觉得没那个必要，也不肯服老。”

这一点其实从老太太朴素的穿着打扮就能看出来，光从外表看，压根儿看不出她的背景，相当低调。

这种家事许意浓也不好再指手画脚，便没多言。

“你呢？”接下来换王骁歧问她了。

许意浓问：“我什么？”

王骁歧目视前方道：“前段时间不是被班主任找去谈话了？”

许意浓呆滞地说：“你……你怎么知道？”

王骁歧看她一眼道：“现在知道了。”

许意浓再次瞪大双眼，反应过来又被他耍了，恨不得拿手里的缸砸他。

“王骁歧，你有意思吗？”他老这样，许意浓觉得他是逗自己逗上瘾了，越想越气，扭过头去索性不理他了。

王骁歧见她动了真格的，收起了玩世不恭：“好了，我是真知道。”

那语气明显放缓了，尤其头两个字，竟让许意浓有一丝错觉，好像在说“好了，我错了，你别生气”。

可她知道那并不是的。

“知道就知道了，反正都是子虚乌有的事情。”许意浓无所畏惧，一脸坦然，但跟他说这些总觉得怪怪的。

王骁歧则应了她一声：“哦。”还不是敷衍的那种。

可这个人一向不着调，许意浓不确定他是真知道还是假知道。毕竟那天进教室喊自己出去的人是他，兴许他是真的知道？她暗自犹疑着，气氛也在悄然无声地重归安静。

片刻后，许意浓借着这个话题开口了：“我可以问你一个问题吗？”

王骁歧点头，表示悉听尊便。

许意浓问出了一直以来的困惑：“你跟江晋之间……”

“许意浓。”但他并没有等她说完就叫了她的名字。

她看他，以为他在排斥这个问题。

王骁歧也在看她，像是知道她要问什么，只对她说了一句：“你有自己的眼睛，所以不要用耳朵来认识我。”他捉摸不透的眼神似晦暗了几分，莫名又多加了三个字，“我也是。”

许意浓仿佛迷失在了他的这句话里，回到家也没想明白“我也是”到底是什么意思。她站在玄关处，脑中不由自主地循环播放这天的一幕又一幕。

直到对面传来动静，许意浓才回过神捧着那个缸放到自己房里，动作小心翼翼。安置好乌龟，她又忙不迭地从口袋里掏出自己的手机，把那个未接来电打开。她低头对着屏幕上的那串数字凝视了一会儿，抬手编辑备注，认认真真地输入“王骁歧”三个字，把他存入“重要联系人”

那一栏里。

她输好又觉得手机屏幕有点脏，哈了口气，拿纸巾来回擦到“王骁歧”那三个字在屏幕里晶莹透亮才停下来。

大年三十，街道四处张灯结彩，整个C市都沉浸在一派喜气中，家家户户均是一派热闹景象，唯独许意浓家例外。

虽然今年没有在奶奶家吃年夜饭，但老许为了修补家族裂缝，特意把年夜饭安排在了当地最有名的酒店的特大包间内。所有人都戴着伪善的面具，笑意盈盈，包括吴老师。他们用实际行动将大人世界里的金鱼三秒记忆展现得淋漓尽致。那种逼仄感让许意浓坐立难安，很不舒服。

快开席时，奶奶被老许接来了。许意浓站起来，象征性地叫了一声“奶奶”，那头却没任何回应。

老许用眼神暗示许意浓过来搀扶老太太，她站着没动，甚至都没挪一下脚。

老太太一边被儿子掺着，一边自己拄着拐杖坐了下来。吴老师好歹是个场面人，斟了一杯茶亲手送到老太太手边说：“妈，您喝茶。”算是对上次的事低头了。

老太太却没接。她坐着，拐杖撑地，双手紧握着把头，只看自家儿子，看都没看吴老师一眼，说：“我呀，今天来全是看在我儿子面子上。”

言外之意，在场的只要是个人都能听懂。

你看，缝裂了就是裂了，你没有鬼斧神工将它抚平到复旧如初。

但令人佩服的是，这话都没让吴老师脸上的笑意减掉半分。她像个没事人一样，照常热情地张罗大家坐下吃饭。

许意浓不明白，要强的吴老师为何最终选择了隐忍，也不明白父亲为何总是选择息事宁人。或许是为了这个家，又或许是大人的世界她不懂，但她在他们身上看到了婚姻的两败俱伤与疲乏困顿。她暗自发誓，自己永远不要像他们之中的任何一个，也绝对不会重蹈覆辙地走他们的路。

在她当前的认知里，婚姻应该是两个人相互包容、理解、扶持、进退与共，而不是一味退缩与委曲求全。同时它也应该神圣且美好，否则就是害人害己。

一顿饭时间，她如坐针毡，味同嚼蜡，难以下咽。

许意浓像个没有感情的木偶，耳边被大人们的嗡嗡声闹个不停。其间，她时不时地抬手按一下手机键盘，看看屏幕上的时间，明明觉得已经过去很久了，上面显示却只过去五分钟。她顿时如临深渊，只能仰着头祈盼时间快点过去。

忽然，手机屏幕自动一亮，有一条短信进来，发件人一栏显示“江晋”两个字。

许意浓奇怪他为什么这个时候会给她发来短信，打开一看，只有四个字：“新年快乐。”

许意浓下意识地想回句“谢谢”，但“谢”字的拼音打了一半，她的动作骤然停下。过了十秒，手机屏幕暗下去，她按了删除键，把输入框里的拼音清除，终是什么都没发。

大人们还在讲些有的没的，坐在主座的奶奶始终没拿正眼看她，许意浓也懒得理她。

为了不相看两生厌，也为了把老许这顿煞费苦心的团圆饭进行下去，许意浓选择打开手机网页随意浏览新闻来屏蔽一切。网络上已经在进行春晚倒计时了，今年的春晚还请了几位重量级明星，网友们议论纷纷，但她毫无兴趣。

她刷了一会儿网络消息，又收到几条初中同学的问候短信。一看就是群发的那种，她一一回了“谢谢，同乐同乐”，又挑选了几条改改凑凑，准备发给集训时住在一起的室友，她在高中也就跟她们关系还算不错了。当然，除了曹萦萦。

打开通讯录，映入眼帘的是那置顶的“重要联系人”，许意浓的指尖一顿，突然忘了自己原本要干吗。

她在“王骁歧”三个字上按了“发送短信”这个选项，把刚才复制的祝福短信粘贴到了对话框。她一检查又觉得太长了，删删减减，最后只剩下四个字：新年快乐。

她的手放到发送键上的时候，突然有种矛盾的感觉，像有两个小人在打架，连母亲在旁边叫她都没听见。

“浓浓、浓浓。”吴老师见她心不在焉地低头盯着手机看，叫她也无动于衷，只能在桌下轻轻地用脚碰了一下她。

许意浓这才抬头看了母亲一眼。

吴老师侧了侧身，小声叮嘱：“你别光顾着看手机，今天既然来了，做戏也要做出点儿样子。一会儿你站起来给大家敬杯酒，可别让我跟你爸今天摆这桌宴到头来却做了无用功。”

许意浓听得头皮发麻，没吭声。

吴老师只当是自己声音太小她没听清，又凑近些：“我跟你说话呢，听到没有？”

许意浓向来不喜欢这种曲意逢迎的场合，更做不来他们惺惺作态的那一套，她这天能来，就已经做出了最大的忍让。

吴老师见她仍不发一言，将手中的筷子不轻不重地一搁，轻斥一声：“你这孩子，怎么就这么犟呢？”

许意浓死活不说话，用沉默作为抵抗。她甚至破罐子破摔地想，吴老师若再逼她，她就直接起身走人。

好在吴老师唠叨了几句后就没再强迫她了，只在人声嘈杂起来的时候暗自叹气。

这段突如其来的小插曲也扰乱了许意浓的心绪，她在吴老师的叹气声中听到了诸多情绪。兴许吴老师身为母亲，身为妻子，本意也并非如此，只是吴老师不能像自己那样拿“还是孩子”作为挡箭牌，说不干就不干。

许意浓垂眸，替母亲委屈，也为她感到悲哀。

那一刻，许意浓觉得自己是能感同身受的，设身处地地想，吴老师只是不能随心所欲地做自己罢了。

许意浓心里本就惴惴不安的情愫也因此被无限放大，手机屏幕还停留在那个未发送的“新年快乐”界面上，顶上收件人“王骁歧”三个字一触碰到键盘就亮了起来，像太阳般直射进她眼底。

她此刻却如同泄了气的皮球，再也没有勇气按下发送键。最终她将这条短信放进了存稿箱，让它成为一条永远不会被发送出去的短信。

她收起手机，重新回到自己的世界，那个她想逃避，可到目前为止还没有能力完全脱离的灰色地带。

这是王骁歧在C市过的第二个除夕夜，只有他跟奶奶。

王骁歧本意是叫些外卖，可奶奶坚持要自己下厨，说自己做的菜才有年味。他拗不过老太太，只得按照她的吩咐去超市买菜。

整个城市流光溢彩，鞭炮声、欢笑声，声声入耳。他从超市出来时已近傍晚，一道晚霞如萤橘色的贝母亮片泛在一角，像一幅色彩分明的油画映在人的瞳孔中。只是王骁歧知道，它很快就会被黑夜吞噬而消散。

空气一如既往地凉飕飕，吹过他的脸颊，也吹乱了他的发丝。前几分钟还热闹的街道逐渐变得萧条，人迹开始变得罕至，这个时间理应是阖家团圆，吃年夜饭的时候，鲜少会有人跟他似的在街上晃荡。

果然，到小区的时候那道晚霞已悉数敛去，没有留下任何可寻的痕迹，只剩有心人记得它曾来过。老旧的房子里几乎每家都亮着灯，万家灯火却没有一盏是为他点亮的。他远远地，随意往自家的房子探去一眼，脚步陡然一滞。

那个长久以来不曾亮过的房间，今日却第一次有了一抹光。它似这寒夜里的一盏明灯，也燃起了他心底无限压抑的希望，像一道远在天边的曙光，无声地牵引着他迈开双腿，加快脚步。

剩下的路，他几乎是以冲刺终结的。空气在耳边呼呼生啸，两肋生风，几乎一口气就冲到了单元楼下。空旷的楼道也因为他的疾驰而发出阵阵回荡，声控灯从一楼往上如数亮起，整个单元楼瞬间灯火通明如白昼。钥匙从口袋里掏出来时不慎落了地，他俯身一秒拾起，任凭手中沾满了肮脏的灰屑自顾自地插进了锁孔，时间漫长得让他觉得防盗门都显得多余。

终于，第二道门的锁被钥匙拧开，他一下推门而入，一脚踏进直往里走，并脱口而出："爸、妈！"

可迎接他的依旧只有那偌大的房子，跟在围裙上擦着湿手从厨房出来的奶奶。

王骁歧立在主卧门口，望着空荡荡的房间和天花板上的那盏灯，眼睛渐渐失去了焦距，一时分辨不清自己现在身处的是梦境还是现实。有种无法丈量的情绪像先前的冷风一样从某个地方纷至沓来，灌进他的胸腔内，也密封住他的嗓子，似要将他整个人沉溺其中，死死掩埋。

直到身后响起奶奶解释的声音："我想着，大过年的，不要让屋子里显得冷冷清清的，就把所有的灯给打开了。"她又叹了口气，声音同步低下去，"不是他们回来了。"

王骁歧缓了缓神，瞬间哑然失笑，又独自站了良久。他将那个房间的灯给关了，像流星陨落那样，也一并熄灭了他心底的一道光。

他拎着东西侧着身子越过奶奶，只说了一句："今天我来做菜，奶奶。"

奶奶对着他高挺的背影半张着口，看他从那大大小小的袋子里拿出东西，再去水池旁洗菜的忙碌模样，终究只应了一声："哎，好，奶奶给你打下手。"

春节后没过多久，市一中的假期宣告结束，开学那天直接送上重磅一击——期末统考的全校以及全市排名被一排排贴在校门口的橱窗里公示。王骁歧和许意浓分别是全校第一名和第二名依旧毫无悬念，但在全市排名里王骁歧是第三名，许意浓则是全市第八名，差一点儿就跌出前十，这让所有人颇感意外。

市一中一直在市区称霸，驰骋多年，但市下的辖区里还聚集了几所有名的重点高中。据说那里的教学风格跟市一中比是有过之而无不及，每个区的实验班也聚集了各大尖子生，实力不容小觑。这回期末考的前两名都是来自辖区学校的，力压了他们市一中，应该很快就会被拿出来大做文章。

许意浓站在橱窗前看着自己跟王骁歧的成绩，只差了几分，在全市排名就隔了四个人，她不禁深思他们在全省又隔了多少人？

班上其他人更是几家欢喜几家愁，林淼一下掉到了冲刺班末尾十名，全市排名用她自己的话说简直是没眼看。之后她劫后余生地坐在座位上捂着胸口，一时半会儿还没缓过来。

她耷拉着脑袋对许意浓说：“你知道吗？成绩单刚出来那几天，我看到自己的数学分数就傻了眼。数学没考好那就是死路一条，我都已经做好最坏的心理准备了，年都没过好。刚刚去看排名时我的心都要跳出来了，我是直接从尾巴开始看的。”她又双手合十地拜拜，“还好老天保佑，没让我跌出冲刺班。”

许意浓对自己的全市排名一筹莫展，无心安慰她。

不一会儿，林淼捅了捅许意浓的胳膊，她往外一看，是班主任来了。

班主任进教室的时候板着一张脸，站在讲台上双手一撑，长叹一口气，而后便开始了一长串的情绪发泄。大致意思就是这次统考被辖区的学校压了，全市前十名就没看到几个本班的学生，令她这个冲刺（1）班的班主任颜面扫地。

许意浓听得有些心不在焉，说不上来为什么，总觉得哪里有点儿不对劲。她不自觉地往隔壁瞅了瞅，王骁歧老油条样地低头做着不知哪科的试卷，对班主任在讲台上一系列的慷慨陈词充耳不闻，好像是不是全市第一名对他而言无关紧要。

不知是不是受了统考全市排名的影响，那一整天许意浓都过得浑浑噩噩的，偏偏老许这天又忘了带家里的钥匙，发短信问她什么时候下课，他来找她拿钥匙。她回复上晚自习前会把钥匙送回家，放在老地方的奶箱里。

下课后，许意浓推着车回家。林淼到校外有事，也跟许意浓一起出学校。周围都是匆匆出校的走读生，有的回家吃饭，有的则相约去校外的一条街随便吃点儿，一时间校园里挤满了人，放眼望去全是人头。

她们走了一会儿，临出校门的时候，林淼突然问了许意浓一句：“过年的时候你是不是没回江晋短信？”

许意浓看她一眼：“你怎么知道？”

林淼耸耸肩：“寒假里有一天我和范亦诚去网咖，江晋也在。”

那天的场景还历历在目。

林淼跟范亦诚到网咖时，江晋已经在了，还有几个（10）班的男生。大家私下经常见面，都已经很熟了，象征性地打了招呼各就各位开机登录。只是那天的江晋不在状态，输了几把后，范亦诚把耳机摘下一只问他：“你怎么回事？这可不是你的正常水平啊。”

江晋也摘下耳机，往台上一扔站了起来，只说：“这里人多有点闷，我去外面吹吹风。”

范亦诚一看觉得有情况，赶紧也跟着站起来：“哎，等我，一起！”

十分钟后，他们回来了。

范亦诚凑到林淼身边，跟她说话：“问你一件事，寒假里你跟你同桌有没有联系？”

林淼大大咧咧地点头：“有啊，大年三十那天她还给我发了条贺岁短信呢。”

范亦诚当即跟身旁的江晋对视了一眼，接着又问：“大年三十什么时候？”

林淼瞟他一眼：“这我哪儿记得那么清楚？当时谁不在家吃年夜饭？忙着呢。”

范亦诚让她拿手机出来：“快，看一眼。”

林淼满脸疑惑地问他：“怎么了？”

范亦诚只得凑近，小声说话：“江晋大年三十给许意浓发了条‘新年快乐’，她一直没回。”

林淼不免有些惊讶，立刻拿出手机翻出那条短信。范亦诚看着那个时间，面露犹疑，还在纠结要不要给江晋看，江晋的手已经伸了过来。他对他们说：“手机能不能给我看看？”

林淼小心翼翼地把手机递过去，江晋看完，神色敛了敛，又把手机还给了林淼，淡淡地说了一声：“谢谢。”

林淼跟范亦诚面面相觑。林淼为了缓解气氛，还打圆场说："可能……可能那天忙着跟家里人吃团圆饭，她没注意吧。"

江晋的嘴角扯出一抹笑，将耳机重新戴上，只对范亦诚说："来，继续。"

范亦诚给了林淼一个眼神，示意她别越描越黑了。

林淼吐了吐舌头，之后再也没乱说话。

林淼斟酌着问许意浓："你是忘了，还是……"

许意浓望着前方数不清的人，语气平淡地道："不是，就是没回。"

一番话堵得林淼哑口无言，都不知该怎么接话了。

走出校门，许意浓跨上车，像往常一样跟她道别："走了。"

等林淼再反应过来，她早就只剩个模糊的背影了，很快又被其他学生在街道骑车追逐的身影所覆盖。

许意浓回家吃了一碗泡面，把钥匙放在老地方后就准备回学校。她下楼去推车时，发现有几个小男生鬼鬼祟祟地围在她的车旁。她一走近，他们就做贼似的撒腿就跑。

一开始她也没当回事，等把车锁一开，推车时立刻发现了问题，车的链条掉了。她再抬头，哪里还有那帮孩子的身影。

她暗骂着熊孩子，蹲下来自己摆弄了一会儿，好不容易把链条装上去，她的两只手已经黑不溜秋，活脱脱从煤矿里出来的。她赶紧回家去洗了几遍手，再看看时间，离晚自习开始只剩十分钟了。

她飞奔下楼，一路上车骑得飞快，都不带喘口气的。好不容易到了校门口，她正准备下车，像往常一样一边跑一边推进去。此时离上课仅剩五分钟，市一中附近跟先前放学时的热闹非凡形成鲜明对比，空旷得用荒无人烟来形容都不为过。

许意浓看到一辆面包车停在校门口，一行人站在车旁。她心有疑惑，学校不是不让在门口乱停车吗？待她靠近时，那行人一个一个朝她看过来，那恐怖的眼神把她看得头皮发麻，差点儿从自行车上跌下来。

她正看得出神，突然身后传来一个熟悉的声音，是王骁歧。

他说："别看了。"

晚自习的上课铃声猝不及防地响起，将许意浓的思绪拉回。她提醒王骁歧："快走吧，我们已经迟到了。"

王骁歧则不紧不慢地道："反正都已经迟了，无所谓了。"他又朝她酷炫的自行车看了看，“你不是还要去车库？”

许意浓望着这会儿已经漆黑一片的车库，含糊地“嗯”了一声，却并没有任何加速的动作。

晚自习开始了，已经过了停车的时间，学校为了节能环保，晚自习时间学校车库的灯都是熄灭的。

“不敢？”王骁歧似一下看穿了她。

许意浓当然不会当着他的面承认自己尿了：“谁不敢？！”

王骁歧就看着她逞强地往车库走去，也不揭穿她，只在一旁慢悠悠道：“你有没有听说过一个故事？”

许意浓将耳朵竖起：“什么？”

“每当夜幕降临，所有人的肩上会有两团看不见的火，如果身后突然有人叫你或者拍你，千万别回头，回头一次就会灭一盏灯，两盏灯都灭了就会……”

许意浓刚想问他就会怎么样，却发现他突然不见了。她一惊，四处探寻，正要叫他的名字，肩膀突然从后面被拍了一下。

她吓得整个人跳了起来，撞上了一堵肉墙。抬头一看是王骁歧，她知道又上了他的当，不管不顾地对着他就是一顿狂拍：“王骁歧，你无不无聊？！”

许意浓应该是真被吓着了，下手特别重，王骁歧吃痛地挨着她的“连环暴击”，手蓦地伸出，将自行车从她手中抢了过来。

许意浓停下动作，愣了一下，听到他说：“好了，就你那纸老虎胆子和磨磨蹭蹭的速度，放完车第一节晚自习都下课了。”

许意浓不服气地道：“那也是你害的。还有，不是你说的反正已经迟到了吗？”

越走近车库，黑暗越将两个人从光亮中吞噬。王骁歧的脸变得晦暗不明，许意浓难以看清，只能听到他笑了一声：“我说什么就是什么？你什么时候这么听话了？”

许意浓眉头一皱，就知道他这个人说几句就不着调了，口不择言道：“你少往自己脸上贴金。”

两个人你一言我一语地拌着嘴，很快就到了他们班的车库里。平常大家赶着上晚自习，里面的车都是胡乱放的。王骁歧找到一个空位把许意浓的车放好，还顺便把其他车摆放整齐。

许意浓在一旁看着，突然觉得他这个人其实挺细心的，便也上前搭了把手。

黑暗中，王骁歧抬头看了她一眼，但她浑然不觉。

摆放好车库里的车，两个人再一起走出车库。他们并排走着，只有皎洁的月光和教学楼里的灯光照亮他们脚下的路。

“你的手呢？”王骁歧出其不意地开口，打乱了许意浓的脚步。

她以为是自己听错了，问：“什么？”

王骁歧又重复：“你，手呢？”

许意浓忍不住偏头看他，连自己脉搏的跳动仿佛都能感知。她问：“干吗？”

王骁歧停步驻足，她也跟着停下来。他说：“手伸出来。”

许意浓的大脑陷入宕机状态。她不明白他突然让她伸手是什么意思，却又隐隐在期待着什么。

她正要伸出自己的手时，王骁歧已快她一步举起了手臂。月光扫地，银白色的光照得他脸颊清亮。他拿着一串钥匙在她面前晃了晃，它们发出清脆的声音。他问：“车钥匙不要了？”

这下，许意浓彻底醒悟过来他要干吗，顿觉羞愧地别过脸，一把抢回钥匙：“谁说不要了。”

晚自习的最后一遍铃声乍然响起，她扭过头迈步就走，语气变得僵硬：“再不走可真迟到了。”

王骁歧看着她头也不回地跑开，却依旧走得不疾不徐。

第一节课是物理课，许意浓前脚刚进教室，后脚老师就夹着一摞书进来了。

这天教室里没怎么开窗通风，狭小的空间内升腾着大家呼出的热气，跟外面的温度形成鲜明反差，在玻璃上起了一层薄薄的白雾，冷热交替。

许意浓一口气从楼下跑上来，出了一身汗，生怕感冒，先把外套脱了挂在座位靠背上。她落座后林淼还觉得奇怪：“你怎么迟到了啊？”

“自行车坏了，弄了一会儿。”许意浓摆放好衣服，看向林淼，试探地问，“你来的时候，学校门口有什么异常吗？”

林淼一只手托着下巴，一只手来回转着水笔，一副并未多想的样子：“能有什么异常？每天不就那样，人来人往的，最多换了个保安大爷站岗呗。”

许意浓噤声不语，由此判断林淼来的时候那帮奇怪的人应该还没出现。

过了好一会儿，王骁歧才慢悠悠地出现在教室门口。他喊了一声“报告”，打断了正在讲课的物理老师。上课时间争分夺秒，老师也没跟他啰唆，只叮嘱了下次注意上课时间便让他回位子了。

课程继续，许意浓望着老师背过身子在黑板上画图的身影，注意力难以集中。反观王骁歧，他比她要淡定许多，她试图让思绪回到课堂上。

但这节课并没有维持多久，教导主任突然出现在走廊里，打破了教室原有的平静。他先是敲了敲教室门，物理老师一看是他，立刻放下手中的粉笔跨步出去。

两个人站在门口交头接耳了一会儿，紧接着班主任宣布，今天全校学生提前放学，让班长王骁歧组织大家离开。

各班的同学蜂拥而出往楼下跑，一时之间学校人潮涌动，此前还安静的楼道陷入一片混乱，有人开始往前挤，猝不及防地撞在了林淼跟许意浓身上。

许意浓眼明手快地紧紧拉住林淼的手：“跟好我，千万别走散了！”

好不容易稳住了脚步，许意浓跟着林淼继续往下走，却发现这么一耽搁两个人早已跟自己的班级脱离了。身后不断拥来其他班的学生，整个楼道的脚步声充斥着她的耳膜。

人越多就越乱，许意浓和林淼不受控制地从楼道上被挤到了站台层的角落里。就在这越发熙攘的人群里，有人却在逆行。

看那颀长的身影，是王骁歧。

他是在楼道的角落发现正在发呆的许意浓跟林淼的，他侧身靠着墙壁避开往下直冲的人群，朝那边厉声高喝：“你们待在那儿干什么？知不知道这么杵在楼道上有多危险？”

刚刚班上的大部分同学到了楼下，他作为班长立在楼道出口一侧一个一个点的人头，却迟迟不见她们下来。于是他交代其他班委组织好纪律，一个跨步再次上楼。

他说得一点儿没错，许意浓跟林淼被身后的人挤着，她们这样止步不前，如果不慎摔倒就会造成踩踏事件，后果不堪设想。

王骁歧从人群中逆流而至，好不容易来到她们身边，发现她们正无所适从地缩在那儿，瞬间也没了脾气。他长手一伸，将她们推到靠墙壁的最里侧，自己则在最外侧，他高大的身躯自动成为一道人墙隔绝了她们与涌动的人流。

他拉着许意浓说：“走，不要停。”

这一刻他说什么就是什么，两个女生只得听话地跟着他往下走。她们不再受到任何拥挤，终在他的护送下安然无恙地抵达教学楼下。

周围的同学步履匆匆，也有人在用跑的。三个人往车库走的时候，林淼不住地回望教学楼，看到从（10）班教室拥出来的人后她眼睛一亮，对他们说：“你们先走吧，我要等我一个朋友。”

王骁歧还没吭声，许意浓不免担心地问：“需要我陪你吗？”

林淼摆摆手：“不用，他马上就下来了，我就在这儿等他，你快回家吧。”她再看看一言不发的王骁歧，有些不安地问：“班长，我脱个队可以吗？”

林淼虽然因为江晋的事对王骁歧一直戴着有色眼镜，但就凭刚刚他能逆行冲上楼护住她们，她觉得他是个爷们儿。

最终当然是王骁歧松口了。他叮嘱林淼要注意安全，并让她到家后给许意浓发条报平安的短信。

他的通融让林淼对他改观了不少。她头一次对他咧嘴一笑，真心感激：“好的，谢谢班长。”

林淼就这样脱队了，只剩许意浓跟王骁歧去车库推车，同班同学们早就不见了踪影。许意浓踮脚往前望，清一色的人头也分不清谁是谁。

王骁歧扶着自行车说：“别看了，我们班是第一个下楼的，这会儿应该已经到学校后门口了。”

许意浓收回视线看他：“刚刚你……”

“你们为什么会落在后面？”

两个人同时出声，他的语速却比她快，有点儿质问的意思。

许意浓垂眸，只说是被后面来的人挤了。

“走得慢当然会被挤，不挤你挤谁？”王骁歧欲言又止，再从上到下看了看她，语气缓了缓，“有没有哪儿受伤？”

许意浓仰头看他。

他又重复：“问你话呢。”

“没有。”

王骁歧移开视线，看向别处：“还以身作则？你这当的什么副班长，自己都先走丢了。”

许意浓这会儿没心情跟他吵，默不作声地推着车往前走。

周围的人越来越多，大家只顾一溜烟地往学校后门去。

他们走的时候一直是许意浓站在里边，王骁歧站在外边。快到后门口的时候，因为两边空旷，一阵风毫无预兆地袭来，许意浓才后知后觉自己的外套落在了教室里。在冷风的刺激下，她一连打了三个喷嚏。要打第四个的时候只觉肩上骤然一沉，一件男式外套披在了她身上，是那种拉链式的厚款卫衣。

王骁歧好像从来不穿羽绒服，即便是零下的温度，也都是这种运动风的穿着，可能也是跟其他为了耍酷的同龄男生一样嫌羽绒服臃肿。

许意浓耳边则传来他毫不吝啬的嘲笑："看你弱不禁风那样。"

许意浓晃了晃神，马上反驳："就你壮实？"

王骁歧笃定地点头，没半点儿谦虚："所以外套先借你，不用谢。"他的语气也自恋得要死。

许意浓："……"

他们总是这样，说不了几句就要斗嘴。许意浓虽然嘴上不饶人，但内心早已感动不已。

学校后门有一栋是正在收尾阶段的新教学大楼，以前是C市有名的一片老平房。随着后来市一中的名气与日俱增，学校生源变多，学校只能扩建。因此政府颁布了拆迁文件，却也花了很长时间做这片原址居民的思想工作。后来平房终于拆光了，学校却因经费有限搁置了一阵。直到两年前，王骁歧空降市一中，他那素未谋面的父亲一掷千金，才得以让这栋教学楼展现在大家面前。

许意浓往那边瞅了瞅，推着自行车的路线不自觉地走偏了些。王骁歧把她的自行车后座稍稍一拉，她并未发觉，只听他"喂"了一声："往哪儿去呢？走路都不看路，小心跌水泥坑里，可没人捞你。"

她反应过来，重新走回他旁边，顺势问："这楼，真是你家……"但"砸钱"两个字她卡在嗓子眼始终说不出口。

王骁歧继续往前走，看都没往那边看一眼，不冷不热道："跟我没关系。"

这话也不知是在撇清还是在逃避，他变脸如此之快，一看就不想多提及这个话题，许意浓便识趣地闭口不言了。

又走了一会儿，前方终于有更亮的光源跃入眼前。许意浓和王骁歧跟着人群出了学校，但奇怪的是，两个人都并未急着跨上自行车，而是继续无声地推着车子往前走。

气氛好像有些凝滞，许意浓在想是不是她刚刚就不该起那个话头？之前他明明还好好的。

“乌龟最近怎么样了？”不过她飘忽的思绪很快被王骁歧拉了回来。

许意浓这才猛然想起买乌龟的钱还没给他，下意识地摸了摸口袋，又刹那间反应过来，不对，这是他的外套。她恨自己怎么老做这种事，每次要用钱的时候身上都没钱。

王骁歧看着她窸窸窣窣的小动作，而后信誓旦旦地跟他讲：“钱我明天一定还你。”

昏黄的路灯下，她的鼻头早已被风吹得泛红，像个红鼻子怪。配上她认真说话的表情，他缓了脚步，不自觉地笑了。

许意浓觉得莫名其妙，不知道他在笑什么。

等笑够了，王骁歧一只手插进宽松的运动裤口袋，对上她的眸子说：“你觉得我是在问你要钱？”

许意浓就事论事：“反正我不会欠你的。”

她刚说完，他的手忽而一抬，从她的耳边一闪而过，快速撩起她身上那件外套的连帽，再朝她头上稳稳一盖。

那宽大的男式卫衣帽一下就把许意浓的头给罩住，纯棉的帽檐遮挡住她的视线。

她整个人愣住，听到少年朦胧且不真切的轻笑声。

它如风而至，潜入耳际。

“你可以欠我的。”

第十五章
自强自爱

周围的人与光影如同被虚化处理过，快进般地穿梭在街道上。许意浓努力仰着头，望着嵌在街景中的王骁歧这个聚焦特写。

在许意浓发愣之际，王骁歧隔着帽子在她的脑袋上拍了一下，懒懒地道："走了。"

那拍人的姿势跟他平常拍周邺如出一辙，所以在他眼里，她终究是个可以像男生一般对待的男人婆。

"你先走吧。"这次许意浓没再跟上他，而是低着头让他先走。

王骁歧没多说什么，"哦"了一声，跨上自行车真走了。

许意浓再抬头时，人已经不见了。她站在路灯下，把他的外套拉链一拉到顶，望着脚下这会儿孤孤单单的影子苦笑了一下。

"你杵这儿当雕像呢？"可没一会儿王骁歧欠扁的声音就随风飘来。

许意浓与他目光相接："你？"

他怎么又回来了？

王骁歧推着车重新走到她面前，指了指她身上披着的那件宽大外套："衣服里侧有个内袋，我家钥匙在里面。"

"哦。"

原来他是回来拿钥匙的，可他奶奶不是在家吗？还是怕奶奶已经睡着了？

许意浓没多想，赶紧拉开衣服拉链，将手伸进里侧内袋摸了摸。

王骁歧提醒道："在左边。"

许意浓在左侧内袋里摸出两把钥匙递给王骁歧，他接过钥匙后又看她一眼道："你怎么还没走？"

许意浓坦诚相告："我家的钥匙让我爸拿走了，这会儿回去家里没人。"

王骁歧闻言，脸上带着揶揄的笑。

许意浓这次没忍住："有什么好笑的，你不也落了钥匙？我们半斤八两，你也别五十步笑百步了。"

他对此没回应，只把车头的方向一调："正好，我饿了，你不是欠我钱吗？给你个机会请我吃夜宵。"

他好像总能掐准时机让她无力反驳，乖乖就范。

"可我身上没钱啊。"许意浓嘟囔道，这人什么记性？

王骁歧重新跨上车，面朝那小吃一条街："我有钱就行了，说了你可以欠我的。"他回眸一顾，路灯的光罩在他身上，连发丝都闪烁得更刺目了。

他问："你走不走，还想当雕塑？"

许意浓这才跨上自行车跟着他一起去。她回嘴："你见过这样栩栩如生的雕塑吗？"

王骁歧车骑得也不快，饶有兴味地跟她搭着话："也对，不是雕塑，应该是块人形石头。"

许意浓冷哼一声。

虽然学校今晚的事发生得很突然，但丝毫没有影响到附近小吃街的生意。今天的这条街一如既往地热闹。

他们还是去的那家炒饭店，老板娘一看到他来就笑着问："今天又是番茄蛋炒饭？"

他点头，看了看许意浓。她晚上没好好吃晚饭，这会儿确实也有点饿了，便状似无意地说了一句："一样。"

老板娘应下，去后厨喊了两声。

店里的人还挺多，两个人只能站着等空位。许意浓望着那墙上用泡沫板打印出来的点菜单，莫名其妙地失神良久。

有人时不时往他们这边偷瞄，然后再回头窃窃私语："哎，那不是，咱市一中的高一双'雄'吗？"

"真是哎，可他们不是死对头吗？怎么会一块儿来吃饭？"

"人家好歹也是一个班的，（1）班班风好又团结，里面的弯弯绕绕谁知道呢，可能只是凑巧来吃这儿的东西而已，而且……"有人声音低下去，"许意浓跟校草江晋感觉更和谐。"

说曹操曹操就到，店铺门口的透明帘被人蓦地一掀，几个人从外面走进来，正是江晋、范亦诚、林淼等人。

江晋走在最前面，第一个看到许意浓，刚要开口打招呼，却发现了站在她身旁的王骁歧。他脚步一滞，停在了原地。

看他突然停下，范亦诚手搭他的肩膀问：“怎么了？”再顺着他的视线往前面一看，吐出了一个脏字。

三个人里只有林淼的反应最正常，她立刻喊了一声：“嘿，同桌！”

许意浓听到熟悉的声音，一扭头就看到了立在门口的那三个人。她忙朝林淼挥了挥手，然后对江晋和范亦诚微微一笑。

范亦诚也友好地对她笑了笑，江晋的目光在她身上的男式卫衣上一扫而过，隔了一会儿才朝她点点头。

林淼其实还想问许意浓明明是在他们前面走的，怎么会在这儿？但她也是个聪明人，现下气氛尴尬，许意浓跟她都是隔在中间做夹心饼干的，还是审时度势少说话为妙。

几个人打招呼的时候，王骁歧旁若无人地一只手插口袋，低头看手机，直接无视。

林淼偷偷地看江晋，再望了望前面的王骁歧，明显感觉到他们之间的气场不融洽，便悄悄拉了拉范亦诚的衣服，轻声问：“我们要不要换个地儿？”

范亦诚还在为之前的篮球场事件耿耿于怀，今天像找到了一个发泄口，直言道：“换什么换？为什么要换？难不成这店也被你们（1）班包场了吗？”

他的声音并不低，虽然话是对着林淼说的，可针对性极强，在场的一听就听出了火药味。

林淼被他撑得莫名其妙，脸色铁青地道：“范亦诚，你们男生之间的事跟我可没一点儿关系，你现在对我大呼小叫个什么劲？”

范亦诚脾气上来也犟得很：“反正我不换，要走你自己走。”

林淼气急：“你……”

眼看两个人就要吵起来，江晋看了他们一眼他们才暂时安分，林淼扭过头去生起了闷气。

正好有人吃完走了，空出了桌位，老板娘热情地招呼两路人去坐。两个座位并排，仅隔了一个走廊。

江晋也点了一份番茄蛋炒饭，范亦诚则随便选了一份蛋炒饭，还自作主张帮林淼一起点了：“林淼也吃蛋炒饭。”

林淼心里还气着，给了他一个大白眼，愤怒地道：“谁要跟你吃一样的？”

范亦诚又开始嬉皮笑脸。

炒饭很快上来，许意浓抽出一双一次性筷子，手边突然多了一碗骨头汤。她抬头，是江晋送来的。

他居然当着王骁歧的面给她送来了汤，还自顾自地对许意浓说：“顺便给你盛了一碗。”

许意浓看着那碗汤，出于礼貌没当场拒绝：“谢谢。”

“没事。”

江晋回到自己的位子上，许意浓拆着一次性筷子，忍不住偷偷抬头看对面。王骁歧也在拆筷子，她想到上次在凌山他说知道班主任找她谈话的事，怕他误会，还是重提了一下：“那个……他之前帮过我，所以认识。”

可许意浓说完就后悔了，她觉得自己简直是在画蛇添足，多此一举。他兴许根本不关心。

果然，王骁歧轻轻“嗯”了一声，说道：“吃饭。”

许意浓低下头，用筷子搅着那泛着光泽颗颗饱满的饭粒，却再也没了食欲。一顿饭她吃得食不知味，那碗汤一直没动。

王骁歧先吃好，起身先去柜台：“我去结账。”

许意浓放下筷子不吃了，紧跟了上去。

前面有人在等老板娘找零，王骁歧在排队，许意浓就站在门口安静地等待。过了一会儿，结账的人已经排到了门口。范亦诚跟林淼还在餐桌旁磨蹭，江晋只得先过来排队，正好站到了许意浓身边。

许意浓给他往外让了让，他看到后说“不用”。

人比较多，许意浓觉得自己占了地方，还是打算先出去，却在往外走时听到江晋在身后问：“过年那条短信，你看到了吗？”

“看到了。”许意浓说着话却没有回头，伸手要去推门口的透明门帘，又道了一声，“谢谢你，江晋，再见。”

只是她的手还没触碰到门帘，门帘就被人一把从旁撩开了。王骁歧已经结好账走过来，他用手臂挡着门帘，低头看着她说：“走了。”

许意浓与他对视，向前一个跨步走出了店铺，刚刚吃饭时的阴霾也轻而易举地一扫而光。

王骁歧紧随其后，两个人一起去拿车。

透明的门帘重新落下，隔绝了里面与外面。江晋望着门帘外的身影，卡在嗓子里的“再见”两个字没能说出口，只能生生地吞咽回去。

两个人这回一直走到十字路口才分开，红绿灯左拐就是王骁歧家了，他们在红绿灯下道别。

“再见。”

“再见。”

王骁歧刚踩上自行车的脚踏板，又听许意浓说了什么。但她声音太小，被一晃而过的汽车噪声给盖过了。

“什么？”他回头问。

“我说，钱明天一定还你！”左拐的绿灯已然亮了，许意浓提醒道，“你好走，班长。”

后面也有骑车的学生在等他先走让道，王骁歧便没再说话，骑车而去。这次他是真的没再回头，背影很快便消失在这茫茫夜色里。

路口的风难免要大些，凉意丛生，许意浓下意识地环臂抱了抱自己。

许意浓到家的时候，意外地发现家里亮着灯，锁好车上去敲门又发现家里并没有人，可她明明记得走的时候家里的灯是关上的。她拿出手机想问问老许什么时候回来，按了几下都是黑屏，也不知道是什么时候没电到自动关机的。她只得独自在楼道里蜷着坐，安静地等待父母其中的一人回来。

时间一分一秒地过去，楼道空旷而静寂，偶尔传来几声野猫的嘶叫。许意浓将头埋进双膝间，像个被世间所遗弃的孩子。

不知过去了多久，楼下忽然传来两道急促的脚步声，还有吴老师声嘶力竭的声音：“我告诉你许晟文！其他什么事情我都可以容忍，你那腐朽的妈，你的唯唯诺诺，但唯独不能涉及我！如果今天女儿有个什么三长两短！我跟你，跟你没完！”

紧跟着是老许的叹气声：“你怎么又扯到我身上来了？当务之急是先找到女儿好吧？”

吴老师又像被触动了什么，开始哭哭啼啼：“我跟你讲，浓浓要是有什么，我……我……”

却被老许直接打断：“你一个人民教师，无凭无据地胡说什么呢你？”

夫妻俩还在下面拉扯，前面一道熟悉的声音乍然响起：“爸、妈？”

两个人定睛一看，正是自家女儿。

那是许意浓第一次看到父母齐齐朝她跑来，像找到失而复得的宝贝，抱着她不肯撒手，捧着她的脸，摸着她的头，再三确认后声音哽咽："你没事就好，没事就好。"

许意浓愣在原地，有些不明所以。

回了家她才明白，原来他们市一中的突发状况很快便传到了其他学校。吴老师当时在办公室里批改作业，听到同事们在说。

这种捕风捉影的事情吴老师不予置评，继续改她的作业。

等上完一堂晚自习，吴老师去洗手间的时候又听到其他组的同事在讨论这件事，还说什么市一中在组织学生紧急撤离，晚自习集体取消，可见事态的严重性。

她回了办公室便给许意浓发去一条短信，却久久没收到回复，再打电话，也没人接。这在以前是根本不会发生的事，女儿即使当时不接也会很快回电话过来，哪怕只回一条短信。

这让她越来越心神不宁，听着同事们偶尔的小声讨论更觉不安，也没什么心思待在那儿了。她跟隔壁班的班主任打了声招呼，让她帮忙照看着点儿她们班，她家里有点儿事要回去处理。

那老师会意地点点头："行，你去吧。"

吴老师拎起包就往外走，她要亲自去市一中一探究竟才放心。

她赶紧从包里掏出手机给丈夫打电话。

老许原本在应酬，酒精上头听了两句便失了耐心，想催促妻子没事就先挂了，有什么事回家再说，却听到妻子说："女儿失联了，怎么都联系不上。我现在正在赶去市一中的路上，看看到底怎么回事才能放心。"

老许拿起餐桌上的湿毛巾往脸上抹了一把，他忘了那是用来擦嘴的，然后跟领导和客户打了招呼走出包间，酒也瞬间清醒了一半。

"你说什么？"

吴老师又重复了一遍，并叮嘱他："你现在要是没急事就回家看看去，说是学校已经组织学生紧急撤离了，万一女儿已经到家……"

她还没说完，老许已连声应下："好，好，好。"想起自己今天还拿了女儿的钥匙，他更着急，"我现在，现在马上就回去！"

就这样，夫妻俩兵分两路，可是都没寻到女儿。两个人轮番给她打电话，那头总提示已关机，吴老师打给班主任也是占线。他们会合后再急急忙忙回家去看，总算见着了女儿，悬了一晚上的心这才安然落下。尤其是吴老师，眼泪情不自禁地往下流。

只是许意浓还未来得及对父母的举动有所动容，一回到家，夫妻俩非但没有进行深刻的反思，而是开始互相推诿起来，情况愈演愈烈。

吴老师怪老许拿了许意浓的钥匙，对着他一顿数落：“你每次出去都不带家里的钥匙，总拿女儿的钥匙，你是没记性，还是压根儿不想要这个家了？害孩子只能一个人坐门口，无家可归。要不是我说再赶回来再看看，孩子还不知要坐着等多久。这么冷的天，她还在长身体，冻坏了可怎么办？是不是以后家里得请个保姆特地给你开门啊？”她睨着他，“没有老爷的命，却有老爷的病。”

老许也不甘示弱：“那你怎么只存了女儿班主任的号码，关键时刻其他老师的号码都找不到？这时你的老师圈呢？你的人脉呢？你的理智呢？”他双手一拍，“还不是只能像只无头苍蝇一样到处乱窜？”

两个人争执了半天，风向又不知不觉倒向了学校。老许抬手指着窗外：“我看这市一中是越来越不行了，这么老出问题下去，哪个家长能吃得消？”他在吴老师面前负手来回踱步，摇着头嘴里念叨着，“不行，不行，这样不行。”

吴老师看他一晃就心烦，皱着眉问：“那你倒是说说，怎样能行？”

老许看向妻子：“出国！”他几乎脱口而出，“把女儿送出国去读高中。”

对他这突如其来的提议，吴老师竟也没反对，而是沉吟良久，陷入了深思。

老许看到妻子的反应，说话更加头头是道：“反正我们家又不是没这条件送孩子出国，你就说你同事、我同事，哪个孩子现在不出国念书？好，我们不说别人，再来说说近的。昱恒，昱恒不也打算申请出国做交换生吗？”老许一合计，深以为然，“既然最后都是要出去的，早一点儿晚一点儿又有什么关系呢？你说呢？”

吴老师思忖着，正犹疑不定，突然，许意浓房间紧闭的门打开了。

夫妻俩吓了一跳，只见许意浓往房门口一立，眼中不含任何情绪，语气倔强地说：“我不去！我不出国！”

许意浓非常反感父母这种平常不闻不问，一遇到事情却要替她拍板做主的行径。她不是没想过出国，但不是现在。

而从吴老师和老许的角度出发，他们想尽己所能地给女儿创造一个良好的学习环境，能心无旁骛地念书，却不曾料到这个提议会引起女儿这么大的反应。女儿向来乖巧，他们说什么就是什么，怎么上了高中后反倒叛逆起来了？

“我还在跟你妈讨论，八字都没一撇。”老许缓过神来看着女儿，“你不想去就不去好了，摔门做什么？”

父女俩在对峙，而吴老师生怕今晚发生了太多事，会激化女儿的情绪，觉得不适合跟她讨论这些，只先安抚说：“我跟你爸只是有这个想法，关键还在于你，你不愿意那就先缓缓。”

老许作势要张口，被她一个眼神扫来牢牢地锁住了嘴。

许意浓转身回房，又执拗地丢下一句：“反正我是不会去的。”

老许皱着眉，克制着自己的情绪，对着妻子叹气：“你看看，你看看，这孩子越来越犟了，这股子韧劲也不知道是随了谁。”

吴老师愁眉不展，盯着女儿再次合上的房门，陷入深思……

又是一个难眠之夜，第二天，许意浓成为全班第一个到教室的人。她把王骁歧的外套叠得十分工整，小心翼翼地放进他的课桌里，探头探脑地检查了几遍才回了自己座位。

之后同学们陆续进了教室，大家都诧异许意浓的早到，但无人多问，各自落座看书开启了新的一天。

王骁歧到座位后习惯性地将手先伸进课桌里，没碰着昨天留下的书包，倒是碰到了一团柔软。他拿出来一看，是自己的那件外套。它被叠得整整齐齐，还有一张方形便利贴黏在连衣帽上，上面用清秀的字迹写着：“钱在左手边口袋里。”

他顺势一摸，竟摸出了一张百元大钞，背面同样贴着一张便利贴，这次写了两行字：“多出的是利息。不谢！”

从那笔锋处所晕染的黑墨水可见落笔时的匆忙。

王骁歧勾起嘴角，将两张纸一起夹进了书中。

班上有人在早读，有人在低声讨论昨天的事，具体发生了什么，他们无从得知，也无暇顾及。

时间并不会因为某件事而驻足，它毫无预兆地带来每一天的点点滴滴，也悄无声息地带走了欢声笑语与悲欢离合。

天光破晓，万事终会翻篇，高一的时光在日出日落中平静又不平静地结束，大家摆脱了高一新生的身份，正式踏入了高二。

和其他学校一样，高二年级在这个阶段进行正常的文理分班，班级重组。而此时的冲刺班早已学完高中三年的主要课程，他们的上课模式也相应做出了调整。

冲刺班高二的课程只有语文和英语白天正常上课，理科则分为两类：普通课程和针对性强化训练课程，主要是这个时候冲刺班的头部尖子生都已开始参加各大理科竞赛，这些学生可以直接逃掉白天正常的理科课程去听专门针对竞赛的强化培训课程，地点在另一栋教学楼的特定教室。

所以冲刺班的高二较其他班级而言是既快节奏又相对自由的。

偶尔男生们也会连自习都逃掉去操场上放松一下，因此其他班的学生经常会在正常上课或者晚自习上课其间，透过窗户看到篮球场上冲刺班男生们打球的身影。

随后老师就会冷不丁地扔下来一截粉笔，用警告的眼神扫视所有人：“看到没有，这就是差距！你们在上课，人家冲刺班的学生却可以在外面打篮球！你们还在闷头苦学高二的课程，人家高中三年的所有知识点早就烂熟于心，提前进入了强化复习阶段！你们在不知不觉中就跟他们的起跑线越拉越远，这还只是我们学校的。省内又有多少个重点高中的冲刺班？”

老师越说表情越凝重：“再不好好读书，以后你们的差距只会越来越大。现在还只是论成绩和排名，以后就是职业与人脉，乃至整个人生。”

那天多云，整个学校笼罩在一片灰蒙蒙中。教室里刚刚发生的一切让人提不起精神，看不到希望，自古忠言都是逆耳的，老师的话不好听却非常现实。

江晋当时作为讲台下的一员，望着篮球场上那道最瞩目的身影。他无拘无束地奔跑着，投进球后被伙伴们围在中间一拥而上。他们撞肩击掌，每个人脸上都是势在必得的王者神情，连笑容里都自带风发的傲气。

江晋在老师的话中开始后知后觉地意识到，自己跟他们隔着的不仅仅只是面前的一扇窗户、一间教室、一片篮球场，而是隔了一个他迄今为止都难以企及的世界。

突然，江晋手中盘旋的笔一落，在原本干净的课本页面上划出长长的一道。他垂眸看着那道划痕，就像看到了（10）班和（1）班的冗长距离。纵然他可以选择视而不见，却并不能改变这怎么都抹不去的事实。

下课后，范亦诚屁颠屁颠地跑来跟他放口风：“林淼刚发短信跟我说，许意浓五分钟后会跟她去小卖部。”

可临窗而坐的江晋听完依旧毫无所动，范亦诚跟他勾肩搭背。

彼时王骁歧等一帮人已经结束活动，拎着衣服从篮球场打道回府。

他们一边走一边互相扔球接球，乐此不疲。有人偶尔也会做几个空手投篮的动作在王骁歧面前班门弄斧，被他一个抬脚踹走，他们笑着闹着，举手投足都是青春期该有的模样。

王骁歧还是穿着那件黑色篮球服，在人群中永远独树一帜，外套被他随意放在臂肘。他走在一众人的最前面，像是自然而然形成的排位。

蓦然，天幕中堆积许久的云层被拨开，粼粼之光兜头照落，洋洋洒洒地照在那片欢声笑语中。一道道光束在为首的少年脚下绽放，一时竟让人分不清是他行走在光晕中，还是那片光亮就是为他而明。

他似向阳而生，又如逆流而上。

范亦诚的声音不绝于耳，江晋聚了聚神，不着痕迹地收回视线，轻轻地从他的勾搭中抽出身。

范亦诚一愣，只听他道："不去了，就这样吧。"

第十六章

梦想

通常上强化培训的学生要么是准备在竞赛这条路上一头走到底，要么是打算日后在各大高校的自主招生中一展拳脚，许意浓就属于后者。

她虽然在全校排名第二，却并不是那种特别适合走竞赛路线的学生，她已经分析过历年来整个C市走竞赛保送的录取率了。

本省作为全国高考大省，各大高校每年给予省内保送的名额本就不多，再瓜分到下级各个市辖区，更加屈指可数，难上加难。像表哥那种能打进奥赛国家队的，放眼望去整个C市都寥寥无几。

她觉得相比走竞赛路线，自己更适合自主招生。而且以她稳居全校第二名的成绩，AB大自主招生的名额非她莫属。

不过在填报参加竞赛的时候，班主任看着她空白的填报表说：“成绩不如你的都报了，你为什么不去试试呢？”

于是在她的怂恿下，许意浓随便勾了一个表上排第一的数学。

就这样，许意浓开启了在冲刺班教室和强化培训教室游走的日子。而差点儿跌出冲刺班的林淼并没有参加竞赛，她自知去了也没有任何意义。只是没了她，每次去参加培训许意浓都是形单影只。

参加强化培训的学生除了两个冲刺班的尖子生，还会有几个普通班的适合走竞赛路线的优秀学生。培训教室跟自己班的教室也不一样，没有固定排位，大家都是打乱了随意坐。

巧的是，曹萦萦每回都跟在（1）班教室一样，人一到就往王骁歧前面一坐，偶尔也会给他和周邺一人带一瓶饮料。

有一天晚自习，培训班也开了课，许意浓习惯性地窝坐在角落里。王骁歧还没来，周邺先来了，曹萦萦跟他前后脚进的教室，又是熟练地往他座位旁亭亭一立，大大方方地往周郸和他旁边的桌面放上一瓶饮料。

周郸看着桌上的饮料，顾左右而言他："哎呀，怎么又破费了？"

曹萦萦笑意盈盈地道："没有啊，正好去了趟小卖部嘛，不知道这口味你们喜不喜欢。"

周郸礼貌地笑着收下："可以的，谢谢啊，有心了，有心了。下次我跟老王回请你。"

曹萦萦明眸皓齿，嗲得一如既往："客气啦。"

许意浓当时正在刷题，后面坐着两个普通班的学生，大概怕被冲刺班的学生碾压，每回坐的位子比许意浓更不起眼。

此时，许意浓手中用着的水笔突然写不出字来了，她抬手甩甩，再在草稿纸上画了画，还是写不出字来。眼下题目已经演算了一大半，这让她不由得心生烦躁。

她拆开笔拿出笔芯一看，明明还有一大截墨呢，搞什么？她往笔头哈了几口气，再甩甩，可这笔就跟中了邪似的跟她较上了劲，怎么都写不出一个完整的字来。

于是许意浓把厚实的习题册垫在草稿纸下面，再将笔头死死地按在纸上加大力道来回胡画，试图把卡住的笔墨给逼出来。

突然，她听到很轻微的"吧嗒"一声，那子弹头的水笔走珠在与纸张的摩擦中弹了出去。紧接着，黑色的墨水从那个小缺口里冒出，以迅雷不及掩耳之势迅速攻占了她的草稿纸、书本和手。

坐她旁边的人发现后，手忙脚乱地给她递去纸巾："你笔坏了啊？"

"谢谢。"许意浓接过纸巾先把习题册一把推开，再用纸巾包裹住那还在源源不断涌出墨水的笔芯，而后擦拭着被自己搞得一团糟的桌面。

（1）班的同学见状，纷纷站起来凑过去帮忙。有的帮许意浓擦桌子，有的帮她拿开习题册，只有曹萦萦跟她同桌事不关己地坐着，还有说有笑地以旁观者的姿态像看戏般望着狼狈的许意浓。

周郸用两支笔像筷子一样夹着那支罪魁祸首的笔芯扔进了前面的垃圾桶里，许意浓在原地擦着手。她望着被墨水浸黑了题目的习题册，第一反应就是这天刷的题都白做了。耳边是同学们劝她去洗手的声音，有人说："册子有几页废了，回头你再跟老师申请一本新的吧。"

人倒霉起来，喝水都塞牙缝，许意浓这天可算是深有体会。

洗手间里，水池的龙头"哗哗"地开着，手上染的黑墨水她用肥皂加洗手液搓洗了半天都没能清理干净，越洗不掉就越想洗掉，可越洗不掉就越焦躁。

前方的培训教室明亮如旧，还能看到老师在讲台上挥斥方遒，来回走动的身影。突然，许意浓将水龙头一关，离开了洗手间，却是朝着跟那个教室完全相反的方向走去。

许意浓没再回去，而是独自来到多媒体教室顶楼的自习教室。那里面已经有两三个跟她一样逃了培训课来自习的学生，不过都是（2）班的，许意浓只脸熟，但不认识。她推门进去时那几个人还在低头认真地刷题，根本没有因为她到来弄出的动静有丝毫分神。

在外界一直有种说法：市一中冲刺班的学生，一旦他们进入注意力高度集中的境界，除非是地震或着火，不然任谁去打扰都很难让他们抬一下头。

许意浓来到自己常坐的那个位子，从抽屉里拿出平时留下的试卷集和笔，随手抽出一套数学卷，扫了一眼手表上的时间开始刷起来。时间一到，她放下笔，望着没能完成的压轴题最后一问，一股挫败感直涌上心头，就这水平还怎么去参加数学竞赛？

她愤恨地扔下手中的笔，在心里责怪自己：“打肿脸充胖子！”

今天诸事不顺，她合上卷子站起身，觉得自己很有必要去外面透口新鲜的空气。因为本身就在多媒体教室的顶楼，她顺着楼道继续往上走，直接来到了天台。

这是全校最高的楼，她靠在栏杆上，极目远眺着视野范围内的C市，不禁想，在它安静美好的背后，又有多少人在为学习、生活、家庭奔波忙碌，他们快乐吗？

风从四面八方涌来，将她的长发吹得肆意飞舞，耳边都是呼呼作响的声音，脸颊也被吹得麻木。她突然就有一种想放声大叫的冲动，在这里释放自己，一定会很爽吧？

她慢慢地闭上眼睛，感受着这一刻属于自己的宁静，一直紧绷的神经也难得有了一丝松懈的机会。如果有大把的时间，她愿意沦陷其中。可这种状态只不过维持了数秒，她就被一阵笑声激得猛然睁眼，整个人吓得陡然一僵。

她循声望去，发现天台的上面还有一个高高的站台，那里赫然立着一个人。他背着月光，只能看到一个高瘦的轮廓。

那个人像在俯视她，继续低笑，声音却异常熟悉：“水农哥挺有雅兴，晚自习来这儿赏月。”

许意浓听着他的调侃，也不紧不慢地接话，语气承让：“哪有此支妹好兴致，直接上天台顶端闷声做法。”

两个人依旧一言不合就开杠，王骁歧既没恼也没回嘴，只是淡淡地笑了笑，末了重新低头看她：“要不要上来看看？这里风景比下面更好。”

许意浓环抱双臂，口是心非：“上面风大。”

王骁歧继续凝视她：“还好。”

他在认真地邀请她，许意浓听得出来。于是她抬步，小心翼翼地上去。

那座站台的楼梯是旋转的铁杆，踩上去就有一股锈迹气味扑鼻而来，而且就那么细细一根，一旦踩空就会掉下去。许意浓有点儿恐高，走了一半脚便开始不受控制地哆嗦。上面的王骁歧则往下走了几步，两个人同时踩在上面不免一沉。

许意浓生怕这铁梯老化到不结实，万一承受不住两个人的重量断了可怎么办？她紧抓着扶手，也顾不上锈不锈的了。

“继续走，别往下看。”王骁歧教她。

许意浓在他的带领下一步一步走上了那站台的顶端。

更清晰的星空和更广阔的C市乍涌至眼前，许意浓不由自主地发出喟叹：“还真跟下面不一样。”

王骁歧站在她身边，也俯瞰着脚下的一切，只给了她一个毫无瑕疵的侧脸。

许意浓可以清晰地听到他们呼吸的交错声。她缓了缓，开口打破沉默：“你怎么……”声音却是哑的，她清了清嗓子重说，“你怎么在这儿？”

王骁歧的手往漆迹斑驳的铁栏杆上随意一搭，并未正面回答：“你不是也在这儿？”

“我上来透气的。”许意浓看着他如是说。

王骁歧勾起嘴角：“一样。”

两个人又站了许久，许意浓再次发声，口吻中充满向往与憧憬：“不知道A市的夜景会是什么样的。”

王骁歧望着远处那如长龙盘旋蜿蜒的高架：“想去A大？”

许意浓不假思索：“你不想去？”

他收回手，指尖揉捻着从栏杆上脱落的陈旧油漆，让它们随风飘散，像是提醒道：“B大也在A市。”

许意浓看着前方的灯火通明与重重叠叠的高楼，意志坚定：“我只想去A大。”

那个能跟表哥并肩的地方。

王骁歧将手放回裤袋里，顺着她的视线眺望，没再说话。

安静而美好的气氛才笼罩了几分钟，就被许意浓接二连三不争气的喷嚏给打断了。王骁歧看她低头从口袋里摸着纸巾，问：“鼻炎？”

许意浓将纸巾抽出盖在鼻头，闷道声：“嗯，过敏性的，发作时间不定。”

她对着鼻子一顿揉，毫无温柔可言，早不发作晚不发作，偏偏这个时候发作。

果然，王骁歧的嘲笑如约而至：“体质一般。”

“你才一般呢。”

“你又知道了？”

“我……”许意浓觉得话题在朝着一个奇怪的方向延展，她故作打量，“我一看就知道。”

王骁歧也回看她，勾起嘴角说：“你懂什么？”

“我什么都懂。”

王骁歧骤然沉默，许意浓也跟定住了似的跟他四目相对。除了被风吹动的发丝，画面仿佛静止，直到他抬手按在了自己的左眼角。

许意浓不明所以：“干吗？”

他嘴角按捺住笑意，点着自己皮肤相同的位置提示她：“你刚去挖煤了？脸都是黑的。”

许意浓幡然醒悟，尴尬得就差没像鸵鸟一样找个地洞钻进去了。难道刚刚那爆珠的水笔芯的黑色墨水还溅到了她的脸上？

“哪儿啊？这儿？这儿？”她焦急地直接用手去摸，两个人面对面，她按着他的动作来一时都没分清楚左右。

王骁歧看她乱摸一气也没找到方位，直接从她的手里抽过那张快要被她揉成碎屑的纸巾，抬起手往她眼角下的黑印上一按：“是这儿。”

可许意浓双眼睁大，把他的手臂紧紧一抓。她说：“这纸我刚擦过鼻涕！”

王骁歧“哦”了一声，手上的动作却没停：“那就循环利用，发挥余热。”

许意浓不可思议地看着他，他大言不惭地回答：“不谢。”

“谢你个头！”

等许意浓反应过来，王骁歧已经先下去了。她踩着铁梯跟下去，什么恐高、害怕早已抛到脑后，又是一阵追闹。

可即使这样，许意浓也是快乐的，哪怕是偷着乐。

竞赛培训了一段时间后，学校先后组织了三次模拟测试，最终能去参加省级预赛的只有个位数。曹萦萦第二轮被刷了下去，而许意浓跌跌撞撞竟然进了预赛组。她觉得自己是走了狗屎运，不过既然进了，无论结果如何她也想奋力一搏。

因此后面的日子除了培训班上课，她会抽出更多的时间用来刷题。

晚上在多媒体教室，她也不再端着，捧着卷子开始向王骁歧虚心求教。

王骁歧则往旁边的座位一挪，空出自己原本的位子。她一愣。

他抬头看着她说："要我邀请你坐？"

许意浓这才如梦方醒地坐下，心中胆怯又不敢跟他靠得太近。

谁知他直接靠过来，把手一摊。许意浓会意地赶紧递过去自己的竞赛习题册，翻开做过记录的地方指给他看："这里，这里，还有这里。"

王骁歧顺势凑过来，两个人的头猝不及防一撞。他立刻关切地问："撞疼没？"

许意浓一愣，话都说不利索了："不……不疼。"

王骁歧一笑："别撞傻了。"随后很自然地从她的手里拿过习题册，再摊手。

许意浓还傻愣着，直到他看向她，提示："草稿纸。"

许意浓支支吾吾："你不是……不用草稿纸？"

"我可以不用，你能吗？"他反问。

许意浓这会儿脑子短路无法辩驳，从自己桌上抽过来一张草稿纸。

王骁歧低头平整地摊开："觉得我讲快了可以直接打断我。"

"哦。"

"那开始了？"

"嗯。"

这一讲经常就是整个晚自习，每回他们都是最后出多媒体教室的，偶尔周邺也会参与进来。如果周末有需要，他们三个人会聚在肯德基或者王骁歧家又或者周邺家刷题并听王骁歧讲解，许意浓跟周邺的父母就是那会儿熟识的。

王骁歧跟周邺玩得好，与他父母很早就熟识了。当周邺的父母得知许意浓是全校第二名，更加欣喜不已，总当着他们面直言感叹："我们家周邺能有你们这么优秀的朋友，真是他的福气啊。"

周郯每次都不耐烦地道：“妈，我们还要讨论题目，你能不能先出去，回头再说？”

周母频频点头：“好，我不打扰你们了，你们认真学习，好好讨论。”

等门一关上。周郯就头疼地跟他们解释：“我妈她就这样。”

这还不止，周母每回还会盛情邀请他们留下来吃饭，菜式极其丰盛，一个劲儿地往许意浓碗里夹菜，笑眯眯道：“多吃点儿，千万别客气呀。”

弄得许意浓特别不好意思。

有一次她跟王骁歧从周郯家出来，有种如释重负的感觉：“周郯他妈妈太热情了，下次还是去肯德基好了。”

王骁歧走在她身后，只说：“这样的家庭挺好的。”

两个人一前一后往下走，到了楼下，许意浓像是随口说道：“你数学这么厉害，会一路披荆斩棘进国赛吧，到时 A 大自然而然会向你抛出提前录取的橄榄枝。”

王骁歧却轻描淡写地道：“走一步算一步，省内比我厉害的多了去了，再上升到全国，那更是高手云集，人外有人。”他扶着车看她给车开锁，“你参加竞赛是为了走保送？”

许意浓含糊其词：“我就想试试。”

王骁歧笑出声：“怎么跟周郯一样。”

“反正强化培训不上白不上，参加竞赛跟后面参加自主招生也不冲突，人不试一试怎么知道自己的潜力呢？”她振振有词。

王骁歧竟难得地认同了她的观点：“也是。”

他跨上自行车，对上她的视线，突然笑着叫她，不是“浓哥”，不是“水农哥”，也不是“副手”，而是她的全名：“许意浓。”

“啊？”

“A 大见。”

许意浓的竞赛之路最终止步于联赛，无缘晋级决赛。一路冲进决赛的只有几个学生，王骁歧是其中之一。

大家都说，这一届的 A 大保送名额他是稳入囊中了。

那段时间因为要参加集训，他的座位大多数时间都是空的。许意浓觉得，即使冬令营决赛结束，这个座位空着大概也会是常态了。她偶尔瞥去一眼，就会被一股前所未有的情绪所湮没。

她知道，随着奥林匹克决赛的倒计时，她与他邻座的日子也将变得所剩无几。

止步于联赛后，许意浓更加独来独往，彻底投入昏天黑地的学习之中。她一方面是用来麻痹自己，一方面也是在不断地警示自己，没到最后一刻就不能有丝毫的懈怠。

晚自习她玩命地刷题，每天都是最后一个走，连值日生都忍不住问：“副班长，你准备什么时候走？我还要拖地呢。”

许意浓全神贯注，没听到他说话。同学只得叹了口气，拖地的时候略过她的位子。同学打扫完就先回去了，临走前还不忘提醒她：“你记得关灯啊。”

仍是无任何应答，同学摇了摇头，只觉得她已经走火入魔了。

许意浓还在如痴如醉地做着题，突然，教室里一暗，漆黑一片。

她以为停电了，只当那个值日的同学还在，便唤了一声他的名字，却毫无回应。她只得掏出手机打开屏幕当灯照，但她的手机灯光微弱，往前一探只能看到教室门口立着个人影，却看不清脸。

她又叫那个同学的名字，问他：“是不是停电了？”

那个人不出声，许意浓再唤他，还是没出声。她有些发怵，说：“你别恶作剧啊，我……”

话没说完，开关响了一下，灯光重现，教室里恢复明亮。前面的人斜倚着门框，正目不转睛地看着她，接过她的话：“你什么你，再不走真停电了。”

许意浓以为是自己看错了，可定睛再一看，确实是他。

她张了张口：“你怎么……”最后说出来的是，“你怎么还是那么无聊？王骁歧！”

王骁歧竞赛考完了，取得了国二的成绩。最终进入国家队的六十个人里并没有他，倒是其他几个跟他一同参赛的市一中的学生进了，这也就意味着他与保送失之交臂。

据说只有一题之差，令数学老师痛心疾首，在办公室不止一次叹气：“这孩子没考运，唉。”

学校让他明年再接再厉，但王骁歧明确表态他打算专心备战自主招生，后续的大型竞赛就不再参加了。

此话一出，对冲刺班的其他尖子生犹如当头棒喝。王骁歧放弃竞赛之路转移目标到了自主招生上，这也就代表届时市一中AB大的考试名额又少了一个，加大了他们之间的竞争。

许意浓觉得他没能进国家队实在是太可惜了，明明就是走竞赛的一块好料子。之后一起搭档校干执勤的时候，她忍不住问："你真的不再参加竞赛了？"

王骁歧漫不经心地"嗯"了一声，一边卷着手上的纸，一边有规律地拍着自己的大腿外侧："所以这'千年老二'的位子你恐怕要坐到高考了。"

两个人永远不在一个频道，他又恢复那玩世不恭的样子，让许意浓只想狂抽自己，她为什么要多嘴？

她反声呛他："话别说太满了，我要是哪天超过你了怎么办？"

王骁歧手上的动作停了一下，看着她："你说怎么办就怎么办。"

"那你拭目以待吧，下次大考就超过你。"许浓吞下本想安慰他的话，放出一句狠话。

王骁歧慢条斯理地道："那要是考不过怎么办？"

许意浓跟他死磕到底，也有一学一："你说怎么办就怎么办。"

他将一直敲击的卷纸一收："行，那我就等着了。"

两个人下完赌注，许意浓双手捧起册子大步迈开往前走，越过他身边的时候听到他冒出一句提醒："走路别老低着头。"

她其实是不敢多看他，但索性顺着刚才的话题接过话茬，语气中有着她固有的小高傲："我知道，王冠会掉。"

"不是。"

她抬头，对上他眼里的戏谑："双下巴出来了。"

下一秒，许意浓也卷起手中的册子，不由分说地往他身上打了好几下。这是女生最为敏感的话题之一，王骁歧踩到了重雷区。

她气急败坏地道："谁有双下巴！谁有，你才有！"

王骁歧承受着她的拍打，也没挪步，嘴上说着："浓哥，你能不能淑女一点儿？"

"都叫浓哥了，你说呢？"她跟他之间，永远有着一股子不服输且锱铢必较的劲。

等发泄完了，她不再理他，扭头而去。

王骁歧看着长长的马尾在她的背后一晃一晃的，活络了一下自己刚刚被她蹂躏的胳膊，不用看也知道一片通红了。

他噙着笑，轻轻吐出一句：“傻样儿。”才不紧不慢地跟了上去。

后来，许意浓上厕所时用小镜子偷偷照了半天。她对着自己的脸左看右看，一直在质疑自己。最近胖了吗？可她连零食都没时间吃啊。

她捏到下巴上的一块肉后，心里“咯噔”一下，满脑子又闪现出一连串有的没的：这肉什么时候有的？怎么长出来的？完了，他一定是看见了，是觉得难看吗？

它们跟十万个为什么一样困扰着许意浓，她像一个鼓鼓囊囊的气球，又被这一根根的针刺漏了气，开始闷闷不乐起来。最后她只能一个人躲去了多媒体自习教室，试图用刷题来躲避那些扰乱心绪的胡思乱想。

只是每每在午休醒来时，她还是会习惯性地拿胳膊往旁边捅一捅。捅到空气后她偏头看着空无一人的位子。

许意浓后知后觉地反应过来，自己不在（1）班的教室，而是在多媒体自习教室里。

这间教室中午大多数时候都处于空旷的状态，可以让人暂时抛开一些杂念，快速进入最好的学习状态。

许意浓其实也才眯了一刻钟，但她已经不打算继续睡了。她还要抓紧时间刷题，于是揉揉因午觉睡得略昏沉的脑袋，从抽屉里摸出一瓶清醒神器，是她自制的一小罐喷雾。

她拿着喷雾往两边的太阳穴上各喷了一下，顿时清醒了些，来了点儿精神。

“你在喷什么？”突然有人声传来，许意浓一惊。

她扭头一看，是王骁歧推门而入。他手上还拿着一罐可乐，易拉罐上密密麻麻的水珠正在下滑、滴落，应该是刚从冰箱里拿出来没多久，看来他也是来自习的。

许意浓不知道他怎么也会过来，收起喷雾，还故弄玄虚：“自治清醒神器，一般人我不告诉他。”

王骁歧嗤笑一声，朝她的位子走过来：“来，我看看。”

许意浓当然不会就这么乖乖给他看，在他靠近的时候，突然有个念头在她脑海中一闪而过，于是一抬手，对着他的脸就是一顿狂喷。

王骁歧毫无防备地被喷了一脸，却没有任何躲闪。那喷雾里的液体挟风带雨般落在他的身上，似渗透进皮肤，深深地沁入毛孔里，一股风油精的味道也随即钻入他的鼻腔中，中招的他紧闭双眼哭笑不得：“真有你的，风油精兑水，亏你想得出来，许意浓。”

平常都是他捉摸她，这次许意浓好不容易逮到机会反将了他一军，就差捧腹笑一场了。她挑着细眉怡然自得地道：“怎么样，是不是比你的冰可乐还提神醒脑？”

“是啊，还辣眼睛。”王骁歧闷声附和。

因为没躲，他的眼睛也不幸被她喷到，刺激到了泪腺，缓了好一会儿都没能正常睁开。

许意浓得意了一会儿，发现他的眼睛一直闭着，一副不适的样子。她这才意识到自己喷到了他的眼睛里，一下就收了笑：“是不是喷到眼睛里了？有没有事？”

“你说呢？”

许意浓赶紧去拿纸，心急之下直接上手帮他擦眼睛：“现在呢？好些了吗？能睁开了吗？”一连三问，有难以掩盖的焦急，也有深深的自责。

王骁歧让纸巾吸走自己被风油精熏出的泪水：“要等一下。”

突然“砰”的一声响，许意浓吓了一跳，定睛一看竟是风吹到了自习教室的门，受力之下它猛地撞击到了地吸，才有了刚刚那个动静。

她嗓音沙沙的，机械地说出一句：“你，好点儿了没？”

相比她，王骁歧淡定得跟个没事人一样。他慢慢睁开眼，告诉她：“还好，没瞎。”

她低咒道：“瞎了才好。”

王骁歧往旁边的座位上一坐，可乐罐往桌上一扣，似笑非笑道：“我瞎了，你负责？”

他无意间冒出的一句话，让许意浓连水笔都拿倒了。她佯装镇定地把笔重新换回来，嘴里说道：“少碰瓷了你。”

她话音刚落，外面走廊上传来一阵说话声。

两个人的对话就此被打断，许意浓只听到他打开那瓶冰可乐，以及可乐罐里冒着无数气泡的声音。

许意浓用余光偷偷瞥着旁边的那个身影，头一次产生了一丝对于他没能去得了国家队的窃喜。可仅仅几秒的工夫，她为自己有这么卑劣的念头感到可悲与无耻。

她让自己清醒一点儿，他是王骁歧，就算这次竞赛失利，他也会有自己的未来规划以及人生，她能做的就是跟他一样步入心仪的大学——A大。而不是暗暗滋生阻止他前进的龌龊想法。他是一个独立的个体，也是自由且洒脱的，不会被任何人和任何事所束缚。

想到这里，许意浓继续将自己泡在题海与试卷里，跟着了魔一般，脑海里只有一个信念——考上A大。

如果说曾经她想去A大是为了成为像表哥一样优秀的人，现在却不一样了，因为他亲口对她说过："许意浓，A大见。"

偶尔许意浓刷题结束，抬头就能看到他。他就在她身侧，在她的目光所及之处，其实她早就回应了他数遍。

"王骁歧，A大见。"

时间转而到了高二下学期，几乎一开学，整个年级就进入了小高考的备战状态。普通班早早地开始进入复习，（1）班和（2）班则在考试前一个月进行全面冲刺。

许意浓的记性一向好，她用自己学英语时的关键词速记法，仅仅花了半个月就把小四门的所有知识点倒背如流，上考场时就跟在脑海里翻书一样快速找到那些知识点，挥毫落纸如云烟。

考完最后一门，学生们从各间教室蜂拥而出，有的直接开始撕书，然后扬手潇洒地一挥。那一页页纸张自教学楼走廊从天而落，随风飘向学校的各个角落。

耳边充斥着大家闯过一道关卡的解放声："走你的吧，小高考，大高考，我们来了！"

许意浓捧着文具往（1）班教室稳步而去，抬头望向天空。云卷云舒，落日似火烧般一路晕染，炽金映照在每个人的脸上、身上、青春的放肆上，光彩夺目。

她却没有为此驻足，因为她知道，这还不是结束，而是真正的开始……

最后，市一中冲刺班以百分之九十八的全四A通过率在那一届的全市高中里拔得头筹，这部分学生也意味着能在高考时获得五分的加分项，提前一步与省内众多考生拉开差距。

但他们没什么时间喜悦，市一中一如既往地快节奏，直接甩来三场摸底考，难度一场比一场难，来势汹汹，势必要称霸下一次的全市统考。在连环冲击之下，学生们也不负众望，在期末统考中取得了不错的成绩。

王骁歧又重回全市第一名的傲人名次，许意浓则位列全市第五名，再次落在他身后。

学校第一时间公示了排名，这次还贴上了前十名学生的人生格言。许意浓当时随手给老师写了一句："做自己的统帅，时间就是我们走向成功的千军万马。”

学校公示那天，王骁歧却以一条“I'm the king（我就是王）”的格言在学校贴吧被顶上了热帖，比他的成绩还受人关注。他的格言是十人中最短却最为醒目的，那个热帖下面一堆跟帖。有人说他牛，也有人说他高调不谦虚，总之，褒贬不一。

而值得一提的是，王骁歧每在贴吧出现一次，他初中的黑历史就会被翻出来，再供人评头论足一番。

他大概是市一中有史以来争议最大，给人印象最深的优等生了。

彼时高三的序幕已正式拉开，许意浓自开学起就有点儿躲着王骁歧。她又考了第二名，仿佛止步在“千年老二”的位子上再也上不去了。

她之前放下豪言壮语跟王骁歧打赌，却以失败告终。她不想被他当面嘲笑，所以连自习教室都跟他岔开，投入自主招生考试的紧张复习之中。

某天晚自习结束，许意浓独自在教室里望着讲台前面垃圾区的一片狼藉，就知道值日生又把打扫任务丢给了她。她看了一眼时间，只得去前面拿起扫帚埋头扫地。

突然察觉到一道目光，许意浓直起身后发现王骁歧正倚靠着教室门框看她，也不知来了多久了。

许意浓知道他是来干吗的，紧握着扫帚，情绪低落：“看什么看，少显摆了。”

王骁歧悠然自得地笑了笑：“我可什么都没干。”

这在许意浓眼里简直就是挑衅，气得继续扫地。王骁歧的白色球鞋进入视野，她语气不善道：“脚让让。”

王骁歧便让了让：“考都考过你了，那我吃点儿亏请你吃饭？”

许意浓的关注点有点儿偏：“你吃亏？”

王骁歧忽地沉默下来。

许意浓就知道他是来嘲笑她的，他杵在她跟前的模样着实碍眼，便拿着扫帚准备赶他。可正当她作势时，他同步开口，声音回响在空荡荡的教室里，却是那么不真实。

“那就你吃点儿亏，高考后继续被我欺负好了。”